2003
현장비평가가 뽑은 올해의
좋은 소설

2003
현장비평가가 뽑은 올해의

좋은 소설

| 선정위원 |

김윤식(문학평론가 · 명지대 석좌교수)
김화영(문학평론가 · 고려대 교수)
이남호(문학평론가 · 고려대 교수)
박혜경(문학평론가)
김미현(문학평론가 · 이화여대 교수)

현대문학

2003
현장비평가가 뽑은 올해의
좋은 소설

* 일러두기 : 작품은 작가의 등단 연도순으로 게재했다.

〈올해의 좋은 소설〉을 선정하고 나서

　금년도 '올해의 좋은 소설'을 가려내는 심사는 지난 1년 동안 잡지에 발표된 작품들 가운데 심사위원 5명이 먼저 각기 10편의 작품들을 추천하고, 1차 선정작업을 통과한 작품들을 면밀히 읽어본 후 함께 모여 작품에 대한 최종적인 선정작업을 마무리하는 방식으로 진행되었다. 최종적인 선정작업에서는 구색을 맞추기 위해 작가의 연령이나 발표된 지면 등을 적절히 안배하는 방식을 지양하고, 철저하게 작품성에 따라 작품을 선정한다는 원칙하에 작품 선정과 관련된 진지하고 심도 있는 논의가 이루어졌다. 별다른 이견 없이 심사위원들 다수의 합의를 이끌어낸 몇몇 작품들 이외의 작품들에 대해서는 각기 다른 의견들로 다소간의 논란이 빚어지기도 했지만 전체적으로 심사는 큰 무리없이 순조롭게 진행되었다.

　지난 1년 간 잡지에 발표됐던 소설들을 되짚어보는 과정에서 심사위원들이 우선적으로 공감했던 것은 현재 우리의 소설들이 일종의 답보상태에 놓여 있는 것은 아닌가, 라는 문제였다. 이것은 발표된 작품의 양에 비해 작품에서 느껴지는 열정과 활기는 오히려 줄어든 듯하다는 느낌, 그 때문에 작품 선정과정에서 강렬한 인상으로 각인되는 작품들을 만나 심사위원 다수가 열정적인 합의에 도달하는 행복한 체험을 할 수 있는 기회가 그다지 많지 않았다는 사실과 무관하지 않다.

새로운 연대를 전후해서 우리 소설계에 나타난 전반적인 특징으로 다양한 소설적 경향들의 분출을 이야기하는 시각들이 있지만, 지난 1년 간의 소설들을 살펴보면, 소설의 영역을 확장하는 다양한 실험적 양식들로 기존의 우리 소설계를 짓눌러왔던 경직된 틀을 뚫고 나가려는 시도 또한 다소 맥이 풀린 침체 국면에 머물러 있는 것은 아닌가, 라는 우려들이 조심스럽게 제기되었다. 오히려 어떤 면에서는 그 다양성이라는 것 자체가 이제는 어느 정도 일정한 방향으로 정리되어가는 느낌이 없지 않다. 심리묘사와 서사적 디테일이 눈에 띄게 정교해진 대신에 소설이 수용하는 삶의 폭은 오히려 좁아진 듯하다는 생각도 그러한 느낌의 연장선상에 있다. 작중 인물들의 내면심리를 파고드는 방식을 통해 작품의 서사적 상황을 조감하는 어둡고 우울한 내성적 문체는 이제 우리 소설의 한 주류적인 경향으로 자리잡아가고 있는 듯하다. 거칠게 말한다면 우리 소설들은 이제 소설의 영역을 넓게 확장시키는 대신에 좁게 심화시키는 방향으로 가고 있는 것이 아닌가 싶다.

그러나 그럼에도 불구하고 우리가 우리의 소설계에 거는 믿음은 여전히 공고하다. 다양한 소설적 경향들을 탐색하려는 작가들의 노력은 그것이 일시적으로 침체국면에 접어든 듯한 느낌을 주더라도, 지금까지 우리의 소설들이 일구어낸, 그리고 앞으로 지속적으로 일구어나가야 할 우리 문학의 소중한 자산임에 틀림이 없다. 무엇보다 이번의 선정과정을 통해 우리의 소설들이 도덕적 경직성이나 삶에 대한 협소한 윤리적 관점의 틀을 벗어나, 계속해서 인간의 삶 내부에 도사리고 있는 불가사의한 심연의 현실과 교감하는 보다 유연하고도 자유로운 소설적 상상력을 키워나가고 있음을 확인하는 일은 심사의 고역을 즐거움으로 바꾸어준 의미 있는 체험이었다. 이렇게 이번 『올해의 좋은 소설』에 수록된 작품들을 심사하는 자리는 심사위원들에게 우리 소설을 읽는 즐거움과 우리 소설에 대한 우려가 진지하게 교차하는 자리였음을 밝혀둔다.

2003년 6월

선정위원 | 김윤식, 김화영, 이남호, 박혜경, 김미현

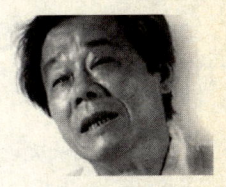

멀리 가버렸네

최일남

1932년 전북 전주에서 태어났고,
서울대 국문과를 졸업한 후 고려대 대학원을 수료하였다.
1953년 〈문예〉에 「쑥 이야기」가, 1956년 〈현대문학〉에 「파양」이 추천되어
등단했으며, 소설집으로 『서울 사람들』 『타령』 『춘자의 사계』 『손꼽아 헤어보니』
『너무 큰 나무』 『홰치는 소리』 『누님의 겨울』 『히틀러나 진달래』 『그때 말이 있었네』
『아주 느린 시간』, 장편소설로 『거룩한 응달』 『그리고 흔들리는 배』 『숨통』 『하얀 손』
『덧없어라, 그 들녘』 『만년필과 파피루스』 등이 있다. 이상문학상, 월탄문학상,
한국소설문학상, 한국창작문학상, 인촌상 등을 수상했다.

멀리 가버렸네

　돌아앉은 남자의 등은 삼십 중반에 벌써 시무룩해 보인다. 깔밋한 새 양복으로 서슬을 세운들 이미 늦다. 스포티한 티셔츠로 시퍼런 젊음을 위장한다고 첫눈에 들통난 인상이 가실까. 어쩌지 못한다. 몸 가운데 제일 넓은 평면적의 무표정은 둘째 치고, 관리나 조작이 원천적으로 불가능한 부위이기 때문에 달리 손쓸 염을 못 낸다.

　모르겠다. 그처럼 오갈든 배면과는 달리, 삼십 중반 남자들의 표면이 아직 청청하지 말란 법 없다. 꽃미남 소리를 듣던 얼굴에 나이가 시키는 차분한 여유마저 감돌면 금상첨화다. 턱끝의 보일 듯 말 듯 거뭇한 면도자국과 함께 무척 섹시할 터이다. 그러나 이면은 어느새 그늘지고 츱츱하기 마련이다. 웬만한 사물의 앞뒤 대칭관계에서 세상의 모든 뒤는 어차피 앞만 못한 것이다. 앞이 전진적인

데 비해 뒤는 퇴행적이다. 영화(榮華)와 업신여김의 평행선이 줄곧 이어지는 가운데 사람의 뒷것들은 때문에 그예 섭섭하고 억울했을라. 보고 듣고 말하는 기능이 모조리 앞에만 붙어 있어 으밀아밀 불만을 속닥거릴 생각조차 못한 채, 숙명적 박해의식에 빠져 있을 공산이 크다.

뿐인가, 폭력이나 모멸 앞에 무력하든가 무안할 때는 앞뒤 구분이 따로 없어 그나마 괜찮다 하더라도, 매사에 속수무책인 뒤쪽은 상대적으로 훨씬 겁이 많다. 멱살은 같이 잡을 수 있되 느닷없이 덜미를 잡히면 경황없이 아찔하고, 가슴이 철렁한 것보다는 등줄기에 흐르는 식은땀이 더 무섭다. 볼기는 애무와 곤장의 이중성에 평생을 두고 떤다. 그 앞에 달린 것이 누리는 호사를 원망할 겨를 없이……, 깨진 무릎엔 머큐로크롬이라도 바르지만 오금이 저리는 데에는 약도 없다. 정강이는 걷어채고 종아리는 회초리를 맞는다는 점에서 비슷할망정 정강이는 맏아들보다 낫다는 소리라도 듣는다.

이래저래 돌아앉은 남자의 등은 든든하고 환하기 어렵다. 사십 오십 육십에 다다를수록 휑한 적막에 잠기기 쉽다. 터진 꽈리 던지듯 가볍게 말하는 쪽이나, 몸의 어느 한구석에 벌레가 기어다니는 느낌 없이 수용하기 힘든 '어르신'들이야 더 말해 무엇하리.

전후 사정이 아무리 그렇기로 일과 육신에 점점 물이 올라가는 삼십 중반을 대뜸 등시린 남자의 시발점으로 삼는 건 너무했다고 볼 수 있다. 당연한 불평인데, 누가 사람의 등에 투사된 음영을 등 푸른 생선만도 못하게 자꾸 까내리고 싶겠는가.

한마디로 야멸친 경쟁의 잔인한 속성과 무관하지 않다. 기껏 따라잡은 변화를 미처 소화하기도 전에 이제는 그게 아닌 저것이라고, 또다른 변화에 편승하기를 강요하는 속성재배 풍토가 젊은 중년의 양산을 도운 셈이다. 그런 과정에서 싹튼 잡다한 의식의 찌꺼기나 부하(負荷)의 누적에도 불구하고 겉으로는 아무렇지 않은 표정을 지어야 산다.

하다가 생긴, 절정의 나이테를 보태면서 드러나는 일된 피로가 예전의 조로벽(早老癖)과는 다른 형태로 전염의 폭을 넓혀가는 추세다. 오십 정년에 삼사십대 사장님 등장이 상징하는 젊은 사회 출현은 아닌게아니라 환상적이다. 뒤집어 생각하면 성공·실패가 그 정도로 빠르다. 따라서 삼십 중반에 무엇을 이루어도 이루어야 한다는 불안에 등 떠밀려 눈가의 주름보다 먼저 둥글게 둥글게 눕는 어깨를 적잖이 목격한다. 앞에서 감당하고 남은 폐기물을 뒤로 넘겨야 할 만큼 추락에 대한 공포가 심한 탓이다.

그렇다면 돌아앉은 삼십 중반의 여자 등은 어떤가. 매우 다르다. 앉은키의 높낮이나 모양새와 관계없이 상체를 떠받치고 있는 둔부를 기단(基壇)삼아 허전하지 않다. 볼륨이 빵빵하면 빵빵한 대로, 굴곡진 허리가 뚜렷할 만치 탱탱하면 탱탱한 대로, 남자의 등에 드러나기 쉬운, 일견 시무룩한 기색이 좀처럼 없다. 펑퍼짐한 앉음앉음과 더불어 무던히 좁은 안노인의 등은 하물며, 견디고 배긴 세월의 징표로 차라리 조촐하다.

남과 여의 등에 나타난 첫인상을 굳이 나누자면 그렇다뿐, 일일이 대비하기 쑥스럽다. 여 쪽이라고 늘 신간(身幹)이 편해서 그럴 것인가. 아니다. 여자라고 들씌우는 담타기 때문에도 속에서 끓는 내출혈이 남 이상으로 분출 직전일 테다. 다만 그렇게 보일 따름이다. '이리 오너라 앞태를 보자. 저리 가거라 뒤태를 보자'고 했던 시절과는 동떨어진 차원에서 황금분할 비슷한 비율로 안팎 태에 마음을 쓴 결과 아니겠는가. 본래적으로 부드럽고 둥근 어깨선이 음전한 뒷모습을 거들어 애시당초 무주공산같이 폭폭한 남자의 등짝과 비교할 것이 못된다.

애기가 좀 빗나가는 감이 있지만 그와 같이 호의적인 묘사 속에는 18, 19세기 유럽 화가들의 회화적 엉덩이 예찬과 관련된 선입관도 끼여 있다. 규시(窺視)심리야 있고 없고, 쿠르베나 드가 등의 그림에 숱한 '목욕하는 여인'의 풍만한 엉덩이는 그 자체로 아름다움의 극치였으니까. 제목 한번 즉물적인 책『엉덩이의 역사』(장-뤽 엔니그)를 보면 안다. 구석기시대에서 마릴린 먼로에 이르도록 여자의 엉덩이를 죄 등장시켜 인간 해방의 관점에서 가닥을 잡아나갔다. 소제목의 하나인 '먹고 싶은 엉덩이'는 얼마나 당돌하냐. 역사가 따로 있나, 엉덩이도 모으면 역사지, 소리가 절로 나오게끔 만들었다.

하면, 먹는 나이를 따라 후줄근해지기 마련인 남자의 등은 그걸 받쳐주는 엉덩이가 별볼일 없어 더욱 그늘지는가. 그런 점이 없지 않다. 서양에서는 엉덩이가 작아야 성기의 볼륨이 크다고 했거늘, 착 올라붙었다가 축 내려앉은 물렁살을 의식하는 연배들은 족히 수긍할 것이다. 두부살에 인비늘마저 하얗게 떨어질 지경의 노년은 더더구나 아니라고 우길 염치가 없다. 섣부른 관찰에 무책임한 단언이 스스로 부질없지만 그 같은 측면에서 또 말할 수 있다. 남자다운 기력의 원천이자 거처였던 뱃심이 이제는 힘의 저장, 방출, 조작이 한결 용이한 어깨로 옮아갔으며, 넓고 빳빳했던 어깻죽지의 점진적 위축은 뒤에서 볼수록 두드러진다는 것을.

그야 어떻든 근엄하기 이를 데 없던 역사가 자질구레한 생활 속으로 다양하게 가지를 치는 현상이 흥미롭다. 등으로 역사를 새긴

대도 시비할 것 없는 세상이 된 것이다. 과장이 심하거나 모호하다면, 역사의 뒤안이라든가 갓길에서 세상을 견딘 사람들의 자기 서술로 말을 바꾼들 상관없다. 쇠퇴한 기억력의 길고 짧음을 다투며 그들은 오늘도 별의별 이야기를 보고 겪은 만큼만 쓴다. 입으로 나눈다. 그런 예를 멀리서 찾을 것 무엇 있나. 천지간에 널려 있다.

　대충 어림하기로도 커피숍 손님이 여남은은 넘었으나 나는 금방 하 총재를 알아보았다. 문을 열고 바삐 사방을 훑다가 발견했다. 그가 정면으로 앉아 있었다면 동문수학 이전 이후에 걸쳐 하도 신물나게 대해온 얼굴이기 때문에도 대번에 알아봤다는 따위 표현이 어색하다. 언제나와 마찬가지로 삐딱하게 돌아앉은 그의 등만 보고도 네가 너로구나 짐작한 까닭에 내 식별법이 남다르다는 뜻이다. 하 총재는 다중 속에서 특히 그렇다. 앉거나 서거나, 가능하면 타인과의 대면을 피하려든다. 뭬 그리 눈꼴신 것이 많아 티를 내지 않고는 못배기는지, 가다가는 거꾸로 눈꼴사납다.
　"어, 임 당수."
　하 총재는 보고 있던 신문을 접으며 나에게 눈인사를 건넨다. 임당수 소리가 조금 컸는가, 옆자리의 중년 남녀가 흘깃거린다. 나이지긋한 층에겐 '도리우찌'로 더 익숙한 내 헌팅캡 스타일과 당수의 이미지를 어떻게 꿰맞춰야 할지 헷갈리는 눈치다. 쑥스럽기는 내가 더한데, 세속적 가늠으로는 잠바 차림인 하 총재의 맵시도 총재 직함에 안 어울린다. 무엇보다도 장소가 틀렸다. 평일의 커피숍은 도대체 당수나 총재가 앉아 있을 곳이 못되기 때문이다.
　그처럼 거창한 호칭은 산행을 중심으로 자주 만나는 고향친구끼리 아무 근거 없이 멋대로 안긴 별명이다. 하 아무개, 임 아무개를 본래 이름대로 또박또박 부르느니 각계의 우두머리 직함을 따 호명하는 것도 심심찮겠다고 해서 하나씩 나눠 쓴 감투이므로, 당수 총재 외에 장군 총리 의장 호칭 또한 없을 리 없다. 대통령만 빼고 다 있다. 물론 또래들의 회합 때나 통하는 입감투인 까닭에 아무데서나 주고받을 것이 못 된다. 따라서 이런 자리에서 불쑥 터뜨리면 피차 멋쩍다.

"근데 말야, 나 큰일 났어."

"왜."

열쩍은 장면을 눅이기 위해 불현듯이 꺼낸 것이 분명한 하 총재의 말에 얼른 달라붙었다.

"며칠 전부터야. 눈앞에 뜬금없이 하루살이가 날아다니지 뭐냐. 한여름이라면 몰라. 매화가 필 동 말 동 이른 봄에 웬 하루살이?"

"한 마리? 두 마리? 갸들도 하루 빨리 세상구경이 하고 싶었던 게지."

"장난이 아냐. 나중에 파리로 변하네. 처음엔 엉겁결에 손으로 탁 잡으려고 나댔지 뭐냐. 알고 보니 일종의 착시래. 눈병이지. 그러니 그것들이 잡히겠어. 남들이 보고 비웃었을 거야. 병원에 갈래다 말았다. 저절로 가라앉는, 다 아는 질환이래서 아직 안 갔어."

"너는 역시 여러 가지 면에서 나보고 늦되고만. 이제사 그걸 겪다니."

"머시라고?"

"산동(散瞳)이라는 거다, 그게."

"산통이 아니고?"

"동공이 커지면서 생기는 현상인데 파적(破寂)거리로 좋지 머. 눈을 위로 치뜨거나 밑으로 까는 데 따라 춤추는 미물들의 고공 저공 비행이 재밌잖냐."

"재밌기도 하겠다. 오래 가냐."

"마음을 곱게 쓰면 석달 열흘, 지랄같이 쓰면 일년."

"데끼!"

힐난하는 입과 달리 하 총재의 눈이 안도의 기미로 넉넉하다.

"왜 나오랬냐. 설마 하루살이 퇴치법을 듣자고 나를 호출한 건 아닐 테고."

"암."

하 총재는 주섬주섬 손가방을 뒤졌다. 이윽고 집어올린 복사물 서너 장을 다탁 위에 펼친다.

"봐라, 며칠을 뒤지고 다닌 끝에 찾은 자료다."

나는 뜨악한 심정으로 그가 내민 옛날 신문쪼가리 등을 무심히 살폈다. 곧 눈을 크게 떴다. 중앙청 광장을 빼곡 메운 군중 앞에서 취임선서를 하는 모양의 이승만 대통령 사진이, 오래 여투어두었던 기억을 꺼내먹듯 마음을 새삼 알딸딸하게 흔들었다. 안 그래도 시원찮은 원판을 다시 복사한 탓이겠으나 사진이 몹시 흐리다. 활자는 군데군데 마디가 잘려 내용을 판독하기 어렵다. 하나 단문장으로 된 빤한 기사 아닌가. 굵은 컷 제목만 주워읽어도 그만이다.

"보았지? 어디에 바이블이 있나. 오른손을 올리고 왼손에 든 선서문을 읽었을 따름이다. 나 이승만은 어쩌고저쩌고……, 대통령의 직무를 성실히 수행할 것을 국민과 하나님 앞에 엄숙히 선서합니다."

나는 하 총재의 말을 귀담아듣지 않았다. 마음속으로 정부수립 뒤에 벌어진, 저마다 역사적이라는 수식어를 빼면 섭섭해할 일과 사변들을 앞질러 꼽아나갔다.

"그런데 김 총리는 왼손을 바이블에 얹었다고 우기네. 접때도 보았지? 내가 오히려 잘못 착각하고 있다면서 부득부득 고집피우는 거. 정작 착각한 것은 자긴데도 말이다. 요담 산행 때 이 증거를 디밀면 어떤 표정을 지을까. 걔는 아마 미국 대통령 취임식이 그러니까 우리도 의당 그러려니 여긴 것이 분명해. 하긴 무리도 아냐. 이승만 박사가 누구냐. 어렸을 적에 걸린 마마가 악화되어 하마터면 눈까지 못 쓸 지경에 빠지지 않았더냐고. 미국 선교사 호레이스 알렌이 그걸 치료해준 다음부터 그의 하나님은 구세주 이상이었다. 오죽하면 제헌국회 임시의장으로 추대되자마자 회순에도 없는 기도를 제의하고 나섰을까. 여기 봐봐, 그날의 기록."

나는 하 총재가 손가락으로 짚어준 대목을 묵독했다.

—종교·사상 무엇을 가지고 있든지 누구나 오날을 당해가지고 사람의 힘으로만 된 것이라고 우리가 자랑할 수 없을 것입니다. 그러므로 하나님께 감사드리지 않을 수 없습니다. 우리가 성심으로 일어서서 하나님에게 우리의 감사를 드릴 터인데 이윤영 의원 나오셔서 간단한 말씀으로 하나님께 기도를 올려주시기 바랍니다.

"그래서 선서 끝머리에 국민과 하나님 앞에 선서한다는 구절을 우정 넣었구나. 그 후의 대통령 선서에는 하나님 소리가 없었던 것 같던데."

"없고말고. 나는, 하면 그만인 걸 굳이 나 이승만으로 허두를 뗀 것부터 유별나단다."

"일일이 챙기느라 애썼구나. 그냥 넘어가면 어때서."

"저런. 증언은 정확해야 돼. 우리가 우리 시대를 똑바로 증언하지 않으면 누가 하겠냐. 사소하다고? 쩨쩨하다고? 아냐. 처음부터 큰 역사가 어딨어. 얘기가 나온 김에 말인데 제헌국회에 우국(憂

國)노인회 소속 의원도 있었다고 김 총리가 또 아는 척을 했는데 거기 봐라. 있어? 없지."

"쿡!"

"왜 웃어."

"언젠가 우리 모임에서도 우국노인회 같은 걸 만들자던 소리가 나왔지. 그 생각이 얼핏 떠올라서."

"싱겁기는, 지나가는 농담을 가지고."

맞다. 웃자고 던진 제의에, 우국노인 같은 소리한다는 편잔이 덧없었다. 호박나물에 용쓴단들 허물될 것이 없는 생의 해거름에 무엇은 또 만만하랴……, 사서 떤 궁상이 그때 다시 언짢았다.

나는 입안의 쓴 침을 삼켰다. 슬그머니 짜증이 인다. 성서에 손을 얹었으면 어떻고 성서가 아예 없었다면 대수냐. 시어빠진 우국으로 마음 상한 날의 되새김질이 초라해서 자리를 뜨고 싶지만 참는다. 하 총재의 큰 역사 운운에 아망스런 허풍이 없지 않을망정 익숙하다. 나 역시 그런 면이 없지 않은 데에다, 전화로 점심 약속을 하면서 비친 '긴히 상의할 일'이 궁금해서도, 그의 변죽만 울리는 이야기에 계속 귀를 기울일밖에 없다.

자기가 살아낸 역사에 누가 백두대간마냥 우뚝한 조리를 세워 거침없이 술회할 수 있을까. 없다. 우리가 바로 그랬다. 골짜기 골짜기에서 제각기 보고 겪고 치댄 것들을 곰비임비 거두어 깨지락거릴 따름이다. 그나마 중구난방이 경우가 많다. 산만한 기억력은 먹은 것도 없이 불룩한 배로 하여 처진 혁대만큼이나 하강곡선을 긋기 바쁘다.

한다고 입까지 심심하면 무슨 재미. 다물 때 다물더라도 끼리끼리 어울리면 때때로 입에 거품을 문다. 등을 대고 산 역사의 개인적 축적이 차고 넘쳐, 별별 화제의 희한한 전개가 실로 장황하다. 공유하는 유년의 빈궁회상에 눈물 찔끔 섞어 웃고, 그제나 이제나 사람들을 두세 부류로 갈라놓기 십상인 정치적 이견엔 각개격파식 옹고집을 부렸다.

유유상종의 어울림이 그렇게 해낙낙하다가 때로는 잔망스러운 심술로 바뀌기도 했는데, 통틀어 편안한 사이를 해칠 정도는 아니어서 만남이 즐겁다. 새로 교분을 트기보다는 오래 지탱해온 연분도 제물에 틈이 벌어져 고적이 쌓이는 시절에, 유유상종은 묵은 정의 평화로 녹록하다. 경멸의 뜻이 다분한 상투어의 또다른 미덕으로 무방하다.

하고 보면 우리는 모든 면에서 고만고만하다. 배움도 환경도, 그럭저럭 먹은 대학물까지 포함하여 아무도 썩 튀지 못했다. 하늘과 땅이 맞닿은 듯 사람과 세월을 요절낸 전쟁을 빼면 한결같이 밋밋한 삶이다. 평생을 도막치고 얇게 저미면 어찌 다른 부분이 없을까. 직업이 각각인 채 사는 곳이 동떨어진 동안도 있어 서로 몰랐던 풍상이 남 못잖을 테다. 대부분은 이미 소상히 꿰고 있지만 말이다. 변소에 가서 웃었는지 안 웃었는지 물어보지 않았으되, 오십 고개에 마누라가 죽자 반년도 안 되어 새 각시를 얻은 자, 조실부모하여 고아처럼 자란 자, 폭격통에 새끼손가락을 잃은 자, 어린 딸이 해수욕장에서 익사한 뒤로는 바다 근처에도 얼씬대지 않는 자 등등, 나름대로 적지 않다. 하지만 넓게 보면 다들 거기서 거기다. 왕창 돈을 번 부자는 물론, 총재나 당수의 반의반 정도 직위에 오른 친구 하나 없다. 사람과 산은 멀리서 보는 게 낫고, '삼인행 필유아사(三人行 必有我師)'라는 공자님 말씀도 있고 보면 내 단언이 지극히 속물적이다. 반드시 그런 각도에서만 친구를 폄훼하는 허물이 이만저만 아니려니와, 실상인즉 누가 먼저랄 것도 없이 흔히 그런 소리를 주고받는다. 관운도 재운도 지지리 못 타고난 놈들이라고……, 친근감으로 너나들이하는 사이가 아니면 입에 담기 어려운 허튼수작이다.

이만한 의기투합의 한 방편으로 곧잘 동원되는 것이 지금은 사어가 다 된 지난날의 언어다. 곧 죽어도 왕시의 외래어를 중심으로, 장난 삼아 암호 삼아 일부러 뇌까린다. 따라서 방금 내가 떠올린 속물은 '스노브'라야 옳다. 딱히 언제부터라고 못박을 수는 없는 노릇이지만 자주 그러는 편이다. 말말 끝에 누군가의 입에서 '피앙세'라는 단어가 가령 흘러나왔다고 가정하자. 너도나도 한마디씩 초를 친다.

―와 피앙세! 얼마 만에 듣냐. 그때 꽃도곤 아름답던 내 피앙세는 어느덧 폭삭 늙었다만 회구의 정이 새롭다.

―불란서 본토 발음의 정확성이야 어떻든 휘앙세로 더 많이 통했지. 울림이 한결 부드럽거든.

―그랬었지. 휘앙세 전엔 리베가 있었고.

―너는 데릴사위로 들앉았으면서 리베는 무슨 리베.

―말도 못하냐.

―좋다. 리베와 휘앙세는 칼피스를 마셔야지.

―칼피스의 선전문구가 뭐였는지 아냐.

―것도 모를까. 칼피스의 맛은 첫사랑의 맛.

―그럴 때의 she, 즉 가노죠(彼女) 손에는 하이얀 한캐치(손수건)가 들려 있기 마련이고.

―남자를 일단 에고이스트로 친 것도 그들이다. 뒤로는 호박씨를 깔망정.

―심하면 징글이스트로 몰아붙이고.

―징글이스트는 훨씬 나중일 게다. 콤마 이하가 먼저였어.

―옛날 이야기를 하자니 멜랑꼴리해질라고 한다.

―야 멜랑꼴릭! 그러나 이럴 때는 안 어울려. 노스탈지아가 나을 걸.

―노스탈지아는 엘레지의 사촌이지. '오 두 쁘랭땅 도뜨르화……' 오 그 따뜻하던 봄날.

―일본말 사비(寂)는 어떠냐. 어찌니저쩌니 해도 동양인 정서에는 걔네들의 운치가 그럴싸하게 와닿잖아.

―사비는 와사비(겨자)의 준말이다.

―녹슬었다는 뜻도 있다. 실상 우리가 그런 꼴이다. 녹슨 입에 구닥다리 서양말 찌끄러기를 주워담고 있으니.

―어쩐지 시들하냐? 아니거든 페이소스를 느끼거나.

―페이소스는 유머와 짝을 이뤄야 제격이다.

―우리 때는 미처 짝을 이루지 못했다. 각각 따로 놀았어.

―왜 그랬지.

―네가 아냐, 내가 아냐. 시대 탓도 있었겠지만 페이소스의 어감은 단독으로 나돌 무렵이 더 좋았던 것만은 확실해.

―좁은 지방도시치고는 엉뚱한 외래어 간판이 해방의 종소리와 더불어 거리에도 속속 등장했지. 그전에는 상해 테일러라든가 나가사끼 제과점이 고작이었는데, 리스본 양화점에 미라노 양장점, 그리고 라스베가스 까페나 뉴욕 미장원이 들어서는 등, 점포 이름이 구미 각국으로 뻗었다.

―세계화의 조짐이 그때 벌써 싹튼 폭이다.

―리스본 양화점 주인 생각나냐.

─살짝곰보?

─친구 삼촌인데, 내가 리스본이 어디냐고 물었더니, 얌마 이태리에 있다는 것만 알아둬, 이러더라.

─별걸 다 기억하고 있구나.

─기억이라는 게 그래. 막상 기억해야 할 것은 까마득하고, 쓸데없는 잔챙이만 남는 경우가 많아. 몸의 기억력이 마음의 기억력보다 따뜻하기 때문이라는 말과도 관련이 있나?

─얼추 맞는 얘길 게야. 너희들도 아다시피 내가 뭐 문학을 아냐. 그래도『죄와 벌』이랄지『부활』만은 겨우 읽었는데 내용은 간데없고 남은 건 사모와르와 워카뿐이다. 코프, 토프, 스키로 끝나는 주인공 이름은 가뭇없고.

─워카? 보드카겠지.

─알아, 그 정도는. 요새 제법 맛들인 보드카를 왜 몰라. 하지만 해방 전 일본어 번역판은 워카 아니더라고. 그들은 지금도 그렇게 써.

─그럼. 나도야 처음엔 프랑스 소설에 뻑하면 나오는 크롸쌍이 해장국 같은 것인 줄 알았다. 아침마다 먹길래 그런가부다 짐작했지.

우리는 산이나 회식자리, 또는 날을 잡아 떠난 여행길에서 과거의 잡다한 소재를 한시적으로 이렇게 띄워올려 빈약한 화제의 확장과 경험의 재현을 꾀했다. 방금 지적한 대로 동문서답하듯 두서없이 그것들을 주워섬기는 와중에 출몰하는 작은 알력과, 동류의식의 무던함 속에 잠복하는 염증이 그때마다 없지 않았다. 좋은 노래도 자주 들으면 지겨운 법이므로, 경험의 재탕삼탕에 오히려 신물나 때로는 망각의 미덕에 기대고 싶었다. 그렇다고 잊어버리는 일이 그리 수월할까. 몸의 기억 저장장치는 유한하다. 잉여분을 들어내야 건강을 유지할 수 있는 까닭에 그걸 일정 부분 사상(捨象) 조절하는 기능을 따로 갖추고 있다지만 미장 흙손으로 담벼락 낙서를 지우듯 일시에 쓱싹 없애지는 못한다. 개중에는 주인이 싫다 싫어 내칠수록 죽자꾸나 하고 들러붙어 애를 먹이는 말썽꾸러기조차 있다.

매양 헐겁게 흐르기 일쑤인 우리 입담은 따라서 파한의 몸짓에 그치지 않는 혹종의 마스터베이션과도 같다. 털어낼 것 털어내고 공감할 것 공감하며 서로서로 위무하려는 계산이 숨어 있다. 그러다 뜻밖의 감정과 해후하면 더 좋다. 자기 눈높이로 각기 세월을 구워삶다가 얻어걸린 감동의 단서는 여러 가지다. 남들 귀에는 엉뚱한 옛노래 한 소절을 갖고도 삭정이처럼 마른 가슴에 모닥불을 피울 수 있다. 이를테면 이런 이야기로.

─우리 어머니 말이다.

─요즘은 어떠셔.

─그냥 그래. 망령든 구십 노인이 어디 가겠어. 정신이 들어왔다 나갔다 하시는데, 간밤엔 글쎄 노래를 부르시네?

─무슨 노래.

─하도(비둘기) 뽓 뽀.

─뽓 뽓뽀, 하도뽓뽀를? 옛날 옛적 일본 동요 아니냐. 우리도 초등학교 시절에 불렀던.

─응.

─어디서 배우셨을까.

─일 년인가, 간이학교를 잠깐 다니셨거든. 집사람과 내가 번갈아 모시고 자는데 어젯밤은 내 차례였어. 새벽녘이 되어 어디선가

책을 읽는 듯한 웅얼거림이 귀에 들렸으나 신경쓰지 않았다. 바깥에서 나는 소리 같기도 해서 미진한 잠을 다시 청하려는데, 웬걸! 육감이 이상해서 번쩍 눈을 떴더니 어머니잖아. 창밖을 바라보고 앉아 부르시는 거야. 얼마나 놀랐겠냐. 황당하더만.

— 시쳇말로 엽기적이다야.

— 전에도 부르셨나, 그 창가.

— 어디가. 유행가가 되었건 창가가 되었건 어머님 입에서 노래가 나오기는……, 몰라……, 내 귀로 들은 건 당신 일생에 겨우 몇 번? 노래와는 담을 쌓고 사신 분이야.

— 음정 박자는 어떻디.

— 체, 물을 걸 물어라. 글 읽는 투 음영(吟詠) 솜씨가 오죽했겠냐만 가사는 어지간히 정확하더라. 일절을 죄 외웠어.

— 어떻게 기억해내셨을까. 하도 뽓 뽀는 이절까지지.

— 글쎄 말이다. 나도 그게 궁금해서 여쭤봤더니 대답 대신 웃기만 하는 것 있지.

— 소이부답(笑而不答)이렷다……. 그럴 수도 있지. 구석빼기에 깊이 처박혔던 기억이 자기도 모르는 사이에 슬그머니 떠올라 가슴에 고이는 상황, 못 느껴봤냐?

— 하긴.

— 참 이상하다.

— 이상하긴 뭐가. 너는 불시에 껴들어 엉뚱한 곳으로 얘기의 물꼬를 잘 틀더라. 너도 어머니의 하도 뽓 뽀냐. 돌아가신 지가 언젠데.

— 자발 그만 떨고 잠자코 들어. 이번 것은 북망산에 가 계신 우리 큰아버지의 군가다.

―일본 군대에 나갔었나.

―아니 징용이다. 구주탄광. 더 구체적으로 말하면 후꾸오까시에서 수백리 떨어진 바다밑 탄광이랬다. 죽도록 석탄만 캐다가 귀국하신 분이야. 해방 덕에.

―바다에서 탄을 캐다니.

―그렇대. 일본사람들이 광산을 야마(山)라 이르듯이 탄광은 곧 산속인데 바다에도 더러 있나봐. 해변에서 수직으로 오백 미터쯤 파들어갔다가 바다를 향해 수평으로 다시 칠 킬로미터까지 뻗은 탄광이라더라. 여기서 생각할 수 있는 것이 상식의 허점이야. 탄광과 산을 동일시하는 사람은 도저히 믿기지 않겠지. 그래서 서울 가본 놈하고 안 가본 놈이 싸우면 서울 가본 놈이 진다는 말이 생겼을 것 아닌가. 우리 사회엔 이와 비슷한 현상이 참 많아. 그때 그 시절을 잘 알지도 못하면서 머리에 잘못 입력된 일률적인 고정관념으로……

―또 또. 기껏 큰아버지의 군가 얘기를 한대놓고.

―알았어, 알았다구. 아무튼지 그 양반은 연에 한두 차례, 술만 나우 마셨다 하면 으레 센유(戰友) 노래를 불렀단다.

―어떤 군가더라.

―몰라? 앞대목만 불러볼까. '고꼬와 오꾸니오 난뱌꾸리'(여기는 고향에서 몇백리).

―나는 알겠다. '하나레떼 도오끼 만슈노'(멀리 떠나온 만주의) 이렇게 나가지?

―너는 얘보다 낫구나. 얘는 일본 식민지 헛살았어. 도무지 아는 게 있어야 통하지.

―개떡 같은 자랑도 자랑이냐.

—좌우지간 그 노래는 무려 십사절이나 된다.

—징용가서 죽을 똥을 싼 이가 어쩌자고 관동군 노래를.

—바로 그 점이 오묘해. 평소엔 이를 부득부득 갈며 자신을 사지로 끌고 간 일제를 증오했다구. 그런 양반이 왜 저럴까 의아하지 않을 턱 있나. 이유를 캐묻기도 했는데 본인은 의외로 담담하더라고. 아는 일본 노래라곤 그거밖에 없는데다 곡조가 마음에 든다 이거야. 만주와 탄광의 처지가 천양지판으로 다르긴 하지만 고향 떠난 설움을 삭이기 딱 알맞아 망향가를 부르듯 부른댔어. 하고 보면 일본 군가는 거의가 슬퍼. 씩씩하기는커녕 가사나 곡에 센치 (sentiment)한 것이 수두룩해. 되레 전의를 상실하겠더라.

—걱정도 팔자. 슬픔도 지극하면 힘이 된다고 했다. 주가가 바닥을 치면 상승곡선을 기대하는 이치나 매한가지지.

—들은 풍월이 제법이구나. 어떻든 분명해. 어느날 갑자기 튀어나온 노래는 부른 사람의 일시적 정조(情操)를 실어나르는 방편 이상도 이하도 아니라는 것이. 남의 가락을 빌어 자신의 울적한 기분을 달래는 심사 알겠냐? 어머니의 하도 큰아버지의 전우가에 깔린 심리는 그래서 똑같다고 볼 수 있다.

—모른다고 했다간 쌈나겠다.

—내용이 전혀 딴판이니까 같은 차원에서 논할 수는 없지만, 학도가도 그렇지 뭐. 학도야 학도야 청년학도야. 벽상의 괘종을 들어보시오……. 이것도 곡은 일본의 철도가에서 따왔잖아. 둘 다 4·4조인데 철도가는 무슨 놈의 노래가 육십육절이나 되냐. 노래의 장편소설이 따로 없어.

—노래는 단순한 노래에 그치지 않고 다양한 연상작용을 자극한다고 나는 생각한다.

―크게 나오는구나. 너는 또 뭐냐.

―내 것은 메이드 인 유에스에이다. 일제가 아니라.

―그으래?

―「흑과 백」이라는 영화 있었지.

―토니 커티스와 씨드니 포이티어가 함께 쇠고랑을 차고 탈주하는 영화? 라스트 씬이 슬펐지. 달리는 열차 끝에서 흑과 백의 두 손이 결국은 운명처럼 떨어져나가는 장면이.

―내가 말하려는 건 시드니 포이티어가 부른 노래 '롱 곤(Long gone)'의 한 대목이야. '멀리 가버렸네. 멀리 가버렸네. 고향에 가거들랑 재봉틀을 사놓고……' 할 때의 재봉틀, 영어의 쏘우잉 머신(sewing machine)이라네, 이 사람들아. 그가 짐승처럼 애절하게 쏘우잉 머신을 뽑는 찰나, 나는 눈물이 핑 돌도록 가슴이 아팠다. 당시의 내가 영어 가사를 제대로 이해할 리 있나. 그런데 고음으로 내지르는 쏘우잉 머신 하나는 알아듣겠더라고. 나중에사 '롱 곤' 판을 구해 떠듬떠듬 따라부르는 흉내를 냈지만서도.

―쏘우잉 머신이 어쨌길래.

―우리 어머니의 내재봉소 모르냐?

―아 그렇지, 참.

―아버지 없는 집안의 우리 네 동기를 어머니는 손틀 하나로 키우셨다. 등이 휘도록 일한다는 말은 바로 우리 어머니를 두고 하는 말이라는 느낌이, 돌아가신 지 십여 성상이 지난 지금까지 애달파. 어머니가 시켜 내가 백지에 써서 일각대문에 붙인 내재봉소 네 글자가 눈에 선하다. 솜씨가 좋아 단골이 꽤 있었다지만 장마철이나 한겨울엔 주문이 뜸해. 잘 지었네 못 지었네 잔소리는 물론, 일감이 밀리면 허옇게 밤을 새거늘 옆에서 도와줄 수도 없는 게 어머니

의 바느질이었다. 우리 형제들은 둥글납작 바스라진 노인네 등을 끝까지 파먹고 산 셈이야.

—서울로 올라온 뒤에도 내재봉소 간판, 아니 너 같은 아들이 썼음직한 종이쪽지를 골목쟁이 담벼락이나 큰길가 전신주에서 더러더러 보았다. 그때마다 청상과 바느질품의 숙명 같은 관계가 연상되더라. 둘은 항시 붙어다녔으니까.

—짝없이 공교롭게 들릴지 모르겠으나 내 경우의 미싱 애사(哀史)는 그 후에도 색다른 양상으로 지속되었다. 우리 큰아이가 학생시절의 한때를 운동권에서 보낸 것 너희들도 잘 알겠지. 하루는 녀석의 빈방에서 미싱 노래를 우연히 또 만났지 뭐냐. 스카치테이프가 필요해서 들어갔을 거야. 펼쳐진 대학노트에 끼적거린 많은 노래를 무심코 들추다 발견했다구. 대충 훑기로도 내용이 미싱투성이였던 탓이다. 슬픔을 지그시 누르고 불렀을 가사가 우선 보기에 예뻤어, 호기심이 동해 주책없이 베꼈다. 가락은 모른다. 제목은 잊었다만 그 중 몇 구절은 아직 욀 수 있다. 들어볼래? '흰 눈이 온 세상에 소복소복 쌓이면, 하얀 공장 하얀 불빛 새하얀 얼굴들, 우리네 청춘이 저물고 저물도록, 미싱은 잘도 도네, 돌아가네……' 어때?

—좋구나. 지구력이 강한 힘은 원래 잔잔한 서정 속에서 나온다더라.

—햐, 네 해석이 깐에 퍽 근사하다. 꿈보다 해몽이로구나.

하 총재는 전화로 귀띔했던 긴한 얘기를 쉽사리 꺼내지 않았다. 감자부꾸미에 소주를 곁들인 국밥 점심이 거진 끝나도록 딴전을 피우며, 혼자 밑도끝도없이 띄운 화제를 제 손으로 되잡아 으스러뜨렸다.

선비는 죽일지언정 욕을 보이지는 않는 법(士可殺 不可侵)이라고 했던 김구 선생 말씀의 출전은 『예기』로되, 그 어른의 입에서 나와 더더욱 돋보이지 않느냐. 그것은 오늘의 세상에도 여전히 유효한 선비의 기개여야 한다고 표정을 가다듬었다. 내가 거푸 고개를 끄덕이자. 그러나, 하고 다시 토를 달았다. 그러나 한신(韓信)은 불량배의 가랑이 밑을 태연히 기어나가고, 사마천은 궁형을 당하고도 견뎌 『사기』를 남겼잖냐. 여기서 생각이 갈린다. 치욕에 당장 맞설까. 일시적 수모를 넘어 훗날을 기약할까. 출중한 위인이 못되는 범인도 그와 같은 갈림길에 서기는 마찬가지라고 너스레를 떨었다.

엉뚱한 선비론은 자유당 삼선개헌 때의 사사오입 발안자에 대한 나름의 추적을 거쳐 박통 시절의 지식인상으로 이어졌다. 나는 슬며시 하품이 나왔다. 말막음을 할 양으로 그에게 하나마나한 소리를 던졌다.

"일기는 계속 쓰고 있냐."

"암."

"매일매일 소재를 챙기기 힘들 텐데."

"버릇이 돼서 괜찮아. 없으면 감상문이라도 긁적이니까."

"수필조로?"

"그렇지, 전과 달리 건너뛰기도 해."

"아이들마냥 한꺼번에 몰아쓰겠군."

"흐흠."

하 총재의 일기는 유명하다. 늦깎이로 시작했다는 동기야 어쨌든지 끈기가 놀랍고 대견하다. 아무도 보지는 못했으나 세상의 크고 작은 사건에서 주변인물의 동태까지 일일이 적는 근력에 모두 혀를 내두른다. 덕택에 깡그리 잊어먹은 남의 기억을 되살리는 구실마저 간혹 했다. 그 일이 언제였더라 미심해서 전화를 걸면 대충 짚어주었다. 내 일기를 찾아보니 이렇다는 대답이 꼭꼭 돌아오나 똑 떨어지게 흡족치는 않다. 하지만 일기의 신빙성을 추심할 겸, 함께 갔던 여행경로 등속을 확인하는 문건으로 제법이다. 그 부분만큼은 사적 기록을 여럿이 공유하는 격인데, 그밖에 적지 않을 실언이나 노랑이짓까지 썼을 걸 생각하면 기분이 묘했다. 그가 일기에 담는다고 했던 또래들의 말이나 행실에 대해 처음에는 다들 관심을 두지 않았다. 정성이 대단하다 칭찬하면서 내 이야기를 잘 좀 써달라는 우스개를 날리며 히히거렸다. 그러다 슬그머니 신경이 쓰였다. 누가 자기에 대해 무언가를 기록하고 있다는 사실이 이따금 찜찜했던 것이다. 까짓 일에 마음을 쓰다니 가소롭다는 느낌이 뒤미처 고개를 들었다. 그가 저승길에 오르는 날로 허섭스레기 유품과 불쏘시개로 사라질 물건에 대한 쓸데없는 괘념을 자책했다.

친구들의 변화를 눈치챈 하 총재는 당초엔 느물느물 연막을 쳤다. 그러니까 나에게 잘 보여야 한다는 둥 맨입으로 되는 일이 어디 있느냐는 둥 반응을 샐샐 즐기다가 막판에 벌컥 화를 냈다. 일기장에 적을 일이 그렇게 없어 시시하게 불알동무들의 뒤통수나 치고 앉았을까. 에라 이 좀팽이들! 솔직히 아주 막설하는 건 아니다. 쓸 때는 쓰려니와, 그럴 적에도 양념삼아 재미삼아 깔짝거릴 뿐, 이래봬도 나의 주된 관심사는 세상의 흐름이야. 알겠냐? 그 안에서 나는 무엇인가를 묻고 내 나름의 생각을 추려 적는다. 이만하면 되었냐? 사리물은 입으로 되었냐? 를 거듭 반문하고 나섰다. 듣는 쪽이 무춤한 순간이었으나 졸지에 굳어진 그의 안색 역시 썩 자연스럽지는 못했다.

"한데……."

수저를 놓고 찻물을 한모금 마신 하 총재가 천천히 상반신을 곧추세웠다. 말머리를 바꾸려는 사람 특유의 자세다.

"슬슬 일기 쓰는 것 작파할란다."

"……."

대뜸 흘린 말이 너무 뜻밖이다. 미처 대꾸를 못한 채 그의 안색을 조용히 살필밖에 없다.

"이상하냐?"

"당연하지. 너에겐 소일거리 이상의 의미 있는 작업 아니었냐."

"그랬지?"

"힘에 부쳐서?"

"그런 이유도 없지 않고."

"염증도 나고?"

"허. 네가 미리 다 말하면 내가 대답할 게 없잖냐."

"미안하구나."

"내 입으로 글줄 어쩌고 지껄이기 민망하다만 글이라는 게 그렇더라. 쓰면 쓸수록 나도 모르게 남을 비판하고 세상을 꾸짖게 돼."

"니는 더구나 글에 대해 쥐뿔도 아는 게 없다마는 글을 그 재미로 쓴다더라. 비판이 없는 글은 팥고물 없는 붕어빵이나 같대."

"붕어빵에 붕어가 없다는 말과는 어떻게 다른고?"

"웃자고 한 소리에 다르고 말고가 어딨어. 난센스 게임 비슷한 거지."

"난센스라……. 이 세상에 난센스 아닌 것이 있을까."

"점심 잘 먹고 왜 이래."

"이것도 누군가가 지어낸 난센스의 하나겠지만, 어떤 신문기자가 시골할머니의 딱한 사정을 취재하다 말고 부지불식간에 뜨거운 감자를 만나셨군요 했단다. 하필 그런 자리에서 유식을 떨래서 그랬겠냐. 입에 붙은 말이 그냥 새나온 거야. 그랬더니 할머니가 뭐라고 대꾸한 줄 아니?"

"몰라."

"감자는 뜨거울 때 먹어야 혀. 식으면 맛없어."

"잠깐, 왜 옆길로 새냐, 얘기가."

"내 잘못이냐. 우리나라 화법의 고의적 능청 탓이지."

"어렵소."

"종잡기 힘들지? 제 곬으로 돌리마. 요컨대 물렀어. 기록이 너무 엉성해서 걱정인 나라니까 어떤 형태의 기록이든 기록이 많아 나쁠 건 없겠지. 그러나 기록 밖에서 떠돌다 제물에 꼬리를 사려 좋은 것까지 낱낱이 남길 건 뭐냐. 안 그래?"

"줄창 하던 일이 어느 날 갑자기 싫어지는 수가 있긴 있지. 그런 종류의 회의냐?"

"반드시 그 이유가 다는 아니고."

"지금껏 길들이 노릇을 백팔십도 바꿀 만한 까닭이 따로 있단 말이군."

"가령 생각해보자. 전쟁이 한창일 때 산에 굴을 파고 숨은 남편에게 밤을 틈타 밥을 나르던 아낙이 있었다. 며칠째 뒤를 밟던 사내가 그걸 빌미 삼아 아낙을 덮쳤다."

"당시의 오살육시 광기에 대면 별일 아니잖으냐."

"두 당사자 가운데 하나가 늘 만나는 사람의 어머니였으니까 문제지."

"?"

"사내는 도시에서 마을로 피난온 작자였다고 한다."

"네 눈으로 직접 본 게 아니구나."

"본 것 이상으로 확실한 이야기를 들었다."

"일기에 썼냐."

"그건 비밀이다. 해방 다음날 밤 일본인 가마보꼬(어묵)집에 들어가 금줄 달린 회중시계를 주머니에 넣고, 입으로는 야마하 하모니카를 불고 나온 위인도 안다. 뿐이냐……."

"그 통에 하모니카라. 그 역시 늘 만나는 사람과 관계가 있냐?"

"물론."

"자상도 하다. 그러느라 네 등이 유난히 굽었나보다."

"기록을 위해 여기저기 관심을 쏟다보면 풍문을 쫓아 제 발로 굴러드는 정보도 가끔 있다."

은수(恩讐)의 세월이었던 오십년대 밀고가 아직 끝나지 않은 폭이랄까. 더 이상 입에 올릴 건덕지가 없을 만큼 바닥이 난 것 같아도 그때 그 이야기는 아직 남아 허공을 떠도는 게 이 바닥의 현실이라고 그는 덧붙였다. 반백년 묵은 풍문을 정보로 개칠하는 그의 어법에 나는 그러자 주목했다.

"오나가나 오십년대. 우리는 엔간히 거기서 벗어나지를 못하는구나."

"그때 전쟁이 있었으니까. 기억이 유년 시대에 집중되어 향수를 자아낸다지만 전쟁은 서로에게 원수의 씨앗을 뿌리기 바빴으니 어쩌겠냐."

"밀고와 살육의 아귀다툼 속에서 목격하고 체험한 은혜와 구원의 순간도 많았어."

"누가 아니래. 보은의 후일담이 그래서 더 값지단다."

"조금 전에 꺼낸 아무개 어머니 일, 그쪽에서도 네가 그 사실을 알고 있다는 것을 알까?"

"분명치 않아. 알고 있는 것 같기도 하고 모르는 눈치 같기도 하고."

"만약 일기에 올렸다면 가는 길로 지워라. 그대로 둔다면 너는 나쁜 놈이야. 나 또한 안 들은 걸로 해두겠다. 벌써 네가 알고 내가 아는 꼴이 되었는데 나한테 부러 일러주는 의도를 이해하지 못하겠다. 아까 네 입으로 말했지? 기록 밖에서 떠돌다 제물에 꼬리를 사리는 것까지 기록할 건 뭐냐고. 글줄로 옮긴다 하더라도 불가항력의 피해자는 끝내 보호하고 가해자를 저주해야겠지."

"허. 하니까 논하는 것 아니냐."

하 총재는 어병한 눈으로 내 시선을 맞잡았다.

"알아서 하려무나. 알아서 하는데, 내 생각엔 방향이 문제인 것 같다. 어디선가 귀동냥한 말이다만, 진정한 역사가는 서민의 술상에 오르는 잡담마저 분석할 줄 알아야 한다더라. 한 시대의 삶을 거시적으로 짚어내기 위해서는 술집 구석에서 과년한 딸의 혼사를 걱정하는 지아비의 모습까지 그릴 수 있어야 한댔어. 그만한 정신으로 큰 줄기를 도모하라는 얘기겠지. 너무 가깝고 자잘한 것들의 나열에 치우치면 곧 한계에 부딪힐뿐더러 쓰는 재미도 반감될 게다."

"내 말이 그 말이다. 안 그래도 지극히 친근한 관계 못지않게 중요한 것이 먼데 있는 것들과의 거리 좁히기라는 생각이 요새는 염두에서 떠나지 않는다. 때로는 내가 누구인지 모를 지경으로 머리가 몽롱하기도 하고."

"낯선 나라, 낯선 도시, 낯선 사람들과의 친화력 다지기 염량(炎凉)이야 나쁘지 않은데, 기왕 맺은 인연도 한 해가 다르게 줄어드는 형편에 그게 잘 될 꺼나."

"마음에 두지도 못하냐. 도처에 근친상간 수준의 지연 학연 권연 투성이다."

"권연이라니?"

"권세 권, 인할 연, 연줄을 찾아 권세가들끼리 짝짜꿍하는 거 몰라?"

"윽박지르기는. 하마터면 궐련(卷煙)으로 알아들을 뻔했다. 이왕 먼데로 눈을 돌리고 싶다는 말이 나온 김에 나도 최신 정보 한 가지 알려주랴."

"맘대로."

나는 이야기를 시작했다.

먼먼 미국 땅 어떤 도시에 팔십 가까운 교포 한 분이 외롭게 산다. 부인이 몇 년 전에 작고한 다음부터 홀로 지낸다. 미국으로 건너간 지 수십 년. 국내서 보낸 공직생활을 정리하고 떠날 때 직함을 자세히 알 수 없지만, 웬만한 지위에 있었던 건 확실하다. 일찍 시민권을 얻어 최소한의 생활이 가능하다. 합중국 정부에서 주는 연금으로 삼시 세끼를 해결하고, 저녁이면 포도주 한두 잔을 반주로 삼는다. 다달이 나오는 돈이 그 정도로 딱 알맞다. 그밖에 재산은 없고 자식들은 모두 한국에서 산다.

여기까지는 그냥 그렇다. 유서 봉투를 책상 위에 늘 놓아두고 있는 것이 색다르다. 겉봉에 쓴, 받아보는 사람의 주소 성명이 노인 거주지역의 구청장 앞인 점이 더욱 눈길을 끈다. 내용 또한 파격적이다. 내가 죽거들랑 곧 행려병사자로 처리해 달라. 시신을 화장하되 뼛가루는 근처 강에 뿌려 달라. 가족에게는 일절 알리지 말라.

그 중에 제일 두드러진 것이 삼항이다. 고국의 자식들에게 나의 사망 자체를 비밀에 붙여 달라는 유언이 이상하다면 이상한데 결코 불화 때문이 아니다. 장례를 치르러 오가는 부담을 주지 않기 위해서다. 거꾸로 가는 고려장의 한 시범으로 산뜻하다. 노인은 평소에도 타인과의 번잡스런 접촉을 꺼린다. 응답전화에 메시지를 남기라는 자신의 녹음 소리에 벌써 '한인물입(閑人勿入)'의 의지가 실려 있다. 영어도 아니고 독일어도 아닌 말로 쏼라쏼라 씨부렁거렸기 때문이다. 그런 식으로 부담스런 방문객의 출입을 따돌리고 챙긴 시간을 근거리 버스여행이나 모국 신문 읽기로 때운다.

"결벽증이 지나치게 심하구나."

내 얘기를 다 듣고 난 하 총재가 말했다.

"한편 신선하지 않냐. 보나마나 그 노인네의 등도 활처럼 만곡하게 휘었을 것이다. 그런 몸으로 생의 끄트머리를 흔적 없이 지우려는 완결의 뜻이 얼마나 참신하냐."

"아직 살아는 있고?"

"그런갑더라만 그건 궁금하지도 않다. 중요한 것은 무섭도록 간결한 의지지. 쇠락과 퇴행을 허물마냥 둘러쓰고 다닐망정 그 중에는 싱싱한 젊음이 못 따를 대범무쌍한 노년도 있다는 확인이 나는 즐겁다. 무엇보다 입맛이 개운해."

"생판 알지도 못하는 주제에 네가 왜 야단이냐?"

"네 말마따나 기록 밖에서 혼자 떠돌다 소멸하는 것 가운데에도 의외로 괄목상대해야 할 대상이 없지 않고, 진짜 기록은 그들을 찾아헤매는 일이 아닌가 싶다."

한참 떠들고 나자 어느덧 입이 아프고 어깨가 뻐근하다. 허리를 펴 기지개를 켜면서 바라본 천장에 하루살이떼가 수십 마리, 눈앞에 맴돈다. 어김없이 끼여드는 허전한 기분과 함께 스멀스멀 등이 가렵다.

김 총리의 전화를 받은 것은 다음다음날이다. 늦은 밤이었고 술에 젖은 목소리였다. 고향에 갔다가 어머님 산소에 들렀다는 말로 시작하여 이것저것 늘어놓은 끝에 하 총재의 일기를 예사스런 어투로 슬쩍 건드렸다. "그 친구 날이면 날마다 꼬박꼬박 적는 것도 아닌갑더라. 누가 보기를 하나, 대충대충 쓰고 넘기다 우리가 무얼 궁금해하면 뒤늦게 도서관에 가서 뒤지고 하는가봐. 나 아는 사람 중에 도서관에서 살다시피 하는 이가 있는데 자주 만난대. 어쨌거나 빈둥빈둥 노는 것보다야 낫겠지 뭐. 하하."

혹시, 하는 생각이 들었다. 하 총재가 일러준 누구의 어머니 야기가 떠올랐으나 이내 고개를 저었다. 잘 자라, 술 많이 마시지 말라 이르고 전화를 끊었다. 하 총재가 들먹인 근친상간 수준의 연줄이라든가 멀고 가까운 것들의 틈과 사이를 이렇게 저렇게 되작이느라 나는 정작 잠이 오지 않았다.

　1973년생, 30세인 윤성희가 1999년에 등단하여 이제 겨우 4년 경력의 젊은 작가라면 1953년에 『문예』로 등단한 최일남은 1932년생으로 문단 경력 50년, 반세기를 헤아리는 노장이다. 이들 두 작가는 우리 소설 지도 위에서 양극을 형성한다고 할 수 있다. 윤성희는 건조한 현재의 길 위에서 쓴다. 그의 경우, 과거시제 역시 현재에 닿아 있는 근접과거일 뿐이다. 그러나 최일남, 혹은 그가 포함된 '우리'의 50년대는 소설의 제목처럼 어느새 '멀리 가버린' 시간이어서 "남들 귀에는 엉뚱한 옛 노래 한 소절을 갖고도 삭정이처럼 마른 가슴에 모닥불을 피울 수 있다"는 작은 역사의 작은 섬들이다.

　그렇다고 해서 그 섬이 현재와 아주 분리된 "근엄하기 이를 데 없는" 큰 역사에 속한 것은 아니다. 작가 최일남은 우리 고유의 옛 언어를 되찾자고 나서는 편협한 순수주의자가 아니다. 자세히 들여다보면 그의 언어와 그 언어가 그리는 삶에는 현재와 아직 살아 있는 과거를 이어주는 흐릿한 길들이 지워졌다 나타났다 한다는 것을 알 수 있다. 일제시대의 창가 "하도뽓뽀" "센유 노래"로부터 "학도가" (일본의 '철도가')와 "메이드 인 유에스에이" 노래 "롱 곤(long gone)"(멀리 가버렸네)을 거쳐 아들이 대학노트에 끼적거린 운동권 노래에 이르기까지 끊어지는 듯하다가 이어지고 이어지는 듯하다가 다시 지워지는 가락과 의미의 흐릿하지만 연면한 유대 앞에서 독자의 마음은 애틋해질 수밖에 없다.

그래서 21세기 초의 독자가 최일남의 소설을 읽는 재미는 너무 크지 않은 사이즈의 국어사전을 꺼내어 그 갈피갈피에 손가락을 넣고 애완견의 털을 애무하듯 페이지를 뒤적이고 쓰다듬으며 희미한 옛사랑의 그림자처럼 소설의 어휘와 어조와 가락을 느릿느릿 음미하는 데 있다.

과연 이 '해설'을 쓰기 위하여 몇 달 전에 읽은 이 작품이 실린 문예지를 다시 꺼내 펼치니 감칠맛 나는 어휘들의 구비마다에서 마주친 감회를 채 여미지 못하고 '오래 여투어두었던 기억을 꺼내먹듯 마음을 새삼 알딸딸하게 흔들었던' 곳곳에 밑줄과 옆줄이 그어져 있고 국어사전을 추억의 앨범처럼 펼쳐서 짧게 옮겨 적은 메모가 여기저기 흩뿌려져 있다.

"코프, 토프, 스키로 끝나는 주인공 이름은 가뭇없고"라는 구절 위의 여백에 흘려 쓴 연필 글씨로 적혀 있으되, '가뭇없다 : (사라져서)찾을 길이 없다. 소식 없다. 감쪽같이 사라지다. ─십 년 동안 가뭇없는 남편. 가뭇없이 사라지다.' 그리고 "술만 나우 마셨다 하면 으레 센유(戰友) 노래를 불렀단다" 옆의 여백에는 또 적혀 있으되, '나우 : 좀 많게. 좀 낫게. 밥을 좀 나우 담아주시오. 나우 대접하시오.' 그것으로도 부족하여 소설의 내용과는 무관하지만 오직 사전 속 '나우' 항목과의 인접성 때문에 내친김에 또다른 단어인 '나위'에 까지 시선이 미쳤는지 이렇게 적혀 있다. '나위 : 틈, 여지, 필요성. 더할 나위 없다.'

「멀리 가버렸네」가 읽는 사람에게 일정한 감동의 높이를 유지하는 것은 화자가 50년대 세대의 "자질구레한 생활 속으로 가지를" 친 작은 역사에 던지는 자상하고도 약간 짓궂은 시선이 항상 두 겹이기 때문이다. "지금은 사어가 다 된 지난날의 언어"나 그 언어가 환기하는 과거는 물론 자신의 삶이었기에 그리움과 회한, 혹은 그 시대의 말대로 때로는 '페이소스'를, 때로는 '센치'한 감정을 자아내기도 한다. 그러나 "페이소스는 유머와 짝을 이뤄야 제격"임을 화자는 잘 알고 있다. 페이소스가 대상에 대한 일종의 몰입이라면 유머는 참다운 인식의 필수조건인 거리 유지다. 이 담담한 거리를 유지하는 시선만이 자신의 과거에서 "털어낼 것 털어내고 공감할 것 공감하며 서로서로 위무하려는 계산"을 그 속에 숨길 수 있다. 그리고 단순한 역사가의 증언 이상으로 소설이 우리의 마음을 흔드는 것은 바로 "대범무쌍한 노년"의 커다란 품, 거기서 엿보이는 일종의 연민 같은 것이다. 문단 이력 반세기에 아직도 "싱싱한 젊음이 못 따를" 소상한 기억력과 언어의 감칠맛을 과시하는 최일남 같은 선배를 가진 우리 소설은 바람에 아니 흔들릴 것이다.

벽소령

서정인

1936년 전남 순천에서 태어났고,
서울대 대학원 영어영문학과를 수료하였다. 1962년 〈사상계〉에
「후송」이 당선되어 등단했으며, 소설집으로『강』『가위』
『토요일과 금요일 사이』『철쭉제』『베네치아에서 만난 사람』 등이 있으며,
장편소설로『달궁』『달궁 둘』『달궁 셋』『봄꽃 가을열매』
『용병대장』 등이 있다. 한국문학작가상, 월탄문학상, 동서문학상,
김동리문학상, 대산문학상 등을 수상하였다.

벽소령

"조는 갔냐?"

"늦게 와서 미안하다고 일찍 갔소."

"속은 괜찮냐?"

"아니오."

"잘 마신다 했다. 여자들 앞이라 그랬냐?"

"실수는 안 했소?"

"안 했으면 이상하지. 혼성 술자리에 실수 안 하고 앉아 있으면 그게 실수다."

"비결이 뭐요?"

"조금씩 마시는 거지."

"베어 먹었소?"

"그게 생각보다 덜 치사하더라. 술맛도 그렇게 떨어지지 않더라.

다음부터 홀짝홀짝 해봐라. 별미다. 돼지 구정물 마시기보다 낫다. 화간반개고 주음미취다. 꽃은 반쯤 핀 것을 보고, 술은 덜 취하게 마신다.”

“취중에는 애교가 깨고 나면 망신이요. 계속 취할 수도 없고.”

“너는 무슨 노래를 그렇게 좋아하냐? 악쓴다고 노래가 되고, 억지 쓴다고 노래가 나오냐?”

“춤도 췄소?”

“췄다. 생각 안 나냐? 니가 노래를 고집하는 것이 춤을 안 추기 위해선 것 같더라. 그것이 부자연스럽더라. 니, 그것 좋아하지 않냐?”

“여자들도 잘 추지요? 실수는 없었소?”

“안 출라고 허는 것이 실수야 되겠냐만, 억지를 부리는 것이 좀 이상하더라. 억지로 춤을 추는 것도 실수지만, 억지로 안 추는 것도 실수다. 그게 폭력 아니냐?”

“속을 모르면 이상하고, 알면 당연허요.”

“싸웠냐? 일단 손을 잡자 한 여자하고만 추더라. 그것도 실례다. 그 여자에게 실례고, 나머지 두 여자와 남자들에게도 무례다.”

“그래서 안 출라고 안 했소, 취중에도.”

“그래서라니? 추애하고만 추고 싶어서? 안 추면 안 췄지, 췄다 하면 고추애냐?”

“그 가시내가 오는 줄 알았으면 나 여기 안 왔소.”

“몰랐냐?”

“여기 와서 알았소. 차를 보고 알았소.”

“나는 그 차 타고 둘이 같이 오는 줄 알았다.”

“시계가 흘러내리고 있는 그림은 있는데, 자동차가 녹아내리는 그림은 없소? 송도 불가사리가 그것을 강철이건 바퀴건 와작와작 씹어먹는 그림은 없소? 그놈의 배는 그것의 소화되지 않은 깨어진 조각들로 울퉁불퉁하고, 그 들쭉날쭉은 그것들의 평소 모습들의 윤곽을 아직 어렴풋이 보여주고, 그놈의 입가에는 붉은 선혈이 아니라 불그죽죽하고 희멀건 휘발유와 거무튀튀하고 끈적끈적한 썩은 윤활유가 흘러내리는 그런 그림은 없소? 씹어 먹히고 남은 그것의 몸뚱이는 그놈의 날카로운 이빨 자국을 선명하게 간직한 채, 아무 손상이 없는데도 없어진 부분이 있어야 할 곳에 없어서 병신스럽고 을씨년스러워 보이고, 사마귀가 잠자리 머리를 와삭와삭 씹어 삼키듯이 그것을 먹어치워야 할 그놈의 부드럽고 늘어나는 배의 크기와 베어 먹힌 것 말고는 아무 탈이 없는 그것의 단단하고 반듯하고 말쑥한 나머지 몸의 크기 사이의 불균형이 불가능에 따라다니는 경악을 주고, 그런데도 그놈의 기세로 봐서 충분히 먹어치울 것이라는 확신이 경이와 괴기를 한꺼번에 불러일으키는 그런 그림 말이오.”

“니가 그려라.”

“생각으로 그림이 되요?”

“너의 기억의 집요함이 이미 그림을 그렸다.”

“아니오. 내 머릿속에는 혼돈밖에 없소. 손가락으로 그림을 그리면, 그림이 이루어지는 대로 머리가 정리될 거요. 왜 내가 화가가 안 되었는지 모르겠소. 불가사리는 자동차의 비정함을 돋보이게 하려면 연약하고 아름다워야 하지만, 이미 그가 그것의 횡포로 망가질 대로 망가진 것을 보여주려면 처량하고 이지러지고 뒤틀려야 해요. 나는 그것이 어떻게 생겼는지 전혀 감이 안 와요. 추상명사란 말이요. 나는 그 그림을 눈으로 보고 싶소.”

“달리 말고는 달리 그런 그림 그릴 사람이 어디 있냐? 니 욕망을 버리는 것이 빠르겠다. 천재가 못된 것은 누구나 후회한다.”

"등산 안 헐라요?"

"니는 했냐?"

"벽소령이 보이는 데까지 갔다 왔소."

"오부자 다 잘 있더냐?"

"거기까지는 못 갔소. 요 뒤로 오솔길이 나 있고, 채수장 뒤로 그것을 따라 올라갔더니 능선이 나오고, 멀리 고갯마루가 보입디다."

"거기서 봐야 오부자지, 옆에서 보면 바위지 사람이겠냐?"

"멀어서 이야기를 못했소."

"멀어? 하원? 얼마나 멀어? 당체지화 당체꽃이, 편기반이 이리저리 펄럭인다, 개불이사 어찌 너를 생각하지 않으랴만, 실시원이 집이 멀구나, 자 왈 공자 가로되, 미지사야 생각을 덜 했다, 부하원지유 어찌 멀다가 있냐? 그 사람들은 하도 거기 오래 서 있어서, 니가 말을 했으면, 니 입모습을 보고 니가 무슨 말을 했는지 알아들었을 거다."

"그요? 나도 그런 생각이 듭디다. 내가 못 알아들었으면 즈그들도 못 알아들었고, 즈그들이 알아들었으면 나도 알아들었소."

"신선하고 같이 있으면 신선이고, 신선을 바라보면 탈속한다. 그 사람들 이야기가 바로 니 이야기 아니냐?"

"그 사람들 이야기야 옛날이야기 아니요?"

"절절한 이야기는 언제, 어디서 불거져도 절절하다."

"언제, 어디서나 되풀이되는 것이 절실한 것 아니요?"

"그 말이 그 말이다. 간절해서 또 일어나고, 자꾸 일어나서 절박한 것 아니냐? 나무꾼이 장가가고 싶은 것, 선녀와 헤어지고 싶지 않은 것, 날아간 선녀와 자식들과 다시 만나고 싶은 것, 다 그렇다. 다만 선녀가 추애도 되고 춘희도 되고, 주리엣도 되고 샤롯데도 된다."

"공자가 학이시습이나 학이불사만 말한 줄 알았더니, 개불이사도 말했소? 어찌 널 생각지 않으랴, 라! 그 냥반도 애절한 정이 있었던 모양이요?"

"그가 편찬한 시경에는 남녀상열지사가 많이 나온다. 옷 살살 벗겨라, 개 짖을라. 그는 제자들한테 시경을 공부하라고 했다. 시를 모르면 담장을 면하고 서 있는 것처럼 물정을 모른단다."

"성인군자하고 소인하고 같소? 나는 천양지판인 줄 알았소."

"천하지사 미유불유적이성, 작은 것이 쌓여서 큰 것을 이룬다."

"상놈은 나이가 가르친다더니, 소인배도 많이 모이면 대장부가 되요?"

"아니. 작은 차이가 모이면 큰 차이가 된다. 니하고 나하고 이렇게 같이 있으면 같은 것 같고 차이가 없어 보이지만, 작은 차이가 있고 그것이 큰 차이를 만든다."

"세상일치고 티끌 모아 태산 아닌 것이 없고, 쌓여서 이루어지지 않은 것이 없소. 소인이 군자되요. 처음부터 군자가 따로 없소."

"사심즉천리여호정, 생각이 간절하면 천 리가 집 뜰이고, 정소즉일실여산하, 정이 떨어지면 한 집이 산과 강이다. 너, 어젯밤, 손잡고 허리 안고 돌아가기는 하더라만, 마음은 천리만리더라."

"술 안 마시고 관광했소? 천리만리 떨어져 있을 때 지척혈라고, 한 방에 있을 때 산천했소. 국제전화힐라고 시내전화 안 허요."

"관광이 아니라 관상했다. 니라고 공자 되지 말란 법 있냐? 지척이 천리나, 천리가 지척이나, 그게 그거다."

"나도 그렇게 생각했소. 애증은 같은 것이라고 말이요. 오디 엣 아모. 그리고 위안을 받았소. 아니, 받을라고 했소. 그게 말로는 되는데, 마음으로는 안 됩디다. 사랑과 미움이 어떻게 같소? 반대요. 사랑하니까 미워하는 것은 투기고, 미워하니까 사랑하는 것은 자비요. 둘 다 사랑 아니요. 질투는 고통이고, 자선은 베풂이요. 나는 악독한 사람도 싫고, 선량한 사람도 싫소. 오래 참고 오래 기다리는 사랑은 못하더라도, 사랑을 소유와 혼동하지 않으려고 애를 썼소. 말은 그런데, 마음은 사랑은 독점이었소. 사랑은 성욕이었고, 욕정은 몸과 마음을 혼자 차지하고 싶은 타는 듯한 욕망이었소. 나는 딴 여자 생각이 없었고, 그녀도 딴 남자 생각이 없어야 했소. 성교가 사랑의 행위라면, 공유는 혼음이었소. 나는 혼음도 안 하고, 치정에도 안 빠지는 길을 찾았소. 치정의 조건은 폭력이요. 싫다는데 억지로 좋아하는 것이 그것 아니요? 나의 열망이 제아무리 타오르더라도, 그녀가 원하지 않으면 그 불길을 꺼야 했소. 그것은 고통스러웠지만, 매일같이 보도되는 그로 인한 수많은 살인 방화에 한 몫을 보태지 않으려면 딴 도리가 없었소. 문제는 그녀의 뜻이었소. 어떻게 하면 그것을 알 수 있소? 변덕과 고집, 반어와 역설, 풍자와 조소, 대차기와 능치기에 갈피를 잡을 수가 없소. 정신 놓으면, 직설도 못 알아듣소. 그녀가, 그가 싫다, 그녀가 변했다, 다 끝났다, 고 해도, 무슨 뜻인지 몰라서 어리둥절해요. 설마 하다 바보 되요. 치한 안 되려고, 아직 서로 미련이 남았을 때 목석이 되요. 체면 안 구기자고가 아니고, 자존심 세우자고가 아니요."

"인간관계는 상대적이다. 니가 좋아하면 여자도 니를 좋아하고, 니가 싫어하면 여자도 니를 싫어하는 수도 있다. 니도 상대방 태도에 따라 싫어하면 싫어하고 좋아하면 좋아한다. 끊임없이 주고받는다. 상대방이 니를 좋아하니까 니가 좋아하고, 싫어하니까 니가 싫어한다는 것은 무책임한 말이다. 니가 선택한 것을 왜 남의 탓으로 돌리냐? 니 행동은 니가 책임져라. 책임 못 질 일은 하지 마라. 비겁

하다."

"상대방 의사를 존중하는 것이 비겁이라면 할 수 없소. 용감에서 힘을 빼면 비겁이요. 힘이 폭력으로 떨어지지 않기가 힘드요. 형님은 용감한 연애만 허요?"

"나야 비굴 용맹이 어디 있냐? 노추다. 다들 산에 갔냐?"

"올 때 됐소. 남이 보면 다 추문이요."

"남이 보면? 어디까지 보는데? 남은 아무것도 모른다. 관심도 없고. 본인들이 잘 알지, 그들의 행위가 얼마나 추악한지는. 남의 눈에는 아마 아름다워 보인다, 낭만적이고. 낭만이 무엇인지 모르겠다만."

"그게 뭐요?"

"뭐가 뭐?"

"낭만."

"몰라도 괜찮은 것, 듣고 잊어버려도 좋은 것, 비현실적인 것, 여기 없는 것, 멀리 있는 것, 영상매체에 엄청 많이 있는 것, 우리 삶에 전혀 없는 것. 배우들 이쁘지? 몰라서 그렇다. 가끔 정체가 드러나면, 그만큼 더 더럽다. 낭만, 거 없는 것이 더 좋다. 왜? 원래 없어."

"없는 것을 원하면 그만큼 더 간절한 것 아니요? 없어서 더 중요한 것도 많소. 없는 물건이 우리 삶에 얼마든지 영향을 줄 수 있소."

"무슨 그런 희한한 것이 다 있냐?"

"돌아가신 부모가 우리의 가치관을 좌우할 수 있소."

"그건 안 계신 부모가 아니라, 그들에 대한 우리의 기억이겠지. 그리움이나 회한 같은 거겠지."

"낭만도 마찬가지요. 사라진 것에 대한 애착, 없는 것에 대한 향수."

"무엇이 사라졌는데? 무엇이 없어졌는데?"

"고귀한 것, 아름다운 것, 신비스러운 것."

"그런 것은 지금도 있다. 없으면 옛날에도 없었다. 무엇을 신비스럽다고 허냐?"

"신화. 불가사의한 것. 어떻게 사람이 나무가 되고, 여자가 새가 되고, 말이 하늘을 날고, 옷이 살갗에 달라붙소? 요새는 그거 아무도 안 믿소."

"그럼 뭘 믿냐? 야구선수를 믿냐? 축구선수를 믿냐? 배우를 믿냐? 춤추고 노래 부르는 것을 믿냐? 고체탄산으로 안개 자욱이 깔고, 비누거품 물방울 날리면 무대가 신비스럽냐?"

"에이, 마른 얼음이 아니고 진짜 안개를 갖다논들 그게 신비할 것 무엇 있소? 시야 가리고, 교통사고 내요."

"연기 뒤에, 연막 뒤에, 거품 뒤에, 각광 뒤에, 번쩍번쩍 섬광 뒤에, 숨은 것이 무엇이냐? 돈과 영광, 명예 인기, 호화 사치, 다 좋다만, 그것들을 얻을려고 들인 공력 가석하다, 잡은 것들 놓칠세라 노심초사 영일 없다. 안 했으면 하지 말고, 손댔으면 그만둬라, 말짱 헛것 감추자고 그 소란을 떠는구나."

"공자가 가로되."

"또 공자냐?"

"좋은 말은 자주 들을수록 좋소."

"누가 뭐라고 허냐? 또 만나서 반갑단 말이다."

"자 왈 비부 가여사군야여재 기미득지야 환득지 기득지 환실지 구환실지 무소부지의, 비열한 놈은 그것을 아직 얻지 못했을 때는 그것을 얻는 것을 걱정하고, 그것을 이미 얻었을 때는 그것을 잃는 것을 걱정한다. 진실로 그것을 잃는 것을 걱정하면 이르지 않는 곳이 없다."

"맞어. 얻을 때는 얻을라고 별짓을 다하고, 얻었으면 안 놓을라고 못할 짓이 없다. 그럴수록 겉은 번지르르해서 사람들의 눈을 속인다."

"속아야 속이지요?"

"믿는 사람들은 속는다. 오빠부대들이 얼마나 많냐? 그애들이 비명을 지를 때는 심각하다. 그들에게는 그것이 신화다."

"신화는 신화가 아니고, 신화 아닌 것이 신화요? 신화가 없으니 신화 아닌 것이 신화 노릇을 허요?"

"신화가 따로 있냐, 신화 노릇하면 신화다. 그거 별것 아니다. 많은 사람들이 오래하면 그게 신화다. 머리 염색을 한 어린 가수들이 왔다 갔다 하면서 우리나라 말을 가락 없이 외국 말처럼 발음하면, 몰려든 십대들이 열광한다. 그들이 행차하면 인파에 길이 막힌다. 입장권을 구하려고 노숙도 마다하지 않는다. 그들은 경찰의 저지망을 뚫으려고 아우성을 친다. 부모가 죽었다고 그렇게 법석을 떨겠냐? 학교 수업에 그렇게 열심이냐? 선생이나 선배나 집안 어른들 말에 그렇게 흥분하겠냐? 그들의 열망, 기대, 환희, 환상이 신화를 만든다. 그 신화가 그들의 가치관, 도덕관, 인생관, 우주관이다. 옛날이나 요즘이나 사람들은 하늘을 날고 싶었다. 요즘 사람들은 하늘을 날기 위해서 돈을 번다. 돈 주고 비행기표를 구입할 수 없었던 옛날 사람들은 말에다 날개를 달고, 선녀들에다 하늘에 뜨는 옷을 입혔다. 천사들의 어깻죽지에 깃털이 돋았다."

"병아리 날개를 달고 오동통한 어린애가 어떻게 하늘을 날겠소? 내려오기는 허겠소. 곤두박질을 쳐서 그렇지. 원래 반역천사는 하늘에서 지옥으로 머리부터 먼저 떨어졌소. 병아리 날개는 뛰는 데도 별 도움이 안 돼요."

"천사나 선녀는 사실은 날개가 필요없다. 그들은 어디든지 가고 싶다고 원하기만 하면 그곳에 간다. 괜히 사람들이 사람식으로 날개나 옷을 그들한테 주었다. 사람들은 팔과 다리만으로는 멀리 빨리 갈 수 없다. 사람들이 나무가 되고 새가 되는 것도 낭만적이고 환상적이 아니라 과학적이고 합리적이다. 야, 얼마나 다급했으면 달아나던 여자가 나무가 되었겠냐? 그것 말고는 신의 겁간을 모면할 방법이 없었다. 새가 된 것도 그렇다. 남편한테 자식을 죽여서 그 고기로 반찬을 해 먹이고, 그가 아들을 찾자 그가 그의 뱃속에 들어 있다고 말했다. 남자가 토악질을 하고 칼을 뽑아들고 달려들자 여자는 달아나다 제비가 되었고, 형부한테 강간당하고 혀를 잘렸던 그녀의 동생은 급한 김에 밤꾀꼬리가 되었다. 딴 길이 없었다. 사람이 사람 중심을 버리면 사람이나 나무나 새나 돌멩이나 다를 것이 없다. 윤회가 뭐냐? '이 주목의 부분은 내 조부가 알았던, 그 발치 여기에 묻힌 한 남자이다. 이 가지는 그의 아내일 것이다. 그녀의 혈색 좋은 인간의 삶은 지금 푸른 싹으로 변했다. 지난 세기에 종종 안식을 달라고 빌었던 여자는 이 잔디가 되었겠지. 그리고 내가 알고 싶어했던 아름다운 소녀는 이 장미 속으로 들어가고 있겠지.'"

"예나 지금이나 개판이긴 매한가지요."

"왜 개판이냐, 사람판이지?"

"죽어서, 썩어서, 녹아서, 흘러서, 나무가 되는 것도 절망이지만, 가다가 마지막 순간에 멎어서 부드럽고 연한 살갗이 금이 쩍쩍 갈라지고 단단하고 딱딱한 껍질로 변해서 가지와 줄기와 뿌리로 되는 것도 낭패요. 급작스러워서 더 비극적이요."

"사람의 주기로 보면 삶이 끝나서 슬플지 모르지만, 자연의 순환으로 보면 또 다른 삶의 시작인데, 서러워할 것 있냐? 인생의 끝은 죽음이 아니라 변신이다."

"예수 안 믿어도 영생허요?"

"극락 천당만 저승이냐, 지옥 삼악도도 저세상이다."

"축생도에 떨어질라면 영생 안 하는 것이 좋겠소."

"어떤 사람이 괴로워서 세상 못 살겠다고 하자, 그 말을 들은 사람이, 그럴라고 그가 여기 있다, 지구가 어떤 딴 별의 지옥이 아니라고 어떻게 아냐, 고 했다더라."

"돈 있는 사람들이야 이 세상 살 만하지요. 없는 사람들이 고생이지. 요즘 사람들은 옛날 왕보다 더 시중을 받는답디다. 냉장고가 없어서 서빙고 동빙고에서 얼음 떼다 쓰는 것을 상상해보시오."

"미국에 말이다, 동북부 새 영국에 왕가가 하나 있었다. 가난한 애란 이민의 자손으로 돈을 엄청 많이 벌고, 주영 미국대사를 지낸 사람의 집안이었는데, 자식들이 다 잘생기고 머리가 영특해서 좋은 대학들을 나오고 출세들을 했다. 큰아들은 일찍 죽었지만, 둘째가 마흔 줄에 상원의원에서 대통령이 되었고, 셋째는 상원의원과 법무장관이 되었고, 넷째는 갓 서른에 상원의원이 되었다."

"아 그 멸치 국회의원 같은 집안 말이요?"

"거기가 바닷가는 바닷가다만 멸치가 많이 나는지는 모르겠다. 대구가 많은 갑더라. 대구곶 근처다. 그 집 막내 아해가 매력적인 미소 한번 지으면, 그애가 지은 도덕적 잘못은 제아무리 크다 해도 눈 녹듯 녹아버리고, 그의 적수 후보는 장마철 돌담 무너지듯 무너져버렸다. 그곳 연방 상원의원 자리는 언제나 그 집안 것이었다."

"설마 그럴라고요. 남의 나라 유권자들이라고 너무 무시하는 것 아니요?"

"죽은 아 말고 살아 있는 아들들 셋이 모두 상원의원이었다. 셋째가 스물여덟이었을 때 그의 큰형이 백악관으로 가는 바람에 그곳 상원자리가 비자, 잔여 임기 이 년 동안 그 자리를 남에게 맡겼다가 그가 피선거권이 있는 서른이 되자 곧 그것을 차지했다. 맡겼다가 빼앗아온 사람도 맡았다가 뺏긴 사람도 그것을 전혀 이상하게 생각하지 않았다. 유권자들이 그것을 좋아했다. 그들은 그들의 뜻을 너무 잘 알았다. 피난 섬 사건이 있은 뒤에도 셋째는 계속 상원의원이 되었다. 그것은 그의 종신직이었다. 대통령이 되는 꿈만 접었다."

"왕가에서 왕이 안 나오면 어디서 나오요? 그의 마력이 주 밖으로 나가지 못했소? 그의 형들이 암살됐기 때문이요?"

"형들의 죽음은 그에게 동정표를 몰아주었겠지. 그가 처음 상원의원이 된 이듬해에 대통령이 달라스의 거리에서 피격 절명했다. 그때 그들의 아버지는 중풍으로 반신불수였다. 그들은 그 죽음을 그들의 아버지에게 감췄다. 노인은 아침 신문이 늦다고 불평했지만, 딴 아해들이 모인 것이 기쁜 듯했다. 그가 원시를 켜라고 말했다. 셋째가 고장이라고 말했다. 아버지가 벽에서 빠진 전깃줄을 가리켰다. 아들은 그것을 집어서 방바닥에 떨어뜨리고 사실을 말했다. 일 년 뒤, 선거운동중 비행기 추락사고로 그가 하반신 마비가 되었고(나중 기적적으로 회복되었지만), 사 년 뒤 그의 작은형이 로스앤젤레스의 한 호텔의 주방에서 총격을 받아 죽었다. 그리고 그 일 년 뒤 피난 섬 사고가 났다."

"왕가가 아니라 흉가요. 원래 권력자는 총 맞아 죽소, 카이사르 이래. 칼로 일어난 자 칼로 망하리니. 자금성에 나무가 없소. 자객이 숨을까봐서."

"형이 둘씩이나 비명에 횡사하자 셋째가 저 위에서 누가 그들 집

안을 싫어하는 모양이라고 한탄했다."

"탄식만 하면 뭘 허요?"

"그럼 어쩌란 말이냐? 성당에 가서 미사도 드리고, 기도도 했다."

"기도만 하면 뭘 허요, 근신을 해야지."

"그래, 근신. 그거 어떻게 하는데?"

"조신에 조심을 해야지요. 평소 그것 항상 한 사람은 그것 별 것 아니지만, 방자하게 산 사람한테는 그것이 형벌이 될 수 있소."

"어떻게 소심하냐? 행동을 안 하냐?"

"비행기 타던 거 자동차 타고, 자동차 탔으면 걷고, 걸었으면 집 안에 머물고, 칩거했으면 석고대죄해야지요. 그랬으면 서른 살에 자가용 비행기 몰고 가다가 추락하는 참사는 면했지요."

"가만히 엎드려 있으면 되나? 누웠으면 앉고, 앉았으면 서고, 섰으면 걷고, 걸었으면 뛰고, 뛰었으면 차 타고, 차 탔으면 비행기 타고, 발바닥에 땀나도록 동분서주 분골쇄신해야 되는 것 아니냐? 그래도 속죄가 될까 말까 한다. 그게 어디 쉽냐? 비행기 팔고, 요트 팔고, 별장 팔고, 자동차 팔고, 집 팔고, 산속으로 들어가냐? 차라리 미국 사람보고 미국 사람 그만 되라고 해라. 그건 근신이 아니라 포기다. 미국 사람이 미국 사람을 그만두면, 그건 사람을 그만두는 것과 같다. 한국 사람이 한국 사람 싫다고 어느 날 아침 미국 사람이 될 수 없는 것처럼, 미국 사람도 미국 옷을 하루아침에 벗어버릴 수 없다. 그 옷은 살갗하고 같이 벗겨진다. 아프리카 사람들한테 맨발 벗지 말고 구두를 신으라고 해봐라. 그러면 그들은 군화를 신고 동족을 도륙할 것이다. 구두가 오면 구두만 오냐? 줄줄이 서양 문명이 뒤따라온다. 맨발로 살면 신경통이 없다더라."

"환골탈태란 것이 있지 않소?"

"그게 쉽냐? 한국 정치가들은 잘하더라만. 그것은 사람에게는 없는 힘과 용기와 인내가 필요하다. 헤라클레스는 희랍의 영웅이었다. 그가 그의 아내와 함께 길을 가는데 홍수로 강물이 불었다. 마침 상반신은 사람이고 하반신은 말인 인마 한 마리가 그녀를 건네주었다. 그 괴물이 그녀의 아름다움에 혹해서 엉큼한 짓을 하려고 했다. 영웅이 활로 괴물 넷소스를 쏘았다. 그 화살에는 독 물뱀 후드라의 피가 묻어 있었다. (그는 그의 화살이 불치의 상처를 주도록 그가 퇴치한 물뱀의 피를 그 촉에다 발랐다. 그 물뱀은 머리가 아홉인데, 하나를 치면 그 자리에 둘이 솟았다.) 죽어가는 넷소스가 그녀에게 마지막 친절로 남편의 사랑을 놓치지 않는 비법을 가르쳐주었다. 그의 피를 보관했다가 남편이 변심하면 옷에 적셔서 그에게 줘라. 그녀는 그렇게 했다. 헤라클레스가 이올레라는 처녀를 좋아해서 막 그녀와 결혼을 하려고 했을 때, 데이아네이라는 넷소스의 충고대로 그의 피가 묻은 옷을 남편에게 보냈다. 그 옷을 입은 그는 옷이 살갗에 달라붙고 후드라의 독이 스며들어 살이 탔다. 옷을 가져온 사람을 바다로 내동댕이친 그는 고통을 이기지 못해 오에타산으로 달려갔다. 오에타는 희랍 중부에 있는 표고 이천 미터가 넘는 산이었다. 그는 그 꼭대기에다 장작더미를 쌓게 하고 그 위에 누워서 포이아스에게 활과 화살을 주고 불을 붙이게 했다. 타 죽은 그는 하늘로 갔다. 그리고 마침내 헤라와 화해하고 그녀의 딸과 결혼했다. 운명은 죽기 전에는 못 바꾼다. 환골탈태는 타고난 것을 바꾼다는 뜻이고, 그것은 죽음보다 덜한 고통으로는 안 된다."

　"죽어버리면 그거 하나마나 아니오?"

　"사람의 힘으로는 죽어도 그것 못한다는 말이다."

　"허큘레스는 사람 아니오?"

"헤라클레스는 사람은 사람인데, 신의 아들이었다. 암피트루온이 전장에 나가고 없는 사이에 그의 처 알크메네가 그녀의 남편으로 변장한 제우스의 방문을 받았다. 진짜가 전쟁에서 돌아와, 진짜와 가짜가 서로 진짜라고 싸움이 붙었는데, 언제나 그러는 것처럼, 가짜가 이겼다. 알크메네는 쌍둥이를 낳았는데, 이피클레스는 사람의 아들이고, 헤라클레스는 신의 아들이라고 한다. 헤라가 그를 미워한 것은 당연한 일이었다. 그것이 그의 운명이었다. 그녀는 그의 요람에다가 뱀 두 마리를 보냈다. 갓난애는 그것들을 목을 비틀어서 죽였다. 신의 자질은 처음부터 그에게 있었다. 그녀의 그에 대한 음해는 그의 평생 계속되었다. 그는 그의 음악선생 리노스가 그를 고치려 하자 그를 그의 루라로 때려서 죽게 했다. 아마 그는 살짝 건드렸는데 선생이 허약했거나, 선생은 건강했는데 그의 살짝이 너무 셌다. 그는 그것을 못 참아서 죽어버리냐고 생각했을 것이고, 선생은 그런다고 그렇게 모지락스럽게 때리냐고 원망하면서 죽었을 것이다. 그의 양부는 그를 테바이 남쪽 키타이론산으로 보내 양떼를 돌보게 했다. 그는 거기서 그의 장래를 곰곰이 생각했다. 그때, 열여덟살 난 그 앞에 쾌락과 미덕이라고 하는 두 여자들이 나타났다. 하나는 그에게 즐거운 인생을, 다른 하나는 고역과 영광의 인생을, 약속했다. 그는 고난의 길을 골랐다. 헤라클레스의 선택이었다. 테바이로 돌아온 그는 테바이 북서쪽 백여 리에 있는 오르코메노스를 쳐서 테바이로부터 조공을 못 받게 했다. 그 공로로 그는 테바이의 왕 크레온의 딸 메가라와 결혼했다. 헤라가 그에게 광기를 보냈다. 그는 발작해서 아내와 자식들을 죽였다. 제정신이 든 그는 델포이로 가서 속죄의 길을 물었다. 신탁은 남으로 티룬스에 가서 그곳 왕 에우루스테우스에게 십이 년 동안 봉사하라는 것이었다. 그는 거기서 왕이

시키는 대로 사람의 힘 밖에 있는 일들을 했다. 헤라클레스의 열두 노역들이었다. 네메아의 사자 죽이기, 레르나의 물뱀 죽이기, 에루만토스산의 멧돼지 잡기, 케리네이아의 암사슴 잡기, 스팀팔루스 호수의 새들 쫓기, 엘리스의 왕 아우게이아스의 외양간 치기, 크레타 섬의 황소 잡기, 트라케의 디오메데스왕의 말들 잡기, 여인국 아미조네스의 여왕 히폴리테의 허리띠 뺏기, 게루온의 가축 뺏기, 헤스페리데스의 황금능금 뺏기, 저승의 개 케르베로스 잡아 오기, 카쿠스 죽이기, 안타이오스 목 조르기. 처음 여섯은 그의 고장 티룬스 근처에서 일어났고, 나머지는 먼 타향에서 있었던 일이었다. 네메아는 티룬스 서북 오십여 리 되는 곳으로, 그곳 사자는 저승 타르타로스와 땅 가이아 사이에 태어난 백의 뱀 머리를 가진 괴물 투폰과 반은 뱀 반은 여자인 사녀 에키드나 사이에서 생겨났고, 저승의 개들 오르투르스와 케르베로스, 키마이라, 스펑크스, 레르나의 물뱀과 형제간이었다. 헤라클레스는 사자를 목 조르고, 그것의 발톱으로 그것의 가죽을 찢었다. 그것은 달리는 찢기지 않았다. 레르나는 티룬스 서남 사십 리였고, 그곳 늪의 물뱀의 여러 머리들을 그는 칼로 치고 그의 친구가 불로 지졌다. 에루만토스는 티룬스 서북 이백오십 리에 있는 산이었는데, 그는 그곳의 숫돌을 눈밭으로 몰아서 지치게 한 다음 사로잡았다. 케리네이아의 암사슴을 그는 옆 지방 아르카디아에서 일 년을 쫓아다녀서 쓰러지게 했다. 스팀팔루스 호수는 티룬스 서북 백 리에 있었다. 엘리스는 티룬스 서북 사백 리에 있었는데, 삼천 마리의 소들이 삼십 년 동안 배설한 분뇨를 그는 알페우스강을 끌어다가 하루에 청소했다. 다음은 원정이었다. 그는 바다 건너 남쪽 크레타에 가서 왕비의 황소를 잡아다 무케나이에다 풀어주었다. 크레타의 왕 미노스는 아름다운 파시파에와 결혼하여 이 남 이 녀를 두었지만, 포세이돈에게 약속한 선물, 황소를 주지 않았다. 화가 난 바다의 신은 왕비가 그 신성한 황소와 사랑에 빠지게 했다. 그녀는 우두인신인 괴물 미노타우로스를 낳았다. 그 괴물이 섬을 황폐케 했다. 다이달로스가 미로를 짓고 그것을 가뒀다. 그는 아테나이의 장인인데, 그의 동상이 스스로 움직일 정도로 기술이 뛰어났지만, 그의 제자이자 조카인 탈로스를 그를 능가하지 못하도록 아크로폴리스 절벽 아래로 던져서 죽였다. 탈로스는 메추라기가 되어 바다 위로 날아갔다. 그 죄로 그는 크레타섬에 유배 와서 미로를 짓고, 소는 물론 그도 그의 아들과 함께 그 속에 갇혔다. 그는 밀랍으로 깃털을 붙여서 날개를 만들었다. 그들은 날개를 달고 미로를 탈출했다. 그는 너무 낮으면 습기에 깃털이 엉키고, 너무 높으면 태양이 밀랍을 녹인다고, 중간 높이로 나르라고 했지만, 이칼로스는 너무도 기분이 좋아서 아버지 말을 잠깐 잊고 하늘로 솟았다가 날개를 잃고 물에 빠져 죽었다. 그곳의 섬이 이칼리아가 되었다. 아버지는 시칠리아로 달아났다. 거기다 아폴론에게 신전을 짓고 날개를 봉정했다. 어디서 이야기가 샜냐?"

"원정이요."

"그래, 원정. 다음 먼 길은 북쪽 대륙 트라케였다. 거기는 지금 발칸반도의 동남 끝이다. 티룬스에서 천릿길이었다. 그는 비스톤 사람들의 왕 디오메데스의 사나운 말들을 뺏으러 갔다. 왕은 전쟁의 신 아레스의 아들이었다. 그의 말들은 사람의 살을 먹었다. 그는 왕을 죽여서 그 살을 그의 말들에게 던졌다. 주인의 고기를 먹은 말들은 순해졌다. 그는 그것들을 몰고 무케나이로 돌아왔다. 다음 길은 더 멀었다. 여인족 아마조네스의 여왕의 허리띠를 빼앗으러 흑해 연안으로 갔다. 거기서 그는 여왕을 죽이고, 또는 그녀의 목숨의 대가로,

그녀의 띠를 차지했다. 그 다음은 서쪽으로, 동쪽으로 간 것보다 세 배나 더 멀리 갔다. 게루온은 삼두 괴물로 세상의 서쪽 끝에서 살았는데 소 부자였다. 그는 태양신 헬리오스를 협박해서 그의 황금 주발을 빼앗아 타고 서역으로 갔다. 세상의 끝에 간 기념으로 그는 바위들을 세웠다. 그 헤라클레스의 기둥들은 오늘날 유럽과 아프리카 사이 히브랄타르 해협 양안의 절벽들이다. 그는 저승의 개와 형제간인 번견 오르투르스와 소지기 에우루티온과 게루온을 차례로 죽이고 소떼를 몰고 돌아왔다. 다음도 서유기다. 해지는 나라 헤스페리데스는 오늘날 에스파냐. 그는 황금능금나무를 지키고 있는 용, 라돈을 죽이고, 아틀라스의 짐을 대신 들어주고 그로 하여금 황금능금을 따오게 했다. 그곳 출신 장사는 귀한 열매들을 쉽게 얻어왔다. 그는 그의 무거운 짐을 다시 이고 싶지 않았다. 갈길 바쁜 헤라클레스는 애를 먹었다. 그가 떠받치고 있던 짐은 하늘이었다. 황금능금나무는 아마 귤나무였다. 그것은 땅의 신 가이아가 헤라에게 그녀가 제우스와 결혼할 때 준 선물이었다. 다음 여행은 저승이었다. 그는 헤르메스와 아테네의 도움으로 지하세계에 들어가서 머리 셋 달린 개, 케르베로스를 잡아왔다. 개 잡기는 쉽지만 저승에 들어갔다가 살아 나오기가 어렵다. 거기는 한 번 들어가면 못 나오는 데였다. 그는 신들의 도움으로 그렇게 했다. 아이네아스는 황금가지를 가지고 그곳을 들락거렸고, 단테와 밀턴은 상상력으로 그렇게 했다. 다음은 소도둑 죽이기이다."

"또 있소? 열둘이 넘소."

"셌냐? 그런가보다 하고 들어라. 일을 하다보면, 더 될 때도 있고 덜 될 때도 있다. 어찌 꼭 정해진 숫자만 했겠냐? 잔칫집 음식, 남기 아니면 모자라기다. 카쿠스는 게루온의 속편이다."

"소도둑이 소도둑을 죽였소?"

"니가 얘기헐래? 나, 그만 할거나?"

"또 있소?"

"게루온의 소떼를 빼앗아 몰고 돌아오는 길에 미래의 로마에 이르렀을 때 현지의 도둑이 소를 훔쳐다 제 소굴에 감췄다. 뒤처진 소들의 울음소리로 소를 도둑맞은 줄 안 그는 도둑의 소굴로 가서 카쿠스를 죽이고 소들을 되찾았다. 그는 헤라클레스한테는 좀도둑이었지만, 그곳을 여행하는 과객들에게는 텃세를 부리는 공포의 대상이었을 것이다. 그는 아마 원시 로마의 신이었다. 마지막으로 그는 거인 안타이오스와 씨름을 했다. 안타이오스는 땅의 신 가이아와 바다의 신 포세이돈 사이에 태어난 장사였다. 그는 몸이 땅에 닿으면 힘이 났다. 때려눕힐수록 세어지는 그를 헤라클레스는 번쩍 머리 위로 쳐들어 목을 졸랐다."

"남아공에서 세계선수권 따온 어떤 권투선수 같소. 여러 번 바닥에 누웠다가 마침내 힘을 내어 한 방에 날렸지 않소?"

"그건 땅바닥이 아니라 돗자리다. 땅김을 쐬야 땅심을 받아서 원기가 난다. 죽을 사람도 땅기운을 쐬면 살아나는 수가 있다. 개나 고양이는 그것을 안다. 얼아도 발바닥에 흙이 묻어야 사람 된다."

"공동주택은 십오층이면 십이층이 왕층이고, 이십오층이면 십칠층이 왕층이요. 속진으로부터 멀리 떨어질라고. 흙먼지를 누가 좋아허요?"

"십층, 이십층 간에, 요즘은 삼층이 왕층이다. 거기까지는 토기가 미친다. 나무가 그 정도까지는 자라거든."

"토굴에서 사시요. 일층은 아예 앞뜰에 남새를 가꾸게 한답디다. 게의 아들 앤티우스나 되면 모를까, 누가 흙을 좋아허요? 마당에는 잔디 깔고, 길에는 역청 깔고, 하루종일 돌아다녀도 구두에 흙이 묻지 않소. 방 안에 융단 깔고, 신발 신고 들어가요. 어째 침대에는 신을 벗고 올라가는지 모르겠소."

"사람치고 땅의 아들 아닌 사람이 어디 있냐? 신바닥에 흙 안 묻히고 안방까지 신은 채 들어가나, 신 신으나마나 흙발투성이로 움막에서 흙바닥 위에 딩구나, 흙의 자식이기는 매한가지다. 그것에서 나와서 그것으로 돌아가면 그것의 자식 아니냐?"

"헤라클레스는 열두 노동들을 하고 불멸을 얻었소?"

"저승 출입이 불멸의 시작이었다. 그는 죽어서 그것을 얻었다. 십이 년 형기를 마치고 그는 칼루돈으로 갔다. 그가 종살이를 한 티룬스는 펠로폰네소스의 동쪽에 있고, 칼루돈은 희랍 본토 동남 끝에 있었다. 그는 거기서 강의 신과 씨름을 해서 이기고 그곳 왕의 딸을 아내로 차지했다. 그가 그녀를 데리고 가다가 넷소스를 쏘아죽인 것은 에우에누스강에서였다. 그것은 오에타산에서 발원해서, 서남으로 흘러 칼루돈에서 희랍의 서해 이오니오이 바다로 들어갔다. 그는 오에타산 서북 팔십 리에 있는 오에칼리아의 왕의 딸 이올레를 사랑했다. 왕은 딸을 그에게 주려 하지 않았다. 그는 왕의 아들들과 싸우다가 그 중 하나를 성벽 아래로 던져 죽였다. 광기였다. 델포이의 신탁은 그에게 일 년의 노예봉사를 명령했다. 형을 마친 그는 트로이아 공략에 공을 세우고, 오에칼리아를 공격해서 이올레를 빼앗았다. 그리고 데이아네이라가 보낸 결혼 선물, 피묻은 옷을 입고, 오에타산 꼭대기에서 몸을 불태우고 신이 되었다. 그의 활과 화살은 그의 화장장작더미에 불을 붙인 포이아스를 통해서 그의 아들 필록테테스에게 전해졌다. 그는 그것으로 트로이아 전쟁의 발단이 된 헬레네의 남편 트로이아의 왕자 파리스를 쏘아 죽이고 전쟁을 끝냈다. 그

왕자는 그 화살이 아니면 죽지 않게 되어 있었다. 전쟁이 끝나자, 트로이아의 남자들은 도살되고 여자들은 왕비와 왕자비를 포함해서 모두 노예가 되었다."

"트로이전쟁이 언제 일어났소?"

"서기전 1184년에 십 년 전쟁이 끝났다. 호메로스가 태어나기 삼, 사백 년 전이다."

"임진왜란이나 같았겠소."

"그에게 그것은 이미 전설이었다."

"허긴 요새는 육이오 전쟁도 해설입니다."

"나한테 동학농민반란이 통설인 거나 같다."

"동학혁명."

"성공했냐? 녹두장군이 집권했냐? 김개남이 남쪽을 해방했냐? 손화중이가 고종 순종을 목 뺐냐? 나는 반란이 멋있더라. 그것은 박치기다."

"전주 관아를 접수했으면 혁명 아니요?"

"고부를 공격해서 조병갑이를 조진 것보다는 낫다만, 한양을 함락해야지. 역성혁세, 성을 갈아야지. 환골탈태를 해야지. 그 꿈은 곰나루에서 접었다."

"우금치."

"옛날이야기가 길었냐? 옛날에 있었던 일은 지금도 있다. 신화에 대해서 알아야 할 것은 그것뿐이다."

"요즘 영웅들도 마누라를 여러 번 바꾸요?"

"몰래 바꾼다."

　서정인의 소설 「벽소령」은 불친절하다. 확실한 줄거리가 있는 것도 아니고, 강요된 주제가 있는 것도 아니다. 구체적인 정보도 없고, 뚜렷한 인과관계도 없다. 그저 두 명의 남자가 어지러운 질문과 대답을 주고받고 있을 뿐이다. 그 이야기에 시작이나 끝이 있는 것도 아니다. 연작 형태로 계속되고 있는 이야기 중의 어느 한 토막일 뿐이다. 이 이야기의 맨 앞에 다른 이야기(「의료원」, 『21세기문학』, 2001년 가을호)가 있고, 맨 뒤에 다른 이야기(「쟁몽두」, 『창작과비평』, 2003년 여름호)가 있다. 하지만 앞이 뒤여도 상관없고, 뒤가 앞이어도 된다. 맨 앞의 이야기 앞에 다른 이야기가 있을 것이며, 맨 뒤의 이야기 뒤에도 다른 이야기가 있을 것이기 때문이다. 이것이 바로 작가의 이전 작품인 『달궁』 연작 이래 작가가 지속적으로 추구하고 있는 말하기 자체의 형식이나 양상이 더 중요해지는 이유가 된다. 그래서 이 소설에서는 '무엇을' 이야기하는가와 더불어 '왜' 말하고 '어떻게' 말하는가가 함께 고려되어야 한다.

이 소설은 무엇을 말하고 있는가. 대답하기 어렵다. 그에 대한 정답은 없지만 정답이 없다는 것을 말하려는 것일 수도 있다. 침묵이 또 다른 언어인 것처럼. 굳이 이 소설의 뼈 아닌 뼈를 간추리자면, 연작관계에 있는 다른 소설들처럼 '어느 한 장소에서 사물을 있는 그대로 보면서 이름 붙이기'이라고 거칠게 요약할 수도 있을 것이다. 이번 연작에서는 어느 한 장소가 벽소령이고, 한 사물이 사랑이라고 좀더 구체화시킬 수도 있을 것이다. 즉 추문일 수도 있는 사랑과 낭만적인 사랑 사이에서 갈등하는 남녀의 사랑이야기가 소설의 배경을 이루고 있다는 것이다. 그런데 이런 사랑이야기는 '간절해서 또 일어나고, 자꾸 일어나서 절박한 것', 그래서 '옛날에 있었던 일은 지금도 있다'는 사실을 알려준다는 점에서 '신화'에 가깝다. 그렇다면 작가는 '사랑의 신화'에 대해 말하려는 것이 아니라 '신화에 대한 사랑'을 말하려고 한 것인지도 모른다. 아니면 이런 추상명사들 자체가 아니라 그런 추상적인 것들을 눈에 보이게 구체적으로 만드는 것이 더 중요한 목적일 수 있다.

이런 맥락에서 이 소설이 왜 이야기하는가가 밝혀진다. 관계가 모호한, 그리고 상황에 따라 변하는 두 남자의 문답이나 대화를 통해 서로의 삶에 대한 간섭과 이해에 도달할 수 있기 때문이다. 이때의 간섭은 말의 섞임을 의미하고, 말의 섞임은 상대방에 대한 관심을 표현하는 것이다. 그리고 관심에서 이해가 가능해진다. 특히 말이 곧 삶이라면 말이 곧 성격이나 행동 자체가 된다. 다른 말은 다른 삶이다. 그리고 다르게 말하면 많이 말할 수 있다. 또한 많이 말하는 것은 많이 보려는 것이다. 많이 보면 많이 알 수 있다. 이때 '호모 로

쿠엔스'가 '호모 사피엔스'로 된다.

그런데 왜 이렇게 이야기하는가. 인간은 '말을 한다, 고로 존재한다.' 그렇다면 인간의 말 자체도 유동적이고 개방적이어야 한다. 말의 끝은 삶의 끝이다. 말을 하는 동안만 살아 있는 것이라면 말이 말을 낳아야 한다. 마치 이 소설이 연작 장편의 한 토막으로서 무한히 계속될 수 있는 것처럼. 말의 미완이 곧 삶의 징표이다. 그래서 이 소설 속 두 인물들은 대립을 통해 대화를 하고, 병렬을 통해 평등을 추구하며, 개방을 통해 자유를 획득한다. 탈중심적이고 비권위적인 삽화적 구성이나, 객관적이고 극적인 재현으로서의 대사를 지향함으로서 작가는 작가의 주관적이고 폭력적인 해설이나 판단을 배제하려고 한다. 말은 상대방과 직접 대면해서 하거나 듣는 것이지 제3자를 통한 중개를 거치는 것이 아니다. 어차피 말이란 사실이 아니라 '의견'일 텐데, 또다시 걸러지면 '의견의 의견'이 되어 진실로부터 더 멀어진다고 생각하기 때문이다. 작가의 이런 생각이 이 소설을 말이 중심이 되는 표현주의극으로 만들었다. 발설(發說) 자체가 비명이나 외침, 함성, 넋두리, 환호성이 되는, 그래서 삶의 의미나 과정 그 자체인.

마흔아홉 살

박완서

1931년 경기도 개풍에서 태어났고,
서울대학교 국문과를 수학하였다. 1970년 〈여성동아〉에 장편소설 공모에
『나목』이 당선되어 등단했으며, 소설집으로 『부끄러움을 가르칩니다』
『배반의 여름』 『엄마의 말뚝』 『꽃을 찾아서』 『저문 날의 삽화』
『한 말씀만 하소서』 『너무도 쓸쓸한 당신』 『나의 아름다운 이웃』 등이 있으며,
장편소설로 『휘청거리는 오후』 『도시의 흉년』 『목마른 계절』 『욕망의 응달』
『오만과 몽상』 『서 있는 여자』 『그대 아직도 꿈꾸고 있는가』 『미망(未忘)』
『그 많던 싱아는 누가 다 먹었을까』 『그 산이 정말 거기 있었을까』 등이 있다.
한국문학작가상, 이상문학상, 현대문학상, 동인문학상,
대한민국문학상, 이산문학상 등을 수상하였다.

마흔아홉 살

    현관 바닥에 신발이 가득한 걸 보니 다들 온 모양이었다. 그 여자는 발 끝으로 그것들을 양옆으로 밀면서 자기 신발을 가지런하게 벗어놓을 수 있는 자리를 마련하는 동안 안에서 새어나오는 애기를 엿듣고 말았다. 엿들을래서 엿들은 건 아니었다. 그럴 생각은 추호도 없었다. 현관문은 처음부터 발 끝으로 열 수 있을 만큼 틈이 나 있었다. 반상회나 그밖의 모임이 있을 때는 뉘 집에서나 다들 그렇게 했다. 아무리 문이 열렸더라도 양손에 짐만 들고 있지 않았다면 아마 일단은 초인종을 누르거나 현관문을 두어 번 두드리고 들어갔을 것이다. 그 여자는 열려 있는 자식의 방에 들어갈 때도 그런 식으로 인기척을 내는 게 몸에 배 있었다. 물론 자식의 방에서 일기장이나 편지를 훔쳐보는 무식한 짓 따위도 하지 않았다. 몸에 밴 자신의 그런 교양 있는 태도를 늘 강하게 의식하고 있었으니까 훔쳐보고 싶은 욕망이 아주 없는 건 아닐 수도 있었다. 시방 그 여자가 헐레벌떡 들어선 50평 아파트 안방에 모인 여자들의 입초사에 오르고 있는 건 가타리나였다. 가타리나는 그 여자의 세례명이다. 가타리나가 어떤 성녀인지 그 여자는 잘 알지 못했고 또 알려고도 하지 않았다. 세례명을 정할 때 가장 좋아하거나 닮고 싶은 성녀를 선택한 게 아니라 발음상 그 중 로맨틱하게 들리는 이름을 골랐다. 가타리나행 기차는 여덟 시에 떠나네, 라는 노래 가사도 있는 걸 보면 이 세상 어딘가엔 가타리나라는 지명도 있을 것이다. 유럽어의 철자법으로는 전혀 별개의 가타리나인지도 모르지만 조수미의 목소리로 그 노래를 듣고 있으면 가타리나는 이국땅의 이름도, 14세기의 성녀 이름도 아닌 그 여자가 경험해보지 못한 삶의 몽롱한 비밀이 스며 있는 이름이 되었다. 그나저나 그 가타리나가 어쨌다는 것일까. 그 여자는 가슴이 쿵쾅대는 소리가 들릴 만큼 숨을 죽이고 꼼짝도 할 수 없었다. 인기척을 내기에는 이미 늦어버리기도 했지만 그들의 목소리에서는 맛있는 걸 저희들끼리만 휘딱 먹어치워버리려는 다급하고도 게걸스러운 식욕 같은 게 느껴졌다. 전혀 상관없는 사람 얘기를 하고 있다고 해도 끝까지 듣고 싶었을 것이다. 그러나 스캔들의 주인공이 자신이 될 것을 알아차렸다면 그 전에 중툭을 잘랐어야 하는 것을. 때를 놓치고 나서 떠오른 생각이었다.

"어머머…… 가타리나 그 천사 같은 여자가 어쩜 그럴 수가, 말도 안돼."

"누가 아니래, 나도 내 눈을 의심했다니까, 어떻게 사람이 그렇게 겉 다르고 속 다를 수가 있는지, 완전히 딴 사람이야. 나한테 현장을 들키고도 눈 하나 깜박 안 하더라니까. 어디서 그런 집게는 구했는지 이따만 하게 기다란 집게 끝으로 시아버지 팬티를 집어 가지고 그 어른 방에서 나오는데 어찌나 험하게 오만상을 찌푸리고 있는지, 난 가타리나가 빨랫감이 아니라 약 먹고 죽은 쥐나, 뭐 그런 끔찍한 걸 집어가지고 나오는 줄 알았다니까. 그래도 그게 다였다면 이런 말 꺼내지도 않을 거야. 글쎄 끝까지 그 영감님 속옷을 죽은 쥐 취급을 하면서 다용도실까지 뻗쳐들고 가더니 세탁기 안으로 냅다 뿌리치는데 그 서슬이 어찌나 시퍼렇던지 그까짓 헝겊조각에서 쨍그렁 소리가 나는 것 같더라니까."

"아, 알았다. 그 영감님이 속옷에 큰 거나 작은 걸 지렸을 거야. 그 연세엔 능히 그럴 수도 있을걸."

"아냐, 그게 아니라니까. 가타리나가 제 입으로 그랬어. 시아버지의 딴 빨랫거리는 다 참아주겠는데 팬티만은 이런 취급이라도 해야 직성이 풀린다구."

"세상에, 세상에…… 그 점잖은 노인네가 아들네 집에서 그런 구박을 받다니. 나는 가타리나가 그런 독종인 줄은 꿈에도 몰랐네. 이건 엽기다 엽기, 안 그래."

"그건 네 엽기 취미구, 지금 문제는 그게 아니잖아. 그 이중성이 문제지. 생각해봐. 우리가 무의탁이나 거동이 불편한 노인들 목욕 봉사를 해보자고 힘을 모았을 당시의 주동자가 누구였는지. 가타리나였잖아."

"글쎄, 그랬나. 딱히 주동자랄 건 없잖아. 성당 피정 가서 같은 학교 학부형끼리 친해지고 어떤 학원이 좋은지 어떤 선생이 쪽집 겐지, 아이들 과외공부 정보교환하다가 하나 둘 대학에 집어넣고 나니 홀가분하다가 허전해지고 그래서 몇 번 같이 몰려서 나이트도 가보고 관광도 다니다가 이럴 게 아니라 뭐 좋은 일할 게 없나

물색하다가 돌볼 가족이 없는 노인들 목욕봉사를 다니자는 제안을 제일 먼저 한 것은 나야, 나."

"그래 그건 네가 했다고 치자. 그때 그럴듯한 의견이 좀 많이 나왔냐. 입 가지고 듣기 좋은 소리 누군 못하냐? 그 분분한 여러 좋은 의견 중에서 목욕봉사를 확 낚아챈 게 가타리나였잖아."

"얘는 목욕봉사가 무슨 월척이라도 되냐. 낚아채게."

"그래 가타리나에겐 월척이었을 거야. 그때까지 듣기만 하던 가타리나가 그때부터 우리를 리드하기 시작하면서 일이 일사천리로 진행됐잖아. 네가 목욕봉사를 제안한 건 연필굴리기처럼 그냥 해본 소리일 게 뻔하고, 그걸 책임질 수 있는 정답을 만든 건 가타리나 였다구."

"쟤는 누가 아직도 입시생 엄마 아니랄까봐 저 말투 좀 봐."

"그래, 난 아이를 셋씩이나 낳아서 아직도 현역이다. 어쩔래."

"어쩌긴 부러워서 그래. 막내가 고3일 때는 언제 이놈의 고3 엄마를 면하나 지긋지긋하더니만 막상 면하고 나니 허전하고 허무하고, 분한 것 같기도 하고 억울한 것 같기도 하고, 아마 사오십 대에 정리해고당한 가장의 심경이 바로 이런 거 아닐까싶네. 우리 식구들한테 난 도대체 뭘까?"

"그만해, 너 철학과 나온 거 다 아니까. 개똥철학 그만하고 본론으로 돌아가자고. 생각나? 목욕봉사를 지금처럼 남자 노인만 대상으로 하자고 우긴 게 바로 가타리나였다는 거."

"일방적으로 우긴 건 아니었어. 가타리나의 의견을 우리가 다들 그럴듯하게 받아들인 거지. 여자 노인들은 원래 씻는 걸 싫어하지 않아서 씻기기 편하고 딸이나 며느리가 스스럼없이 달겨들어 씻겨줄 수도 있지만 배우자 없이 홀로 된 남자 노인들은 그렇지 못하다는 말에 우리가 다 고개를 끄덕였잖아. 딸도 아버지 씻겨드리기는 좀 그렇다는 건 사실이고."

"그래, 그래서 우리가 본격적으로 일을 시작하면서 모임 이름을 만들 때도 듣기 좋고 수더분하게 효녀회라고 하자고 했더니 가타리나가 효부회로 하자고 주장했잖아. 애정보다는 의무의 느낌이 더 강한 이름이 우리에게 알몸을 맡길 노인에게나 우리 봉사자에게나 덜 위선적이고 거리감도 생겨서 좋다고."

"그것도 맞는 말이었잖아. 그래서 그때 가타리나에게 이 참에 아주 회장 하라고 했고, 가타리나는 쾌히 승낙했고."

"회장님 소리가 그렇게 듣고 싶었을까. 아무튼 이상한 사람이야."

"그건 너무하는 소리 아냐. 가타리나가 회장 한다고 우리가 월급을 줬어, 회비를 면제해줬어. 일을 덜 시켰어. 오히려 남이 하기 싫은 일을 혼자서 다 도맡아 했잖아. 노인 용품은 또 얼마나 많이 기증을 받았냐? 그이 남편이 그런 제조업을 한다고 해도 반값도 아니고 완전 거저로 내놓기는 쉬운 일이 아니다, 너. 일을 그만큼 하고도 우리가 그동안 회비 명목으로 모은 돈 거의 안 썼어. 내가 경리니까 그건 보증해. 오늘 나 회계보고하면서 회비 조금 더 올려서 내년에는 해외여행 가자고 바람 좀 넣으려는 참이었는데."

"얘는 순진하긴, 그렇게 해서 공짜로 남편 회사 피알할 속셈이었을 거야. 근래에는 우리가 봉사나가는 날이면 그 회사에서 봉고차까지 내주었잖아. 즈네 회사 제품 이름이 덕지덕지 붙은. 가타리나도 노인들을 목욕시킬 때나 하소연을 들어줄 때나 그분들에게 이러이러한 게 있었으면 편리하다 싶은 걸 하나도 그냥 지나치지 않고 주의 깊게 듣더라구. 얼마나 약은 사람인데, 그걸 아마 남편

회사에 아이디어로 제공할 거야."

"그럼 팔아먹었단 소리 아냐? 설마……"

"그게 어때서? 생산업자로서는 신제품이 나왔을 때 실수요자의 반응을 즉각 즉각 파악하는 게 얼마나 중요한 일인데."

"봉사가 사실은 비즈니스의 일환이었다고 해도 좋다 이거야. 일석이조와 이중성은 다르다고 생각해. 가타리나가 목욕봉사의 대상을 남자 노인에게만 국한시키자고 한 게 과연 딴 뜻은 없었을까. 난 처음부터 이상했어. 아무리 늙은이라고 해도 어떻게 남의 남자의 성기에 손을 대나 그게 난 젤로 자신이 없었으니까. 생각만 해도 손끝이 오그라들었거든. 아마 다들 그랬을 거야. 나는 벗은 노인 얼굴을 마주보는 것도 민망해서 주로 등만 밀어드렸지만, 발을 공들여 닦아드린 일만 한 사람도 성기에 손 댄 사람은 없었을 걸. 아랫도리 전문은 가타리나였잖아. 가타리나가 얼마나 기쁜 얼굴로 아랫도리를 오래 주물러 댔는지 다들 봤잖아."

"거기가 제일 뭐가 많이 끼잖아요. 뒤보고 나서 뒤처리를 잘 하지 않은 노인들 거기를 깨끗이 해주려면 불려가면서 닦아야 하니까 오래 걸릴 수밖에 없을 걸요."

조신한 목소리로 끼어든 건 동숙이었다. 아, 동숙이도 와 있었구나. 동숙이가 끼어들자 좌중이 갑자기 신중하고 진지해진다는 게 느껴졌다. 그 여자는 더욱 긴장할 수밖에 없었다.

"그 정도는 나도 알아요. 그렇지만 유난히 오래 떡 주물르듯 했어요. 그렇게 성기를 주름 주머니와 다름없이 여길 수 있는 사람이 어떻게 다만 성기가 닿았다는 이유 하나로 시아버지의 팬티를 그렇게 엽기적으로 학대할 수 있냐 말예요."

"넌 그럼 그 두 가지 물건 사이에 상관관계가 있다고 생각하는 거니."

"있지, 그럼. 가타리나에겐 분명 성적 욕구불만 아니면 왜곡된 성관계에서 오는 죄의식, 어쩌면 근친상간이나 유아기에 당한 성폭행이나, 그런 어두운 과거가 분명 있을 거야."

"또, 또 너 또 프로이드하고 엮어보려고 그러지. 누구 기 죽일 일 있어."

웃음소리가 나면서 분위기가 풀어지려는 틈새를 동숙이가 끼어들었다.

"왜 이렇게 늦을까. 마중을 가봐야 할까 봐요. 혼자 들고 오긴 무거울 텐데."

암만해도 그 자리가 불편한 듯 서먹한 목소리였다. 배달시켜도 되는 걸 누가 저더러 사서 고생하라고 했냐느니, 회장 노릇이 얼마나 힘들다는 걸 과시하려고 일부러 그런다느니, 깎아내린 김에 아주 깔아뭉개버리려는 소리는 확신에 차서 성토할 때보다 한결 나직하고 부드러웠다. 그 여자는 오히려 그 조심스러운 속삭임에 진저리가 쳐졌다. 아직도 양손에 무거운 짐을 들은 채로 서 있었다는 걸 그제서야 깨달았다. 그동안 팔이 한자는 늘어난 것 같았다. 십여 명분의 김밥과 떡과 과일과 음료수와 일인분씩 따로 포장한 왜된장국까지 들어 있는 보따리였다. 미련하게 무거웠다. 배달을 시킬 줄 몰라서가 아니라 될 수 있으면 싸고 맛있는 걸로 사려고 길 건너 재래시장 단골집에 들르다보니 그렇게 되었다. 김밥 아줌마는 미리 주문받은 김밥을 혼자서 싸면서 반찬장사도 하기 때문에 배달을 못해주는 걸 미안해하면서 부득부득 왜된장국을 덤으로 주었다. 재래시장을 이집 저집 돌아다니면서 싸고 좋은 것으로 사는 재미와 마땅히 그래야 한다는 회장으로서의 의무감 때문에 짐이 무거운 줄도 몰랐다. 손에서 힘이 빠지자 두 개의 검은 비닐 봉다리가 소리도 없이 바닥에 내려앉았다. 늘어난 팔은 원상으로 돌아올 것 같지 않았다. 뻣뻣하게 굳어서 구부려보려도 잘 구부러지지 않았다. 그때 안방 쪽에서 정말 마중을 나갈 참인지 동숙이 반코트의 팔을 꿰며 스르르 거실로 나타났다. 동숙이하고 시선이 마주치자 그 여자는 방금 온 것 같은 표정을 지어야 한다고 생각했지만 그건 불가능했다. 그건 아마 동숙이도 마찬가지였을 것이다. 둘 다 그런 면의 순발력은 평균 이하라는 걸 서로 알고 있었다. 효부회의 멤버들은 처음엔 성당의 영세 동기들로만 구성이 됐다가 자주 빠지는 사람, 이사 가는 사람이 생기면서 소문을 듣고 같이 일하고 싶어하는 사람 또한 그만큼 생겨서 늘 일하기 좋은 적정선인 십여 명을 유지하고 있었다. 동숙이는 그 여자가 끌어들인 고교 동창이었다. 성당 교우가 아닌 최초의 멤버였다. 고교 때 친한 사이는 아니었다. 대학을 갔는지 안 갔는지도 잘 생각나지 않는 걸 보면 고3 때 같은 반도 아니었던 것 같다. 거기에 대해서 아직 물어보지도 못했으니 같은 단지에서 살게 된 걸 알고 나서 전화질도 하고 왕래도 했지만 속내를 드러낼 만큼 가까워진 건 아니었다. 그래도 서로 통하는 걸 느꼈다. 같은 또래의 남매를 두고 있었고 두 집 다 막내를 부모의 욕심에 못 미치는 대학에 막 집어넣은 뒤였다. 찜찜하고도 허전한 느낌, 실패감도 성취감도 아닌 게 빠져나간 자리를 메꾸고 싶은 욕망의 허덕거림, 그러나 모호한 방향감각, 화끈한 것에 대한 소심증, 서로의 이런 공통점이 소녀 적의 엎으러지는 우정과는 다른 보듬는 친밀감을 만들어냈다. 동숙은 그 여자가 회장 노릇하는 일에 기꺼이 동참해주었지만 딴 회원들하고는 아직도 서먹하여 깍듯이 예의를 지키며 지냈다.

동숙이가 미처 뭐라고 그러기 전에 그 여자가 먼저 얼른 현관을 도망쳐나왔다. 서로의 난처한 입장을 모면하는 길은 그 길밖에 없었다. 엘레베이터는 1층에 서 있었다. 동숙이하고 얼굴을 맞댈 자신이 없었다. 엘리베이터가 마침 11층에 아가리를 벌리고 서 있다고 해도 타지 않았을 것이다. 그게 더 빠른 줄은 알지만 도망치고 싶은 급한 마음에 맞지 않았다. 자기는 가만히 있는데 계단이 저절로 발밑으로 말려드는 것 같은 느낌은 현기증일까, 속도감일까. 돌고 도는 물레방아를 미는 것처럼 계단은 끝날 줄을 몰랐다. 마침내 층층다리가 끝난 아득한 곳에서 동숙이 턱을 쳐들고 기다리고 있었다. 피할 수 없이 동숙과 맞닥뜨리자 그 여자는 미안해, 라고 속삭였다. 동숙이 피식 웃자 그 여자도 따라 웃었다. 정말이야, 다시 힘주어 말하자 미안한 까닭이 분명해졌다. 차마 못 들을 소리를 엿들은 자신보다는 그 자리를 같이한 동숙이 얼마나 민망했을까, 동숙이를 앞에 놓고 어떻게 그런 말을 할 수 있단 말인가, 그것 때문에 미안하고 치가 떨렸다. 동숙이가 어깨를 감싸는 걸 뿌리쳤다. 미안한 것 하고는 다른 떨림을 들키고 싶지 않았다. 너 다 들었구나? 동숙이 조심스럽게 물었다. 동숙의 어깨 너머로 관리실 아저씨가 난로가에서 졸고 있는 게 보였다. 건축할 때부터 관리실에는 난방시설을 안 해놔서 겨울이면 수위들은 연탄난로를 끼고 살았다. 가스 때문인지 경비상의 필요성 때문인지 유리창을 줄창 열어놓고 있었다. 별게 다 신경에 거슬렸다. 그 여자가 대답을 미루고 뜸을 들이는 사이에 일상적인 표정으로 돌아온 동숙이 약간은 도전적인 목소리로, 앞으로 그 사람들하고 상종을 할 거냐 말 거냐고 물었다. 그 당돌한 물음에 그 여자는 모욕감을 느꼈다. 그 여자가 주도해온 목욕봉사는 누가 뭐래도 보람 있는 일이었다. 왜 내 진부한 일상이 숭고를 좀 입으며 안 되나. 거룩한 직업을 가진 이가 가끔 쾌락을 입는 것을 눈감아주는 것만큼만 봐주면 되는 것을. 그 여자는 어느 틈에 방금 당한 인신공격을, 위선에는 엄하고 위악에는 너그러운 세태로 일반화시키고 있었다.

"그렇게 다그치지 말아. 잘못을 엿들은 죄는 나한테도 있는 것이니까. 될 수만 있다면 안 들은 걸로 하고 싶어"

"알았어. 그럼 내가 얼른 가서 그런 방향으로 수습하고 올게. 지금이면 늦지 않았을 거야. 또 도망치지 말고 기다려. 그 더러운 기분은 당일로 풀어야 할 거 아냐. 혼자 삭이려고 하지 마. 병 된다, 너. 시장통 김밥 아줌마 집 옆으로 난 막다른 골목 전통찻집에서 기다리고 있을래? 좀 구질구질해도 이 아파트 단지 여자들이 잘 안 가는 데잖아"

아닌게아니라 깔끔하지도 세련되지도 않은 찻집이었지만 손님도 없어서 한결 마음이 가라앉았다. 동숙이네서 대추차를 대접받은 생각이 나서 두 잔을 시켰는데 식기 전에 나타났다.

"아니나 달라. 점심 보따리가 그냥 그 자리에 나자빠져 있더라구. 잘됐지 뭐. 내가 마중 나가서 받아온 것처럼 했구. 넌 암만해도 집에 무슨 일이 생긴 것 같으니 가봐줘야겠다고 이내 돌아 나왔지 뭐. 미련하게 배달시키지 않았다고 투덜대더라. 된장국이 식었다나 어쨌다나. 지금쯤 즈네들이 한 소리는 다 잊어먹고 아귀아귀 잘들 처먹고 있을걸."

김밥 아줌마가 스티로폴 접시에다가 김밥하고 순대하고 들고 왔다. 웬일이냐고 묻자 동숙이가 대답했다.

"웬일은 웬일이냐? 내가 배달시켰지. 넌 욕만 먹어도 배 부른 체질이면 안 먹어도 돼. 난 배에서 쪼르륵 소리가 난다. 너도 참, 김밥 아줌마가 바쁘면 과일집에라도 부탁해서 배달을 시켰어야지, 그럼 그런 소리도 안 듣고 좀 좋아. 넌 너무 잘하려는 게 탈이야."

"맞아, 낑낑대면서 손수 들고 가 수고했단 소리 듣고, 회장님이 사온 김밥은 역시 맛있다는 소리 듣고, 그러면서 만족하고 싶어서 힘든 줄 모르고 신바람을 내다가 그런 꼴을 당하고 말았다는 거 알아."

"네 말투는 어째 벌써 용서한 것처럼 들린다."

"용서는 무슨, 누가 없는 죄를 꾸며낸 것도 아니고 다 진짠걸. 당분간은 좀 힘들겠지만 내가 못 들은 것처럼 하는 게 상책일 거야. 해온 일에 대한 책임감이 무엇보다도 중요하다고 생각해."

"책임감 그거 참 듣기 좋은 말인데 그게 혹시 권력욕이라고 생각하지 않니. 회장 자리를 막무가내 지켜내고 싶은."

그 여자는 벌린 입을 다물지 못했다. 못 들을 소리를 엿들었을 때보다 더 기가 막혔다.

"우리 효부회를 누가 알아주며 무슨 덕볼 건덕지나 권한이 있다고 권력욕씩이나 갖다붙이냐? 그러잖아도 장자를 붙여서 부르는 게 거북해서 이번에 그 문제를 거론할 참이었어. 마침 연말 모임이니까 임기 없이 맡은 거지만 번갈아가며 회장을 맡기로 의견을 모으기에 적당한 시기다 싶었거든."

"넌 참 눈치가 없구나. 너보다 그 사람들이 훨씬 더 빨라. 니가 어디서부터 엿듣게 됐는지 모르지만 네 험담이 나온 것도 바로 그놈의 회장 자리 때문이었어, 이 바보야. 나는 신자가 아니니까 성당하고 우리 모임의 관계는 잘 모르지만, 눈치가 본당 신부님도 관심을 가지고 지켜보다가 이렇게 잘나가는 모임은 지원하고 키워보고 싶어 하신다나 어쩐다나, 교회 내에서 인정해주는 봉사단체가 된 후에도 네가 회장직을 맡을 자격이 있나 없나 한번 생각해봐야 되지 않을까, 라고 누가 운을 뗐을 때만 해도 다들 너 말고 누가 있나, 하나마나한 얘기라고 시큰둥하더니만 그게 글쎄 느이 시아버지 팬티 때문에 단숨에 장내가 활기를 띠더니만 역전을 하더라구."

"너도 지금 내 앞에서 활기를 띠고 있어. 너도 내 편이 아니었니?"

"그 활기라는 게 바로 스캔들의 힘이야. 사람들은 일단 스캔들의 편을 들게 돼 있구. 섭섭해하지 말아."

"안 할게, 니가 그래도 내 역성 들어주는 것까지는 엿들었으니까. 네 말대로라면 나를 가장 숭하게 말한 사람이 차기 회장감이겠구나."

"몰라 그것까지는. 나까지 빠졌으니까 즈이끼리 북 치고 장구 치고 잘해먹었겠지."

"아무나 할 수 있는 일이 아냐? 궂은 일이 얼마나 많다구. 내 손길을 기다리고 그리워하는 노인분들을 지금 와서 어떻게 몰라라 할 수 있겠어. 정말이야 그게 회장 자리보다 더 중요한 게 내 진실이야. 믿거나 말거나."

"난 믿어. 그리고 너만큼 그 일을 진국스럽고 완벽하게 할 사람도 없다는 것도 알고 있고. 그건 다들 인정하니까 즈네들이 하기 싫은 일은 계속해서 너한테 시키겠지. 아무도 네가 엿들었다는 거 모르니까, 너도 안 할 수 없을걸."

"왜 그렇게 생각해?"

"사람들이 회장 벼슬보다 더 좋아하는 건, 나 아니면 안 되는 일이야. 그 여자들이 쩔고 까부는 건 당연해. 네가 그 일을 할 때 보면 완전히 성녀의 경지야."

"별로 노력 안 해도 나는 노인의 아랫도리가 얼굴이나 딴 부위보다 주름이 더 조밀한 곳이라는 생각 밖에는 안 들었어."

"그렇게 완벽한 박애주의자가 어떻게 시아버지 팬티를 그렇게 모질게 구박을 할 수 있나, 그게 바로 엽기가 되는 거 아니겠어. 아까 그 여자가 집게로 팬티 집어다가 팽개치는 네 흉내까지 내는데 얼마나 섬칫했는 줄 알아. 난 느이 시아버지 잘 알잖아. 점잖고 품위 있으시고 말수 적으시고. 그 어른 인품도 인품이지만 네가 정성껏 거둬서 저 양반 저렇게 곱게 늙어 가시는구나. 네가 내 친구라는 게 자랑스럽기도 하고, 그랬는데 얼마나 놀랐겠어. 하긴 그 여자 워낙 허풍쟁이니까 과장도 있었겠지만."

"허풍이 아냐. 그 여자가 내가 그짓 할 때 쨍그렁 소리가 나는 것 같다고 했는데 어떻게 그렇게 내 마음을 꿰뚫어 봤을까, 나 자신도 소름이 끼치더라니까. 그게 그냥 헝겊조각이라면 무슨 재미로 그렇게 내치겠어. 어떤 때는 한낱 헝겊조각이 양철통도 됐다가 유리그릇도 됐다가 하는 거야. 그래서 내칠 때마다 쨍그렁 소리, 와장창 소리, 별 소리가 다 나. 소리와 함께 내 전존재가 번쩍 섬광을 발하면서 폭발하는 것 같은 느낌, 그건 이루 말할 수 없는 쾌감, 거의 엑스터시의 경지야"

"점 점, 넌 네가 변태인 줄 모르는 변태야. 잘 생각해봐. 예전에 시아버지한테 고약한 일을 당한 걸 감추다가 잊어버리고 만 게 아닌지."

"죄 받을 소리 작작해. 그분은 정말 점잖고 착하고 소심한 분이야. 내가 얼마나 정성껏 모시는지는 네가 상상하는 거 이상일걸. 힘이야 물론 들지. 힘 드는 일일수록 때때로 쾌락이 필요한 거 아니겠냐. 이건 순전히 내 이중성의 문제야. 아무리 도덕군자라고 해도 아이 만들기 위한 섹스만 하는 건 아니잖아. 도덕군자에게는 섹스의 쾌락도 없다고 생각하진 말고 이해해줄 순 없냐."

"그게 왜 하필 시아버지 팬티냐 말야. 어떻게 성적인 상상을 안 하겠어. 망측하다고 피할 수 있는 게 아니라고 생각해. 시아버지 팬티가 남사스러우면 시아버지는 빼고 그냥 남자 팬티로 일반화해 보자. 너 틀림없이 남자에게 억하심정을 품을 만한 사건이 있었을 거야. 두려워하지 말고 그걸 밝혀내야 돼. 네 정신건강을 위해서야."

"지금 네 표정은 마치 최면이라도 걸어서 내 과거의 어두운 터널을 들어가보고 싶은 눈친데 내 과거엔 터널 같은 거 없어. 여학교 땐 우리 집이 너무도 평범하고 정상적인 가정이라는 데 열등감까지 느꼈다니까. 성폭행커녕 눈길을 주고 따라오는 남학생 하나 없이 여고 시절을 마감했으니까. 성적인 폭행이나 장난은 추녀나 노인도 당한다지만 난 아래위 남자 형제에 낀 외딸이어서 그랬는지 부모들이 과보호가 심했어. 학교에서 조금만 늦게 와도 엄마가 버스 정류장에서 기다리고 있었으니까. 얼마나 싫었다고. 성교육은 커녕 성적인 정보로부터도 철저히 차단해서 길러졌어. 그래서 더욱 남자한테 꼬리를 칠 줄 몰랐을 거야. 대학교 가서 비로소 남자들과 자유롭게 섞일 수 있었지만 특별한 사이는 쉽게 안 생기더라. 미팅을 아무리 열심히 해봤댔자 애프터가 잘 안 들어오니까 난 섹시하지 않다는 열등감만 늘어서 주눅이 들어 지내다가 다행히 대학교 졸업하기 전에 지금의 남편을 만났어. 처음으로 꾸준하게 날 좋아하는 남자가 생기니까 내가 너무 허둥거렸나 싶기도 해. 왠지 오빠가 중매하는 남자한테는 죽어도 시집가기 싫었어. 나 먼저 치우고 자기가 장가가야지 지 마누라 신상이 편할 거라고 내가 지 아랜 데도 말끝마다 똥차 취급을 했으니까. 그 오빠하고는 연년생이고 부모가 아들한테는 자유방임주의였으니까, 연애대장이었어. 난 그런 오빠가 부러웠구. 그래서 여봐란 듯이 연애결혼을 하느라 임자 나섰을 때 좀 서두른 감이 없진 않지만 그렇다고 후회를 하는 건 아냐. 그인 한 번도 여자 문제로 나를 속썩인 일도 없고, 성적으로도 불만이 없어. 그이가 나보다 좀 강한 편이지만, 그 반대보다는 그게 낫다고 생각해. 여자가 남자에게 게걸게걸하면 해결도 잘 안 될 뿐더러 얼마나 비참하겠어. 남자가 게걸대면 여자는 자기 매력을 수시로 확인할 수 있으니까 좀 좋아. 그게 착각이라 해도 우선 심리적으로 안정이 되거든. 그렇다고 우리 그이가 경제적으로 무능한 남자도 아니잖아. 시부모님 덕분에 연탄 때는 작은 아파트지만 처음부터 따로 날 내 집도 있었구. 아이들 과외공부시켜 대학까지 보내놓고 나서 빚 없이 강남의 오십 평 아파트에 산다면 나름대로 성공한 인생이라고 생각해."

"그럼 시아버지 모시게 된 건 그분이 홀로 되신 후부터였니?"

"네 관심사는 그저 시아버지로구나. 좀 비켜 가면 안 되겠니."

"왜 비켜가고 싶은데?"

"집요하긴……"

그 여자가 말끝을 흐리며 복잡한 표정이 되었다. 그걸 감추려는 듯 고개를 떨구면서 손으로 이마를 짚었다. 손바닥으로 얼굴을 가린 그 여자를 바라보면서 동숙은 뭐가 있긴 있다고 내심 회심의 미소를 지었다. 그러나 그 여자가 말할까 말까 갈등하는 건 시아버지에 대해서가 아니라 시어머니에 대해서였다. 그 여자가 시아버지를 모시게 된 것과 무의탁 남자 노인 목욕봉사를 시작한 것은 어느 쪽이 먼저였는지 잘 생각나지 않을 정도로 비슷한 시기였다. 시부모님 양쪽이 아직 정정하고 성격도 차갑다 할 정도로 독립적이어서 모셔야 할 시기가 그렇게 빨리 올 줄은 몰랐다. 노후설계를 잘하고 있으니 경제적으로 의존하는 일은 없을 거란 소리는 자식들이 궁금해하기 전에 시어머니를 통해 자주 들은 바가 있었다. 아무리 치밀한 설계라고 해도 노인네들이 하는 일이니 차질이 생길 수도 있으련만 시어머니는 그걸 거의 입버릇처럼 강조해왔다. 돌연 두 분이 사시던 집을 정리하고 헤어져 따로 살겠다는 뜻을 밝혀왔을 때도 의례 경제적인 파탄이려니 했다. 그런 일이라면 조금만 일찍 의논을 해주셨어도 집은 건질 수 있었지 않겠느냐고 남편은 안타까워했다. 남편에겐 대학교수인 누이동생이 하나 있었고, 그녀도 풍족하게 사는 편이었다. 그들 남매는 어릴 적 추억이 어린 낡았지만 뜰이 넓은 부모님의 집을 좋아했다. 특히 시집도 서울 토박이인 누이는 아이들을 데리고 친정 나들이를 자주 하는 편이었고, 자기가 어려서 타던 그네에 아이들을 태우고 밀어주고 있으면 고향이 시골인 것처럼 착각하게 된다고 좋아했다. 여북해야 누이는 진작만 알았으면 자기라도 사서 그 집을 보존했을 거라고 아쉬워했다. 그러나 그건 다 부모님이 말 못할 경제적 사정 때문에 집을 처분했다고 가정했을 때 얘기고 단지 서로 얼굴을 안 보고 따로 살기 위해 그렇게 할 수밖에 없었다는 데야 무슨 할 말이 있겠는다. 집은 좋은 값을 받고 팔았으니 따로따로 작은 아파트를 장만 할 수도 있다, 허나 그렇게 되면 영감님이 빨래나 식사 등 불편할 때마다 빌붙을 테니 무슨 소용이냐고 했다. 서로 헤어져 살고 싶은 게 그 정도로 확고하다는 걸 그 사이에서 태어나 나름대로 행복하고 순조롭게 성장했다고 믿어온 자식들이 어찌 상상이나 했겠는가. 별거의 장소를 아버지는 아들네로 어머니는 딸네로 정한 것도 시어머니였다. 느이 아버지는 딸하고 사는 건 수치로 아는 분이니까, 평생 그래온 것처럼 그 양반이 싫어하는 걸 내 몫으로 정해야지 어쩌겠느냐고 했다. 마치 생선이나 배추김치도 가운데 토막은 영감님 드리고 내 차지는 대가리와 꽁지밖에 없었다고 술회할 때와 다름없이 짐짓 처연한 빛으로 그렇게 말했다. 저축해놓은 노후 자금이랑 집 판 돈은 공평하게 나눠가졌으니까 조금도 경제적 부담은 주지 않겠다. 느이들은 그저 끼니때 숟가락 하나만 더 놓으면 된다. 길러주고 가르친 부모를 위해 그 정도도 귀찮아할 자식들이 아니란 건 믿는다. 믿는다만 가진 돈을 내놓지 않는 것은 느이가 조금이라도 구박하는 눈치면 즉각 유료 양로원으로 가야 할 돈은 쥐고 있어야 하기 때문이다. 늙을수록 돈이 힘이란 걸 느이도 늙어보면 알 것이다. 쥐고 있어봤자 죽고 나면 느이 차지된다는 걸 잊지 말아라. 그런 부연설명까지도 다 시어머니가 했고 시아버지는 가타부타 말이 없었다. 말을 섞기 싫어하는 것 같기도 하고 자기 의견이 없는 사람 같기도 했다. 두 사람을 같이 대할 때 시어머니의 왕성한 말발 때문에 상대적으로 점잖고 편안하게 느껴지던 시아버지의 의견 없음이 숨통을 압박해오는 것처럼 답답하게 느껴졌다. 두 분이 잘살 때였는데 아버지에 대한 험담을 늘어놓는 어머니에게 아들이 우리 어머니는 뭘 몰라, 우리 아버지 같은 공처가 애처가가 어디 있다고 그러세요, 라고 끼어든 적이 있다. 그때 시어머니는 정색을 하고 저 양반은 평생 내 말을 어디 개가 짖나 정도로 치부하고 살아온 분이라고 했다. 그건 맞는 말이었다. 시아버지의 마나님에 대한 이런 점잖은 치지도외(置之度外)에는 보는 사람까지도 도저히 참아낼 수 없게 하는 천부적인 교만함 같은 게 있었다. 여태까지 들어온 영감님에 대한 시어머니의 불평은 이기적, 독

선적, 가부장적 등등으로 요약할 수 있는, 며느리 세대도 충분히 공감할 수 있는 것들이었지만 이번엔 그게 아닌데 싶었고 자식들까지도 과묵함보다는 수다쟁이 편을 들고 싶게 만들었다. 실은 편을 들고 말 것도 없었다. 시어머니는 당신이 하고 싶은 걸 마지막 소원이라고 했고, 그 말이 강력한 카리스마를 발했다. 두 분의 별거엔 아무런 문제도 없었다. 그 여자의 시아버지는 정말로 숟가락 하나만 더 놓는 정도밖에 며느리에게 폐를 안 끼쳤다. 방 청소도 손수 깔끔하게 했고 나들이옷은 세탁을 주었다. 창고처럼 쓰던 북향 방을 드렸건만 불평 한 마디 없었고 매일 아들과 비슷한 시간에 나가서 저녁시간에 맞춰 들어왔고, 밖에서 식사하는 날은 미리 알려줘서 찬밥을 만들지 않도록 했다. 가끔 온천도 다녀오고 해외여행도 같이 갈 친구도 아쉽지 않게 가지고 있었다. 그럴 때마다 용돈을 드리려 해도 받지 않았다. 친구들이 아들네로 들어간 턱을 내라는데 네가 좀 수고해줄 수 있겠느냐고 넌지시 물어왔을 때 그 여자는 기꺼이 그러겠다고 했고, 있는 솜씨 없는 솜씨 다 해서 진수성찬을 차렸다. 친구분들이 다들 멋있고 돈도 있어 보이고 이름이 알려진 명사도 몇 명 있는 게 자랑스러웠다. 요리사를 부르고도 남을 넉넉한 수고비를 내놓고도 어찌나 고마워하는지 이 정도면 시어른 모시기가 누워서 떡 먹기라고 생각했다. 그런 좋은 분이 세탁기가 빨아줄 것을 믿고 속옷 좀 내놓은 걸 가지고 그렇게 못되게 굴었다면 천벌을 받아도 싼 일이었다. 헤어져 살면서 행복하긴 시어머니도 마찬가지였다. 그 집은 부부가 다 출근하기 때문에 매일 아줌마를 부르고 있었고, 그 일을 대신하겠다고 나설 시어머니도 아니었다. 그 집에는 시어머니에게 맞는 일이 있었다. 아줌마를 부리고, 손자들 하고 식사를 같이 하고, 방과후 다녀야 하는 수많은 과외학원 교통정리를 하는 일 따위였다. 잘난 딸도 도저히 어째 볼 수 없는 주부로서의 약점을 커버해주는 일이 얼마나 보람 있는 일이라는 게, 시어머니의 하루하루 생기 있어지는 표정에서 잘 드러났다. 두 분의 왕래는 시어머니가 딱 자른대로 전혀 없었다. 그 대신 아들네 식구가 어머니를 뵈러 가고, 딸네 식구가 아버지를 뵈러 오는 일이 너무 뜸하지 않도록 양가에서 신경을 썼기 때문에 제 살기 바빠 명절 때나 만나도 그만인 중년의 남매간이 그 어느 때보다도 친밀해졌다. 모두모두 행복했다. 시어머니의 결단은 그야말로 모두모두의 행복을 위한 탁월한 선택이었다. 그런데도 시누이가 어머니가 와계시니 얼마나 좋은지 모른다고 야비다리를 치는 소리를 들으면 울컥 부아가 치밀면서 시어머니에 대해 참을 수 없는 적의에 사로잡히곤 했다. 시아버지 팬티는 자동적으로 시어머니 얼굴을 떠올리게 했다. 될 수 있는 대로 간략하게 말했는데도 동숙이는 충분히 알아먹은 표정으로 고개를 주억거렸다.

"원죄는 성적 스캔들이 아니라 고부간의 갈등이었구나. 시시껄렁하게."

"사람 마음 그렇게 간단한 게 아니다, 너. 내가 하는 이상한 짓은 시어머니와 완벽하게 한편이 되어 시아버지를, 아니 그분의 남성성을 구박하는 의식일 수도 있다는 생각이 들어."

"그래봤댔자 결국은 고부간의 문제야. 이건 내 얘긴데, 요전 대통령선거 때 있잖니. 난 일찌거니 이회창 찍어야지 정하고 있었어. 이유야 간단하지. 김대중 정권에 대한 싫증이 절정에 달했을 때니까 그 의사표시는 마땅히 반대당을 지지하는 거라고 생각했지. 근데 투표 전날 시어머니가 전화해서 이회창 찍어야 한다, 명령조로 그러시는 거야. 네 그러려고 해요. 이러면 되는 것을 왜요? 하고 물었지. 그랬더니 반듯한 집안 출신 아니냐, 이러시는 거야. 그때 속에서 불끈 뭐가 치밀더라. 난 아버지 일찍 돌아가기고 홀로 된 우리 엄마가 경양식집 해서 우리들 키웠잖니. 결혼하고 시집의 반듯한 가풍에 따라 삼 년이나 시집살이를 했는데, 그때 제일 자주 들은 소리가 반듯한 집안 타령이었다. 내가 한 것은 뭐든지 다 반듯한 집안에서는 이렇게 안 한다고 타박을 했으니까. 하다못해 돼지고기도 상에 올리면 이런 걸 누가 반듯한 집안에서 먹느냐고 남까지 못 먹게 했다면 말 다 했지. 지금은 장수식품이라고 잘만 잡숫더라만. 다음 날 투표하러 가는데 어쨌는 줄 알아. 가랑이에 마구 신바람을 내면서 투표장에 달려가서 노무현을 콱 찍는데 그렇게 기분 좋을 수가 없는 거야. 엑스터시까지는 안 가도 오래간만에 스트레스가 확 풀리는 기분이더라. 마치 복수라도 완성한 것처럼. 혼자서 괜히 실실 웃으면서 집에 와서 생각하니 내가 겨우 이것밖에 안 되나 비참해지더라구."

"왜? 잘못 찍은 것 같아서?"

"그건 아냐. 처음부터 이 사람 아니면 안 된다고 생각한 후보가 있었던 게 아니니까. 아무가 돼도 세상이 달라질 게 없다는 정치적 무관심이 집에서 살림 사는 일까지 맥 빠지게 하는 것 같아. 가뜩이나 재미없어 죽겠는데."

"느닷없이 우리 대학 다닐 때 생각이 난다. 툭하며 계엄령 선포되고 대학 문 닫던 그 끔찍한 70년대, 저것들은 공부는 안 하고 맨날 데모만 한다는 소리 들었지만 그때 우리 얼마나 치열하고 순수하고 신바람 났냐. 모두 하나였구. 그때는 세대갈등도 없었지 아마. 우리 아버진 공무원이었는데도 은근히 데모에 협조적이셨어. 학교 갈 때마다 데모에 앞장서진 말거라. 맨 뒤로 처지지도 말아라, 사진 찍히면 곤란하니까, 라는 잔소리는 들었어도 데모하지 말라는 소리는 들은 기억 없어. 구호 외치고 노래 부르느라 목이 잔뜩 잠겨서 들어가도 네가 부럽다, 밥 많이 먹고 힘내라고 격려까지 해주셨고. 술 드시면 내가 떨려나서 알거지가 되는 한이 있어도 이 세상 망하는 것 봤으면 원이 없겠다는 게 단골 술주정이셨으니까."

"그래 맞아, 그때 신바람이 그게 진짜 신바람이었는데. 그런 우리가 왜 이렇게 기죽고 쪼잔하게 돼버렸나 몰라. 386들은 명칭까지 붙여가며 즈이끼리의 동질감을 과시하는데 우리 70년대 학번은 그러지도 못하고, 불의에 항거하는 젊은 열정만으로 어떤 암흑도 밝힐 수 있을 것처럼 물불 안 가리던 때가 정말 우리에게도 있기나 있었을까 싶다니까. 기껏 시어머니한테 어깃장이나 놓고, 넌 시아버지 팬티한테 분풀이나 하고."

"별 수 없는 여편네 팔자 소관 아니겠냐."

"그렇게 생각하지 마. 난 그렇게 생각해도 넌 그러면 안 되지. 그때 불어넣은 정의감을 헛되게 소진하지 않고 어느 한구석에 간직하고 있는 게 그래도 여자들이라고 나는 생각한다. 네가 그 구설수만 분분하고 땡전 한 푼 안 생기는 목욕봉사에 그렇게 헌신적일 수 있었던 것도 그놈의 정의감의 찌꺼기 때문이었을걸. 소외된 사람 나 몰라라, 내 집구석 내 식구만 잘살면 그만으로 사는 게 어쩐지 편치 못해서 시작했을 테니까."

"무슨 정의감씩이나. 순전한 자기 위안이지."

"자기 위안이면 예술이게. 맞아. 넌 그 일을 예술처럼 하더구나."

"놀리지 말아. 그게 설사 예술이라고 해도 내 이중성은 용서받지 못할 거야. 난 왜 이렇게 겉 다르고 속 다를까. 어디까지가 진실이고 어디서부터 가짜인지 나도 모르겠는 거 있지."

"그건 네 인간성의 문제가 아니라 으레 그러리라고 정해진 고정 관념과 사실과의 상관관계야. 너한테 말 안 했지만 나 손자 봤어. 내일모래가 백날이야"

"얘가 어쩌면 이렇게 남의 뒤통수를 세게 칠까. 난 너한테 장가든 아들이 있는 것도 몰랐어. 중간에 하나를 잃어서 막내보다 한참 손위라길래 그런 줄만 알았지."

"나 졸업 못하고 결혼했어. 그래서 첫 애가 남보다 좀 이르긴 했어도 벌써 손자까지 본 건 연애하다가 애가 들어섰다기에 부랴부랴 식을 올렸기 때문이야. 며느릿감이 인물이나 집안이나 다 괜찮은 아인데도 개혼을 그렇게 쫓기듯이 하는 게 속상해서 될 수 있는 대로 조촐하게 했어. 지나고 보니 너무 했나 후회도 되지만 어쩌겠어. 우리 막내 때나 만회해야지."

"너 보기보다 독종이구나."

"나한테도 내가 모르는 면이 많더라구. 나 유난히 아기 좋아하잖아. 쓰잘데없는 연속극도 아기가 나오면 그놈 자라는 재미로 빠뜨리지 않고 볼 정도니까. 대사가 있는, 말하는 어린이 말고 그냥 우유병 물고 이 사람 저 사람 무릎으로 옮겨다니거나 보행기 타는 아기 말야. 지하철에서도 가까이 아기가 있으면 눈 맞추고 어르는 재미에 내릴 역을 깜빡하기도 하고. 신생아실 들여다보는 재미는 또 어떻구. 그건 재미가 아니라 감동이지, 뭐. 가슴이 울렁대고 눈물이 그렁해지고 마니까. 이런 나를 아는 사람들은 이 다음에 손주 보면 눈꼴 시어 어떻게 보냐고 놀리고, 나도 내가 으레 그러려니 했어. 근데 내 첫 손주하고 첫 대면할 때는 그런 기분이 전혀 안 우러나는 거야. 신생아실의 다른 신생아들은 다 예전처럼 예쁜데 내 손주는 안 예쁘니 내가 얼마나 난처했겠어. 전혀 예기치 못한 일이었으니까. 아기가 못생겼냐구? 아냐. 즈이 외할머니가 안고 들까불면서 자랑을 하는데 세상에 그런 미남은 없지 뭐, 쾌남, 꽃미남, 장군, 대통령…… 온갖 촌스러운 걸 다 갖다붙이더라. 아무리 그래도 내 마음은 뜨악하기만 하니 얼마나 당황스러웠겠냐. 티브이나 신생아실의 아기들은 추상의 아기들이고 내 손자는 현실의 아기인 거야. 그 차이가 엄청나더라구. 그 핏덩이는 채송화씨보다도 작을 때부터, 내가 지를 모를 때부터 어른 뺨치게 교활한 생존전략을 터득하고 한 발 한 발 접근해왔다는 느낌은 어쩌나 고약하던지, 손자보고 그런 생각밖에 못하는 나도 징그럽고, 그걸 캄플라치하느라 혼났어. 지금은 안 그렇지만 아직도 그애들이 아기 데리고 와서 법석을 떨다 가면 피곤하고 짜증나고, 내일모레 백날 치를 생각을 해도 부담스럽기만 하지 하나도 안 기뻐. 만일 그애들이 내속을 들여다본다면 얼마나 정이 떨어지겠니. 모든 인간관계 속엔 위선이 불가피하게 개입하게 돼 있어. 꼭 필요한 윤활유야."

"고맙다 위로해줘서."

"위로하려고 한 말 아냐. 쇼크 먹으라고 한 말이지. 참 한복집에서 백날 옷 찾으러 오란 날이 어젠가, 오늘인가. 오늘이 무슨 요일이더라. 아줌마 왜 벌써 내년 달력은 걸고 그래요. 우리한테는 금년이 황금 같은 핸데, 우리집에선 금년 달력 적어도 삼 년은 더 써먹으려고 벼르고 있어요."

동숙이는 눈으로 달력을 찾다가 벌써 내년 달력이 걸린 걸 보고 주인아줌마한테 이렇게 지청구를 먹이고 먼저 나갔다. 누구 만날지도 모르니까 따로따로 가는 게 좋을 거라고 했다. 그 여자도 동숙이한테 지청구 맞은 내년 달력을 바라보면서 아직은 남아 있는 올해가 이미 빠져나간 것처럼 아쉬워했다. 올해는 일부종사의 따분한 팔자를 교란시킬 수 있는 불꽃 같은 사랑을 기다려보기로 한 마지막 해가 아닌가. 세월이 빠져나간 자리의 허망함이여. 그 여자는 요새 부쩍 더해진 식탐이 걷잡을 수 없이 도지는 걸 느꼈다. 조금씩 같이 먹은 줄 알았는데 김밥과 순대는 거의 그냥 남아 있었다. 그 여자는 그 소박하고도 느글느글한 것들을 짐승 같은 식욕으로 먹어치우고 인삼차를 한잔 더 시켰다. 금년부터 치수를 28로 늘려 입었는데도 바지 허리는 만복을 이기지 못해 짤룩하게 뱃살과 허릿살을 갈라놓고 있었다. 명치가 등에 붙을 듯이 날씬하다가도 생명만 잉태했다 하면 보름달처럼 둥글게 부풀어오르던 배는 이제 두꺼운 비계층으로 낙타 등처럼 확실한 두 개의 구릉을 이루고 있었다. 허리의 호크를 풀자 역겨운 트림이 올라왔다. 자신이 비곗덩어리에 불과한 것처럼 느껴지면서 메마른 설움이 복받쳤다. 위선도 용기도 둘 다 자신이 없었다. 울고 싶은 갈망과는 동떨어진 여자들이 찧고 까불고 비웃는 소리가 귓전에서 잉잉댔다.

소설 속의 주인공은 어느 시대에나 젊은이인 경우가 많지만, 특히 최근 우리 소설은 대부분이 젊은이들의 삶에 대해서만 이야기한다. 그래서 최근 우리 소설을 읽다보면, 젊은이들의 삶만 중요하고 그들의 삶이 처한 고통만 이해해주기를 사회에 요구하고 있는 듯하다. 작가나 독자 모두 젊은층이 많기 때문이기도 하겠고, 변화의 시대에는 항상 젊은이들이 사회의 중심이 되기 때문이기도 할 것이다.

그러나 중년은 중년대로, 노년은 노년대로 나름의 삶이 있고 욕망이 있고 고통과 갈등이 있다. 이들의 삶 또한 우리 사회의 중요한 부분이며, 나아가 삶과 사회를 보다 넓고 균형감각 있게 이해하는 데 있어서 빠뜨릴 수 없는 부분이다. 박완서는 현재 중년 혹은 노년의 여성들의 삶에 대해서 깊은 애정과 이해를 보여주는 거의 유일한 작가이다. 박완서는 「마흔아홉 살」이란 단편소설에서도 중년 여인의 혼란스런 삶을 솜씨 있게 그려내고 있다.

이 작품은, 마흔아홉 살 먹은 여인의 이중성에 대해 이야기한다. 그녀는 교양이 있고, 남을 이해할 줄 알고 또 봉사활동에 헌신적이고 가정에도 충실한 중년 주부이다. 그녀의 삶은 겉보기에 매우 안정되어 있으며, 또 주변사람들의 칭송을 들어 마땅할 정도로 모범적이다. 자기 자신도 그 점에 대해서 인정한다. 그러나 무의탁 노인들을 목욕시키는 일에는 열성적이지만, 시아버지의 팬티에 대해서는 혐오감을 느낀다. 이 일로 인하여 그녀는 함께 봉사활동하는 회원들의 구설수에 오르고 또 오해를 받는다. 회원들의 구설수는 대체로 악의에 찬 것이지만, 시아버지의 팬티에 대한 혐오감은 본인도 스스로 인정한다.

그렇게 헌신적이고 또 시아버지를 잘 모시는 그녀가 왜 그런 혐오감을 느끼는 것일까? 그 까닭은 그녀 자신도 알 수가 없고, 작가도 소설 속에서 친절하게 설명하지 않는다. 그녀의 친구까지도 그런 그녀의 태도에 어떤 변태나 성적 억압의 기미를 찾으려고 한다. 하지만 그런 것은 아니다. 친구는 그녀의 이야기를 듣고는 고부간의 갈등이 왜곡한 형태로 나타난 것이라고 진단을 내리지만 그것도 아니다. 설명되기 어려운 그녀의 혐오감을 이해하는 것이 이 소설을 이해하는 것이며, 나아가 마흔아홉 살 먹은 여인의 삶을 이해하는 것이라 할 수 있다.

시아버지 팬티에 대한 그녀의 혐오감을 이해하기 위해서는 그녀와 그녀의 친구인 동숙의 대화를 조심스레 읽어야 한다. 그들의 대화 속에는 젊은 날의 꿈과 자신감, 결혼생활, 아기 키우기, 자식 문제, 고부 문제 그리고 무엇보다 가족을 위한 봉사 속에서 자신도 모르게 마흔아홉 살이 되어버린 한 여인의 서글픔이 뒤섞여 있다. 그리고 시어머니 대신 시아버지 뒷바라지를 해야 하는 자신에 대한 불만이 숨겨져 있다. 그 모든 것을 그녀는 모범적으로 잘해낸다. 그러나 그 모범과 헌신으로서는 끝끝내 채워지지 않는 삶의 어떤 결핍감이 그녀들의 대화 속에서 녹아 있다. 이 결핍감에 대한 이해가 곧 그녀의 혐오감에 대한 이해로 연결될 수 있지 않을까?

물 한 모금

이혜경

1960년 충남 보령에서 태어났고,
경희대학교 국문과를 졸업하였다.
1982년 〈세계의 문학〉에 「우리들의 떨켜」를 발표하며 등단했으며,
소설집으로 『그 집 앞』『꽃그늘 아래』, 장편소설로 『길 위의 집』이 있다.
오늘의작가상, 한국일보문학상, 현대문학상을 수상하였다.

물 한 모금

여인의 목소리는 차갑게 들렸다. 아밀? 저 데위예요. 데위? 웃을 때면 얼굴이 붉어지던 데위……. 그의 고향 이웃집 데위는 사춘기가 되기도 전에 가정부로 취직해 도시로 나갔다. 데위가 사다 준 석유풍로를 자랑하던 데위 엄마……. 그런데 데위가 왜? 잠결에 더듬더듬 휴대폰을 집어들었던 그는 어리둥절했다. 데위가 왜? 작은 창으로 들어온 희붐한 날빛으로 사물의 윤곽을 알아볼 수 있었다. 머릿속에 낀 안개가 확 걷혔다. 그 데위가 아니다…….

누구라구요?

데위, 샤프의 친구예요. 전에 디마나 카페에서 아밀을 만난 적이 있어요.

디마나 카페는 그들 나라의 음식을 먹을 수 있는 식당이었다. 한때 샤프가 일을 거들며 숙식을 해결하던 곳이기도 했다. 데위, 워낙 흔한 이름이라서 잠깐 착각했을 뿐, 샤프와 연관된 데위라면 한 사람뿐이었다. 갸름한 얼굴로 흘러내린 긴 머리, 속내를 알 수 없는 무표정한 얼굴, 검은 눈에서 뿜어나오던 새파란 광채. 딱 한 번 스친 얼굴인데도 선연했다.

아, 잘 지내요? 웬일이에요?

샤프가 잡혀갔어요, 어젯밤.

데위는 속삭이듯 말했다. 아무 감정도 느껴지지 않는 무미한 목소리였다. 어떻게…… . 그는 뒷말을 삼켰다. 막 끌려나온 꿈의 자락이 그를 다시 잡아챘다. 또께, 또께, 또께…… . 꿈속에서 들었던 도마뱀 또께의 울음소리. 그 울음소리가 휴대폰 벨소리로 이어지는 바람에 깨어났다는 걸 기억하자, 비로소 신새벽에 데위가 전해온 말을 그대로 받아들일 수 있을 것 같은 기분이 되었다.

그는 고향집 방에 동생 라흐맛과 함께 누워 있었다. 그들은 이불 대신 끌어안고 잠드는 동그랗고 긴 베개, 굴링 가운데 더 좋은 걸 차지하려고 밤마다 싸우던 초등학교 시절로 돌아가 있었다. 할머니에게 그들을 맡기고 도시에서 가정부로 일하던 어머니가 집주인으로부터 얻어온 그 굴링은 그때까지 써오던 것보다 한결 폭신했다. 하룻밤씩 번갈아 쓰자는 약속을 라흐맛은 번번이 어겼다. 그걸 차지하기 위해서 일부러 일찍 잠자리에 들기도 했던 라흐맛과 그는 꿈속에서 그 굴링을 사이 좋게 베고 나란히 누워 있었다. 밖에서 또께가 또께, 또께, 울었다. 또께가 일곱 번 울면 그 집에서 사는 사람에게 행운이, 그보다 적게 울면 오히려 불운이 온다고 했다. 또께, 또께……일곱 번이야. 라흐맛이 말했다. 아니, 여섯 번. 그가 말대꾸했다. 일곱 번이래도. 라흐맛이 우겼다. 억지쓰지 마, 여섯 번이야. 그가 반박했다.

또깨, 또깨……. 그가 꿈속의 또깨 울음소리를 다시 듣는 동안, 데위는 수화기 너머에서 침묵을 지켰다. 똑, 똑, 공중전화인지, 돈이 떨어지는 소리가 들렸다. 아침저녁으로는 까슬한 바람에 오스스 소름이 돋고 찬물로 씻는 게 싫어지는 철이었다. 공중전화 부스 안에 있는 데위의 모습이 스쳤다. 데위가 양말도 신지 않은 맨발차림이라는 데, 그는 내기라도 걸 수 있을 것 같았다.

곧 추방당할 거예요. 샤프가 아밀 형 이야기를 참 많이 했어요. 아무래도 알려드려야 할 것 같아서요. 그럼…… 안녕.

여보세요, 그럼 지금 어디……. 그가 황급히 입을 뗐지만 이미 전화는 끊긴 뒤였다. 속삭이는 말투는 끝까지 침착했지만, 서둘러 끊긴 통화가 데위의 황황한 마음을 드러내고 있었다. 대학 앞에서 복사가게를 할 거예요. 캐논 복사기를 들여놓을 수 있을 만큼 벌겠어요. 캐논은 기계가 비싸지만, 그걸로 복사하면 돈을 더 받을 수 있거든요, 라던 샤프는 그가 떠나온 곳으로 짐짝처럼 되돌려보내질 것이다. 그는 담뱃갑을 끌어당겼다.

비행기가 구름 아래로 하강했을 때, 그의 눈에 들어온 세상은 희뿌옇다. 눈이었다. 그가 태어나서 처음 보는 하얗고 조그만 점들이 연회색 세상 위로 파슬파슬 떨어져내렸다. 축제 때 뿌리는 종이가루가 생각났다. 눈발 사이로 어슴푸레 보이는 저 아래 세상 어딘가에서 축제가 벌어지고 있는 것처럼, 구름은 제 몸을 잘게 긁어내어 지상에 뿌리고 있었다. 비행기에서 내리자 차가운 공기가 살갗을 때렸다. 회사에서 나눠준 주황색 점퍼로 막기에는 어림없는 한기였다. 거대한 냉장고 안에 들어선 기분이었다.

도착한 지 사흘 만에 근무지로 배치받던 날, 동료들은 봉고차 안에서 약속한 듯이 침묵을 지켰다. 손이 잘리고 다리가 잘리고 더러 빈털터리 주검이 되어 돌아온 이들의 이야기를 들었다. 집을 사고 가게를 내고 팔자를 바꾼 사람들의 성공담도 알고 있었다. 저마다 자기의 운명이 있었다. 그는 차창에 이마를 댔다. 그 서늘한 감촉에 그때까지 멍멍하던 정신이 서늘하게 갰다. 손바닥으로 닦아내도 차창은 금세 부예졌다. 그는 스쳐지나는 도로표지판의 영문 글자들을 속으로 발음해보았다. 이치온, 구앙주. 입속말이었는데도 그의 혀와 입술은 낯이 설어 뻣뻣하게 움직였다. 그런 작은 도시 외곽, 마당에 목재가 가득 쌓인 공장, 패트병을 담는 플라스틱 판이 차곡차곡 쌓인 공장에서 차가 잠깐잠깐 섰다. 토니, 마스또요! 이름이 불린 사람은 차에서 내려 가방을 끌면서 건물 안으로 들어갔다. 그는 맨 마지막까지 남았다.

조그만 시가지를 두어 개 지난 뒤에 차는 큰길을 버리고 샛길로 접어들었다. 길 가장자리에 인가가 드문드문했다. 저만큼 야트막한 산이 보이는 벌판의 하얀 눈 위로 뾰족뾰족 돋은 게 그루터기라는 걸 깨닫자 멀미기인지 뭔지 내내 울렁거리던 속이 가만가만 가라앉았다. 그래, 여기도 사람 사는 동네야. 벼를 심어 거두고, 쌀로 밥을 지어 먹는 사람들, 그런 사람들이 사는 동네야. 2년은 금방 지나갈 거야. 그의 생각을 알아차린 것처럼, 조수석에 앉은 인솔자가 뒤를 돌아보며 말했다. 아밀이 오늘 가장 좋은 데로 가는 거야. 여기 힘들다고 떠나면 한국 어디에서도 이만한 일자리 못 찾아. 근무지 이탈하면 어떻게 되는지 알고 있지? 그의 나라에서 산 적이 있는 한국인 인솔자는 그들의 말을 능숙하게 했다. 2년만 참으면 돌아가서 집 한 채는 살 수 있을걸? 웃으며 말하는 입 안쪽의 금니가 차갑게 빛났다.

미소를 뺏기진 마. 하얀 셔츠에 나비넥타이를 맨 제복 차림의 친구 가슴에 붙어 있던 패찰을 잊지 마.

그가 이곳으로 떠나올 수 있도록 다리를 놓아준 친구는 그의 나라에 있는 한국 음식점에서 종업원으로 일하고 있었다. 그가 일터로 찾아갔을 때, 친구는 하얀 셔츠에 나비넥타이 차림이었다. 친구가 가슴에 단 비닐 패찰에는 천 루피아짜리 지폐가 들어 있고, 그 위에 뭐라고 쓰여 있었다. 그게 무슨 돈이야? 친구는 대답을 얼버무렸다. 떠나오기 전, 친구의 하숙집에서 잠든 밤 친구가 말했다. 네가 물었던 거, 그 위에 쓰인 한국 글씨가 뭔지 아니? 만일 우리 종업원이 웃지 않으면 이 돈을 가져가셔도 좋습니다, 라고 쓴 거래. 웃기는 일이지…… . 진짜로 그 돈을 가져간 사람이 있는지, 그럴 경우 체벌을 받는지, 궁금증이 솟았지만 그는 차마 묻지 못했다. 그의 딱딱한 침묵을 알아챈 친구가 문득 목소리를 높였다. 괜찮아. 우린 또 우리대로 그만큼 값을 치르게 하니까. 손님들이 한눈 파는 사이에 구운 고기를 집어먹기도 하고…… . 한국에 가면 불고기 먹어봐. 맛있어. 돈 많이 벌어와야 해. 친구는 그에게 등을 보이고 돌아누우며 웅얼거렸다. 아무리 그래도, 네 웃음을 빼앗기진 마. 흐려지는 친구의 말끝을, 또께 울음소리가 잘랐다. 여섯 번, 일곱 번. 또께 울음소리가 잦아들자 밤의 무게가 느껴졌다. 행운이 올 것이라고, 그는 믿기로 했다.

그는 운이 좋았다. 운이 좋다, 고 생각하는 쪽으로 마음을 굳힌 걸 보면. 잠자리에 누우면 내일 아침에 다시 일어날 수 있을까 싶은 나날이 이어졌지만, 월급과 수당이 약속한 대로 꼬박꼬박 나온 것만 봐도 그랬다. 일은 일대로 하고 돈을 떼이는 경우도 많다는 걸 그는 알고 있었다. 처음, 다시 못 움직일 것처럼 통증을 일으켰던 그의 어깨뼈와 척추뼈, 근육은 다음날 아침 그가 날라야 할 콘크리트 더미들 앞에 서면 견딜 수밖에 없다는 걸 순순히 받아들이고 다시 움직였다. 사무실로 올라가서 송금을 부탁하면서 그의 나라 돈으로 환산할 때면, 열두 시간의 고된 노동이나 이태 동안 담보 잡힌 목숨의 무게가 한결 가볍게 느껴지기도 했다. 그가 오던 날 내린 눈은 그해의 마지막 눈이었다. 세상이 온통 권태로운 미색으로 뿌옇더니 공기 속에 섞인 흙냄새가 턱턱 가슴을 막고, 뾰죽뾰죽 새싹이 돋는가 싶더니 꽃이 와와 피어나고, 어느결에 그의 나라를 생각나게 할 만큼 나뭇잎 빛깔이 짙어졌다. 열대에서 태어나 자란 그는 계절이 몇 번 바뀔 즈음엔 이 나라에 오기 전부터 두려움으로 들어왔던 '빨리빨리'를 이해할 수 있을 것만 같았다. 꽃이 지기 전에 빨리, 나뭇잎 빛깔이 변하기 전에 빨리, 눈이 쌓이기 전에 빨리. 적막하게 내리는 눈발에 제법 익숙해질 무렵 그의 나라에서 온 샤프를 소개하면서 사무실에서 그에게 당부한 말도 역시 빨리, 였다. 빨리 익숙해지도록 아밀이 도와야 해.

이건 경계석이라고 해. 왜 도로에 보면 차가 다니는 곳하고 사람이 다니는 곳이 다르잖아. 그 사이에 놓는 거야.

기웅기에석? 샤프는 잘 구르지 않는 혀를 굴려가며 그 딱딱한 단어를 몇 번 따라했다. 점심을 몇 술 안 떠서 그런지, 샤프의 목소리는 그들 나라에서 먹던 푸슬푸슬 흩어지는 밥처럼 힘이 없었다. 차진 밥이 무거워선지 샤프의 숟갈질이 더뎠다. 김치와 달걀조림, 야채와 돼지고기를 넣은 찌개. 샤프는 무국을 몇 술 뜨더니 달걀조림만으로 밥을 먹었다. 그가 제 몫의 달걀조림을 건네주자 내내 언

표정이던 샤프는 고마워요, 하며 웃었다. 좀 민망해 보인다 싶던 얼굴이 미소를 띠자 천진해졌다. 기옹기에석? 다시 한 번 발음하는 샤프에게 모국어로 이 말을 전해주기 위해, 이 순간을 위해 몇 계절을 건넌 듯한 기분이 들었다.

그를 태운 차가 벌판에 있는 공장 안으로 들어설 때, 공장 안에 산더미처럼 쌓인 원통 모양의 콘크리트관이 물을 나르는 관 따위로 쓰이리라는 건 그도 쉽게 짐작할 수 있었다. 그의 고향은 바닷가인데도 물이 귀한 곳이었다. 물이 귀하고 땅이 척박한 곳에서 태어난 아이들은 어릴 적부터 인근 도시의 가정부로 갔다. 그 도시의 가정부는 다 그의 고향 태생이라는 이야기가 나돌 정도였다. 그는 그가 본 흄관을 만드는 대신 공장 안의 다른 작업장에 배치되었다. 그에게 주어진 일은 형틀에서 떼어낸 콘크리트 막대기를 옮기는 것이었다. 형틀에 콘크리트 반죽을 주입해 김이 모락모락 나는 지하 양생조에서 익히고, 알맞게 굳은 다음 형틀을 꺼내 볼트를 풀고 망치로 두드려 틀의 모양대로 굳은 콘크리트를 떼어내고, 틀에 붙은 콘크리트 부스러기를 긁어내고 다시 기름을 치는 일. 콘크리트 덩어리는 보기보다 무거워서, 추위로 뻣뻣해졌던 몸이 화끈거리면서 등판이며 겨드랑이에서 땀이 비질비질 배어나왔다. 겨우 다 옮겼는가 싶으면 천장에 매달린 호이스트가 움직여 새 일감을 부려놓았다. 귀마개를 하고도 파고든 소음 때문에 머릿속은 콘크리트 반죽을 들이부은 것처럼 멍멍했다. 그가, 아침 7시 반부터 저녁 7시 반까지, 더러 주문이 밀릴 때면 밤 9시까지 만들고 옮기는 물건이 무엇인지 깨달은 건 읍내에 나갔다 돌아오는 길이었다. 버스 안에서 무심코 창밖을 보니, 차도와 보도 사이를 가르는 경계, 보도블록 가장자리에 바로 그가 날마다 만들어내는 것들이 죽 늘어서 있었다. 비로소 그는 자기가 만드는 게 어디에 쓰이는 물건인지 알았다.

옷가지를 꺼내어 철제 로커에 넣던 샤프의 가방에서 타르르, 소리를 내며 무언가 쏟아졌다. 방바닥에 흩어진 그것은 컴팩트디스크였다. 비교적 값이 싼 복제품일 것이다. 여긴 시디 플레이어는 없지요? 샤프가 새삼스럽게 방 안을 둘러보았다. 텔레비전, 데크 덮개가 없어진 카세트플레이어, 낡은 카세트테이프들. 군데군데 찢어져 그 안에 바른 스티로폼이 허옇게 드러난 벽지에는 그동안 이 방을 거친 여러 나라 사람들이 남긴 낙서가 어지러웠다. 어떤 글자는 개구리의 얼굴을 닮았고 어떤 글자는 꽃잎 안에 든 꽃술들을 떠올리게 했다. 텅 빈 공장의 숙소에 혼자 남은 명절, 그는 그 테이프들을 한번씩 들어보았다. 얼마나 여러 번 들었는지 질질 늘어지는 카세트테이프 안에서 가수들은 저마다 절절하게, 그가 알아듣지 못하는 언어로 무언가를 호소하고 있었다. 샤프는 컴팩트디스크를 챙겨서 로커 위쪽 선반에 차곡차곡 쌓아두었다. 월급 타면 먼저 시디플레이어를 살 거예요. 짐을 다 챙겨넣고 방바닥에 앉던 샤프는 얼굴을 찡그렸다. 오자마자 컨베이어에 부딪혀 멍든 무릎을 쓸며 샤프는 말했다. 괜찮아요. 난 원래 운이 나쁜 애거든요. 액땜한 셈 치지요. 저걸 보니 고향에 온 것 같네요. 샤프가 가리킨 건 방구석에 놓인 환타병이었다. 그의 고향에서 보던 것과 병 모양새가 똑같은.

이 나라에 올 수 있었던 게 생애 유일한 행운이었다는 샤프가 난 운이 나쁜 애예요, 라고 말할 때마다 그에겐 '지금까지 충분히 나빴으니 이보다 더 나빠질 순 없어'라는 다짐으로 들렸다. 샤프는 운이 나빴다. 샤프의 몸은 콘크리트의 무게에 적응하지 못했다. 샤프가 가장 부러워하는 사람은 원통 모양의 흄관에 땜질하는 아줌마였다. 흄관은 그들이 일하는 공장 안쪽, 훨씬 너른 곳에서 만들어져 공장 안마당에 차곡차곡 쌓였다. 물기를 머금은 흄관은 약해서, 자칫 가장자리가 부스러지거나 깨어진 곳들이 생기기 십상이었다. 거기 쌓여서 건조되는 동안, 콘크리트 반죽을 담은 통과 흙손을 들고 그걸 땜질하는 일. 그 일이라면 얼마든지 잘해낼 수 있다고 말할 때 보면 천둥벌거숭이처럼 보이기도 했다. 한 주일 내내, 데친 야채처럼 지쳐 있던 샤프는 주말이 되면 반짝 생기가 돋았다. 수원으로 안산으로 나가 고향 음식을 먹고, 노래방에서 모국어로 노래하기. 샤프는 한 주일을 그렇게 마감했다. 처음 이 나라에 와서 물건을 살 때면 물건 값에 아홉 배 곱하던 그와는 달랐다. 그의 나라와 환율차가 그만큼이었다. 공산품은 좀 달랐지만, 대부분 돌아가면 이 나라에서보다 아홉 배, 어쩌면 그 이상의 가치를 지닐 돈이었다. 움직이지 않는 게 수라서, 그는 공장을 지켰다. 진종일 자다깨다 하면서 텔레비전을 보는 그가 샤프에겐 답답하게 보이는 모양이었다.

형, 형은 무슨 재미로 사는지 모르겠어요. 이번 쉬는 날엔 나랑 같이 디마나 카페에 가요. 가서 사람들도 만나고 노래방에도 가고 그래요. 내가 맛있는 거 사줄게요.

디마나? 난 그냥 여기 있을래.

어린 시절부터 그는 사람들과 무리짓는 일에 서툴렀다. 그의 가장 친한 친구는, 그와 기질이 정반대였던 동생 라흐맛이었다.

아이 참, 내가 형한테 한번 사야 해요. 형이 첫날, 나한테 달걀준 거 기억해요? 그 달걀이 아니었으면 첫날 오후에 쓰러졌을 거예요, 난.

샤프에게 이끌려 그도 덩달아 나들이가 잦아졌다. 샤프는 그와 많이 달랐다. 시외버스에 올라 운전석 뒷자리에 털썩 앉는 것부터 그랬다. 뒤따라 승강대를 오른 그는 주춤했다. 그는 앞쪽에 앉아본 적이 없었다. 앞자리에 앉으면 안 된다고 말한 사람은 없었지만, 왠지 버스에 오르면 맨 뒤쪽으로 들어가 박히는 게 편했다. 여기 앉으려고? 그가 물었다. 샤프는 엄지손가락으로 옆자리를 가리키며 천연스럽게 말했다. 여기 앉아야 앞이 잘 보이거든요.

형, 우리 저거 볼래요? 길가에 내놓은 액세서리며 옷가지들에 연신 눈길을 주던 샤프가 팔꿈치로 그를 쿡 찌르며 벌쭉 웃었다. 더덕더덕 붙은 간판들 사이로, 너울지는 화염을 배경으로 몸을 한껏 뒤로 젖히고 입을 벌린 여자 그림이 붙어 있었다. 브래지어와 팬티 차림인 여자의 풀어헤친 머리카락은 불꽃 같았다. 그 곁엔 눈을 지그시 감고 목줄을 쓸어내리는 여자 그림이 나란히 붙어 있었다. 영화관인 모양이었다. 죽이네요, 오, 오, 오…… 하던 샤프는 디마나 카페에서 만났다는 여자, 데위 이야기를 했다. 도도해요. 회사에서 내준 집에서 친구와 함께 지낸다는데, 회사에서 야채며 과일까지 대준다네요. 운이 좋은 여자지요. 지금은 날 눈에 들이지 않지만, 두고 보세요. 귀국할 땐 같이 갈 거예요.

플라스틱 제품을 만드는 곳이라 무거운 짐을 들 필요가 없어요. 그럼 주말엔 노가다를 뛸 수도 있을 거예요. 빨리 많은 돈을 벌겠다며, 그새 빨라진 말소리로 장담하는 샤프의, 두 달 만에 6킬로그램이나 빠진 몸을 그는 미심쩍은 눈으로 바라보았다. 그가 하는 일이 샤프에게 무리한 것임에는 틀림없지만, 그렇다고 해서 다른 일이 샤프가 기대한 만큼 수월하리라고 믿어지진 않았다. 천천히 흘러내리는 모래시계의 지루함을 견디지 못하는, 그런 사람들이 있다는 걸 그는 알고 있었다. 몸에 바람이 든 사람, 바람에 실려다니는 사람. 샤프와 동갑인 라흐맛에게서 맡아지던 기미.

안녕하세요? 여자는 서툰 그들의 말로 인사하면서 상글상글 웃었다. 눈가에 주름이 자글거리도록 미소를 띠었지만, 여자의 얼굴에선 한기가 느껴졌다. 다리미로 누른 것처럼 납작하고 기다란 얼굴에 밋밋한 가슴과 엉덩이, 짧게 치켜깎은 머리가 사내 같았다. 사랑하지·않는 남편과 별거할 명분을 찾기 위해 이곳으로 와서 염색법을 배운다는 일본 여자. 라흐맛은 그 여자의 운전기사 노릇을 하고 있었다. 승용차가 아니라 오토바이 기사이긴 했지만. 전에라면 엄두도 못 냈을 쇼핑센터의 찻집이나 외국계 패스트푸드점을 드나드는 라흐맛이 그의 눈엔 아슬했다. 새의 높은 울음소리가 허공을 날카롭게 찌르는 새벽, 라흐맛이 오토바이에 올라 찬 바람을 가슴에 맞으며 도시로 나갈 때면 그는 속으로 웅얼거렸다. 바람들라…….

사철 더운 그의 고향에서 가장 흔한 병은 몸에 바람이 드는 것이었다. 오슬오슬한 한기에 그가 맥을 놓고 있으면 할머니는 그의 이마를 짚어보고 기름병과 동전을 꺼냈다. 바람이 들었구나……. 그의 윗몸에 골고루 기름을 바른 다음에 백 루피아짜리 동전으로 몸을 차근차근 긁었다. 갈비뼈의 뼈마디 사이와 척추를 따라 긁은 다음엔 몸을 돌려 오목가슴까지. 일정한 세기로 긁어도 유난히 발갛게 달아오르는 곳이 있었다. 차가운 바람이 그리로 들어가서 아픈 거라고 했다. 몸을 다 긁고 나면, 등판이 달군 철판 위에 누운 것처럼 후끈해지면서 잠이 몰려왔다. 한숨 자고 일어나면 몸이 한결 가뿐했다.

외박이 잦아진 라흐맛에게선 미열이 느껴졌다. 여자에게서 느껴지던 한기가 라흐맛의 몸속 깊이 배어든 게 틀림없었다. 백 루피아짜리 동전으로 몰아내기엔 어림도 없는 병이었다. 차라리 다른 일자리를 찾아보라는 그의 조심스러운 제안에 라흐맛은 간결하게 대답했다. 인생은 짧아. 난 내가 마시고 싶은 물을 마실 거야. 라흐맛의 짧은 대답은 울음 같았다.

사원에서 저녁예배를 알리는 기도 소리가 흘러나오는 무렵이었다. 길게 끌려나온 기도 소리는 번지는 해를 잡아끌어 놀을 흥건하게 하늘에 펼쳐놓았다. 마당을 쓸던 할머니가 빗자루를 쥔 채 평상에 앉아 그 놀을 바라보고 있었다. 놀에 붉게 비친 할머니와 할머니가 바라보는 벌판이 문득 서먹했다. 늘 보던 사물이 낯설게 느껴지는 순간. 친척집에 가서 잘 놀던 아이들이 문득 집에 가겠다고 떼를 쓰며 우는 시각이었다. 라흐맛의 손을 잡고 할머니를 부르러 나왔던 그는 그냥 할머니 곁에서 기다리고 있었다. 할머니가 느릿느릿, 꿈결처럼 말했다. 아밀, 인생은 소가 물 한 모금 마시는 시간만큼밖에 안 된단다. 딱 그만큼이란다…… 어린 그에겐 이해가 안 되는 말이었지만, 그는 아무것도 묻지 않았다. 할머니의 얼굴은 붉어졌다가 점점 어둑해지고 있었다. 그때였다, 라흐맛이 울음을 터뜨린 건. 할머니는 빗자루를 내던지고 라흐맛을 안아들었다. 라흐맛, 왜 그러니? 뭐가 물었니? 할머니는 라흐맛의 팔뚝과 종아리를 손으로 쓸면서 물었다. 라흐맛은 제 손으로 제 눈을 가리고 마구 울었다. 흐느끼다가, 주먹 쥔 손을 뻗쳐 허공을 가리켰다. 라흐맛이 가리킨 곳엔 벌판에 질펀한 놀뿐이었다. 그때 라흐맛은 무엇을 본 것일까. 그의 눈에 안 보이는 무엇이 라흐맛의 눈에 비쳤을까.

떠나는 샤프를 큰길가에 바래주고 어스름 속을 돌아올 때, 공장 어귀 동네의 개들이 거뭇한 자취로 걸어가는 그를 보고 마구 짖었다. 개들이 짖는 건 사나워서가 아니라 두려움 때문이라는 걸 그는 그때 깨달았다.

건물 입구에 놓인 자동사진기로 찍은 사진은 흐릿했다. 견본으로 붙여놓은, 붉은 입술 안쪽의 영근 이를 드러내 보이며 웃는 여자의 선명한 사진과는 딴판이었다. 머리 한쪽이 부연 샤프는 짙은 안개 쪽으로 막 머리를 디미는 사람 같았다. 조명이 반사된 모양이었다. 아밀 형, 이 사진 잘 나오면 한 장 줄게. 가지고 다니다 예쁜 여자애 있으면 보여줘야 돼. 흰소리를 하면서 커튼으로 가린 촬영실에 들어가더니, 막상 사진 속의 샤프는 한뎃잠을 자고 난 뒤의 뼈마디처럼 굳은 표정이었다. 자칫 잘못 건드리면 우두둑 소리를 내며 옴쭉도 못할 굳은 뼈마디.

어디서 순 고물 사진기 가져다놓았나봐. 아무래도 아가씨 사냥에 쓰기는 좀 그런걸.

허세와 호기로 둥둥 뜬 샤프의 목소리가 바람결에 불안하게 흩어졌다. 바람이 거센 날이었다. 불법체류 자진신고를 받는 출입국 관리사무소 마당 안에 쳐놓은 차일은 바람결에 둔중하게 펄럭였다. 샤프는 사진을 팔랑이며 그리로 다가갔다. 차일 아래, 한 줄로 늘어놓은 책상 앞에 이 나라 사람 서너 명이 앉아 서류 작성을 도왔다. 여권과 빈칸을 채우지 못한 서류, 뒷날 환불하겠지만 당장은 귀국할 의지가 있음을 입증해주기 때문에 구입한 비행기표나 배표

를 모아쥔 사람들은 숙제 검사받는 아이들처럼 서서 차례를 기다
렸다. 월드컵이 끝나면 불법체류자들을 싹쓸이한다는 소문이 황사
처럼 번진 뒤끝이었다. 끌어안고 있던 서류들을 내맡기는 하얗고
노랗고 검은 얼굴에 배어나오는 불안과 의혹. 과연 이 서류가 관리
들에게 통과될지, 그래서 불안하지 않은 마음으로 거리를 돌아다
닐 수 있을지, 그 사이에 법이 바뀌는 거나 아닌지 하는 불안 위에,
이곳에 머무를 수 있게만 해준다면 금지된 일은 하나도 안 할 사람
들임을 알아 달라는 겸손한 표정을 덧바르고.

　난 작은 도마뱀보다도 무력하고 무해한 인간이랍니다. 그저 당
신네 땅에서 잠시 숨쉬는 것뿐이에요. 무해한 표정으로 두근거리
는 가슴의 동계를 감추던 정오의 하얀 볕. 공회당에 매달린, 빨간
고추 모양으로 만든 커다란 목각품이 그의 시선을 당겼지만, 그는
그쪽으로 돌아가려는 눈길을 가누고 있었다. 누군가가 그의 손에
슬쩍 무언가를 쥐어주고, 그걸 두드린다면……. 그러면 그는 성한
몸으로는, 어쩌면 살아서는 그 자리를 빠져나가지 못할 수도 있었
다. 가슴 떨리는 두려움을 겸손한 표정으로 감추고 서 있던 '지상
의 낙원' 섬의 그 골목이 떠올라. 그는 고개를 털었다. 최소한 오늘
이 자리에서만큼은 그는 떳떳해도 좋았다. 그는 합법적인 연수생
이었고, 상대적으로 적은 임금과 고된 일을 감수하면서도 근무지
에서 벗어나지 않았으므로. 아밀 형은, 뭐랄까, 사람이 너무 좋아
서 탈이에요. 형처럼 일한다면 얼마든지 더 많은 돈을 벌 수 있다
는 거, 알고 있지요? 떠나가던 날, 그의 어깨를 툭툭 치며 말했던
샤프의 어깨가 자꾸만 처지는 게 그의 눈에 밟혔다. 문득, 샤프가
외로울까봐 나선 오늘의 동행이 실상 샤프를 더 외롭게 만들고 있
는 건 아닌가 싶었다.

이날, 꼭, 떠날 거지요?

운동모자를 쓴 채 서류를 채워넣던 사내가, 그의 앞에 선 중년 남자를 바라보며 말했다. 사내는 다른 사람보다 손이 빨랐다. 샤프는 빨리 끝내고 싶어서 손놀림이 빠른 사내 앞의 줄에 섰을 것이다. 중국이나 몽골 쪽에서 왔을 것 같은 중년 남자의 얼굴에 애매한 그림자가 지나갔다. 이날, 꼭, 떠나요? 사내가 다시 물었다. 관리처럼 보이지는 않았는데 운동모자를 쓴 사내의 말투는 고압적이었다. 그 말투에 눌린 남자는 자신 없는 표정으로 고개를 끄덕였다.

그는 샤프를 슬그머니 잡아끌었다. 왜 그래, 형? 샤프가 눈치 없이 큰 목소리로 물었다. 그는 손가락으로, 차일 끄트머리에 앉아 조금 비끼는 햇빛을 고스란히 받고 있는 여자를 가리켰다. 샤프가 알아듣고 줄에서 나와 여자 앞에 늘어선 줄에 붙어섰다.

여자는 꼼꼼한 편이었다. 사진에 자를 대고 서류의 사진칸에 맞춰 가장자리를 오려냈다. 사진 뒷면에 풀칠을 한 다음, 여자가 사진 위에 흰 종이를 덧대고 그 위를 문대는 걸 본 그는 샤프를 그 줄에 세우기를 잘했다고 생각했다. 서류를 받거나 건네줄 때 여자가 덤처럼 띄우는 미소를 보고 샤프를 이끌었던 그의 기대를 여자는 저버리지 않았다. 모자를 쓴 사내가 서류에 붙인 사진 위를 무작스럽게 손바닥으로 쾅쾅 두드릴 때면, 보는 사람의 뺨이 공연히 얼얼해졌다. 사진을 오래 누르고 있는 여자의 손이, 사진더러 잘 붙어 있으라고 말하는 것처럼 보였다. 꼭 붙어 있어야 돼, 떨어지면 안 돼, 떨려나면 안 돼, 라고. 여자의 굼뜬 손길이 미더웠다.

여자는 더딜 뿐만 아니라 서툴렀다. 여권 만료 날짜와 입출국 날짜를 확인하며 샤프의 서류에 기재하던 여자가 갑자기 얼굴을 붉히더니, 써넣은 칸에 줄을 긋고 다시 써넣었다. 미안합니다. 다 되었어요. 이젠 저쪽으로 가세요. 다시 한 번 미안하다고 말하는 여자의 미소에선 진심이 느껴졌지만, 그 미소로도 샤프의 서류에 낸 흠집을 지울 수는 없었다. 그래봤자 이 땅에서 숨쉬는 게 허락될 뿐인 서류라고, 그는 애써 마음을 눅였다. 일자리를 얻을 수 없다는 단서가 붙은 체류 허가는, 목마른 이 앞에 물그릇을 두고 마시지 말라는 거나 다름없었다. 그 물은 다른 사람을 위한 것일 터였다.

여자가 일본에서 날아온 남편과 화해하고 떠나간 뒤에도 라흐맛은 집으로 돌아오지 못했다. 이 먼 나라까지 와서 비싼 등록금을 낸 여자가 그렇게 쉽게 떠나갈 줄은 몰랐을 것이다. 그만한 거리를 날아오는 데엔, 라흐맛이 관리인으로 일하면서 받는 월급 2년분을 고스란히 바쳐도 모자랐다. 그 큰돈이 그 여자의 나라에서는 청소부 월급의 절반밖에 안 된다는 건 미처 생각지 못했을 것이다. 그러니 그들에게는 그만큼 모든 게 쉽다는 것도. 훌쩍 떠나왔다가 쉽게 돌아간 여자는 그러나 어떻게도 풀어낼 수 없는 바람기를 라흐맛에게 심어놓고 떠나갔다.

외국인이 많이 몰려드는 관광도시로 나간 라흐맛을, 그는 외국인 관광객이 몰려드는 거리의 쇼핑센터 입구에서 우연히 보게 되었다. 낡은 셔츠를 말쑥하게 다려 입긴 했지만, 라흐맛은 초조하고 초췌해 보였다. 라흐맛, 반갑게 부르려다 그는 주춤했다. 라흐맛은 쇼핑센터로 들어서는, 저보다 덩치가 한 배 반쯤 되는 서양 여자에게 다가가고 있었다. 소매 없는 티셔츠를 입은 여자의 허연 팔뚝은 라흐맛의 허벅지보다 굵어 보였다. 여자는 말을 붙이려는 라흐맛을, 손을 휘휘 저으며 떨쳐내고 있었다. 잔등에 들러붙은 파리를 떨치는 소꼬리가 생각났다.

　영어와, 그 여자에게서 배운 서툰 일본어 몇 마디로 오가는 외국인에게 말을 붙여가며, 어쩌다가 일일 가이드 노릇을 하면서 쇼핑센터가 있는 그 거리에서 살다시피 하던 라흐맛은 어느날, 외국인들에게 '지상의 낙원'으로 알려진 다른 섬으로 건너갔다.

　샤프는 어두운 계단 뒤, 그런 데서 사람이 나오리고는 상상하기 어려운 곳에서 문을 열고 나타났다. 디마나 카페로 내려가는 계단 모퉁이였다. 지하에 있는 그 식당에 몇 번 드나들었으면서도 어둠이 꺼멓게 고인 그곳에 문이며 사람이 숨쉴 곳이 있으리라고는 생각지 못했다. 샤프가 막 빠져나온 뒤쪽은 꺼멨다. 한번 그 안에 발을 디디면 지하로 더 깊은 지하로 내려갈 뿐, 다시는 빛과 신선한 공기를 보지 못할 미궁의 입구 같았다. 샤프가 문을 닫자 미궁은 감쪽같이 없어졌다.

　그러잖아도 형이 올 때라서 나오는 길이야. 납작하게 눌린 옆머리에 손가락을 넣어 세우는 샤프의 목덜미가 땀으로 번질거렸다. 막 잠에서 깨어난 듯 부숭부숭한 얼굴로 밭은기침을 하는 샤프에게선 축축하고 탁한 기운이 끼쳐왔다.

　그 안에 방이 있어?

　응, 방이라기보다는…… 아무튼 다음주면 떠날 거니까.

　양팔을 몸 뒤로 몇 번 추썩여 몸을 푸는 샤프의 오그라들었던 뼈마디에서 뚝 소리가 났다. 손톱 중간이 뭉뚱 들어간 가운뎃손가락. 샤프가 플라스틱공장에 간 지 일주일 만에 얻은 상처였다. 그나마 손가락이 안 잘린 것만도 다행이었다. 플라스틱공장, 통조림공장, 건축 노가다를 거치면서 빨리 돈을 모으겠다는 꿈으로부터 점점 멀어지던 샤프는 다음주면 남쪽 지방으로 내려갈 참이었다.

여기서 세 시간쯤 걸린다던데? 가선 꼼짝 않을 생각인데 잘 모르겠어. 어떤 덴지…… 나도 이젠 정착해야지.

정착해야지, 라고 말하는 샤프는 한꺼번에 몇 살 더 먹은 것처럼 스산해 보였다. 체류 허가를 받고 나오던 때도 그랬다. 그때, 형이 말릴 때 있을 걸 그랬나봐. 지하철 입구 공원에서, 그들이 막 빠져나온 두려움과 무관한 활기로 인라인스케이트를 지치는 아이들을 보며, 곁에 선 그마저 밀어내는 냉연한 고요에 잠긴 채 혼잣말처럼 말하던 샤프는 갑자기 겉늙어 보였다. 그때처럼 까칠한 샤프를 보는 게 헛헛해져서, 그는 고개를 돌렸다. 유리 진열장에는 그의 나라에서 건너온 물건들이 몇 가지 진열되어 있었다. 인스턴트 식품, 정향이 든 담배, 화장품들. 로션의 분홍빛 포장이, 잔칫집 어귀에서 두드러지게 초라한 옷차림을 한 식구들을 볼 때처럼 맺혀왔다.

문이 열리고, 여자 둘이 들어섰다. 안녕, 데위. 왜 그렇게 안 보였어? 샤프가 언제 가라앉았느냐는 듯이 목소리를 띄웠다. 긴 머리 여자가 얼굴에 희미하게 미소를 띠었고, 안녕, 짧은 머리 여자가 더위에 지친 목소리로 인사를 받았다.

이리와 인사해. 이쪽은 아밀 형이야. 전에 나와 같이 일했던. 형, 데위와 아구스예요. 데위가 올 줄 알았으면 이 꼴로 그냥 나오진 않았을 텐데, 미안.

너스레를 떨며 의자를 잡아끄는 샤프를 묵살하고, 안녕하세요, 인사를 한 뒤 그들은 테이블 한 개를 사이에 둔 저쪽에 가서 앉았다. 샤프는 그것 봐요, 내가 도도하다고 했죠? 하는 표정으로 그를 보며 어깨를 으쓱했다.

뭐 먹을래?

소또, 소또가 먹고 싶어.

긴 머리 여자는 손수건으로 이마의 땀을 찍어내면서도 옹송그린 어깨를 펴지 않았다. 샤프의 어깨 너머 엇비스듬히 보이는 긴 머리 여자의 얼굴이 어째 한기 든 얼굴로 보였다. 원래 저러니? 어디 아픈 사람처럼 보여. 그가 속삭이자 샤프는 아예 의자를 틀어 긴 머리 여자를 보며 말했다. 데위, 너 어디 아파? 그러게 나 있을 때 자주 와서 맛있는 거 먹고 그러라니까. 여기서 아프면 골병들어요. 나중에 애엄마 되는 데도 지장 있을걸? 국물을 떠넣다 말고 샤프를 바라보는 데위의 검은 눈에서 파란 광채가 돌았다. 보는 이를 태워 버릴 것 같은 매서운 빛이었다.

긴 하루였다. 일을 마치면 씻기부터 하던 그는, 씻지도 않고 숙소로 들어가 기대앉았다 아밀, 오늘 야근, 9시까지, 일이 밀렸다……. 점심을 먹고 담배를 피우는 그에게 지시하던 공장장에게서 샤프 소식을 들을 줄은 몰랐다. 아밀, 들었어? 샤프, 잡혔다. 싸웠다. 싸웠다, 라고 말하며 공장장은 주먹 쥔 양손을 부딪쳐 보였다. 탁, 뼈들이 부딪히며 소리를 냈다.

머릿속이 멍하고 눈앞이 아물거렸다. 텔레비전 뉴스에서 아나운서의 목소리가 문득 고조되면서 화면이 바뀌었을 때, 그는 샤프를 보았다. 샤프를 보았다고 생각했다. 화면의 굵은 글자에 가려진, 그와 비슷한 피부 빛깔 가운데 샤프와 비슷한 머리를 본 것이다. 뜨덤뜨덤 알아듣는 한국어 가운데 그들의 섬과 지상의 낙원 섬을 일컫는 말만은 선명하게 귀에 박혔다. 일부는 격앙된 표정으로 그들을 잡는 사람에게 반항적인 표정을 지었고, 몇몇 사람을 고개를 푹 수그리고 있었다. 샤프가 그 수그린 고개들 틈에 있을지도 모른다는 게 가슴 아팠다.

난 작은 도마뱀만큼이나 무해한 사람이에요. 게다가 곧 이 섬도, 내가 태어나 자란 섬도 떠날 예정이지요.

그의 몸이 속삭였다. 그 섬은 공기조차 달랐다. 공기는 동글동글한 기포가 느껴질 만큼 맑았고, 주황빛 건물들 사이로 거대한 몸집을 지닌 서양인들이며 외국 관광객이 자주 눈에 띄었다. 꽃을 공양하고 나오던 여인은 거리재판으로 사람이 죽은 곳을 묻자 단박에 눈매가 꼿꼿해졌다.

누구냐? 그건 왜 묻는가?

죽은 이의 형 되는 사람입니다.

하지만 그건 지난 일이지 않은가?

여인은 고개를 돌리고, 그가 못 알아듣는 입속말로 웅얼거렸다. 그들의 고유어일 것이다. 여인이 허리춤에 낀 바구니에는 파랗게 물들인 쌀과 빨갛고 하얀 꽃이 모다기져 있었다. 그의 신과 다른, 지상의 낙원 섬 사람들을 돌보는 신에게 공양할 예물이었다.

저는 다음주에 이 나라를 떠나요. 떠나기 전에 한번 와보고 싶었어요.

어디로 가는데?

먼 곳이에요. 한국이에요.

돈 벌러 가는가?

예.

여기도 그쪽으로 돈 벌러 갔던 사람들이 있다. 얼마나 있을 건가?

2년 계획이지만, 잘 모르겠어요.

하긴…… 여인이 고개를 끄덕였다. 누가 알겠는가? 신만이 알

뿐이다. 단단하던 여인의 얼굴이 조금 풀려 있었다. 꽃을 담은 바구니도 조금 느슨하게 처져 있었다.

따라와요. 단 소란을 피워서는 안 돼요. 당신 동생이 도둑……
죄를 짓다가 잡힌 것만은 분명하니까요. 소란을 피우면 당신의 안전도 장담하지 못해요. 나도 들어서 알 뿐이에요.

여인의 끝말을 듣는 순간, 그는 이 여인도 그때 그 자리에 있었을지도 모른다는 걸 퍼뜩 깨달았다. 어쩌면 여인의 남편이나 아버지가 라흐맛을 향해 몽둥이질나 발길질을 했을지도 몰랐다. 그가 살고 있는 섬에서라면, 누군가가 부당한 대접을 받으면 친족들이 들고일어났다. 그들은 가해자에게 떼지어 몰려가 다친 명예를 되살리고 가해한 자를 찾아내서 응징했을 것이다. 하지만 라흐맛은 그들의 영역 밖에서 죽었고 그 또한 더 먼 곳으로 떠날 참이었다.

그곳은 동네 어귀, 공회당으로 쓰이는 건물 앞이었다. 큰길에서 조금 들어온 곳이었다. 라흐맛은 저 큰길로 달아나려 했을 것이다. 기둥만 세운 채 벽이 없는 건물에 매달린 커다란 고추 모양의 목각이 그의 가슴을 턱 막았다. 동네에 무슨 일이 생기거나 도둑이 들었을 때, 두드려서 사람들을 깨우는 통나무. 라흐맛이 도둑질하다 들킨 그 순간에도 누군가가 속을 비운 통나무를 세게 두드렸을 것이다. 하얗게 부서지는 햇살 아래, 텅텅, 울리는 통나무 소리가 들렸다. 그 소리를 들으며 세게 고동쳤을 라흐맛의 심장. 그의 숨이 가빠왔다. 달아나고 싶다……. 그는 발끝에 힘을 주었다. 라흐맛이 도둑질을 하다 주린 배를 끌어안고 맞아죽었다는 걸 그는 받아들일 수 없었다. 무언가, 라흐맛의 마음을 홀리는 무언가가 우연히 눈에 띄어 그냥 다가가고, 그냥 집어들었을 것이다. 죽은 사람은 있지만 죽인 사람은 없는 게 거리재판이었다. 라흐맛을 에워싸고 있던 사람들 가운데 어떤 발길이, 어떤 손의 몽둥이가 결정적이었는지 아는 사람은 없었다.

골목에서 걸어나오던 노인이 여인에게 뭐라고 물었다. 여인은 나직한 목소리로 대답했다. 뿌린 대로 거두는 법이지. 노인이 낮게, 그러나 그가 알아들을 수 있게끔 읊조렸다. 오래전, 다른 신을 믿는다는 이유로 그의 선조들에게 쫓겨온 사람들이 가꾼 섬이었다. 그의 아버지 세대에도 그가 속한 종족은 이 섬 사람들의 피로 지상의 낙원을 물들였다. 노인은 그 피를 잊지 않았을 것이다. 그가 라흐맛을 잊지 않듯.

소쩍, 소쩍, 소쩍……. 모래가 산을 이룬 공장 마당에 울음소리가 번졌다. 하릴없이 밖에 나와 서성이며 그는 그 울음소리를 헤아렸다. 세 번, 네 번, 다섯 번, 여섯 번…….

그는 운이 좋았다. 다가오는 겨울을 넘기면, 그는 떠나오기 전보다 부자가 되어 돌아갈 것이다. 라흐맛이 비싼 오토바이와 유명 메이커 제품 옷, 고급 레스토랑을 꿈꿀 때, 그는 비싸게 팔리는 과일인 두리안 나무를 심고, 물고기를 길러 팔 수 있는 조그만 연못을 파고, 언젠가 태어날 그의 아이들이 밟고 뛰놀 자기 땅을 바랐다.

그는 공장 마당에 쌓인 커다란 흄관 더미 앞에서 걸음을 멈추었다. 가난하고 척박한 땅에 물을 이끌어다줄 수도 있는 관이었다. 그는 흄관 안으로 들어가 몸을 오그리고 누웠다. 지하에서 지내던 샤프의 몸에서 나던 흙 냄새 비슷한 콘크리트 냄새가 그의 몸에서 물기를 앗으려 들었다. 마음씨 좋은 사장과 회사에서 내준 편안한 집을 자랑하던 데위가 갑자기 회사를 그만두자 데위와 함께 귀국할 수 있게 될지도 모른다는 희망을 품었던 샤프. 샤프는 시디플레이어와 빚을 안고 혼자 귀국하게 될 것이다. 눈앞에서 엎질러진 물 그릇. 더 심해진 조갈증이 샤프의 몸에 그나마 남은 물기를 쥐어짜리라. 라흐맛의 마지막 말을 듣고 싶어하던 그에게, 여인은 짧게 대답했다. 물, 물을 달라고 했다지요, 아마. 소쩍, 소쩍, 소쩍…….

목줄띠 타는 갈증을 제 침샘에서 짜낸 침으로 달래며, 그는 다시 그 울음소리를 헤아리고 있었다.

　첫 줄에 아밀, 샤프 등의 낯선 이름이 나오고, 또 디마나 카페도 등장하지만, 작품 무대는 한국이다. 삼십만을 헤아리는 외국인 근로자를 안고 있는 한국이기에 이젠 그들의 피부색도 언어도 별로 낯설지 않다. 배타성 세기로 소문난 한국인 틈에 끼어 그들이 어떤 부당한 대우를 받았다든가 혹은 용감한 시민이나 사회단체의 노력으로 괜찮게 지내고 있다든가 등등을 소설적 과제로 삼기엔 이젠 적절치 않지만, 그렇다고 그들의 독자적 삶과 문화가 형성되어감에 대한 것을 문제삼기에도 아직 시기상조로 보인다.

　이 두 틈새를 보여주는 데 「물 한 모금」이 빛난다. 이 틈새란 그들의 고향의 삶과 이곳 한국의 삶 사이에 놓인 공통점 찾기로 요약될 성질의 것이어서 어느 한 쪽으로 기울 수 없다. 인생이란 소가 물 한 모금 마실 동안에 지나지 않는다는 고향의 초월적 삶의 법도와 이를 거역하기로서의 단순한, 그럼에도 끈질긴 욕망 사이의 갈등구도는 이곳 한국에서도 그대로 통한다.

할머니로 표상되는 자연적 법도랄까 질서로서의 삶의 감각에 도전하는 것 역시 끈질긴 삶의 욕망이어서 세상 어디서나 물리치기 어렵다. 대개의 경우 그 욕망은 외풍과 같은 것이어서 '바람들기'라 부를 터이다. 이러한 '바람들기'를 치유하는 방도란 과연 있는 것일까. 더구나 그 '바람들기'가 외부에서 들어온 전염병과 같은 것이라면 무엇으로 이를 물리칠 수 있을까. 이에 대응하는 항체 만들기에 실패한 경우는 고향에서도 이곳 한국에서도 마찬가지이다. 고향에서 아밀은 아우 라흐맛에게서 그 경우를 보았고 이곳 한국에서는 아우격인 샤프에게서 똑같이 보고 있다.

외국인 근로자의 뿌리내리기, 곧 그들 독자적 문화 만들기의 첫걸음도 이런 바탕 위에서 가능하지 않을까. 삶의 법도를 넘어서기란 새삼 무엇인가. 몸에 '바람들기', 이 바람은 할머니의 약손으로는 치유가 가능하기도 하고 불가능하기도 하다. 고향에서도 그러했지만 한국에서도 역시 그러하다. 이러한 그들 삶의 틈새의 감각을 보여줌에 작가 이혜경 씨의 솜씨는 고수답게 매우 차분하다. 아밀이 한국에 머문 만큼 아밀의 그 고향에 머물러본 작가이기에 이런 경지가 가능하지 않았을까.

비정非情

공선옥

1963년 전남 곡성에서 태어났고,
전남대학교 국문과를 졸업하였다.
1991년 〈창작과 비평〉에 「씨앗불」을 발표하며 등단했으며,
소설집으로 『피어라 수선화』 『오지리에 두고 온 서른살』
『멋진 한세상』 『내 생의 알리바이』 등이 있으며,
장편소설로 『수수밭으로 오세요』 『붉은 포대기』가 있다.

비정(非情)

　'이 동네엔 유독 도둑고양이가 많다. 아니, 도둑고양이는 어느 동네에나 비슷하게 있는지도 모른다. 그런데 다른 동네에 살 때는 도둑고양이를 더러 보긴 봤어도 이 동네처럼 도둑고양이들이 삼삼 오오 떼를 지어 다니며 맹렬하게 울어대는 동네는 없었다. 동네사 람들은 고양이 울음소리를 듣기 싫어서 고양이를 잡으려는 사람이 태반이었지만, 더러는 고양이가 신경통에 좋다고 잡으려는 사람도 있어서, 이 동네는 도둑고양이만큼이나 도둑고양이를 잡으려는 사 람도 많은 것 같았다. 그래서 이 동네에서는 인간에게 잡히지 않으 려는 고양이와 고양이를 잡으려는 인간들로, 한바탕 맹렬한 추격 전이 안 벌어지는 날이 드물었다. 고양이를 약으로 쓰려는 사람들 얘기는 할 것도 없이 단순히 고양이 소리가 듣기 싫거나, 내놓은 쓰레기더미를 파헤치는 것이 싫어서 고양이를 잡으려는 사람들에게 나는 이런 말을 해주고 싶었다.

"고양이를 잡지 않고도 고양이와 사이좋게 사는 법 한 가지는 고양이한테 먹을 것을 주는 겁니다."

고양이들은 배가 고파서 밤이면 밤마다 떼지어 다니며 울어대는 것이다. 그러나 고양이들이 밤이면 밤마다 떼를 지어 다니며 아기 울음소리로 울어대는 것이, 인간들이 버린 쓰레기더미를 사납게 찢어발기는 것이 단지 배가 고파서일 뿐일까. 혹시 고양이들은 그렇게 울부짖는 것으로, 혹은 쓰레기더미를 찢어발기는 것으로 인간들에게 테러를 하고 있는 것이 아닐까. 그렇다면 무엇 때문에, 왜 고양이들이 테러라는 극단적인 방법을······.'

방법이라니, 문장이 도저히 이어지지 않는다. 한 달 전에 청탁한 콩트를 써주기로 한 작가가 원고마감이 훨씬 지난 오늘 갑자기 자기는 도저히 콩트를 쓰지 못하겠다고 연락을 해오는 바람에, 편집장의 강권에 떠밀려 어줍잖게시리 내가 콩트란을 메워야 할 불상사가 생기고 말았다. 나는 작가가 아니라 작가지망생일 따름이라, 평소에는 작가 대접이 아니라 숫제 아줌마 대접으로 일관하던 편집장은 급할 때만 내게 작가 운운한다. 우리 동네에 창궐하는 도둑 고양이를 소재 삼아 한번 글을 엮어보려 했지만, 처음 써보는 콩트인지라, 그게 수필인지, 기사인지, 분간이 안 되는 글을 놓아두고 나는 아이 방 앞으로 갔다. 글이 안 써지는 건 내 능력이 안 따라줘서가 아니라 순전히 학교에 안 가는 아이 때문인 것만 같은 기분이 들어 울컥, 울화가 치밀어올랐던 것이다.

"정호야!"

아이는 대답이 없다.

"문이라도 좀 열어봐."

문은 잠겨 있다.

"그럼 밥이라도 먹어."

아이는 어젯밤에도 밥을 먹지 않았다. 처음 아이가 학교를 가지 않겠다고 했을 때, 나는 이러지 않았다. 아무리 저하고 나하고 사이가 좋지 않다 하더라도 학교만은 가야 한다고 나는 악을 썼다. 그때, 아이 입에서 놀랍게도, 나를 향한 비웃음, 아니 저주의 말이 튀어나왔다.

"흥, 엄마노릇도 제대로 못하는 주제에."

나는 내 귀를 의심했다. 마침 텔레비전이 켜져 있어서, 텔레비전 속에서 나오는 소리인 줄 알았다. 아니, 그러길 바랐다. 그러나 그 말은 정확히 내 아이, 내 아들, 정호 입에서 터져나온 말이었다. 아이는 그 말 한마디만 남기고 제 방문을 잠갔다. 나는 열쇠뭉치를 가지고 와서 아이 방문을 따려고 했다. 다섯 살 먹은 딸아이가 낑낑대며 합세했다.

"오빠, 문 여, 문 여, 씨이."

"정아, 너 한 번만 더 시끄럽게 하면 죽여버릴 거야."

"주기여, 씨이."

정아가 제 오빠 방문을 쿵쿵 찼다. 안에서 으아악, 비명 소리가 들렸다.

아이가 왜 학교를 가지 않을까. 이유가 무엇인가. 그 이유라도 안다면 이다지도 막연하게 슬프진 않겠다. 아이가 학교를 가지 않으니, 아무것도 손에 잡히지 않는다. 정호가 학교에 가고, 정아가 유치원에 가고 나면, 그날분의 내 정해진 코스 대로, 스케줄 대로 움직일 수가 있었다. 밀린 원고를 쓰고 차를 마시고 책을 읽고 음악을 들을 수가 있었다. 설거지를 하고 빨래를 하고 청소를 하는 것은 모두 아이들이 돌아오고 난 연후에 해야 하는 일들이었다. 그러나 정호가 학교에 가지 않게 된 뒤부터, 나는 정해진 내 코스 대로 움직이는 건 엄두를 내지 못하고 아이들이 돌아오면 했던, 아이 엄마들이 일상적으로 해야 하는 일들을 해야만 했다. 아이가 집에 있으니 도대체 하루의 모든 시간을 아이 엄마로만 살아야 했다. 아이가 집에 있는 것이 나는 부담스러웠다. 아이가 아직 걸음마도 하기 전부터 나는 아이가 어서 커서 유치원에라도 가주기를 그 얼마나 고대했던가. 하루에 단 몇 시간이라도 완벽한 내 시간을 가질 수 있게 되기를 얼마나 기다렸던가. 그래서 내가 그토록 고대하던 '아이로부터의 해방'을 주선해준 박 언니한테 나는 얼마나 감사해했던가. 그렇게 정호는 아무 탈 없이 잘 커서 정해진 코스 대로 유치원을 다녔고 초등학교를 다녔고 중학교를 다녔다. 그리고 고1이 되고 두 달을 넘긴 뒤부터 아이는 학교에 가지 않는다. 한 달째 가지 않는다.

나는 아이가 학교에 가지 않음으로써, 내 아이가 이대로 이 견고한 사회, 이 학벌 위주의 사회에서 낙오자가 되는 건 아닌가, 그것이 두려웠다. 혹시 내 아이가 사회부적응자, 아니, 사회에 적응하려고 해도 사회가 우리 아이를 받아주지 않을 것이 두려운 것이다. 그래서 아이가 학교에 가지 않겠다고 선언했을 때 걸어잠근 문 앞에서 악을 썼던 것이다. 그것은 두려움에 대한 반발, 혹은 발악이었다.

"왜 학교를 안 가겠다는 거야, 엉?"

"엄마하고는 말하고 싶지 않아."

"너 학교에 안 가면 앞으로 니 인생이 어떻게 되는 줄이나 알고 그래? 넌 이제……"

"거지 된다고?"

거지라는 말은 아이가 학교에 가지 않은 지 일주일째 되던 날 내 입에서 나온 소리였다.

"거지로 살고 싶냐?"

"응."

"뻘소리 말고 좋게 말할 때 학교 가."

"학교는 안 간단 말야."

"너 이자식, 내가 널 어떻게 키웠는데 오늘날 니가 날 이렇게 배신하는 거냐."

"누가 키워 달랬어?"

"낳았으니 키워야지 그럼, 어떡하니."

"누가 낳아 달래?"

변성기가 막 지난 목소리는 사뭇 도전적이다.

"생겼으니까 낳지."

"누가 아빠랑 결혼하래?"

"사랑했으니까 결혼했지."

"정아아빠하고는 사랑도 안 했잖아."

"니가 걸 어떻게 아니?"

"사랑하는데 싸워?"

"사랑한다고 안 싸우냐? 내가 너를 사랑하지만 너하고도 싸우잖아."

"언제 엄마가 나한테 잘해준 적이나 있어?"

오호, 그것이 문제로구나.

"알았어, 정호야, 앞으로 엄마가 너한테 잘해줄게. 그러니까, 학교만은 가 다오."

"학교 안 간다니까!"

문 하나를 사이에 두고 아이와의 입씨름은 끝이 없었다. 비가 오는 날은 그렇다치고 햇빛 밝은 날은 정말 거의 환장을 할 지경이었다.

"야, 정호야, 문 좀 열어봐."

"문 열어봤자 뭐 해?"

"야, 햇빛이 이렇게 좋은데 방 안에만 있으면 답답하잖니."

"세상이 더 답답해."

"사람이 최소한 햇빛은 쬐고 살아야 하는 거 아니냐."

"나는 밤이 더 좋아."

"야, 사람이 말야, 햇빛을 안 쬐면 우울증에 걸린다더라."

"나 이미 우울증이야."

"그러니까 빨리 나와서 밥도 먹고 햇빛도 쬐란 말야."

"학교에 가란 소리만 안 하면."

어떻게든 아이를 제 방에서 끌어내기 위해, 학교 가란 소리는 절대로 안 한다고 철석같이 약속해놓고 겨우 아이를 제 방에서 끌어내는 데 성공을 하긴 했다.

"밥 먹을래?"

"밥 줘."

"어떻게 먹을래?"

"비벼줘."

나는 참기름 듬뿍 쳐서 밥을 비볐다. 그것을 아이한테 놓아주고 다시 또 내 입에서 나오는 말은,

"그래도 학교는 가야 할 것 아니냐."

보름이 지나면서부터는 사뭇 협상조가 되었다.

아이는 묵묵히 밥만 먹는다.

"엄마 말 알아듣겠지? 사람이 사람답게 살려면 최소한 학교를 다녀야 한다, 너."

아이 밥 먹는 속도가 빨라진다.

"학교에 안 가면 이 사회에서 너를 받아줄 데가 하나도 없어서 결국 넌……"

"거지 된다는 거 알아."

아이고, 에미 말을 허투루 들은 게 아니구나, 이놈이 아무것도 모르는 놈이 결코 아니구나, 슬몃 반가워진다.

"알면서 왜 그래?"

"거지가 돼도 좋으니깐."

나는 말이 막혀, 기가 막혀, 더 이상 말이 나오지 않는다. 밥을 다 먹고 난 아이가 거실 텔레비전 앞에 앉는다. 태연자약하게 앉는다.

"너, 뭐 해?"

"텔레비전 봐."

"생각해봐라, 지금 니 친구들은 전부 학교에서 공부하고 있는데 너는 벌건 대낮에 집에서 텔레비전이나 보고 있으니, 앞으로 니 인생이 어떻게 되겠니."

"거지."

아이 입에서 나온 '거지' 소리가 처음에는 그래도 어느 정도 내 말이 먹혀들어가는구나, 싶은 착각을 일으켰다. 그런데 이건 숫제, 자동테이프다. 내 딴에는 충격요법의 하나로 한 거지 소리가, 아이한테 아무런 충격을 주지 못했다는 것이 확인이 된다. 무력감의 뒤에 오는 것은 필시 분노다. 아이가 학교를 안 간 지 사흘째 되는 날까지도 학교에서 아무런 연락이 없었다. 첫날은 그냥 어인 일로 아이가 학교에 오지 않았나, 내일은 오겠지, 하느라고 연락이 안 왔겠지, 이튿날은, 무슨 피치 못할 사정이 있어서, 평소에도 얌전한 아이였으니, 무슨 큰일이 난 건 아니겠지, 싶어서 연락을 안 해온 거겠거니, 했는데 아이가 학교에 가지 않은 지 사흘째 되는 밤이 되도록 학교에서는 아무 연락이 오지 않았다. 그것도 은근히 부아가 치밀었다. 학교에 가지 않은 건 내 아이지만, 학교에서 학생한테 이렇게도 무심할 수가 있다니. 아무리 그래도 학교에 직접 찾아가기는 좀 겁이 났다. 그래서 전화를 했다.

"저, 김정호 학생 에미되는 사람입니다."

"그런데요?"

"요즘 애가 학교에 가지 않아 걱정하실 것 같아, 직접 찾아가 뵙지는 못하고 이렇게 전화를 드립니다."

"말씀하세요."

"정말 죄송하게 됐습니다. 빨리 조치를 취해서 다시 아이가 학교에 갈 수 있도록 하겠습니다."

"그래야지요. 그런데 수학여행은 어떻게 하시겠습니까?"

"네? 수학여행이라니요?"

"고2부터는 본격적으로 대입 준비를 해야 하기 때문에 1학년 때 수학여행을 가는데, 정호 수학여행을 어떻게 하시겠느냐고요."

"수학여행이라, 애한테 한번 물어보지요."

"수학여행비는 이번 주 안까지 은행계좌로 넣어주시면 됩니다."

"알겠습니다, 선생님 다시 한 번 애 때문에 심려를 끼쳐드려서 죄송합니다."

"수업이 있어서 전 이만 끊겠습니다."

"네, 선생님, 정말정말 죄송합니다."

전화를 끊고 나서 아이한테 갔다. 아이는 지난 일요일에 이미 방영된 것을 재방송해주는 유선방송의 코미디프로를 보고 있다. 아이는 혼자서 낄낄댄다.

"넌 지금 이 판국에 웃음이 나오냐?"

"재밌잖아."

"오죽이나 재미있겠다. 너 선생님이 수학여행 어떻게 할 거냐고 묻는다."

"수학여행? 생각 좀 해보고."

"가거라. 수학여행 갔다 와서 기분전환시켜서 얌전히 학교에 다녀. 돈은 내가 통장에 입금시켜놓을 테니까."

아이는 가타부타 대답이 없이 컴퓨터 앞에 앉아버린다. 아이가 텔레비전 앞에 앉았을 때는 건성인 대답이나마 들을 수 있지만 컴퓨터 앞에 앉아버리면 이건 순전히 돌부처가 된다.

그럴 때 나는 아래층 박 언니 집으로 안 갈 수가 없다.

"엄마, 정아 데리고 가."

제 동생을 귀찮아하는 것도 학교에 안 가고 나서부터 부쩍 잦아졌다. 모른 척하고 집을 나와버렸다. 박 언니는 아이들을 그다지 좋아하지 않는 사람이다. 아이가 싫어 결혼도 하지 않은 사람한테 이쪽에서는 아이 때문에 속이 상해 찾아간다. 아무리 그래도 내 집 사정 가장 잘 아는 이는 박 언니밖에 없기에.

"니 애들은 도대체 왜 그런다니?"

단박에 신경질적인 반응이다.

"아니야, 정호가 그렇지, 정아는 괜찮아."

"뭘 괜찮아, 지난번 여기 와서 땡깡부리는 것 보니, 걔도 보통내기가 아니던데."

박 언니가 유럽여행 가서 사온 신기한 종이며, 피리 같은 것을 보고 정아가 저 달라고 떼를 쓴 적이 있다. 나 같으면 애가 달라는 데 못 줄 것도 없는 물건들이련만 이 늙은 처녀는 그 무슨 신주단지들이나 된다고 주지 않았다. 오히려, 안 되는 건 안 된다고 말하지 않는다고, 애엄마가 그렇게 물러터져서 애 버릇을 망쳐놓는다고 일장 훈수까지 했었다. 애는 안 키워봤어도 그녀는 애 키우는 법 같은 것은 쪽 꿰는 사람이다. 조카들을 무려 일곱이나 본 사람이니까.

"어쨌든, 정호 땜에 내가 똑 죽을 것만 같애."

"무조건 두들겨패서 보내야지. 야, 학교에 안 가는 애가 이 세상에 어딨어?"

"그렇지? 학교는 가야겠지?"

"걸 말이라고 해? 요새 아무리 학교가 무너졌네, 입시교육이네, 해도 학교는 가고봐야 해. 우리 옆집 세희는 새벽밥 먹고 학교 가서 밤 열두 시, 한 시에 돌아와도 씩씩하기만 하드만은, 니 애들은 어째 그런다니?"

꼬박꼬박 '니 애들'이라고, 많지도 않은 두 아이가 도매금으로 제 에미 속썩이는 못된 애들이 된다. 그러다가 문득,

"야, 정아아빠하고 상의는 해봤니?"

"아니."

"야, 아무리 제 자식이 아니라 해도 호적에 올려진 법적 자식이잖니. 그쪽하고 한번 상의를 해봐라."

박 언니는 정호가 어렸을 때, 내가 정호 때문에 쩔쩔매는 걸 보고는 필시 언니 조카들한테서 수집했을 장난감들을 세 바구니나

갖다준 적이 있다. 정호는 그 장난감들 속에서 어린 시절을 보냈다. 또 집에서도 잘 노는 것 같아 여섯 살이 되도록 유치원을 보내지 않자 박 언니는 언니 선배가 하는 어린이집 종일반에 정호를 등록시켜주었다. 정호는 이른 아침에 밥도 먹는 둥 마는 둥 하고 어린이집에 가서 간식 먹고 점심 먹고 잠도 자고 저녁 일곱 시에 집에 왔다. 학교에 입학하기 직전까지 그랬다. 애 키우는 데 있어서의 박 언니의 지론은,

"엄마가 편해야 애들도 편한 거야."였다.

애들한테 매달려 있어서는 엄마도 애도 함께 망하는 지름길이라고. 어쨌든 세 바구니의 플라스틱 장난감이 나를 정호한테서 해방시켜준 것만은 사실이었다. 그렇지 않으면 바로 내가 하루 종일 아이의 장난감이자, 아이의 놀이상대가 되어주어야 했으니까. 또 어린이집 종일반이라는 것이 있어 나는 비로소 내 일을 가질 수 있게 되었다. 명실상부하게 애엄마가 아닌 나로 다시 복귀할 수가 있었다. 하여간 징징대는 애 앞에서 쩔쩔매는 엄마란 가장 최악의 육아법이라는 박 언니의 지론을 나는 나도 모르게 충실히 이행하는 엄마가 되어 있었다. 박 언니로서는 모두가 좋은 윈윈전략이 되는 셈인데, 그리고 나 또한 그 많은 장난감과 그 편리한 어린이집 덕분에 혼자서도 아이들을 그닥 힘든지 모르고 키웠노라고 자부하고 있었는데, 어디서부터 뭐가 잘못된 것일까. 뭐가 잘못돼서 초등학교, 중학교까지 잘 다녀준 아이가 인생에서 가장 중요하다고 할 수 있는 고등학교에 와서 딱, 학교를 가지 않아버리는 것일까. 남의 집 아이들은 학교 하나로도 모자라 과외다, 학원이다, 눈이 핑핑 도는 이 마당에.

"애가 학교를 가지 않아요."

"아하, 그거 큰일이네. 왜 안 간다는 거요?"

"걸 모르겠어요. 말을 안 해요."

"정호엄마는 어쩔 거요?"

"나도 대책이 없지요, 뭐."

"학교에서는 뭐라고 합디까?"

"보내라고 하지요, 뭐. 수학여행도 곧 간다고 하면서."

"나한테 전화해봤자, 내가 뭔 힘이 있습니까? 똑똑한 엄마가 알아서 하셔야지."

나는 당신집 일에 끼어들고 싶지 않다는 것을 그렇게 비아냥대는 식으로 표현하는 것이리라. 일도 일 나름이지, 아이 일인데, 하는 것은 순전히 아이 엄마만의 순진한 생각이었는가. 김정호가 양정아 아버지 호적에 입적되어 있어서라기보다, 그래도 한때나마 같이 살았던 정으로나마 뭔가 따뜻한 위로의 말이라도 기대했던 것이 잘못이었다.

"저기요, 이번 달에 좀 먼 데로 취재 가야 하거든요. 정아 좀 맡아주세요."

"좋을 대로 하셔요오."

"내가 데려다줘요, 아님 데리러 올래요?"

"나는 바빠서 안 되고 마침 시골에서 어머니가 오셨는데, 어머니한테 인계하세요."

정호애비 죽고 십 년을 살다, 박 언니의 중매로 정아아빠를 만났다. 그의 어머니는 정호를 받아주지 않았다. 재혼은 실패로 끝났다. 결혼과 재혼, 사별과 이혼을 모두 겪고 난 지금 내게 남은 건 이십 평 아파트와 성이 다른 두 아이뿐이다. 박 언니는 자신이 중매해준 사람과 이혼을 한 내게 위로의 말이라든가, 미안하다는 말 대신, 이 지방의 유일한 월간 교양잡지 주부리포터 일을 알선해주었다. 아이라고 하면 질색을 하는 박 언니한테는 아예 아이들 얘길 꺼낼 수도 없어 취재 건으로 하루나 이틀 집을 비우게 되는 날에는 야간자율학습을 포기하게 해서 정호한테 정아를 맡기곤 했는데 학교에도 안 가는 지금은,

"내가 뭐 정아 봐주려고 학교 안 가는 줄 알아?"

취재 말이 나오기가 무섭게 쏘아붙였다.

"야, 지금까지도 잘 봐줬잖아. 딱 하룻밤이야."

"엄마가 데리고 가."

"어떻게 데리고 가. 애 데리고 다니면서 일하면 엄마 짤려."

"그러게 왜 정아를 낳았어?"

"결혼했으니까 낳았지."

"누가 정아아빠하고 결혼하래?"

오호라, 그것 때문이구나.

"너, 정아아빠랑 내가 이혼한 것 때문에, 속상해서 학교 안 가는 거야?"

"엄마가 뭘 알아?"

"모르니까 지금 이렇게 묻고 있잖아."

"엄마한테는 불만 없어."

"정아아빠한테는?"

"마찬가지야."

후유, 한숨이 나온다. 아이와의 대화가 숨가빠서이기도 하지만, 것보다는 일말의 안도감 때문이다. 나 때문이 아니고, 정아아빠 때문도 아니라고 한다. 그러면, 무엇 땜에? 안도감도 잠시.

"그럼 무엇 땜에 학교 안 가는데?"

"거지 같아."

"뭐가?"

"있어."

아이는 다시 컴퓨터 앞에 앉아버린다.

"애가 왜 이모양이단가?"

"뭐가요?"

"아주 그냥 애를 암것도 모르는 총찬이로 만들어놓았어. 내가 누구냐고 했더니, 할랄라부지라네, 내가 할무니지, 할아부지야? 그러고 또 할아부지면 할아부지지, 할랄라부지는 또 뭐랴?"

"애가 할머니를 자주 못 봐서 그렇죠. 그리고 할아버지는 저도 워낙에 발음하기 어려운 말인가부죠 뭐."

"얼라, 애를 숫제 고무차대기로 만드네. 자네 워째 애를 이모양으로 키우고 있는가? 세상이 워떤 세상인데. 세 살 먹은 애도 쏼라쏼라허는 세상이여."

"저는 그렇게 안 키우고 싶어요. 말이야 자연히 알게 될 거고, 외국 말도 제가 필요하면 배우게 하는 거죠, 뭐."

"그래서 아들래미도 학교에 안 보내는 거여?"

당신 아들한테 들은 모양이다.

"그건 아니구요. 애가 어째 학교를 안 가네요."

"아무리 어려도 근본은 못 쏙이는 모냥이여."

"우리 애 근본이 어때서요?"

"갸 아부지도 학교라는 디를 안 가본 사램이람서?"

버스 정류장에서 칠순 노인을 상대로 콩이야 팥이야 할 시간은 없어, 정아만 인계해주고 나서 취재지로 향했다. 정아 인계 건에 대해서는 말 못하고 그저 집에 피치 못할 사정이 있어 약속장소에서 조금만 기다려주면 안 되겠느냐고 약간의 사정조로 분명히 말을 해뒀는데도 사진기자는 저 혼자 취재지로 내빼버렸다. 내가 정식 작가가 아니라서 받는 수모의 일종이다. '잃어버린 고향을 찾아서'. 현대인들이 잃어버린 고향의 정취를 가장 잘 간직하고 있는 마을을 찾아가, 그곳에 사는 사람들의 이야기를 글에다 정감 있게 담아내야 하는 것이 이번 달 내게 맡겨진 일이다. 이번 달에 동행한 사진기자 최는 순 도회사람이라, 사진을 제대로 담아낼지는 미지수다. 언제나 그랬듯이 그림 하나는 좋을 것이다. 다른 기자들과는 달리 최와의 동행이 나는 늘 힘들었다. 말하자면 그는 늘, '그림'이 되는 풍경만을 고집하는 사람이라, 내 글과 그의 사진은 일쑤 엇나갈 때가 많았다. 최는 나를 답답해했고 나는 최를 힘들어했다. 아마, 그런 보이지 않는 갈등이 있어서 굳이 혼자 떠나버렸을 수도 있다.

취재지로 떠나는 버스 안에서 차창 밖을 멍하니 바라보고 있자니, 멋모르고 할랄라부지라고 했다가, 큰 곤욕을 치른 정아가 잔뜩 주눅이 든 채로 제 할머니 손을 잡고 제 아비 사는 곳으로 가는 버스에 오르는 모습이 떠올라 콧잔등이 시큰해진다. 아들손주를 바라는 노모의 성화에 밀려서든, 스스로의 판단에 의해서든 정아 아버지는 곧 결혼을 할 것이다. 정호는 제 핏줄이 아니기 때문에, 정아는 아들손주가 아니기 때문에, 그애들은 내게 남겨졌다. 정 없는 남의 핏줄, 욕심나지 않는 딸손주라서 나하고 살 수밖에 없다. 그런데도 한번씩 만나면, 내가 아이 할머니요, 내가 아이 아버지요, 위세를 부린다. 위세를 부림으로써 자신들의 비정(非情)을 위장한다.

　취재지는 멀다. 버스로 꼬박 세 시간이다. 최는 이 먼 길을 혼자서 여유작작 제 자가용 몰고 왔을 것이다. 작가가 아닌 리포터 따위 무시당해도, 정식 사진기자님한테 말 한마디 할 수 없다. 최는 열심히 사진을 박고, 나는 아무 집이나 들어가 아무나 붙잡고 말을 붙여본다.

　"이런 데 뭐 찍을 게 있다고요."

　할머니는 주섬주섬 마루를 치운다. 손녀와 단둘이 사는 할머니다. 아들은 죽고 며느리는 집을 나갔다. 그 다음 집에 가본다.

　"이런 데 뭐 찍을 게 있다고요."

　앞집하고 똑같은 말을 한다. 늙은 아들이 필리핀 며느리를 본 집이다. 그 다음 집으로 가본다.

　"우리 사는 거는 사는 게 아니지요."

　노인 혼자 외로이 산다. 외양간도 텅 비고 개 두 마리가 빈 밥그릇을 핥고 있다.

　그 다음 집, 그 다음 집…….

　최는 무엇을 어떻게 찍어야 할지 막막해한다. 딸 사람이 없고, 돈이 안 돼 저 혼자 익어서 짓물러가는 자두나무를 찍는다. 블럭담은 잘라내고 돌담을 찍는다. 빈 지게를 지고 오는 노인을 세워놓고 또 한 장 찍는다. 노인이 사진기를 향해 차렷자세를 취한다. 자연스럽게 서 있으라고 해도 자꾸만 부동자세를 취한다. '잃어버린 고향을 찾아서'. 말인즉슨 옳은 말이다. 현실에서 잃어버린 고향은 다음 달 멋진 그림으로 책 속에서, 교양인을 위한 월간지에서 되살아날 것이다.

　아이한테 전화를 걸었다.

"엄마, 언제 와?"

"오늘 늦게라도 갈게."

"오늘 선생님이 찾아왔어."

"뭐라시든?"

"엄마 집에 오는 대로 학교 와보래."

"아유, 그래도 선생님이나 되니까, 널 걱정해서 찾아오신 게지."

"걱정해서 찾아왔는지 아닌지는 선생님 만나보면 알 거야."

"대접은 해드렸니?"

"싫대."

"커피라도 타 드리지."

"선생님은 몸에 안 좋은 커피는 안 마신대."

아이가 제 선생님한테 무릎이라도 꿇고 선생님 죄송했습니다, 제가 잠깐 어리석은 생각이 들어 학교를 안 나갔지만, 이제부터라도 열심히 다니겠습니다, 했더라면 얼마나 좋았을까. 아무튼 무심한 줄만 알았던 학교에서 찾아와줬다니 그제야 조금씩 마음이 풀리면서, 슬며시 건질 사진이 없다고 울상인 최를 위로해주고 싶은 마음이 들었다. 그러나 최는,

"이번 달, 주제가 뭡니까?"

"잃어버린 고향을 찾아서요."

"그러면, 아무리 현실에는 없다 해도 우리 마음속에 남아 있는 대상에 접근해야 하는 것 아닙니까?"

"없는 걸 어떡해요?"

"그건 순전히 취재하는 사람의 역량에 달린 문제 아닌가요?"

기어이 다툼이 생기고 말았다. 잡지 성격도 성격이려니와 최하고 안 맞아서라도 오래 할 일은 못 된다, 싶다. 정아아빠는 내년쯤

이나 돼야, 제 경제사정이 겨우 복구될 수 있을 것 같고 그때 가서
나 어떻게 생활비 조달을 생각해볼 수 있다고 말했다. 그것도 정아
양육비분에 준한 만큼이다. 속이 틀어올라도 할 수 없다. 나는 그
와 합의이혼했고 정호는 그의 아들이 아니므로.

　최는 갔다. 나를 떨구고서. 다툼이 있을 때마다 있던 일이다. 나
도 굳이 그의 차를 얻어타진 않는다. 아이를 데리러 간다는 말은
못하고 딴 지방에 볼일이 좀 있다고 했더니 최는 두말 않고 떠났
다. 빈말로라도 그곳이 어디냐고, 가까운 곳이면 태워주겠다는 말
한마디가 없었다. 몰인정한 인간사에 이력이 붙을만도 하건만, 나
는 도통 그래지지가 않는다. 나의 그런 기질을 두고 박 언니는, 좋
게 말하면 유아근성이요, 나쁘게 말하면 거지근성일 수도 있다고
했다. '거지근성'이라는 말에 치욕을 느꼈지만, 그리고 치욕은 늘
상처를 동반하지만, 박 언니 앞에서는 깊이깊이 고개를 주억거렸
다.

　최처럼 쉽게 자리를 떨치고 일어설 수가 없었다. 내 목적에 부합
되지 않는다고, 내게 도움이 안 된다고, 지금 당장 내가 필요한 것
을 구할 수 없음이 확인되자마자 떠나버릴 수가 나는 없었다. 필리
핀 며느리의 눈에 담긴 헤아릴 길 없는 막막함, 부모 없이 귀먹은
할머니하고 지지거리는 텔레비전 앞에 멍하니 앉은 일곱 살 어린
아이의 무표정, 금 좋은 소 한 마리 사야겠는데, 지금 키우는 개금
이 오르지 않아 애가 타는 노인의 한숨 소리. 그러나 내가 정말로
그곳을 떠나지 못하고 있는 것은, 차가 없기 때문이었다. 제 아비
집에 있는 아이를 못 데리러 간다 하더라도, 집에는 가봐야 하는
데, 나를 내 집으로 데려다줄 차는 이미 끊어졌고 그리고 무엇보다
걱정인 것은 이곳에 내가 하룻밤을 유숙해도 좋을 집이 없다는 것

이었다. 나는 공중에 붕 떠버린 기분이었다. 공중 위로 붕 떠올려져 무슨 낙엽처럼, 지푸라기처럼 바람에 함부로 날리는 신세가 되어버린 것 같았다.

자기 집에서 머무르라고 필리핀 며느리가 어눌하게 말했다. 나는 정말 그러려고 했다. 그래서 차려주는 밥도 그집 식구들과 한상에 둘러앉아 먹었다. 밥을 먹다가 필리핀 며느리가 비명을 질렀다. 머리를 할래할래 흔들었다. 서까래에서 작은 도마뱀 한 마리가 필리핀 며느리 머리 위로 툭 떨어진 것이다. 밥숟가락을 입에 넣은 채로 할머니가 파리채를 추켜세워 뭔가를 휙 내리쳤다. 지네였다. 나는 밥을 마저 먹을 수가 없었다. 언젠가 박 언니와 섬으로 여행을 간 적이 있었다. 횟집에서 회를 먹었고 우리는 배탈이 났다. 횟집 남자가 서비스라며, 정체를 알 수 없는 고기를 공짜로 제공해주었는데 우리의 배탈 원인은 횟집 남자가 공짜라며 추가로 제공해준 그 정체모를 고기임에 틀림없었다. 박 언니가 그랬다.

"무급의 서비스는 언제나 불친절하지."

나는 택시를 타고 취재지를 빠져나왔다. 외지로 가는 버스들은 모두 끊겨 있었다. 장거리를 뛰는 택시기사가 내게 접근했다. 그들은 하나같이 완력이 세 보이는 남자들이었다. 외지에서 이곳에 막 도착한 몇몇의 여행객들이 택시기사가 부르는 요금에 고개를 살래살래 흔들었다. 기사가 씹고 있던 껌을 함부로 뱉었다. 여행객 중의 누군가가 여관으로 가자고 말했다. 다른 사람이 여관보다 찜질방이 낫다고 했다. 그들은 단거리를 뛰는 택시를 불러 찜질방으로 갔다. 나는 서둘러 찜질방으로 가는 여행객들의 뒤를 따라갔다.

찜질방은 쾌적했다. 한 번도 와보지 않은 찜질방을 낯선 타지에 와서 들어가보는 셈이다. 여관의 반에 반도 못 미치는 돈으로 황토

방과 게르마늄방과 쑥찜질방을 두루 순례하고 식당의 반에 반값도 못 미치는 돈으로 미역국과 콩나물국과 된장국을 시식하고 다방의 반에 반값도 못 미치는 돈으로 녹차와 오미자차와 식혜를 마시고, 찜질방은 참으로 기분 좋은 곳임에는 틀림없었다. 박 언니의 말마따나 돈을 지불하는 곳에 친절이 있었다.

수학여행은 가겠다는 아이가 끝내 가지 않았다. 학교로 찾아갈 엄두가 나지 않았다. 아이한테 사정을 했다. 악을 쓰고, 거지가 된다고 협박을 하고, 비굴한 어투로 협상의 나날을 보내는 동안 아이의 머리는 우북한 풀밭처럼 자라나 있었다.

"너, 그 머리 자르지 않을래?"

"안 잘라."

"왜?"

"오기야."

"무슨 오기?"

"더러워."

아이 입에서 밑도 끝도 없이 더럽다는 말이 튀어나온다. 뭐가 더럽다는 건지 알 수가 없는 나는 다시 아래층 박 언니 집으로 간다. 박 언니네 옆집 사는 세희가 층계를 올라오고 있다. 숨을 몰아쉰다.

"오늘 일찍 오네?"

고3인 세희는 평일 새벽에 집을 나가 열두 시 넘어 집에 온다. 그애는 고등학교 3년 동안 그렇게 살았다.

"토요일이잖아요."

"일찍 오면 뭐 해?"

"잠자요."

아이 얼굴에는 불평이 없다.

"힘들지 않아?"

"힘들어도 뭐, 다 하니깐."

세희엄마가 현관문을 열고 내다본다.

"정호는 이제 학교 가요?"

"안 가요."

세희가 화들짝 놀라 묻는다.

"정호 학교 안 다녀요?"

"응."

"와아, 좋겠다아!"

세희엄마가 와락 세희를 현관문 안으로 끌어당긴다. 세희엄마는 세희가 학교 가 있는 동안 하루 종일 잠을 잔다. 그래서는 저녁에 깨어나 세희아빠와 세희동생들한테 밥을 차려주고 나서 세희를 기다린다. 밤 열두 시 넘어 온 세희한테 세희엄마는 밥과 간식을 마련해주고 세희가 잠들 때까지 기다린다. 세희가 잠들면 세희엄마는 또 세희가 아침에 가지고 나갈 도시락반찬을 만든다. 모범생인 세희는 효녀이기도 해서 세희엄마 얼굴에는 그늘이 없다.

"2학기 되면 갈 줄 알았는데 애가 영 학교를 안 가네?"

박 언니가 내게 다가앉는다.

"야, 너네 굿 한번 하지 않을래? 아니다, 굿이 아니고 천도제 한 번 지내봐라. 정호가 니 속을 끓이는 건 필시, 정호네 조상이건, 정 아네 조상이건, 아니면 니 조상이건 간에 조상귀신 때문이야."

박 언니는 젊어 한때 견결한 사회과학도였다. 그랬던 언니가, 서른 살 너머부터 시작한 무슨 기라든가, 선이라든가, 하는 데 관심을 두더니, 지금 하는 소리도 그런 기세계와 선세계의 연장선인가.

"돈 들 것 아냐."

"당연히 돈 들지. 돈 안 들고 하는 굿은 굿발도 없어."

"굿인가, 제인가는 어디서 해?"

"일단 어떤 조상인지 알아보고 조상이 가려지면 그 조상 무덤가에서 하는 거야."

"웃겨."

"내가 아는 사람이 애가 하도 속을 썩여 그것 한 번을 했더니, 사람이 달라지더란다."

귀가 솔깃해진다.

"얼마나 들어?"

"정상가가 있겠지? 무리한 요구는 안 할 거야."

나는 더 한층 복잡해진다. 그래도 뭔가 실마리 하나 잡은 기분이 들어, 어두웠던 마음이 한결 개었다.

학교에서 연락이 왔다. 내 목소리는 떨려나온다.

"낮에 전화해도 안 받으셔서 밤에 했습니다."

"죄송합니다."

낮에도 전화하고 밤에도 전화해주는 선생님. 고맙습니다, 소리가 절로 나오려고 한다.

"학교에 나오실 줄 알았는데 안 나오시는군요."

"제가 하도 염치가 없어서."

"정호가 학교를 정말 안 다니겠다 하더군요."

"죄송합니다."

"이런 표현을 어떻게 받아들이실지 모르겠지만, 지난번 방문했을 때, 아이 눈빛이 무서웠습니다."

"면목이 없습니다. 근데 애 눈빛이 무, 무섭다니요?"

"어머니가 못 보셔서 그렇지, 제가 다 겁이 나더라구요. 하여간 요새 아이들 무섭다는 생각밖에 안 들더군요."

어째 기분이 좀 묘해진다. 그러나 겨우 마음을 가다듬고서,

"선생님, 애가 한창 예민한 때라, 그런 모양입니다. 제가 가정적으로 좀 힘들고 그래서…… 어쨌든 모든 게 제 불찰입니다. 2학기부터는 어떤 수를 써서라도……"

"저로서도 최선을 다했습니다만, 출석일수가 모자라 어쩔 수 없습니다. 이제는 결정을 내려야 해요."

"무슨 결정이요?"

"유급을 시키든가, 아니면 퇴학 절차를 밟아야 한다구요."

"제가 아이를 설득해보겠습니다."

"지금은 그럴 단계는 지났습니다."

"어떻게 해야지요?"

"수학여행비는 제가 다시 어머님 통장으로 입금조치하겠습니다. 조만간 학교에 한번 들러주세요. 어쩔지 모르니까 오실 때 아이 도장하고 어머님 도장 지참해서 나오십시오."

수화기를 들고 있는 손이 후루루 떨린다. 아이 담임선생의 깍듯한 말투가 심장 어디께를 콕콕 후벼파는 느낌이다. 간신히 수화기를 놓고 돌아서는데, 아이가 문득,

"엄마, 고양이들이 왜 밤이면 밤마다 떼를 지어 다니며 울부짖는 줄 알아요?"

난데없는 무슨 고양이 타령인가, 했는데 지난번 일껏 썼다가 퇴짜를 맞은 콩트를 두고 하는 말인 모양이다. 편집장은 내게 콩트를

부탁할 때와는 전혀 다른 얼굴로,

"아직도 수필하고 콩트하고 구별 못해요?"

원고를 내밀며 딱 한마디 했다. 책상 위에 뒹굴고 있는 그 원고를 아이가 본 모양이다.

"너는 니 일이나 신경써. 엄마 글에 무슨 참견이냐? 학교도 안가는 주제에."

주제에, 에 유독 힘을 실은 것은 아이가 엄마노릇도 제대로 못하는 주제에, 라고 한 말에 대한 일종의 보복이다. 아이는 엄마 말 무시하는 데는 도가 튼 얼굴로 태연히,

"그러니깐, 고양이가 밤이면 밤마다 떼를 지어 다니며 울부짖고 쓰레기를 찢어발기는 방식으로 인간들한테 테러를 가하는 이유는요."

"야, 언제부터 너 엄마한테 존댓말 쓰기로 했냐?"

"그거는요."

전화벨이 울렸다. 아이 담임이다.

"정호 어머니, 전화 끊고 나서 마음이 걸려서 다시 전화했습니다. 저희 학교를 너무 비정하다고 생각하실까봐."

"아니에요, 선생님. 걱정하지 마세요."

아이가 전화를 받는 나를 빤히 바라보았다. 담임은 좀전과 다름없는 깍듯하고 예의바르고 거기다 이번에는 인정 어린 말투까지를 가미하여 아이교육에 대한 몇 가지의 조언과 그리고 위로의 말을 건네주고 전화를 끊었다. 아이는 여전히 나를 바라보고 있다. 고양이 얘기가 아직 안 끝난 모양이다.

"나, 알아."

"이유를 안다구요?"

"응. 그건 비정하기 때문이야, 인간들이."

밤이다. 어디선가 고양이 울음소리가 들려오기 시작한다. 아이가 부엌에서 뭔가를 챙기고 있다. 저녁에 먹다 남긴 돼지고기 몇 점이다. 아이가 아래층으로 내려가는 소리가 들리고 이어, 아래층 세희엄마 소리가 들렸다.

"고양이한테 주려고 한다고? 세상에, 그렇잖아도 고양이 땜에 성가셔 죽겠는데 넌 아예 고양이를 키우고 있구나, 고양이 키울 생각 말고 학교 가서 공부나 해라."

나는 베란다로 나갔다. 바람 한 점 불지 않는 밤이었다. 별도 없었다. 바람 한 점 없는 밤에, 별도 없는 캄캄한 밤에 아이는 고양이 먹이를 들고 어둠 속으로 들어갔다. 어둠 속으로.

　공선옥의 소설 자체는 읽기에 어렵지 않다. 난해한 소설 장치나 심오한 철학적 담론을 내장하고 있지는 않기 때문이다. 이런 공선옥 소설을 읽을 때의 어려움은 허구의 소설 텍스트에 실제 삶이 개입할 때이다. 글자로서의 사랑이 아니라 접촉으로서의 사랑이, 사진 속의 가족이 아니라 밥상에서의 가족이, 이론적 모성이 아니라 실천적 모성이 문제될 때 오리무중이 되는 소설이 바로 공선옥의 소설이다. 즉 공선옥의 소설은 현실을 되받아 읽게 만들기에 읽을 때보다 읽고 나서 더 어렵게 느껴진다. 말이 어려워서가 아니라 살기가 힘들어서 어렵게 다가오는 소설이 공선옥 소설이라는 것이다.

　「비정」은 이런 공선옥이 쓴, 공선옥다운 소설이다. 여전히 엄마 노릇을 제대로 못하는 여성이 소설의 중심에 있고, 그런 엄마를 낳은 세상이 있다. 세상 자체가 불모와 폐허의 자궁이다. 첫 남편과 사별한 후 재혼한 남편과도 이혼한 '나'에게 남겨진 것은 이십 평 아파트와 성이 다른 두 아이뿐이다. 작가 지망생이지만 지방의 유일한 월간 교양 잡지의 주부 리포터로 일하기 때문에 더더욱 '아이로부터의 해방'이 절실하다. 하지만 고1이 된 큰 아이는 학교에 가지 않으려고 한다. 더러워서 못살겠다는 말을 달고 살면서, 원해서 태어난 것도 아니니 거지로 살아도 상관없다고 배짱을 부린다. 이처럼 일찍 세상의 어둠을 알아버린 아이에게 '나'는 속수무책이다. 마치 동네에서 떼를 지어 다니며 울부짖거나 쓰레기 더미를 찢어발기는 도둑고양이처럼 아들은 엄마에게 테러를 가하고 있다.

이런 아들의 테러를 더욱 고통스럽게 만드는 것은 주변사람들의 비정함이다. 한때나마 같이 살았던 정을 생각하면 따뜻한 위로의 말 한마디라도 건네줄 수 있으련만 전 남편이나 시어머니는 남의 핏줄 일에는 상관하지 않겠다는 몰인정한 태도를 보인다. 사무적인 일에만 관심이 있는 아이의 담임선생님은 상투적인 조언과 가식적인 위로로 학교의 비정함을 은폐하려 한다. 아이에 대해 책임과 의무가 있어야 할 가족과 학교에서도 이토록 매정하니, '나'와 같이 일하는 사진작가나 애가 싫어서 결혼도 안 한 노처녀 박 언니가 '나'의 고통을 나눠 가질 수 없는 것은 당연하다. 하기야 비정하기로 치면 돈도 마찬가지이다. 무급의 서비스는 언제나 불친절하고, 돈 안 들이고 하는 굿은 굿발도 없는 곳이 바로 자본주의 사회이다.

하지만 작가는 자신의 아들처럼 인간에게 테러를 가해오는 도둑고양이들과 함께 사는 방법으로 그들에게 먹이를 주는 방법을 권하고 있다. 도둑고양이를 닮은 아들의 입을 빌리자면, 도둑고양이들이 인간에게 테러를 가하는 이유는 인간들이 비정하기 때문이다. 마치 자신의 문제에 무관심하거나 적의를 가진 가짜 가족이나 학교라는 제도, 허울뿐인 이웃들처럼. 그래서 '나'의 아들은 소설의 끝에 스스로 먹이를 만들어 도둑고양이들에게 다가간다. 도둑고양이들에게 필요한 것이 먹이 자체가 아니라 따뜻한 인정(人情)임을 알기 때문이다.

공선옥은 인간의 약점과 강점을 잘 알고 있다. 조건 없이 그리고 끝까지 인정스러울 수만은 없는 것이 인간의 약점이다. 그리고 이런 몰인정한 인간사에 대해 이력이 붙지 않는 순정함을 "좋게 말하면 유아근성이요, 나쁘게 말하면 거지근성"이라고 쉽게 폄훼하지 못하는 것이 바로 인간의 강점이다. 비정한 인간들 속에서는 우리 모두 도둑고양이가 될 수밖에 없음을 보여주고 있기 때문이다. 고양이를 도둑으로 만든 것이 인간이라는 것이다. 물론 이런 도덕교과서적인 주제 자체가 신선하지는 않다. 하지만 인식이나 발견이 아니라 현상이나 실천이 더 중요한 문제가 될 수도 있다. 몰라서가 아니라 여전하니까 문제가 되는 것이 바로 인간의 비정함이라는 재인식, 이것이 바로 이 소설을 '휴먼 다큐멘터리'가 아니라 '누보 로망'으로 만드는 역설(逆說)이자 역설(力說)이다.

노랑무늬영원

한 강

1970년 광주에서 태어났고,
연세대학교 국문과를 졸업하였다.
1993년 〈문학과사회〉에 시가, 1994년 서울신문 신춘문예에
단편소설 「붉은 닻」이 당선되어 등단했으며,
소설집으로 『여수의 사랑』『내 여자의 열매』등이 있으며,
장편소설로『검은 사슴』『그대의 차가운 손』이 있다.
한국소설문학상, 오늘의젊은예술가상을 수상하였다.

노랑무늬영원

1

잔멸치떼를 만난 적이 있다. 무수한 은빛의 점들이 일제히 반짝이며 배 밑을 헤엄쳐갔다. 빠른 속력으로 그것들이 사라지고 나자, 헛것을 보았던 것 같았다. 한순간의 빛, 떨림, 들이마신 숨, 물의 정적이 내 안에 남아 있다.

그게 전부다.

2

뭘 찾아?

시계.

시계?

손목시계, 그리고 지갑도.

시계며 지갑은 갑자기 왜, 외출이라도 할 건가?

나는 책상 앞에 앉은 채, 방금 남편이 내 뒷모습을 향해 던진 말의 여운을 곱씹어본다. 외출이라도 할 건가. 그 행간에 배어 있는 것은 인내와 짜증, 자제된 적개심이다. 약간의 경멸감도 들어 있었던 것 같다. 나는 대답 대신 숨을 들이마신다. 계속해서 서랍을 뒤적인다.

첫 번째 서랍은 통장들과 인감도장, 열쇠만 넣어두는 곳이니 열었다가 곧 닫고, 두 번째 서랍을 훑어가는 중이다. 2년 전의 영수증, 카드명세서, 몇몇 상점들의 적립식 카드들이 나온다. 유효기간이 지나 쓸모없어진 쿠폰들, 흐릿한 인상만 남은 이름이 박힌 명함들이 무원칙하게 섞여 있다.

나는 일어서서 거실로 나간다. 남편은 욕실 문을 열어놓고 턱에 쉐이빙폼을 바르고 있다.

……작업실에 가보려고.

나는 뒤늦은 대답을 한다.

그는 거울을 통해 나와 눈을 맞춘다. 좀 난처한 표정이다.

참, 내가 말 안 했었군.

뭘?

며칠 전에 거기 주인이 전세금을 올려 달라고 하길래, 그냥 작업실을 빼겠다고 했어.

잠시 나는 말을 잃는다.

어떻게……

나는 조금 말을 더듬는다.

어떻게 나와 한마디 상의도 없이.

2년 전에 그렇게 해야 했어. 지금 당신 상태로 작업을 할 수도 없잖아. 그동안 당신 치료비 때문에 은행 잔고가 거의 제로여서 불안했어. 늦은 감이 있지만, 그렇게 하자.

그의 말에 설득된 것이 아니라, 다만 망연해진 상태로 나는 고개를 끄덕인다. 그리고 같은 말을 되풀이한다.

하지만 어떻게 한마디 상의도 없이.

그건 당신 말이 맞아. 겨우 며칠 전 일이니까, 정 취소하고 싶으면 직접 주인한테 전화해.

남편의 얼굴은 딱딱하게 굳어 있다. 그렇게 진지한 얼굴에 흰 거품을 잔뜩 묻혀놓고 있으니 희극적으로 보인다.

그의 시야에서 빠져나오기 위해 나는 주방으로 걸어간다. 빈 식탁 앞에 걸터앉는다. 이 오전의 조용한 대화에 새겨진 어떤 날카로운 것의 이물감을 묵묵히 어루만진다. 설명하는 절차조차 피곤하다는 듯 빠르게 말을 이어가는 그의 얼굴. 그 턱 위로 피어오른 흰 거품. 말하는 동시에 감정을 감추는, 두 사람의 낮고 공식적인 목소리.

내가 의자에 앉아 있는 동안 그는 면도를 마친다. 욕실의 불을 끄고 나와 옷을 차려입는다. 현관 옆의 거울을 보며 넥타이를 맨다. 길이를 조정하기 위해 두 번 풀었다가 다시 맨다.

마침내 가방을 들고 나서는 그를 배웅하기 위해 나는 현관으로 걸어나간다.

무슨 일 있으면 전화해.

그의 말에 배어 있는 무관심, 의무, 조용한 위선을 나는 듣는다.

잘 다녀와.

나는 웃는다.

문을 잠그고 신장 위의 거울을 본다. 내가 방금, 웃었던가?

천천히 걸음을 옮겨 책상 앞으로 돌아간다. 대학 시절부터 받은 편지와 엽서, 카드 따위들이 담긴 세 번째 서랍을 열었다가 곧 닫는다.

이제 가방들을 살필 차례다. 여남은 개의 가방들이 책상과 벽 사이에 쌓여 있다. 치장이나 쇼핑을 좋아해본 적 없는 나에게 유일한 예외가 있었다면 바로 가방 사기였다. 배낭, 숄더백, 작은 여행가방, 천으로 된 것, 비닐로 만든 것, 가죽제품까지, 저마다 형태를 잃고 구겨진 채 먼지를 이고 있다.

가장 아껴 들고 다녔던 청색 숄더백부터 열어본다. 시계와 지갑은 보이지 않는다. 지퍼가 달린 안쪽 주머니에서 오백 원짜리 동전과 지하철 패스가 나온다.

이거, 요즘도 만 원씩 하나.

나는 패스를 오른손에 쥐어본다.

얼마의 돈이 이 안에 남아 있을까.

계단을 밟아 내려가, 매표구를 지나 패스를 통과시킨다, 널름 튀어나온 패스를 꺼내 들고 표지판을 따라 걸어간다, 에스컬레이터를 타고 내려가 안전선 앞에 선다, 금속성의 벨소리에 이어, 쌀쌀한 여자 목소리의 안내 멘트를 듣는다, 지금, 열차가 들어오고 있습니다.

거기 서서 열차를 기다렸던 사람은, 정말 나였던가?

나는 뜻 없이 엄지손톱을 세워, 패스 중앙의 마그네틱 선을 따라 수직의 금을 내리긋는다.

3

그 개는 지금 살아 있을까. 죽었어야 할 그 개는. 내 차바퀴 아래 형체 없이 으스러졌어야 했을 그 개는.

2년 전의 이른 봄날, 일요일 새벽, 잠든 남편을 깨우지 않은 채 나는 집을 나섰다. 고요한 아파트 주차장으로 걸어나가, 쌀쌀한 바깥 공기 탓에 따스하고 쾌적하게 느껴지는 소형차에 올라탔다. 언제나처럼 지름길을 택해 작업실로 달렸다. 신도시 외곽의 들길에 들어섰을 때, 좋은 공기를 마시기 위해 양쪽 창문을 내렸다.

커다란 검정개가 차 앞으로 뛰어든 것은 그때였다. 나는 왼편의 개울 쪽으로 급회전했고, 개울에 빠지기 직전 다시 급회전했다. 바퀴들이 허공에 떴다. 한 번 더 급회전하자 차체가 뒤집어졌다.

다시 같은 상황이 닥친다면 나는 급브레이크만을 밟을 것이다. 개를 피해 미친 듯이 좌우로 급회전하지 않을 것이다. 내 차를 전복시키고, 왼손을 으스러뜨리고, 척추에 금이 가게 하지 않을 것이다.

모든 일에는 교훈이 있다. 어린 시절부터 나는 그런 자세로 살아왔다. 서른세 살이 될 때까지 악운이나 과오 앞에서 언제나 침착할 수 있었던 것은, 무엇이든 통찰하고 교훈을 얻으려는 그 습관 덕분이었다. 병원에서 눈을 떠, 목의 늘어난 인대나 금간 척추는 어떻게든 회복 가능하나 왼손만은 완전히 으스러져버린 것을, 신경까지 손상돼 재활이 불가능하게 된 것을 알았을 때, 버릇대로 나는 통찰했다. 점점 크게 요동치는 자동차를 멈추게 하기 위해, 열린 차창 밖으로 왼손을 뻗어올려 차체를 붙잡았던 나의 과오를.

난 항상 그렇게, 내 힘으로 감당할 수 없는 것들을 감당해내려 하는 어리석음이 단점이었지. 순간적인 판단력도 부족했어. 항시

냉철하여, 때로는 잔인할 수도 있어야 하는데.

교훈이란 얼마나 우스꽝스러운 것인지 나는 그때 알았다. 인생은 학교가 아니다. 반복되는 시험도 아니다. 내 왼손은 으스러져버렸고, 그게 끝이었다. 배울 것도 반성할 것도 없었다. 어떤 의미도 없었다. 다시 그런 일이 생긴다면 그 개를 피하지 않겠지만, 이를 악물고 치어버리겠지만…… 대체 그런 일이 언제 다시 생긴다는 말인가?

첫 불운은 조용히 다른 불운을 불러왔다. 피를 많이 흘려 쇠약해진 데다 매사에 오른손에만 무리한 힘을 준 탓에, 퇴원한 뒤 얼마 되지 않아 오른손의 관절들이 망가지기 시작했다. 악화될 때는 냄비나 주전자, 심지어 머그컵조차 혼자 다룰 수 없어 일일이 남편을 불러야 했다.

무의미한 반성들은 그 과정에도 뒤따라왔다. 재활치료에 지나치게 열심이었던 것, 빠른 회복에 집착했던 것, 그래서 마치 완전히 회복된 사람처럼 행동했던 것. 개선되어야 할 내 습성은, 때로 균형을 잃을 만큼 맹목적인 의욕. 하나의 과제가 주어지면 셋은 해내야 마음이 편해지는 모범생 기질. 폐 끼치는 것을 정도 이상 싫어하는 결벽성.

1년 가까운 통원 물리치료를 끝낸 늦은 겨울, 나는 두 손을 제대로 쓸 수 없는 사람이 되어 있었다. 왼손은 완전히 으스러졌고, 오른손으로는 그야말로 최소한의 생활만을 억지로 꾸려갈 수 있을 뿐이었다.

'앞으로 1년만 두고 봅시다'라고 의사는 말했다. 그동안 오른손을 쉬어주라는 것이었다. 최대한 가사를 쉬고, 그림은 말할 것도 없으며, 무거운 것을 들거나 힘을 주거나 손목을 뒤로 꺾는 자세를 취하지 말라고 했다. 충분한 영양을 섭취하고 스트레스를 피하라는 말도 덧붙였다. 인체의 자연치유력을 믿어보자는 것이었다.

회복된 뒤에라도, 손에 무리가 가는 일은 되도록 삼가는 것이 좋습니다.

의사가 당부한 1년이 지났지만, 오른손은 회복되지 않았다. 그는 좋은 의사였다. 젊었고, 권위적이지 않았고, 환자들을 배려할 줄 알았다. 그런 의사를 만날 수 있었던 것은 행운이었다. 말하자면, 지난 2년 간 내가 만난 유일한 행운이었던 셈이다.

4

물속에 들어가 있는 것 같은 기분일 때가 있다. 내 몸의 미세한 움직임, 숨의 들락거림, 시간의 유동까지 느껴지는 상태. 이를테면, 시간의 뒤편으로 들어간 것 같은 상태. 너무나 멍해져서, 전화가 와도 의식하지 못하다가 벨소리가 끊기기 직전에야 알아차린다. 알아차린다 해도, 일어서야 한다거나, '전화를 놓쳤구나' 하는 다급한 느낌을 갖게 되는 것은 아니다. 다만 모든 것들이, 그토록 이상하게 만져지는 시간의 흐름 속에서 저대로 존재하고 있을 뿐.

그럴 때의 내 모습은 귀신처럼, 혹은 유체이탈을 경험하는 요기처럼 보일지도 모른다. 며칠 전 남편은 자신의 방에서 나오다가, 거실 바닥에 그런 상태로 앉아 있던 내 모습을 발견하고 소스라쳤다.

얼마나 놀랐는지 알아?

그의 얼굴은 굳어 있었다.

사고를 당하기 전에, 나는 그런 적이 없었다. 어릴 때부터 내성적이긴 했지만 내면은 충일했고 활기찼다. 아침마다 아파트 옆의 초등학교 운동장을 여덟 바퀴씩 달렸고, 요리책을 뒤져 매일 다른 음식을 만들어 먹었다. 아홉 시간씩 쉬지 않고 작업을 해도 지치지 않는 체력이 있었다.

머리를 다쳐서 그런 거야? 대체 뭐가 잘못된 거야. 당신, 얼마나 이상해졌는지 알고 있어?

언젠가 남편이 나에게 고함을 질렀을 때, 그의 목소리는 마치 물 밖에서 들리는 소리처럼 굴절돼 내 머리에 부딪쳐왔다. 내 몸이 어항 안에 들어 있는 것 같았다. 나를 감싸고 있는 물과, 물이 담긴 커다란 유리벽 바깥에 그가 서 있는 것 같았다. 그의 손이 내 어깨를 흔들었을 때, 거칠게는 아니었지만 벽 쪽으로 떠밀었을 때에도 나는 저항할 수 없었다. 그가 몹시 화나 있구나, 고통스러워하는구나, 하고 문득 알아차렸을 뿐이다.

5

그렇게 망연한 상태로, 나는 작업대 위에 놓인 한 장의 널빤지를 들여다보고 있다. 실은, 바라보고 있었다는 것을 한참 만에야 알아차린다.

나는 고개를 든다. 의자 등받이에 상체를 기댄다. 창밖의 울창한 플라타너스가 가운뎃부분만 보인다. 천장이 낮은 이 일곱 평의 공간에는 작은 창문 한 개가 뚫려 있고, 사방의 벽을 둘러 그림들이 겹겹이 세워져 있다. 입구 쪽 구석에는 낡은 널빤지들이 천장까지 쌓여 있다.

이곳에 오기까지 2년 남짓의 시간이 걸렸다. 그 이른 봄날, 청명한 공기를 가르며 힘차게 개울가를 달렸던 새벽으로부터. 지하철과 버스를 갈아타 마침내 도착한 이곳은 별로 변한 것이 없었다. 작은 상가 건물은 여전히 더러웠고 인적이 드물었다.

빛이 들지 않는 계단을 천천히 올라와 자물쇠에 열쇠를 꽂았다. 오른손목의 통증을 느끼며 문고리를 돌렸다. 열린 문 안으로 펼쳐진 것은, 내가 기억하고 있었던 작업실의 모습이 아니었다. 모든 것이 그대로였지만, 모든 것이 모든것이 변해 있었다.

먼지가 앉고 더러 거미줄이 쳐진, 밀폐된 더운 공기가 꽉 차 있는 이 공간으로 나는 천천히 걸어들어왔다. 작업대 앞의 삼발이 의자에 엉거주춤 걸터앉았다. 2년 전, 사고 전날 밤 내가 작업하다 만 낡은 널빤지를 보았다. 두었던 모양 그대로 널빤지는 비스듬히 놓여 있었다. 곧 돌아오리라 생각했기에, 탁자 가득 물감 튜브들이 아무렇게나 널려 있었다.

이상하게도 종이보다 나를 매혹했던 재료가 나무였다. 뭐랄까, 그 속에 생명이 깃들인 것 같았다. 인간보다 오래된 영혼, 숨결 같은 것— 그 형언할 수 없는 느낌을 가시화시키고 싶었다. 내 그림을, 마치 다른 누군가에 의해 수백 년 전쯤 그려진 그림처럼 보이게 하는 데 나는 가장 많은 공을 들였다. 세월에 바랜 것 같은 색을 칠했고, 자연염료를 쓰기도 했으며, 대두와 잣의 누르스름한 기름을 먹였다.

그렇게 해서 작업대 위의 널빤지에 그려진 것은 어떤 여자의 옆얼굴이다. 젊은 여자의 얼굴이지만, 결코 젊어 보이지 않는 여자. 머리칼을 뒤로 올린 데다 얼굴 선이 흐릿하게 뭉개어져, 마치 지난 세기부터 늙어온 것 같은 여자. 셀 수 없이 반복하고 변형하여 그렸던 여자의 얼굴이다. 사람들은 나에게 묻곤 했다.

이건 누구죠? 어머니의 이미지인가? 아니면 자신의 내면인가요?

나와는 닮지 않은 여자의 얼굴을 나는 그렸다. 어머니는 물론 아니며, 내가 아는 누구와도 닮지 않은 여자. 어떤 영원한 여자. 여성 이상의 여성. 세월의 뒤편에서 낡아가는 사람. 그랬다, 어떤 영원한 사람. 귀신처럼 어른거리는 사람. 흔적인 사람. 그림자인 사람. 혹은, 오래된 집의 마룻바닥에 스민 누대의 일생들의 자취…….

그런데, 이제야 나는 깨닫는다. 이 여자의 어딘가가 나와 닮았다는 것을. 과거 속의 내가 나를 기다리고 있었다. 이 여자는, 2년 전의 내 갈망이었다. 시간의 뒤편으로 들어가고 싶어했던 나. 낡은 마룻바닥 속으로 희미하게 스며들고 싶었던 나. 천천히 세월에 지워지고 싶었던, 눈비와 들쥐들과 바람 속에 폐가처럼 무너져앉고 싶었던 나.

창문을 열었지만 실내는 몹시 덥다. 이마의 땀을 손바닥으로 닦으며 나는 일어선다. 벽 쪽으로 걸어간다. 더러는 비닐을 뒤집어쓰고, 더러는 먼지로 부예진 작품들을 둘러본다. 육송 널빤지를 일정한 폭으로 자르고, 못질을 해 붙이고, 사포질을 하고, 아교를 포수했었다. 벽돌을 곱게 가루내어 분채와 섞어 색을 내고, 늙은 세월의 느낌을 입혀줄 대두기름과 잣기름을 직접 짜서 만들었다. 어깨를 결려가며, 손가락에 상처를 내가며 두 손, 두 팔로 이것들을 다룰 수 있었을 때, 며칠 밤을 새워 작업에 몰입할 수 있었을 때 나는 행복했다. 그 행복만이 내가 가진 전부였다.

전부라고 믿었던 것을 잃고도 살아갈 수 있다. 2년 동안 나는 그림 그리는 사람이 아니었다. 환자. 한 남자의 골칫덩어리. 때로 오른손이 악화되면 자신이 쓴 물컵 하나 선반에 뒤집어놓을 수 없는, 철저히 쓸모없는 존재.

나는 그림들로부터 등을 돌려, 여자의 옆얼굴이 그려지다 만 널빤지 앞으로 돌아와 앉는다. 이 얼굴의 이미지를 왜 그렇게 사랑했을까. 마치 종교에 몰입한 사람처럼 나는 진정으로 매달렸었다. 이렇게 고요하게, 나는 침잠하고 싶었던 걸까.

나는 이런 것을 더 이상 좋아하지 않는다. 오른손이 과연 아물 수 있을지, 작업을 다시 할 수 있을지조차 확실치 않지만, 다시 그린다면 나는 이런 고요 대신 울부짖고 싶다. 머리를 헝클어뜨리고 발을 구르고 싶다. 이를 악물고 동맥을 끊어, 솟구치는 피를 보고 싶다. 이 그림의 놀라운 고요, 헤아릴 수 없는 세월의 느낌으로 고여 있는 평화가 나를 구역질나게 한다. 이 평화는 내 것이 아니다. 나는 이제 다른 사람이 되었다. 오히려 죽음 같은 공허, 황무지의 참혹함— 그 편이 나에게는 진실로 느껴진다.

천천히, 그러나 단호히 오른손을 뻗어, 나는 그 낡은 널빤지를 뒤집어버린다.

6

부동산중개소는 상가건물의 오른쪽 끝에 있다. 활짝 열려 있는 문 안으로 들어서자, 전체적인 몸매가 럭비공 모양을 이룬 중년의 남자가 선풍기 앞에서 양팔을 벌리고 있다. 내 기척을 듣고 남자는 살찐 고개를 돌린다.

……뭐 좀 여쭤보려고 왔는데요.

앉으시죠. 그는 화통한 말씨로 외치듯 말한다. 끈적끈적한 인조 가죽 소파 한쪽에 나는 비스듬히 걸터앉는다.

주인이 방을 내놨다던데, 보러 오는 사람들이 있나요?

나는 남자에게 작업실의 층과 호수를 일러준다. 셔츠 위쪽이 숫제 땀으로 젖은 남자가 플라스틱 부채를 펄럭이며 내 맞은편에 앉는다. 더위를 몹시 타는 사람이다.

삼복더위잖아요. 한낮에는 개미새끼 한 마리 안 보이는 걸요. 요새 같으면 참, 먹고 살기 힘듭니다.

남자는 검은 표지의 장부를 펼쳐 뒤적이는 시늉을 하다가 이내 덮어버린다.

저는 사실……

망설이다가 나는 말한다.

사실, 방을 내놓고 싶지 않아요.

남자는 안경을 추어올리며 눈을 껌벅거린다. 땀으로 미끄러워 보이는 그의 콧잔등 위에서 은테 안경이 간신히 제자리를 잡고 있다.

그래요? 계약 만료가 언제죠?

10월 말경이에요. 주인이 전세금을 올려 달라고 해서, 남편이 그냥 내놓겠다고 한 모양인데…… 저는 10월까지는 있고 싶어요.

남자는 속으로 뭔가를 셈해본 뒤 대답한다.

주인이랑 다시 상의해보는 수밖에 없겠네. 요즘은 법이 좋아서 무조건 세입자한테 유리해요. 석 달만 더 기다릴 일이지, 주인이 무리한 요구를 했네.

직업적인 느긋한 웃음을 머금은 그의 얼굴을 향해 나는 반쯤 웃는다.

그런데, 그 바람도 안 통하는 방이 뭐가 좋다구요? 이 상가 말고 가격이 좋은 데를 좀 찾아봐드릴까?

내가 그래 달라고 하자, 남자는 흔쾌히 검은 장부를 펼친다. 내 이름과 집 전화번호를 적어넣는다.

많진 않아두 더러 나오는 물건이 있으니까, 시간을 두고 기다려 봐요.

나는 찜통 같은 중개소 사무실을 걸어나온다. 마침 바깥에는 바람이 멎어, 실내와 다름없는 열기가 코를 틀어막는다. 손 차양으로 햇빛을 가리고 나는 천천히 걷는다. 작업실로 통하는 어둡고 후덥지근한 층계로 들어선 찰나, 발을 멈춘다.

잔멸치떼 때문이다.

꿈도 아니고 생시도 아니다. 잠결에만 보는 형상도 아니다. 잠깐 눈을 감았다 뜨는 순간, 두 눈을 멀게 할 듯한 빛의 덩어리가 얼굴을 덮친다. 무수한 은빛의 점들이 회오리쳐 지나간다. 아침에 눈을 떠, 간밤까지의 내 상황이 고스란히 거기 있어 반복될 것임을 확인할 때, 그래서 굳이 어서 일어나 움직이고 싶지 않을 때, 멍한 눈앞으로 지나가기도 한다. 눈을 휩쓸고, 머리를 휩쓸고, 몸을 휩쓴다. 오래전 여름, 한순간에 보았던 잔멸치떼가, 믿기지 않는 생생함으로.

더워지기 시작하면서 예고 없이 밤과 낮을 가로질러 덮쳐오곤 한 그것들이 아니었다면, 나는 2년 만에 이곳으로 돌아오지 않았을 것이다. 무엇엔가 집요하게 쫓기듯 옷을 꺼내 입고 집을 나서, 지하철과 버스를 갈아타가며 저 먼지투성이의 작업실을 보러 오지 않았을 것이다.

나는 눈을 부릅뜨고 층계참의 우중충한 화장실 문을 쏘아본다.

다시 걸음을 내딛는다. 내 낮은 발소리와 함께 멸치떼의 잔상이 흐릿해지는 것을, 의식의 어둠 뒤쪽으로 캄캄하게 사라져가는 것을 지켜본다.

7

지난봄의 어느 저녁, 남편은 나에게 말했다.

보통은…… 글쎄, 겪어보지 못한 사람으로서 할 말은 아니지만, 이런 일을 겪고 나면 감사하게 되잖아. 죽음 가까이 갔던 사람들이라면 누구나, 새로 태어난 것처럼 삶을 찬미하곤 하잖아? 그게 성숙한 사람의 태도 아니야?

그때 나는 그에게 설명할 수 없었다. 내 몸이 그 전복된 차 속에서 만신창이가 되었을 때, 무엇인가가 내 안에서 튀어나와버렸다는 것을. 아니, 거꾸로 나라는 존재가 무엇인가로부터 튀어나와버렸다는 것을.

예전에 그림을 그리면서 나는 삶으로부터 자유롭다고 느꼈었지만, 오히려 그때의 내가 삶의 한가운데에 있었다는 것을, 나는 사고 후에야 비로소 깨달을 수 있었다.

내가 천구백 몇 년생이라든가, 어느 도시에서 태어났다든가, 부모가 누구이며 어떤 유년 시절을 보냈고 이러저러한 심리적 외상들을 겪으며 성장했다든가 하는 따위의 것들— 말하자면 나의 모든 과거가 하나의 껍데기가 되어 있었다. 그때까지 나는 객석에 앉아 있었고, 무대에 올려진 한 편의 연극에 한참 몰입해 있다 말고 갑자기 극장의 불이 켜져버린 것이다.

한번 불이 켜지고 나자, 예전으로 돌아간다는 것은 불가능했다. 나는 이상한 강을—그때까지 한 번도 건너본 적 없는—건넌 것이다. 그 연극 속에서 울고 웃고 마음 졸였던 나는 이미 내가 아니었다. 예전에 미워했던 것들을 더 이상 미워할 수 없었으며, 그보다 나쁜 것은 예전에 사랑했던 사람들을 더 이상 사랑할 수 없다는 것이었다. 남편도, 형제들도, 심지어 어머니까지도.

매순간 나는 삶과 자신 사이에 생겨난 거리를 느꼈다. 처음 경험하는 헐거움이었다. 애잔히 찰랑거리는 감정, 사랑, 연민 따위⋯⋯ 환상과 주관성, 소위 정이라 불리는 것을 필요로 하는 모든 감정들이 증발되었다. 이를테면, 어머니를 보면 객관적인 그 여자의 실체가 보였다. 설령 그녀가 죽는다 해도 나는 크게 슬플 것 같지 않다. 이미 나는 그녀의 자식이라는 생각조차 들지 않았다. 처음으로, 나는 이 삶에서 진짜 고아가 되었다.

아마 무서웠을지도 모른다. 그러나 무섭다는 생각조차 들지 않았다.

입원 두 달째에 접어들었을 때, 워낙 인내심이 부족한 여인이었던 어머니는 종종 짜증을 냈다. 마침내 '돈은 보태줄게, 간병인을 써라. 난 정말 병원 체질이 아닌 모양이다' 하며 화장 진한 얼굴로 떠난 어머니를, 사고 전이었다면 버림받은 아이의 심정으로 그리워했을 것이다. 오히려 그런 면이 어머니의 솔직하고 시원스러운 점이라며 부러워했을지도 모른다. 그것이 30년 간 일관돼온 내 성격이었다.

그러나 그 두 달 동안, 밝은 조명 아래 찬란히 드러난 어머니의 성품을 나는 똑똑히 보았다. 경솔함, 허영, 배려의 부족, 이기심. 삼십 년 동안 내가 그녀를 오해하며 살아왔음을 나는 깨달았다. 그렇다고 환멸만을 느꼈던 것은 아니다. 오히려 내 감정의 반응은 빛 바랜 연민에 가까웠다. 마치 모든 인간적인 감정들이 내 몸을 타고 흘러서 연민이라는 깔때기를 타고 몸 밖으로 떨어져내린 뒤 돌아 오지 않는 것과 같은 쓸쓸한 경험이었다.

　모든 것이 지나치게 선명하게 보였지만, 그 이면까지 말갛게 비 쳐 보였지만, 그것이 어떤 것도 의미하지 않았다. 병실과 복도의 조도, 유리잔에 새겨진 빗금의 각도, 낯선 얼굴들의 주름 하나하 나, 입술과 눈의 미세한 움직임, 목소리의 강약과 떨림, 거기 감춰 진 감정의 흐름과 멈춤, 역하거나 부드럽거나 내밀한 냄새와 감촉 들이 고스란히 내 안에 새겨졌지만, 허공에 쓴 글씨처럼 곧 자취 없이 지워졌다. 내 생각, 내 느낌이라는 것을 알 수 없게 되었으므 로. 심지어 내가 나라는 것조차, 그 경계와 영역을 실감할 수 없었 으므로.

　간병인을 쓸 여유가 없었으므로 나는 대부분의 시간을 혼자 지 냈다. 4인용 병실의 옆 침대들은 수시로 주인이 바뀌었다. 안면을 채 익히기 전에 옆 환자의 보호자들에게 신세를 져야 했다. 화장실 에 드나들기 위해 낯선 남자들의 손을 빌며, 나는 젊은 여자로서의 수치심을 모두 버렸다. 내 몸은 이미 내 것이 아니었다. 침대에 진 열된 실험용의 육체처럼 나는 거기 드러누워 있었다. 회진을 받고, 하루 두 번 물리치료를 받고, 근육 이완을 위한 링거 주사를 맞고, 꼬박꼬박 약을 삼켰다.

　언제나처럼 바빴던 남편은 일요일에만 병실에 찾아왔고, 내 침 대 밑에 엎드려 잠을 보충하는 것으로 대부분의 시간을 보낸 뒤 돌 아가곤 했다. 나는 외롭지 않았다. 수많은 환상들로 이루어졌던 내 삶을 돌아보고, 그것이 흰 벽에 비추어진 홀로그램과 같은 것이었다는 느낌을 매순간 확인하는 동안 두 달이 더 지나갔다. 허리가 아물어 마침내 병원을 떠날 수 있었을 때, 나는 정오의 서울 거리에 가득한 사람들의 모습을 보았다. 그때의 내 반응은 비현실감, 저토록 많은 홀로그램들이 육체의 옷을 입고 활보하고 있다는 경이로움, 그리고 무관심이었다.

8

점심때가 지났다. 일어나서 뭔가를 사먹으러 가든가 집으로 돌아가야 하는데, 나는 무더운 작업실의 삼발이 의자에 우두커니 앉아 있다. 배가 고픈가? 배고프기보다는 허기진다는 느낌이다. 나는 엉거주춤 일어서 허리를 길게 구부린다. 작업대 끝에 놓인 전화기를 향해 손을 뻗는다. 예전의 습관대로 간단한 중국음식이라도 시켜먹을 생각에서다. 그러나 수화기를 귀에 대자마자, 오래전에 전화가 끊겼다는 것을 알게 된다. 내 통장의 잔고가 빈 지 오래인 것이다. 나는 다시 허리를 길게 구부린다. 팔을 뻗어 먹통의 수화기를 전화기의 원래 자리에 올려놓으려다가, 굳이 그럴 필요가 없음을 깨닫는다. 탁자의 가까운 자리에 아무렇게나 엎어놓는다.

다시 의자에 앉아, 나는 스스로에게 묻는다. 3개월 동안 이 작업실을 갖고 있겠다는 것, 혹은 더 헐한 작업실로 옮긴다는 것. 그건 뭘 의미하는 건가. 모든 애착이 사라졌다고 생각했는데, 작업실에 대한 애착만은 남아 있다는 사실이 나를 놀라게 한다.

탁자 위에 내 두 손을 올려놓는다. 오랫동안 그것들을 내려다본다. 그것들의 외관은 괜찮아 보인다. 피부는 희며 뼈대는 섬세하다. 손가락의 마디들은 굵은 편이고, 바싹 깎인 손톱들은 분홍빛이다. 얼마든지 일할 수 있을 것 같다. 펄펄 살아 부지런히 움직일 수 있을 것 같다.

사고에서 깨어났을 때, 살아난 것을 불행 중의 가장 큰 다행으로 여기며, 회복되고 나면 가장 먼저 하고 싶었던 것은 작업이었다. 세상의 어떤 즐거운 일들보다 그것만이 간절했다. 무척 좋아한다고 생각했던 여행조차 나에게 극히 부수적인 것이었음을 그때 알았다. 내가 마음으로 작업을 포기한 것은, 퇴원하고도 한참 뒤, 오른손마저 망가졌음을 알았을 때였다.

그때까지 나는 나름대로 잘 지내려고 노력했다. 보이고 들리며 기억되는 모든 것들이 나에게 충격적인 이물감을 준 것은 사실이지만, 살아 있다는 것에 대한 안도감이 늘 밑그림으로 함께했던 것을 결코 부인할 수 없다. 옆 환자의 보호자가 아침에 커튼을 걷을 때마다 쏟아져들어오던 햇살, 알루미늄 쟁반에 실려오던 한 그릇의 소복한 쌀밥마저 감동적으로 받아들인 순간들도 있었다.

이젠 두 손 다 틀렸어, 라고 중얼거린 순간이, 나에게는 그 이른 봄날의 교통사고보다 더 결정적인—더 무서운—순간으로 기억된다. 그것은 연극이 갑자기 막을 내린 데 이어, 객석에서조차 추방된 것과 같았다. 놀라운 일은 그 직후부터 시작됐다. 가까스로 유예되고 있었던, 격렬하고 부정적인, 가장 원초적인 감정들이 밀려오기 시작한 것이다. 공포, 후회, 수치, 분노, 원망, 증오, 억울함, 비참함, 살의. 그리고 혼자라는 것. 철저히, 당연히, 언제까지든 혼자라는 것.

그 상태가 오래 지속됐다. 가장 나쁜 것은 그때 내가 퇴원한 상태였다는 것, 그래서 대부분의 시간 동안 혼자 있거나 남편과만 지냈다는 것이다. 격렬한 감정들의 파고를 타고 나는 점점 더 내려갔다. 인간의 밑바닥을 향해, 무서운 속력으로 곤두박질쳤다. 가장 낮은 지점, 동물적인 지점까지 내려갔다고 기억한다. 치매 노인의 정신세계가 이런 것일까 짐작될 만큼, 종종 나는 먹고 배설하고 잠을 잘 뿐인, 그야말로 본능과 무의식으로만 남은 존재였다.

깊은 밤 잠에서 깨어 세면대에 딸린 거울을 보면, 숱한 동물적 감정들로 출렁거리는 내 내면이 간신히 한 겹의 피부로 봉합되어 있는 것 같았다. 믿기지 않는 것은, 동안(童顔)의 섬세한 그 얼굴이 예전에 비하여 별로 변하지 않은 것처럼 보였다는 것이다. 도리언 그레이의 초상처럼, 어느 어둠 속의 창고에서 내 얼굴이 추악하게 일그러지고 있었을까. 퇴행과 은밀한 발광의 흔적을 고스란히 이 목구비에 새겨가고 있었을까.

가자.

나는 입 밖으로 소리내어 중얼거린다. 의자 옆에 두었던 가방을 오른쪽 어깨에 멘다. 숨막히게 고요한 작업실을 나선다. 손목을 비틀어 문을 잠그고, 어두운 계단을 내려간다. 7월의 뙤약볕이 기다리고 있는 바깥으로 몸을 떠민다.

집으로 가자.

그러자 어떤 딱딱한 덩어리가 가슴 가운데에서 느껴진다.

그곳은 내 집이 아니다. 나에게는 집이 없다. 이 삶은 나의 삶이 아니다. 어떤 정서적 유대도 느낄 수 없다. 어떤 장소, 어떤 기억, 어떤 미래에 대해서도.

뙤약볕을 간신히 가려주는 중간 키의 나무 아래에서 나는 오래 좌석버스를 기다린다. 내 얼굴에 흐르는 땀, 쇠약해진 다리의 비척

거리는 느낌, 늘어뜨려진 두 손—몸의 작은 감각 하나하나에 집중한다. 나는 살아 있다. 이 순간 나는 살아 있다. 보고 듣고 숨쉰다. 분명한 것은 그것뿐이다. 그것만이 나에게 남았다.

9

집으로 들어가기 전에, 3동 출입구 옆에 남편의 차가 서 있는 것을 본다. 월요일에는 교통량이 많으므로 그는 차를 놓고 나간 것이다. 대개 승용차에는 주인의 취향이 배어 있게 마련인데, 그의 차에는 개성이 없다. 작은 장식도, 의자 커버나 방석조차 없다. 갓 출고된 모습 그대로, 주유소에서 받은 곽휴지며 물휴지 따위가 조수석에 널려 있다. 그의 성격이 유난히 털털해서가 아니다. 내가 우리의 차를 형체 없이 일그러뜨렸으므로 그는 새 차를 할부로 구입해야 했고, 그 후 지금까지 한치의 여유도 없이 지내온 것이다.

알고 있다. 지난 2년은 나에게만 특별한 체험이었던 것이 아니다. 만일 내 인생이 끝장났다면, 그의 인생도 끝장난 것이다. 한때 완전한 타인이었던 두 사람의 운명이 이렇게 얽혀버렸다는 것은 이상한 일이다.

남편을 처음 만난 것은 6년 전이었다. 1년 간의 연애 뒤 우리는 결혼했다. 특별히 열렬한 관계였다고 보기는 어렵지만, 사고가 있기 직전까지 두 사람은 서로를 아끼며 지냈다. 서로 다정하게 말을 건넸고, 다정히 들어줬다. 목소리를 높이는 일은 흔치 않았다. 특별히 다정했을 때는 헤어진다는 것이 싫어서, 유일하게 헤어지는 이유는 죽음뿐일 테니까, 죽음을 두려워했던 적도 있다. 죽으면 두 사람 모두 화장해서 뼛가루를 섞어버리자고도 했다―농담을 섞어서―. 다시 태어나서 그를 만날 수 없을지도 모른다는 가정이 고통스러웠던 적도 있다. 얼굴도 목소리도 모두 달라졌을 텐데, 그라는 것을 어떻게 알아볼까.

모든 상황에는 조건이 있다. 우리의 평화는 내 건강을 전제한 것이었다. 조건이 달라지면 상황도 달라진다. 그것은 자연스러운 과정이다. 만일 내가 그 사고로 죽었다면 우리의 다정함이 더럽혀지지 않았을 테지만, 나는 살아남았다. 나는 지겹도록 아팠고, 내가 지겨운 만큼 그도 지겨워했다. 나를 지겨워하는 그가 나도 지겨웠다. 서로의 얼굴이 지겨워서 종종, 암묵적으로 서로의 눈길을 피했다.

그 과정에는 어떤 부도덕도, 죄악도 없었다. 당연한 일일 뿐이었다. 나도 예전의 내가 아니며, 그도 그때의 그가 아닌 것뿐이었다. 모든 것이 지나가버렸을 따름이었다. 외딴섬에 단둘이 표류된 사람들처럼, 우리는 서서히 서로를 질식시켰다. 그렇게 다시 건널 수 없는 강을 만들어갔다. 서로에 대한 배려, 이타적 관계, 우정, 동료의식 들은 강 저편에 남았다. 애초에 완전한 타인이었다는 것―그 한 가지 명료한 사실만이 이편의 강가에 남았다.

그즈음부터 나는 더 깊은 물 속으로 들어갔다. 멍멍하게 귀에 울리는 그의 목소리를 들으며, 어항 밖의 굴절된 세상을 바라봤다. 당신 얼굴만 보면 미쳐버리겠어. 뭐야, 나는 힘들지 않다고 생각하는 거야? 무슨 죄로 내가 이런 일들을 겪어야 하는 거지?

알잖아. 나에게는 손이 없어. 예전 같으면 내가 먼저 당신을 사랑했겠지만. 어깨를 주물러주고, 발이며 겨드랑이를 간지르며 웃었겠지만. 그리고 나면 모든 불화가 멈추었겠지만. 좋아하는 콩나물밥을 함께 해먹고, 야, 양념장이 정말 맛있어, 라고 당신이 말하면 그만이었겠지만. 누가 먼저랄 것 없이 손을 간절히 뻗어, 밤늦도록 사랑을 나누면 그만이었겠지만.

그가 돌아오지 않는 밤이면, 오른손이 악화되어 물 한 주전자 끓여먹을 수 없어 수도꼭지에 입술을 대고 들이켜고 난 밤이면, 멍하게 거실 바닥에 앉아 텔레비전을 보았다. 오락 프로와 가요 프로, 숱한 드라마와 뉴스를 보았다. 지치지 않고 배달되는 홈쇼핑 카탈로그들을, 마치 숙제를 해치우는 아이처럼 마지막 페이지까지, 한 글자도 놓치지 않고 읽었다.

할 수 있다면 종교를 가졌다면 좋았을 것이다. 누군가 나에게 종교적인 태도를 보였다면 그를 의지했을지도 모른다. 위선이라도 좋으니 누군가 나를 사랑해줬다면. 그렇게 망가진 나를 사랑하는 척해줬다면. 그러나 삶을 이루는 모든 행위와 감정들이 한갓 환각이 되어버린 그때, 나에게는 어떤 가능성도 실재하지 않았다.

뭔가가 잘못되어 있다는 느낌, 삼십 년 동안 잘못 살아왔다는—거짓으로 살아왔다는—느낌만이 강렬한 진실로 만져졌으나, 그렇다면 이제 어떻게 살아야 하는가에 대해 나는 아무것도 알고 있지 못했다. 아니, 과연 계속 가고 싶기는 한 것인지조차 분명치 않았다.

어떻게 살고 싶은가, 어떤 변화를 원하는 건가. 과연 뭘 하겠다는 건가, 나는. 이 부서진 두 손으로.

10

전화벨이 두 번 울리기 전에 나는 수화기를 든다. 한 시간째 전화기를 내려다보며 거실의 소파에 앉아 있었기 때문이다. 집에 들어오자마자 나는 작업실 주인에게 전화를 걸었고, 오래 기다렸지만 주인의 핸드폰은 연결되지 않았다. 발신자번호를 보고 전화하겠지. 샤워도 하지 않고, 손도 씻지 않고, 등과 겨드랑이의 홍건한 땀이 천천히 식도록 내버려둔 채 나는 기다렸다. 마침내, 전화를 기다리고 있다는 생각조차 잊었을 때 전화벨이 울렸다.

여보세요.

저어, 현영이……

전화를 걸어온 사람은 주인이 아니다. 젊은 여자의 목소리가 귀에 익다.

현영이 맞지?

그 음성이 누구의 것인지 기억해내기 위해 나는 침묵한다. 다행히 상대는 '나, 누군지 정말 모르겠어?' 하는 산란한 시험에 들게 하지 않는다.

나야, 소진이야.

내 몸에서 조용히 긴장이 풀린다.

……소진아.

네 목소리가 좀 낯설게 들려서 긴가민가했어. 이게 얼마 만이니.

얼마 간 당혹하여, 오랫동안 잊고 있었던 친밀함의 습관을 더듬어, 나는 그녀에게 안부인사로 답한다. 정말 오랜만이구나, 어떻게 지내니. 내가 먼저 연락했어야 하는데.

큰애가 일곱 살, 둘째가 18개월이야. 둘째 임신했을 때 학교는 그만뒀구. 남자애 둘 키우기가 하도 힘들어서 얼마 전에 이사했어, 친정 옆으로. 전에 학교 다닐 땐 시어머니가 큰애를 봐줬었는데 이제는 건강이 안 좋으시거든.

언제나 그랬던 것처럼 소진의 태도는 서글서글하다. 헝클어지는 법이 없던 그녀의 다정함과 성실함을, 나는 그 말씨와 목소리만으로 기억해낸다.

……그랬구나.

뭐라 대꾸할 말을 찾을 수 없어, 나는 막연하게 대답한다.

너는 아기 안 가지니?

글쎄, 좀 나중에.

얘는, 여전하구나. 너네도 결혼한 지 꽤 됐잖아. 그럼, 그림만 그리고 사니?

역시 대답할 길이 없어, 나는 다시 침묵한다.

그건 그렇구, 너한테 전화한 건 말야.

소진은 잠시 말을 끊는다.

글쎄, 우리 동네 사진관에 네 사진이 있다?

그녀의 말을 얼른 알아듣지 못해, 나는 잠자코 귀를 기울인다.

이사 오고 처음으로 필름 맡기러 갔는데, 글쎄 사진관 벽에 네 사진이 걸려 있는 거야. 얼마나 놀라고 반갑던지. 마침 작은애가 감기에 걸려서 며칠 씨름하느라고 미루다가, 오늘 생각난 김에 너한테 전화한 거야. 집을 옮기기라도 한 건 아닌지 조마조마했는데, 전화번호가 그대로라 다행이다.

소진의 붙임성 있는 목소리가 귀를 통해 내 머릿속으로 고스란히 흘러들어오고 있지만, 그 내용만은 잘 이해되지 않는다.

내…… 사진?

나는 어눌하게 되묻는다.

응, 어디 산에서 찍은 사진 같던데. 너, 이 동네 산 적 없었잖니, 구기동?

……없었지.

그럼, 이 쪽에 사는 사람 누구 알아? 산에 같이 갔던 일행이 맡긴 거 아닌가?

사진이라니. 난데없이, 구기동이라니. 산이라니. 그녀가 부려놓는 모든 말들이 비현실적으로 느껴진다. 어떤 진공상태와 같은 혼돈을 느끼며, 나는 간신히 생각의 맥락을 더듬는다. 그녀에게 묻는다.

그거, 언제쯤 사진 같아?

왜 너 한동안 말총머리 길어서 묶었었잖아. 볼 살이 아직 남아 있는 게, 대학 졸업할 때쯤?

나에게는 전혀 짚이는 데가 없다.

궁금하면 우리 동네 놀러와. 이 기회에 얼굴이라도 보게, 응?

나는 소진의 동그스름한 얼굴을 떠올린다. 두 볼에 깊이 팬 여드름 자국이 있었고, 웃으면 눈이 실처럼 가늘어졌다. 그림이 좋았는데, 뜻밖에도 이른 결혼과 교직생활을 병행하며 붓을 놓았던 그녀다. 아이가 하나 있고, 아직 미술교사로 일하던 때 만난 것이 마지막이었다.

그녀의 바뀐 전화번호를 받아적은 뒤 나는 수화기를 내려놓는다. 아직 나에게 친절한 사람이 있다는 것이 이상하게 느껴진다. 아직 예전의 나를 기억하고, 그때의 관성으로 나에게 말을 걸어오는 사람이 있다.

나는 소파에 등을 기대고, 내 몸 어딘가에서 일깨워진 낯선 감각에 곰곰이 집중한다. 따뜻함, 반가움, 기쁨—그 일련의 감정들을 낳는 미세한 씨앗 같은 것. 나는 조금 놀란다. 잠시 후 놀라움이 가시자, 허리를 둥글게 말고 소파에 모로 눕는다. 소진의 전화를 받기 전보다 강한 피로가 밀려온다.

11

사고와 긴 회복기를 겪으면서 나는 상당한 양의 기억을 잃었다. 기억상실증 따위는 아니지만, 익히 알고 있었던 사물들이나 사람들의 이름, 단어들을 잊어 길게 말을 이을 수 없을 때가 잦았다. 그것으로 미루어, 잃어버린 사건들의 기억도 많을 것이라고 추측된다. 잃어버렸다는 사실조차 알 수 없도록 완전히 잃어버린 사소한 기억들—그 속에 그 사진과 연관된 것들이 들어 있을까. 길에서 우연히 마주친 낯선 여자가 반갑게 내 이름을 부르며 고등학교 동창이라고 말할 때와 같은 당혹감을 나는 느낀다.

오늘은 손을 너무 쓴다. 가방들을 모두 뒤져도 소득이 없자, 안방의 화장대 서랍을 살피고 있다. 결혼할 때 받은 얼마간의 패물과 장신구들, 망가졌는데도 버리지 않은 머리핀들과 고장난 헤어 드라이어 따위를 일일이 들추어가며 확인했지만 시계와 지갑은 없다. 사고가 있던 날 아침, 분명히 나는 그것들을 가져가지 않았다. 전날 밤 마무리짓지 못했던 작업만 끝내면 바로 돌아올 참이었다. 시계 찾고 지갑 찾고 할 틈 없이, 밤새 꿈에까지 들락거렸던 그림의 이미지에 나는 몰입해 있었다.

오래전 인도 여행에서 돌아온 선배가 선물했던 알록달록한 무늬의 가죽 장지갑이 눈에 선하다. 소진이 전화로 말한 사진을 내 눈으로 확인할 겸, 내일이나 모레쯤 그녀의 집에 가야겠다고 마음먹으니 그 지갑을 찾아야겠다는 생각이 더 강해졌다.

문득 나는 손을 멈춘다. 예전의 지갑이나 시계가 없다고 외출을 못할 이유가 없다. 오늘도 주머니에 지폐 두 장만 넣고 나가 작업실에 다녀오지 않았던가. 이렇게 손에 무리를 가하면서까지 집착할 필요가 없다. 다시 내 행동의 방식—맹목적이며, 열중하면 앞뒤를 가리지 않는—이 튀어나오고 있는 것이다. 그것을 깨달았으므로, 나는 화장대 앞에 주저앉아버린다. 어리석기 짝이 없다. 그 모든 것을 겪은 뒤에도 여전히 스스로를 통제하지 못한다.

남편의 방에 있는 창고가 생각난 것은, 그만두자, 하고 일어나 부엌 쪽으로 한발을 내디뎠을 때다. 잠시 망설이다가, 나는 결국 남편의 방으로 들어가고 만다. 60센티미터 폭으로 설계된 조그만 붙박이 창고를 열자, 캄캄한 내부에 잡동사니들이 가득 차 있다. 뜻밖에도 나는 거기서 내 옷가지들을 찾아낸다. 되는 대로 둘둘 말려 있는, 세탁도 되지 않은 카디건과 면바지 따위다. 사고 직전에 입었던 봄가을 평상복들이라는 것을 나는 기억해낸다. 내가 입원해 있는 동안, 안방에 널려 있던 내 옷가지들을 누군가 거기 집어넣고 다시 꺼내는 것을 잊은 모양이다. 남편이 그랬을 것이다. 갑작스럽게 손님이 방문해서였는지도 모른다.

옷가지들을 끌어내자 그 아래에서 검은 헝겊 가방이 나온다. 완전하게 잊혀졌던 기억이, 그때에야 깊은 우물 아래에서 길어올려진다. 사고 이틀 전쯤 나는 시내에 나갔었다. 평창동의 미술관에서 우연히 은사를 만나 차를 마셨다. 이야기를 나누는 동안, 손목시계를 답답해하는 나는 습관적으로 풀어서 이 가방 어디쯤에 넣었을 것이다.

채광이 좋지 않아, 나는 일어서서 방의 불부터 켠다. 가방의 지퍼를 열자 휴대용 티슈 아래 지갑이 보인다. 내 손때로 나달나달하게 낡은 그것을 집어올린다. 지갑을 열자, 2년 전까지 사용했던 신용카드 두 장과 버스카드, 동전들과 지폐 댓 장이 거기 있다.

이번에는 가방의 안쪽 주머니를 더듬어본다. 그 튀어나온 모양으로 미루어, 안에 든 것이 시계임을 안다. 그것을 꺼내 손바닥에 올려놓는다. 남편과 함께 남대문시장에서 골랐던 중저가의, 소박한 디자인의 예물시계다. 뜻밖에도 그것은 죽지 않았다. 두 개의 바늘이 하오 다섯 시를 가리키는 가운데, 조용히 초침이 회전하고 있다. 2년의 시간 동안 어두운 붙박이장 안에서, 이 캄캄한 가방 속에서 시계바늘들은 멈추지 않고 돌아가고 있었다.

나는 가방을 거꾸로 해 남은 내용물을 모두 토해내도록 한다. 자주 트는 입술에 발랐던 립글로스, 휴대용 가그린이 바닥에 나동그라진다. 희고 작은 종이 한 장이 팔락 뒤집어지며 방바닥에 내려앉는다. 나는 그것을 집어, 내가 그날 보았던 전시회의 티켓임을 안다.

12

찾았어.
뭘?
시계. 그리고 지갑도.
오른손에는 숟가락을 쥐고 왼손으로 신문을 뒤적이던 남편의 동작이 멈춘다.
어딜 가려고? 작업실에?
작업실엔 어제 갔었어.
그의 눈과 내 눈이 허공에서 만난다. 피하고 싶다. 그러나 피하지 않고, 나는 그의 눈에 드러난 감정들을 읽는다. 읽고 싶지 않지만 읽힌다. 그의 등 뒤에 버티고 선 식기세척기쯤으로 나는 눈을 돌린다. 손을 쓰지 않기 위해, 최대한 가사에 그의 힘을 빌지 않기 위해 구입한 물건이다. 작은 그릇들은 식기세척기로 씻고, 다림질은 세탁소에 맡기고, 걸레는 여러 장 만들어 세탁기로 빨며, 김치와 밑반찬들은 주문해 먹는다. 그래도 남편에게 남겨지는 일들은 많다. 청소기를 돌리고 걸레로 바닥 닦기, 밥솥이나 프라이팬, 큰 냄비 닦기, 생수통에서 주전자로 물 붓기, 밥솥에 물 붓기, 열리지 않는 뚜껑들 열기, 이불 털어 말리기까지. 일상 속의 사소한 의무들에 남편은 지쳤다. 자신 없이 돌아가지 않는 가사, 자신 없이 생존할 수 없는 여자, 뚜렷한 희망을 보장받을 수 없는 희생에 지쳤다.

그런데, 작업실을 빼지 않겠다니. 나에게 이렇게 짐을 지우고 있으면서, 그림 그릴 욕심은 남아 있다는 거야. 서늘하게 식은 눈으로, 그는 나에게 그렇게 말하고 있다.

그래서, 어떻게 하기로 한 거지?

그의 차가운 질문에, 나는 주저하며 대답한다.

어차피 3개월만 있으면 계약만료니까, 그동안만 여유를 달라고 했어.

주인하고 통화했어?

어젯밤 늦게 통화가 됐어.

남편은 소리내어 숟가락을 내려놓는다.

이젠 병원비가 안 나가니까 여유가 좀 생긴 셈이잖아. 당장 그 전세금 없이 못 사는 형편도 아니고. 언제라도 급한 일이 생기면 방을 내놓을게, 하지만 당장은.

알았어. 그만둬.

그가 신문을 털고 일어나는 서슬에, 좀 전 딱 소리를 내며 내려놓은 숟가락이 바닥으로 떨어진다. 밥풀과 고춧가루가 묻은 숟가락이다. 나는 무릎을 꿇고 그것을 주워 식탁 위로 올려놓는다. 그가 남긴 밥과, 내가 아직 첫술을 뜨지 않은 밥을 모두 전기밥솥 안에 털어넣는다. 밥을 먹고 살 필요가 없다면 이 모든 일들이 없어도 되겠지. 접시의 반찬을 반찬통에 옮기고, 더러워진 접시와 공기, 대접들을 흐르는 물에 헹군 뒤 식기세척기에 넣고, 몇 개의 그릇들에는 랩을 씌운다. 가스 밸브를 잠갔을 때, 거세게 현관문이 닫히는 소리가 들린다.

저 사람은 이런 사람이 아니었다. 기본적으로 심성이 여리고 다정했었다. 그러나 닳아간다. 타이어가 닳는 것처럼, 이런저런 일들을 몸으로 겪으면서. 그와 나만 그런 것은 아닐 것이다. 누구나 그렇게 조금씩, 닳아간다는 것을 의식 못하면서 조금씩, 바퀴가 미끄러워진다. 미끄러워지고, 미끄러워져서, 어느 날 아침 갑자기 브레이크가 듣지 않는다.

13

퇴원한 지 한 달쯤 지났을 때, 남편과 함께 밥을 먹으러 가까운 대학가로 나간 적이 있다. 휴일 점심 무렵이었다. 복숭아색 민소매 원피스를 입은 여자가 흰 팔을 드러낸 채 앞으로 걸어갔다. 특별히 유혹적일 것은 없는, 그러나 신선한 아름다움을 가진 몸이었다. 아니, 신선하기보다는, 그저 너무나 평범한 젊음의 활기, 살아 움직이는 건강한 사람의 흔한 활기였다.

남편의 쓸쓸한 시선이 오래 그녀에게 머물러 있는 것을 나는 보왔다. 그때 나는 아직 건강이 회복되지 않아 긴소매 점퍼를 걸치고 있었다. 우중충한 빛깔의, 헐렁해져 자꾸만 흘러내리는 청바지에 운동화를 신었다. 더벅더벅 길어난 머리는 검은 고무줄로 질끈 묶었다. 그때 나는 화장품이나 향수를 전혀 사용하지 않았고, 머리도 비누로 감았다. 실용성 외의 어떤 가치도 존재하지 않았다. 색깔을 맞춰 옷을 입는다는 것은 상상할 수 없는 일이었다. 그러나 그 모든 차림새보다 먼저, 흙빛의 내 얼굴이 우리의 특수한 상황을 모두에게 폭로하고 있었을 것이다.

그때 이미 알고 있었다. 나는 사랑받기 어려운 사람이었다. 그렇다고 끊임없이 솟아나는 사랑의 샘물을 가져 타인에게 퍼부을 수 있는 사람도 아니었다. 한때 나에게 그 물이 약간이나마 고여 있었다면, 이제는 마른 흙바닥만 남아 있었다.

알고 있다. 거기에는 내 책임이 있다는 것을. 아니, 내 책임이 전부라는 것을. 사고를 당한 것은 불운이었지만, 그 후의 내 감정, 내 행동은 모두 선택된 것이었다는 것을. 삶과 나 사이의 거리가 들떴을 때, 잇몸과 이가 들뜨듯이 무엇도 씹기 어려워 괴로웠을 때, 나는 오히려 자유로운 사람이 될 수도 있었다. 모든 것을 초월할 수도 있었다. 그것은 어쩌면 좋은 기회였을 것이다. 남편의 말대로 막대한 사랑과 감사, 기쁨을 발견할 수 있었을 것이다.

그러나 나는 그럴 수 없었다. 억지로 그럴 수 없었다. 억지로 배를 쥐고 웃을 수 없는 것과 같이, 사랑할 수 없었다. 오히려 내가 한 일은, 모든 사랑을 잃은 뒤 다시 찾으려 하지 않은 것이다. 끌어안고 있던 짐을 물살에 떠밀리는 동안 놓쳐버리고 만 것처럼, 매우 쉽게.

그런 나를 자책하지 않는다. 눈에 보이는 대로의 진실이 가리키

는 길로 가볼 수밖에 없다. 어디까지 갈 수 있는지 볼 것이다. 뜬
눈으로—설령 훗날 돌이켜보아 감은 눈이었다는 것을 알게 되더라
도—뜬 눈으로 가볼 수밖에 없다.

다른 길이 없다. 자기기만은 더 이상 통하지 않는다. 속임수 없
는 희망이 아니라면 소용없다. 어떤 속임수도 나에게 먹히지 않는
다. 여태껏 한 번도 가져보지 못한 투명함이 나에게 생겼기 때문이
다. 전에는, 이렇게 자신을 잘 들여다볼 수 없었다. 이제는 마치 내
가 한 마리 빙어가 된 것처럼, 뼈마디 하나하나까지 들여다보인다.
아무것도 자신에게 속일 수가 없다.

14

정말 오려고? 언제?

소진의 목소리가 화들짝 놀라며 나를 반긴다.

오늘 가도 괜찮겠니?

좋지. 몇 시쯤?

오후에, 서너 시쯤 도착할게.

잘됐다. 네 시면 둘째도 낮잠 자고 일어날 시간이야.

나는 그녀의 집으로 가는 방법을 상세히 묻는다. 전화를 끊고 메
모지와 지갑을 가방에 담는다. 손목시계도 함께 넣는다. 잠시 망설
이다가, 책상 위에 놓인 2년 전의 전시회 티켓을 집어든다.

재일교포 1세대 화가 Q의 유작전이었다. 그녀는 93세에 죽었고,
죽기 직전까지 붓을 놓지 않았다. 젊은 시절 세 번의 결혼과 이혼
을 겪고 두 아이를 낳아 기른 그녀는 철과 알루미늄, 금이 간 유리

로 캔버스를 대체하고, 그 위로 여자의 절규하는 몸 연작을 그려 주목받기 시작했다. 재료와 형태, 색채에 대해 치열하고 대담한 탐구를 거친 그녀는 60세를 전후해서부터는 제작방법을 급선회하여, 일본 한지에 수채화 물감으로 무수한 빛깔의 점을 찍은 비구상화들을 제작했다. 그녀에게 국제적인 명성을 가져다준 것은 그 점들이었다. 미술관에서 우연히 만났던 은사는 함께 차를 마시며 말했었다. 그 사람 생전에 일본에 갔었지. 만날 뻔했었는데 못 만났어. 작업실에 꼭 가보고 싶었는데 말이야. 참 대단한 할머니 아냐?

도록의 뒷표지에 Q의 흑백사진이 인쇄돼 있었던 것을 기억한다. 하얗게 센 머리, 쪼글쪼글한 얼굴, 작아진 눈, 이가 없는 입, 왜소하게 오그라든 노구로 그녀는 붓을 들고 화폭 앞에 서 있었다. 그때 나는 자신에게 물었다. 만일 내가 오래 살 수 있다면, 죽기 직전까지 이렇게 그림을 그릴 수 있을까. 망설이지 않고, 나는 그렇다고 답했다. 그림 말고 다른 것을 가져본 적 없으며, 가져보려 한 적도 없는 사람의 맹목과 자부심으로. 지금 생각하면 그것은 자만이었다. 내가 사랑하는 일을 죽을 때까지 할 수 있으리라 믿었던 자만. 내 생에서 중요한 것들은 아무것도 변하지 않으리라 생각했던 자만.

Q의 도록이 있을 만한 데를 살펴보았지만 찾지 못한 것으로 미루어, 작업실에 있는 모양이다. 아직 오전이니, 소진에게 가기 전까지 시간이 충분하다. 운동화를 구겨 신고, 나는 침묵에 잠긴 집을 나선다.

15

좌석버스의 선팅된 차창 밖으로 무성한 플라타너스들이 흘러간다. 작업실까지 질러가려면 도시 외곽의 들을 지나지만, 버스 노선은 최대한 개발된 구역으로만 연결돼 있다. 커다란 간판들 아래로 양산을 들고, 손수건으로 땀을 닦으며 지나가는 사람들의 모습을 나는 내다본다.

배낭을 메고 버스에 올라타는 사람이 보인다. 야무진 얼굴의 젊은 여자다. 여행을 가는 건가, 나는 생각한다. 이 버스의 종착역은 시외버스 터미널이다.

한때 나는 여행을 좋아했다. 이동하는 순간에 가장 생생하게 살아 있다고 느꼈다. 어떤 장소, 어떤 사람, 어떤 습관의 영향도 받지 않는 나의 자유, 나의 추진력을 사랑했다. 자유와 건강과 영감― 그것들이 서로서로 탄력을 주며 내 생활을 힘차게 이끌어갔다.

바로 그와 같은 힘이 지금 저 여자를 이끌어가고 있을 것이다. 자신만이 아는 수호신을 가진 사람처럼, 여자에게는 두려움이 없을 것이다. 여자가 뒷좌석으로 걸어들어가기 위해 내 옆을 스쳐지나갈 때, 나는 얼굴을 창 쪽으로 돌린다.

버스가 터널 속으로 들어서자 차창에 비친 내 얼굴이 보인다. 앞머리에 돋아난 새치 몇 올이 눈에 띈다. 사고 후 갑자기 늘어난 흰머리다. 밝은 곳에서 거울을 볼 때면, 내 피부가 늙기 시작했다는 것을 깨닫는다. 2년이란 시간 동안 얼마나 많은 것이 달라질 수 있는지에 대해 나는 더 이상 놀라지 않는다. 짧은 터널이 끝나고, 팔월의 강렬한 햇볕이 내 얼굴에 묻어 있던 어둠을 휘발시킨다.

눈을 감은 순간, 갑자기 소름이 돋는다. 접혀 있었던 기억의 귀퉁이가 활짝 펼쳐진다. 그 사진이 무슨 사진인지, 갑자기 알 것 같다.

16

작업대 옆에 놓인 컬러 박스에서 어렵지 않게 찾아낸 Q의 유작전 도록을 펼친다. 한지에 찍힌 수백 개의 점들은 비슷한 맑은 톤인데, 절묘하게도 마치 그림 뒤에서 빛이 새어나오는 듯한 인상을 주고 있다. 어두운 색의 점 뒤로 찍힌 밝은 노랑색 계열의 점들 때문이다. 도록의 뒤쪽에 실린, 그녀와 친분이 있었다는 국내 시인의 글을 나는 읽는다.

빛이 화면 뒤에서 비쳐 나온다. 구원의—떠오르는—잠잠한—승화된 눈물의 빛. 서로 다른 빛깔의 동그라미들이 겹쳐져 더 진해지고 어두워져야 할 바로 그 자리에 떠오른, 물을 섞은 유채꽃 빛깔의 노랑. 간혹 그보다 강렬한 주황. 멀리서 보면 이 그림들은 결코 위력적이지 않다. 가까이 갈수록 착시처럼 더 밝아지는, 실제로 튀어나오며 확장되는, 눈과 혼을 홀리는 노란 빛방울들.

무엇이 그녀로 하여금 이 빛을 내면에서 보고, 그것을 나에게 다시 보게 했는지. 빛의 지문(指紋)과 같은 이 점들을 찍으며, 사랑하며, 어루만지고 빨려들고 바라보며, 그녀는 자신의 영혼을 불어넣었고, 나는 거기에 다시 내 영혼을 내려놓은 건가?

그 아래로 휘갈겨 쓴 내 필체의, 그러나 전혀 기억나지 않는 짤막한 메모가 눈에 띈다. *가슴으로 생의, 우주의, 한없이 깊고 밝고 가벼운 빛이 물처럼.*

나는 도록의 앞부분으로 돌아가 다시 한 장씩 넘긴다. 작은 도판이지만, 잠자고 있던 기억을 불러내기에는 충분하다. 그때 내가 커다란—미술관의 벽 하나를 차지한—그림을 통해 느꼈던 충격이 조용히 되살아오는 것을 느낀다.

시간이 얼마나 흘러갔는지 모르는 채, 나는 그림들을 보고 있다. 문득 생각한다. 이런 거라면 나도 할 수 있을지 모르겠다. 하루에 열 개씩만 한지에 점을 찍는 거라면. 말년의 마티스처럼 가위로 색지를 오리는 것보다도 이편이 손에 무리가 덜하겠다.

나는 자신에게 묻는다. 지금 이와 같은 것을 하고 싶은가.

그렇지 않다, 라고 나는 대답한다.

이 세계는, 이 감동적인 세계는 나에게 억지와 같다. 나는 이렇게 억지로 초월할 수 없다. 아름다워질 수 없다. 소리 없이, 내가 입술을 물고 울기 시작한 것을 깨닫는다.

나는, 그릴 수 없다.

내가 기억할 수 있는 한, 아주 어린 시절부터 내 존재의 대부분을 차지하고 있던 것이 그림이었다. 그림 그리는 사람 외에 다른 것이 되어보고 싶었던 적이 없었다. 나는 원래 나약하고 혼란스러운, 의지력이 없으며 미성숙한 인간이었지만, 그림이 모든 것을 이기고 나를 끌고 다녔다. 만병통치약처럼, 모든 인간적 약점의 처방으로서 그림은 나를 살렸다. 거짓, 나태함, 자기중심성, 비굴함, 천박함으로부터 나를 끌어올렸다. 그래서 그것을 포기했을 때, 나는 곧장 낮은 지점, 가장 동물적인 지점으로 내려갔던 것이다. 먹고 배설하고 잠을 자는, 본능만으로 남은 존재가 되었던 것이다.

그림 없이 존재의 균형을 잡는다는 것이 얼마나 어려운 일인지, 나는 예전에 미처 알고 있지 못했다. 내 모든 에너지는 그림을 위해 삶에서 유보되었고 저축되었다. 오로지 작업을 위해 모든 것이 유보된 상태, 그것이 자연인으로서의 내 삶이었다. 다시 말해, 나는 살아보았던 적이 없다. 나는 사는 법을 모른다.

이렇게 비어 있을 수가. 내 지나온 모든 시간이, 완벽하게, 고스란히 비어 있을 수가. 텅 빈 어두운 방을 들여다보는 것 같다.

17

나는 내가 그렇게 울었던 것을 몰랐다. 일어섰을 때, 이미 작업실이 어둑어둑해졌고, 얼굴이 부어 있었고, 극도로 힘이 빠져 있는 것을 느꼈다. 펼쳐놓은 도록 가운데 Q의 빛점들이 내 눈물로 올록볼록하게 부풀어 있었다.

나는 황급히 전화기를 본다. 며칠 전 내가 끌어다놓은 그대로 수화기는 탁자 가장자리에 몸을 엎드리고 있다. 나는 가방을 챙겨 일어난다. 어두운 계단을 밟아 내려가는 마음이 무겁다. 최소한 나는 무책임한 사람이 되고 싶지 않다. 나는 한 번도 그렇게 살아보지 않았다. 나는 상가 내 슈퍼의 공중전화를 찾아낸다. 소진아 미안하다, 오늘 못 갈 것 같아. 그래? 얼마나 기다렸는데, 미리 전화해주지 그랬어. 미안해, 내일 갈게. 그래도 되겠니?

소진의 실망한 목소리가 쌀쌀하다. 이제 차가운 건 지겹다. 서늘한 실망, 숨겨진 분노. 그녀의 마지못한 승낙을 듣고, 전화를 끊고, 나는 여름 저녁의 남아 있는 열기 속으로 걸어나간다. 생각해보니 작업실 문을 잠그지 않았지만, 다시 돌아갈 생각은 없다.

울음의 끝은 차라리 개운하다. 몸 안에 배어 있던 모든 물기가 빠져나간 것 같다. 나는 버스 정류장으로 걸어간다. 집으로 간다. 밥을 먹고 잠을 자러 간다.

18

어둡지만 사물을 식별할 수 없을 정도는 아니다. 비명을 질렀다고 생각했는데, 신음을 조금 냈을 뿐인가보다. 침대 밑을 내려다보자 남편이 가늘게 코를 골며 자고 있다. 오래전부터 두 사람은 이렇게 따로, 편하게 잔다.

꿈은 반복되는 두 개의 패턴 중의 하나다. 안개 낀 새벽길을 달리다가 자동차 앞으로 검은 개가 뛰어든다. 나는 힘껏 핸들을 감아 급회전을 하고 만다. 아니야, 브레이크를 밟았어야지. 차와 함께 개울로 곤두박질치며 눈을 뜨거나, 더 나쁘게는 피투성이의 내 몸을 허공에서 내려다보다가 깨어난다. 다른 하나의 패턴은 손과 관련된 것이다. 누군가가 나를 총이나 흉기로 위협해서, 커다란 짐꾸러미 따위를 두 손으로 들라고 명령한다. 안돼, 라고 소리치지 못해 나는 떤다. 이래서는 안돼. 밥도 내 손으로 못 먹게 될지도 몰라. 오른손만이라도 아물게 놔둬. 이가 부딪치는 추위에 깨어보면, 이불을 목까지 덮은 채 온몸이 식은땀으로 젖어 있다.

좀전에 꾼 꿈은 후자였다. 전자보다 뒤끝이 불쾌한 꿈이다. 나는 얼굴의 땀을 닦으며 일어선다. 캄캄한 부엌으로 나간다. 식탁 앞의 의자에 걸터앉는다.

하루 중 가장 기온이 낮은 새벽이다. 열린 뒷베란다 창문으로 바람이 들어온다. 서서 보면 어두운 나무들의 칠흑 같은 머리채가 보이지만, 식탁 앞에 앉으면 끝부분의 이파리들의 윤곽만 볼 수 있다. 바람이 소슬해, 드러난 팔 위로 소름이 돋는다.

저녁부터 집중했지만, 그 사진을 찍은 사람의 정확한 이목구비는 아직 떠오르지 않았다. 10년 전 단 하루, 몇 시간의 기억뿐인 사람이다. 아무래도 완전하게 되살려낼 수 없을 것이다. 인상, 입고 있던 옷의 색깔, 등의 체온, 내 몸을 받쳤던 팔의 감촉, 낮았던 목소리…… 그뿐이다. 아니, 그것들마저도 흐릿하게 이지러져 있다.

19

대학을 졸업하던 해의 4월이었다. 그러니까 첫 단체전도 치르기 전이고, 남편을 만나기보다는 훨씬 전의 일이다. 건강했고, 아무것에도 물들지 않았던 때였다. 미술학원의 아르바이트 외에는 혼자 그리는 그림만이 존재했고, 그것만으로 부족함이 없었다. 남자를 사귀는 데 서투른 편이었던 나는 연애에도 물들지 않아, 드물게도 입맞춤 한 번 해본 적 없는 스물네 살이었다.

걸어서 바로 북한산에 오를 수 있는 수유리에 살았으므로, 나는 일요일 오후마다 산에 올랐다. 혼자 걷는 것을 좋아했고, 체력을 향상시키고 싶었기 때문이다. 정상인 백운대까지 왕복하는 시간이 두 시간 사십 분이 될 때까지 나는 꾸준히 다리 힘을 길러나갔다. 등산화 끈을 단단히 매고 일단 매표소를 통과하면, 걸음의 완급은 두더라도 대동문까지 한 차례도 쉬지 않고 오를 수 있었다.

그날의 산길은, 전날 밤에 때 아닌 봄눈이 내려 그다지 좋지 않았다. 날이 맑아지며 기온이 누그러졌는데, 덕분에 녹은 눈으로 등산화가 푹푹 빠질 만큼 질척질척했고, 응달진 데는 아직 덜 녹은 눈으로 미끄러웠다.

무리지어 등산하는 팀들이 간혹 눈에 띄었지만 전체적으로 일요일치고는 사람이 많지 않았다. 가다 보니, 언젠가부터 한 남자와 앞서거니 뒤서거니 하고 있다는 것을 알게 되었다. 중간쯤 갔을 때 회사원들로 보이는 한 무리의 사람들이 나에게 사진을 찍어줄 것을 청했다. 내가 셔터를 누르는 동안, 그 남자는 뷰파인더를 가로막지 않기 위해 언덕길 뒤편에서 기다리고 있었다. 회사원들의 감사 인사를 받으며 카메라를 돌려주었을 때 그 남자와 눈이 마주쳤다.

그 다음부터는 퍽 가파른 경사면이었다. 뒤처져 있던 남자는 큰 보폭으로 나를 앞질러갔는데, 등산이 서투른지 연신 숨을 몰아쉬고 있었다. 내 앞으로 힘겹게, 나무뿌리 따위를 잡아가며 올라가던 그는 문득 아래를 내려다보며 혼자서 헛웃음을 쳤다. 내 시선을 의식하고 있는 것 같았다.

대동문까지 올라가자 시원한 바람이 불어왔다. 이 코스에서 내가 가장 좋아하는 곳이었다. 매표소를 통과한 후 처음으로, 나는 대동문 위의 긴 의자에 걸터앉아 잠시 쉬었다. 남자의 모습이 보였다. 커다란 고무 다라이에 이온음료며 캔커피 따위를 담아와 웃돈을 얹어 파는 아낙에게서 음료수 두 병을 사고 있었다. 남자는 내 옆으로 와 긴 의자 끝에 앉았다.

이거 마실래요?

괜찮아요.

마셔요.

고마워요.

나는 목례를 하고 캔커피를 받아들었다. 목이 말랐으므로 커피는 달고 시원했다. 동네 산보하는 기분으로 나올 만큼 그 코스에 익숙해진 터라 생수병 하나 안 들고 다니던 나였다.

백운대로 가세요?

예.

어느 쪽으로 내려가실 건가요?

왔던 길로요. 집이 저 아래거든요.

아, 하고 남자는 고개를 끄덕였다.

그래서 짐이 없군요.

잠시 뒤 남자는 말을 이었다.

저는 여기서 곧장 정릉 쪽으로 내려갈까 해요. 집이 구기동이거든요. 정릉에서 버스를 타면 더 가깝죠.

……네.

사실은 저 산에 별로 안 다녀봤어요. 그런데 그쪽이 하도 잘 가길래, 열심히 따라와본 거예요. 쉬지도 못하고.

그제야 나는 유심히 남자의 모습을 살펴보았다. 흰 얼굴에 안경은 쓰지 않았고, 키는 중간에서 약간 작았고, 체구는 중간에서 약간 보기 좋게 마른 정도였다. 전문직을 가지고 있으리라 짐작되며, 인문계나 예술 계통을 전공한 사람은 아닐 것 같은 담백함이 있었던 걸로 기억한다.

저도 동네가 여기다 보니까 일요일마다 올라오는 것뿐이에요. 별로 잘 타는 것도 아녜요. 산도 여기밖에 모르는 걸요.

그의 말씨를 흉내내어, 내 말투도 간결하고 겸손해졌다. 만난 지 얼마 되지 않았지만 그의 성격이 마음에 들었다. 언제나 나는, 과장이나 거짓이 없는 내성적인 남자를 좋아했다.

사진 좀 찍어주실래요?

그는 밝은 빨강색 사파리 점퍼 안주머니에서 자동카메라를 꺼냈다. 나에게 카메라를 건네는 그의 손이 떨렸다. 그것도 내 마음에 들었다.

나는 일어서서 두어 걸음 물러나, 긴의자에 앉은 채 수줍게 웃고 있는 그를 찍었다. 앵글을 달리 해서 한 컷 더 찍고 그에게 건넨 뒤 다시 긴의자에 앉았다. 남은 커피를 마시고 있는데, 그가 의자에서 일어섰다. 좀 전에 내가 섰던 자리로 가더니 나를 향해 카메라를 들었다. 찍지 마세요, 라고 손을 흔드는데 셔터를 눌렀고, 내가 웃음을 터뜨렸을 때 다시 셔터를 눌렀으며, 어색하여 눈을 돌려 백운대 쪽을 바라보았을 때 다시 셔터 소리가 들렸다.

그는 자리에 돌아와 카메라를 점퍼 안주머니에 넣었다. 자신의 커피캔을 만지작거리며 말했다.

사실 오늘부터 사흘쯤 지리산 종주라는 걸 해보려고 했는데, 어제 갑자기 눈이 내리는 바람에…….

직장인이라고 생각했는데, 평일에 산을 탈 만큼 시간이 많은 사람인가. 그러나 나는 그에게 묻지 못했다. 워낙 사교성도, 말주변도 없는 나지만 더더욱 말수가 없던 시절이었다. 5분쯤, 두 사람은 말없이 눈앞에 펼쳐진 이른 봄산의 풍경에 눈을 주고 앉아 있었다.

여기서 백운대까지 올라가려면, 좀 험하죠?

지리산 종주를 하겠다는 사람의 질문 같지 않아 나는 웃었다.

좀 미끄럽긴 하겠지만, 밧줄이 잘돼 있으니까요.

그럼, 저도 한번 같이 올라가볼까요? 기왕 여기까지 왔는데…….

그와 나는 자리에서 일어나, 긴의자 옆의 커다란 비닐봉지에 캔들을 버린 뒤 백운대로 향했다. 그가 앞장섰다. 미끄러운 바닥에 발을 디디는 둥 마는 둥하고, 밧줄을 붙든 손의 힘에만 의지해 마침내 정상에 이르렀을 때, 손바닥이 새빨갛게 달아올랐고 어깻죽지가 아팠다. 그의 얼굴도 상기돼 있었다.

이렇게 높은 곳에 다리가 있네요.

숨을 고르며 그가 말했다.

……저 바위와 바위 사이를 건너던 아들이 떨어져 죽어서, 그 부모가 놓은 다리라고 들었어요.

나는 말했다.

건너가보실래요?

그와 나는 그 작은 철제 다리를 건너가, 의정부 쪽으로 뻗어나간 들을, 비늘처럼 번쩍이는 먼 강을 내려다보았다.

여기, 진작 와볼 걸 그랬어요.

그가 말했다. 진심으로 하는 후회 같았다. 그 얼굴과 음성에서 무엇인가가 느껴졌다. 꼬집어 말할 수 없으나, 오랫동안 어떤 중심에서 비껴서서 살아온 사람의 얼굴, 자신의 목소리를 들으며 말하는 사람의 목소리였다.

20

지하철역에서 5백 미터쯤 걷자 삼거리가 나온다. 횡단보도 앞에 서자 소진이 알려줬던 대로 자그마한 아파트 단지의 모습이 눈에 들어온다. 카센터와 거울집, 가구점을 지나 골목으로 꺾어 올라간다. 아파트 정문에 이르러서 나는 손목시계를 확인한다. 소진의 작은아이가 오후 네 시쯤 낮잠에서 깬다고 했는데, 아직 두 시 삼십 분도 되지 않았다. 나는 주위를 살핀다. 과일을 들고 가려면 무거우니, 아이들이 먹을 빵이라도 골라볼 생각이다.

상가에서 제과점이 눈에 띄지 않아, 차량이 다닐 만큼 널찍한 옆 골목으로 들어선다. 지하철역으로 통하는 지름길인 모양인데, 그쪽으로 대여섯 개의 점포가 있다. 그 중 제과점을 발견해 걸어가다가 문득 사진관 앞에서 멈춰 선다.

이 아파트에 사는 소진이 사진을 맡겼다면 이곳이지 않을까. 바깥쪽으로 진열된 사진들을 나는 본다. 돌사진과 졸업 사진, 가족사진들이 금박을 입히거나 광택을 낸 액자들 안에 담겨 있다.

열려 있는 문으로 들어간다. 카운터에는 아무도 없고, 안채로 통하는 문이 열려 있다. 바람이 통해, 어둡지만 답답하지 않은 공간이다. 뙤약볕이 내리쬐는 바깥보다 시원하다.

다섯 평쯤 되는 공간의 대부분을 차지하고 있는 것은 사진 촬영의 배경으로 설치된 하늘색 롤스크린, 그 앞에 놓인 고풍스런 의자, 조명시설과 원판사진기다. 뷰파인더에 잡히지 않을 바깥에 쌓인 잡동사니들과 대조를 이루어, 그것들은 인형극이 열리는 작은 무대를 연상시킨다.

나는 고개를 돌려가며 벽에 붙은 사진들을 본다. 출입문 바로 옆으로는 텅 빈 원형 체육관의 관중석에 나란히 앉은 중년의 부부가 역광으로 찍혀 있고, 맞은편 벽에는 큼직한 백두산 천지 사진이 걸렸다. 설경을 배경으로 한, 진지한 얼굴의 소년의 독사진 옆에서 나는 눈을 멈춘다.

내 얼굴이 거기 있다.

대학노트 두 개 크기의 액자 속에서, 이른 봄의 푸릇푸릇한 나무들을 배경으로 나는 활짝 웃고 있다. 내 짐작이 맞았다. 그 무렵의 사진이다. 저 옷, 보풀이 너무 많아져 결혼 전에 처분했던 고동색 스웨터. 봄가을이면 저 옷을 입고 산에 다니곤 했다.

　어떻게 오셨죠?

　안채 쪽에서 러닝셔츠 바람의 남자가 톱을 들고 나온다. 다른 손에는 나무판이 들려 있다. 어렸을 때 소아마비를 앓았는지 눈에 띄게 다리를 절고 있다.

　안경을 쓴 미소 띤 얼굴이 눈에 익다. 조금 후에 나는, 그가 사진 속의 원형 체육관에 앉아 있던 바로 그 남자라는 것을 깨닫는다. 나는 고개를 돌려 다시 그 사진을 본다. 그의 얼굴도 그의 아내의 얼굴도 고등학교 교사처럼 보이는 반듯한 구석을 갖고 있다. 드물게도, 오랫동안 아껴주며 늙어가는 중년 부부의 모습이다.

　나는 내 사진을 가리킨다.

　……저 사진.

　아아, 주인 남자는 쾌활하게 웃는다.

　어디서 뵌 분이다 했더니.

　저 사진, 언제부터 여기 있었나요?

　글쎄요.

　그는 머리를 흔든다.

　우리가 여기 들어온 게 10년 좀 더 됐거든요. 아무튼 들어오자마자 걸었던 거니까요. 그런데 살이 많이 빠지셨네. 얼른 봐선 같은 사람인지 모르겠어요.

　……나이가 들었으니까요.

　그는 다시 쾌활한 음성으로 웃는다.

그런데 저 사진, 누가 맡겼는지 혹시 기억하세요?

그는 좀 어리둥절한 기색이다.

댁이 맡긴 거 아니었어요?

나는 좀 다르게 물어본다.

맡긴 사람이 부탁해서 저렇게 확대한 거였나요?

아니죠. 그냥 내가 보고, 벽이 허전하니까…… 웃는 얼굴이 환해 보여서 그냥. 아, 맞다. 가만.

그는 기억을 되살리려는 듯 눈살을 모은다.

오래 안 찾아가는 사진들 중에서 골랐던 거 같네. 가만, 우리가 봄에 들어왔었는데, 가을쯤에나 저걸 걸었던 거 같애. 이제 기억나네요.

왜요, 하고 그는 안경을 치켜올리며 묻는다.

무슨 사연이라도 있어요?

아니오, 나는 웃음을 지어 보인다. 잠시 입을 다물고 있다가 묻는다.

아무도 찾아가지 않은 사진들은 어떻게 하세요? 버리나요?

다른 사람들은 버리기도 하던데…… 나는 원체 뭘 잘 버리지 못하는 사람이라 다 어디다 쌓아놨어요. 그런데 하두 오래전 일이라.

그의 얼굴에 귀찮은 기색이 어린다. 액자와 톱을 아예 카운터에 내려놓고 팔짱을 끼고 있다.

저, 폐를 끼치고 싶지는 않은데요.

나는 말한다.

보관해놓으신 장소만 알려주시면, 제가 최대한 헝클어뜨리지 않고 찾아볼게요.

그걸 찾아서 뭐하려구? 버렸을지도 모르는걸, 기껏 뒤져봤자 헛

수고만 할지도 모르잖아요. 그렇게 중요한 사진이에요?

중요한가. 사실은, 전혀 그렇지 않다.

얼른 대답하지 못하는 내 얼굴이 진지하여, 오히려 주인의 마음이 움직인 모양이다. 한숨을 쉬며 일어서더니, 다시 안채 쪽으로 나간다.

……조금만 기다려봐요. 내가 한번 가볼게.

21

고개를 들어 벽시계를 본다. 세 시 사십오 분. 두번째 상자를 반도 뒤지지 못했으니, 네 시 안에 다 훑는 것은 불가능하다. 현상과 인화를 맡긴 시간적 순서와 완전히 무관하게 배열된 봉투들 속에서 나는 지쳐가고 있다. 봉투에 날짜는 씌어 있지만 연도가 없기 때문에, 4월과 5월이 걸리면 열어보는 식으로 진행하고 있다. 오른손으로만 뒤져가려니 점점 무리가 와, 자주 손을 쉬고 스트레칭을 해준다. 손목이나 팔의 힘이 함께 들어가는 큰 동작보다 오히려 손가락 관절들을 지치게 하는 것이 이와 같은 작은 동작들이다.

10년 동안 찾아가지 않은 필름들의 양은 상상 외로 방대하다. 가족사진도 있고 다정해 보이는 연인들의 사진도 있다. 졸업사진, 증명사진들도 눈에 띈다. 다들 나름의 특별한 사정이 있을 테고, 개중에는 단순히 찾는 것을 잊은 이들도 있을 것이다. 대충 넘겨본 뒤 아닌 듯한 것은 다시 넣어두고, 나무나 산의 풍경이 한 장이라도 나오면 주의 깊게 살핀다. 그러다 보니, 찾아놓고 다시 넣어버린 게 아닌지 하는 의심으로 더욱 맥이 풀린다.

거의 네 시가 되어갈 무렵이다. 나는 거의 자포자기한 상태에서 봉투를 열고 사진들을 꺼낸다. 푸릇푸릇한 나무들, 막 돋아난 진달 래꽃들의 모습이 보여 손가락의 속도를 늦춘다. 딱히 솜씨가 좋다고는 할 수 없는, 자동카메라로 찍은 풍경사진들이다. 올려다보고 찍은 나무들, 얼음이 끼어 있는 바위틈의 연둣빛 싹. 중간쯤에서 나는 한 남자의 얼굴을 본다. 유순해 보이는 낯선 얼굴이다. 혹시나 싶어 다음 장을 넘기고, 거기서 한 여자의 뒷모습을 발견한다.

나는 허리를 곧추세운다.

그것은 내 뒷모습이다. 머리를 질끈 동여 묶고, 고동색 스웨터와 청바지를 입고, 한 손으로 바위를 짚으며 산을 타고 있다. 다음은 벤치에 앉은 내 상반신, 다음은 줌인으로 끌어당긴 스물네 살의 내 옆얼굴이다. 콧잔등에 여드름이 빨갛게 익어 있고, 잇몸까지 드러 낸 채 활짝 웃고 있다. 아직 망가져보지 않은 사람의 얼굴이다. 악몽을 꾸고 축축한 이불을 걷으며 일어나본 적 없는 얼굴이다. 그때마다 마주하는, 마치 잿더미와 같은, 싸늘하게 식은 절망감을 모르는 얼굴이다.

다음은 다시 남자의 얼굴이다. 내가 찍은 것일까. 외꺼풀 눈에 낯빛이 희고, 인중이 또렷하다. 기억 속의 희미한 얼굴이 조용히 초점을 찾는다. 선한 인상, 무겁지 않은 고요, 담백한 태도. 어떤 기미가 있었다. 흔히 만날 수 없는 사람이라는 느낌. 이해하고 몰입할 수 있을 것 같은 예감—결국 적중하지 못한 예감이 있었다.

사진을 봉투에 넣고, 나는 아파오는 허리를 짚으며 일어선다. 사진관 주인은 여태 요란한 소리를 내며 사포질을 한 넉 점의 액자에 칠을 하고 있다.

나는 묻는다.

직접 액자를 만드시나 봐요?

침묵에 익숙해져 있었던지, 주인은 움찔 놀라며 고개를 든다.

그냥, 이것저것 하는 거죠 뭐. 손으로 뭘 만드는 걸 워낙 좋아해서.

그 대답이 조용히 가슴을 찌른다. 그는 손등으로 이마의 땀을 닦는다. 내가 들고 있는 사진 봉투를 턱 끝으로 가리키며 묻는다.

찾은 거예요?

……네.

용케 찾았네요. 헛수고만 하고 갈 줄 알았더니.

돈 드릴게요.

됐어요. 언젯적 사진인데. 댁이 맡긴 것도 아니라면서요.

그래도 드릴게요. 괜히 번거롭게 해드렸는데.

나는 먼지투성이의 손으로 가방 속을 더듬는다. 지갑을 열어 만원권 지폐를 꺼낸다. 거스름돈을 기다리는 동안 사진 봉투를 내려다보자 맡긴 사람의 이름이 눈에 들어온다. 최인성. 그 사람의 이름이 최인성이었구나. 이름 옆에 전화번호가 적혀 있다. 나는 봉투를 가방 속 깊이 밀어넣는다. 밀어넣는 손가락들의 관절이 아리다.

옛날 애인이에요?

도저히 호기심을 참을 수 없었던 듯, 주인은 마침내 나에게 묻고 만다.

22

남편이 첫 남자였으므로—그만큼 남자를 사귀는 데 서툴렀으므로—나에게는 옛 애인이 없다. 그 사람과의 일도 아마 그쯤에서 끝났을 것이다. 대동문으로 돌아간 뒤 그는 정릉 쪽으로, 나는 왔던 길로 하산했을 것이다. 그에게 약간의 호감을 가졌다 해도, 연락처 따위를 교환해 사진을 돌려받으려는 마음조차 내지 못했을 것이다. 백운대에서 내려오는 길, 밧줄이 설치된 험하고 짧은 코스가 막 끝났을 때 내가 얼음을 밟고 보기 좋게 미끄러지지 않았다면.

웃으며 일어서려고 했을 때, 나는 뜻밖에도 발목이 삔 것을 알았다.

괜찮아요?

나를 따라 웃던 그가 다가왔다. 나는 다시 한 번 일어나려고 하며, 통증과 웃음이 얽힌 낮은 소리를 질렀다.

……한겨울에도 이런 적이 없었는데, 삐었나 봐요.

걸을 수 있겠어요?

나야 물론 당황했지만, 그의 표정은 더 난감해 보였다. 나는 그럼요, 라고 말하며 발을 내디뎠으나 곧 비명을 지르며 무릎을 꺾고 말았다.

그는 정릉 쪽으로 내려가겠다는 계획을 접고, 나를 업고 내려가기 시작했다. 그의 배낭은 내가 메고, 그의 한 팔이 내 몸을 받쳤다. 남은 팔로 중심을 잡아가며 가파른 길을 밟아 내려가는 그의 숨이 연신 헐떡였다. 평지가 나오면 쉬기를 수차례 했다. 업혀보고 나니 약하다는 것을 느낄 수 있는 마른 몸으로, 그는 나를 내려놓고는 팔운동을 했고, 허리를 툭툭 치기도 했다. 나는 미안해요, 고마워요, 라는 인사말을 수차례 했겠지만, 그가 어떤 말로든 답했던 것 같지는 않다. 아마 웃기만 했을 것이다. 한 차례, 인적 없는 산비탈의 바위 위에 나를 내려놓고 끙, 소리를 내며 허리를 돌리다가 그는 허공을 향해 낮은 소리로 웃었다.

왜 웃으세요?

그냥요.

그는 짧게 말을 끊으려다가, 덧붙이듯 말했다.

전 어릴 때부터 약골이었어요. 열한 살 때는 죽을 뻔하다가 살아난 적도 있죠. 식구들도 모두 제가 정말 죽는 줄 알았다더군요. 그때 죽었다면 지금 이렇게 그쪽을 업어줄 수도 없었겠다고 생각하니까…….

어린아이처럼 흡족하게 반짝이는 그의 시선을 마주보며, 나는 어렴풋이 짐작했다. 그가 오래 비껴나 있었던 중심이 건강—건강한 육체를 가진 삶—이리라는 것을. 문득 그의 시선이 피붙이처럼 다정하다고 나는 느꼈다. 다시 그가 나를 업었을 때, 그의 몸에 내 젖가슴과 허벅지가 고스란히 닿는 것이 어쩐지 더 이상 부끄럽지 않았다.

매주 이 산에 다니세요?

그의 등으로 낮은 목소리가 울려왔다.

내가 그렇다고 하자 그는 정상에서 했던 말을 다시 했다.

후회가 되네요…… 진작 여기 다녔어야 하는 건데.

마침내 산을 빠져나와 도선사에서 운행하는 버스를 기다리는 동안, 그의 얼굴은 산에서처럼 다정하지 않고 어쩐지 무거워 보였다. 자취집으로 이르는 평지에서, 나는 업히는 대신 그의 부축을 받으며 절름절름 걸었다. 골목 입구에 이르렀을 때, 마침 친구와 함께 집으로 가고 있던 남동생을 만났다.

어떻게 된 거야, 누나.

내가 사정을 설명하는 동안 그가 부축하던 팔을 놓았다. 마치 내 몸의 한 부분이 빠져나가듯 그의 체온이 떨어져나갔다.

저, 잠깐만요.

내가 붙잡기 전에, 그는 고개를 숙여 인사하며 골목 끝으로 사라졌다. 동생의 부축을 받으며 집으로 걸어들어가는 동안, 발목의 아픔 때문이 아니라, 뜻밖에 그가 그렇게 가버렸다는 것 때문에 나는 한 마디의 말도 할 수 없었다.

발목이 아물 때까지 나는 산을 타지 못했고, 정상적으로 걸을 수 있게 되자 일요일이 돌아오기를 고대했다. 그의 부끄러운 시선, 그의 손의 떨림을 나는 기억했다. 그가 분명히 나에게 호감을 가졌다고 느꼈다. 일요일마다 비슷한 시간에 오르면서, 흔한 빨강색 사파리 점퍼들을 볼 때마다 눈이 머물곤 했다. 내가 정말 마음에 들었다면, 같은 시간에 다시 산에 올 수 있잖아. 내 마음이 끌렸던 만큼 그 사람도 마음이 끌린 건 아니었던 거야. 사파리 점퍼를 입기에는 날씨가 더워졌을 무렵, 나는 내 직감이 틀렸다는 것에 놀랐고, 실망과 알 수 없는 상실감을 함께 느꼈다.

이름도, 나이도, 직업도 전혀 모르는 남자의 이미지가, 10년이 지난 지금 되살아나, 그 자리에 고스란히 있다. 만일 내가 그 남자와 수작을 나눴다면 이렇게 밝은 기억으로 남아 있지 않을 것이다. 내가 그와 나눈 것은 침묵이었다. 비장하지도 우울하지도 않은, 그저 침묵. 말하지 않았기 때문에 더 깊이 새겨진 몸의 따스함.

그 후 1년 가까이 나는 가끔 그를 기억했다. 그 산비탈, 인적 없는 바위 위의 휴식을. 그리고 후회했다. 그가 나를 다시 업기 위해 다가왔을 때, 왜 그 얼굴에 손을 뻗어 뺨을 만지지 못했던가를. 그의 등에 업혀 목을 안았을 때, 더운 김이 피어오르는, 잔 솜털이 돋은 목덜미에 내 입술을 누르지 못했던가를.

23

기다리고 있었던 듯 얼른 문을 열어준 소진은 손수 날염한 앞치마를 두르고 있다. 화려한 색감과 대담한 붓질이 그녀답다.

어서 와. 덥지?

소진의 아이들이 요란하게 소리지르며 달려와 내가 들고 있던 롤케이크 상자를 받아든다.

애들이 수박 먹고 싶다는 걸, 너 올 때까지 기다리고 있었어.

소진은 앞장서서 부엌으로 간다.

찾아오는 데 어렵진 않았니?

네가 워낙 자세히 일러줘서……

내기 교사 경력 8년 아니니.

수박의 가운뎃부분을 원반 모양으로 자른 뒤 그것을 자잘한 주사위 모양으로 썰면서 소진이 말한다. 포크 두 개를 꽂자 수박은 먹음직스러운 케이크의 형상이 된다.

올해 일곱 살이라는 큰아이 진욱이가 수박케이크, 수박케이크, 하면서 달려온다. 아직 말을 못하는 정욱이도 뒤뚱거리며 따라온다. 진욱이에게 수박이 담긴 접시를 넘겨준 뒤, 소진은 어른들을 위한 수박 썰기를 다시 시작한다. 이번에는 큼직한 부채꼴로 썰어 접시에 담는다.

우린 여기서 먹자.

식탁 앞에 앉으며 소진이 말한다. 그녀를 따라 앉자, 거실에서 이마를 마주대고 먹는 데 열중한 아이들의 모습이 보인다.

아이 키우기 힘들지 않니?

물론 힘들지.

그녀는 웃는다.

힘들다고 해봤자 안 해본 사람은 모르고, 해본 사람은 너무 잘 아니까, 그냥 아무에게도 말 안 하게 돼.

소진의 인상은 예전보다 원숙해졌고, 성격도 쾌활해진 것 같다. 그러나 그 쾌활함이 단속적이고, 음각으로 새겨진 무엇인가가 시시로 어렴풋이 드러난다는 느낌이다. 침묵하다가, 우리는 대학 시절의 일들, 누가 어떻게 지내고 어떻게 되었는가 하는 이야기로 넘어간다. 그렇구나. 그애가 유학을 갔구나. 늦었지만 잘 생각했네. 그애도 얼마 전에 둘째 낳았다던 것 같은데. 응, 걔는 청첩장까지 돌려놓고 결혼 취소한 뒤론 아직 소식이 없어.

얼굴과 윗옷에 잔뜩 수박물을 들인 형제가 빈 접시를 들고 온다. 소진의 손이 바빠진다. 내가 빈 접시와 식탁을 정리하는 동안 거실에 흘린 것들을 걸레질하고, 정욱이를 욕실에 데려가 씻기고, 옷을 갈아입힌다. 능숙하고 빠른 손길이다. 소진의 어깨, 팔과 가슴의 둥글고 오목한 선들이, 수천 번 아이들을 안고 들어올려 생긴 흔적인 것을 나는 문득 안다. 예전이라면 알지 못했을 것이다. 보아도 보이지 않았을 것이다.

그동안 혼자서 손과 입을 씻은 진욱이가 제 방에서 뭔가를 들고 나온다.

그게 뭐니?

내 도마뱀이요.

그걸 키우는 거니?

네.

촘촘한 철망으로 만든 집 안에 모래가 채워져 있다. 손가락만 한 선인장도 심어져 있다. 그 미니 사막 안에서, 손바닥 길이의 도마뱀이 말갛게 눈을 뜨고 나를 올려다본다.

아휴, 내가 그것 때문에 정말.

소진이 마른 수건으로 정욱이의 얼굴을 닦으며 투덜댄다.

애는 예쁜 동물들 다 놔두고 이걸 사달라지 뭐니? 백과사전에서 봤다나. 지난겨울에는 얼마나 사람을 놀래키고.

진욱이가 미니 사막을 내 발치로 밀어놓는다. 뭔가를 보여주려는 것 같아 나는 아이와 나란히 바닥에 앉는다. 조심성이 있는 아이다. 도마뱀이 그랬던 것처럼 말갛게 눈을 뜨고 나를 올려다본다.

그 앞발 보여주려고 그러는 거야.

앞발?

부산스럽게 싱크대 앞을 오가며 소진이 설명한다.

지난겨울에, 저 도마뱀이란 놈이 어떻게 거길 빠져나왔는지 모르겠는데, 아침에 깨어보니까 감쪽같이 없어진 거야. 무는 놈은 아니지만 그래도 찜찜하잖아. 양말을 꺼내려고 화장대 서랍을 여는데, 그 근처 어디 붙어 있다가 쏜살같이 서랍 속으로 들어가는 거 있지.

소진의 목소리가 연극적으로 높아진다.

엉겁결에, 너무 놀라서 서랍을 닫아버렸거든. 그 바람에 저 앞발이 잘라져버렸어. 나는 나대로 가슴이 벌렁벌렁한데, 진욱이는 울고불고, 도마뱀은 도마뱀대로 몸부림을 치는데…….

진욱이는 씩 웃으며 검지손가락으로 도마뱀을 가리킨다. 나는 고개를 숙여, 아이가 가리킨 자리를 본다. 도마뱀의 몸은 전체적으로 암갈색과 회색의 중간 색조인데, 과연 앞발에 뭉텅 잘린 자국이 있다. 그 위로, 원래 있어야 할 발보다 조그맣고 연약한, 투명한 흰빛의 두 발이 돋아나 있다.

그런데 신기하더라. 생물시간에 배운 대로, 정말 발이 다시 돋아나는 거 있지.

앞치마에 손을 닦으며 미소짓고 있는 소진의 얼굴을 나는 돌아본다. 다시 고개를 돌려, 아이의 말없이 빛나는 얼굴에 어린 자랑을 들여다본다.

이거, 이름 있니?

나는 묻는다.

영원이요.

영원?

네, 노랑무늬영원.

24

소진이 냉장고에서 울긋불긋한 것들을 꺼내는 것을 보고, 나는 얼핏 도자기 인형이라고 생각한다. 소진이 그것들을 접시에 담아 전자레인지에 넣는 것을 보고 내심 놀란다. 잠시 뒤 내 눈앞에 놓인 것은 놀랍도록 정교하게 빚은 떡들이다. 파랑새와 꽃, 나무와 어린 고양이.

당근, 치자, 검은 쌀…… 식용색소도 조금 넣어서 색을 냈어. 너 온다고 아침부터 진욱이랑 만든 거야.

이걸 어떻게…….

감탄의 말을 해주려던 나는 울컥 말을 끊는다. 이렇게라도 손을 움직여 무엇인가를 만들지 않으면 안 되는 것, 그렇게 꿈틀거리는 것이 그녀의 안에 또아리 틀고 있었던 모양이다.

아무래도 난 아까워서 못 먹겠다.

괜찮아. 또 만들면 되는걸.

소진은 제비 새끼처럼 벌린 정욱이의 입에 파랑새를 쪼개어 건네준다.

너도 먹어. 얼른.

나는 할 수 없이 연보랏빛 들국화를 집어 한 입 문다. 정교한 떡의 내부에 흰 팥앙금까지 들어 있다.

맛도 있네.

정말?

소진의 눈이 흔들린다.

진욱이가 킥보드를 들고 놀이터로 나가고, 정욱이는 베란다에서 장난감 자동차를 밀고 노는 사이 소진이 거실의 오디오를 켠다. 에릭 클랩튼의 오래된 음반이다. 네 살 된 아들을 잃고 만들었다는 조용한 노래가 흘러나온다.

나는 고단한 몸을 소파에 파묻은 채 노래 가사에 귀를 기울인다. 시간은 너를 밑바닥까지 내려놓을 수 있지. 네 무릎을 꿇게 만들 수 있지. 네 가슴을 영원히 찢어놓고, 구걸하고 애원하게 할 수 있지.

침묵을 깨며 소진이 말한다.

……있잖아, 난 어릴 때 타임머신이 나오는 영화를 좋아했었다. 지나간 시간으로 돌아가기만 하면 그 공간, 그 상황이 고스란히 되

살아난다는 게 좋았어. 가끔 그런 상상을 해봐. 아직 그런 기계가 만들어지지 않았을 뿐이지, 거기 돌아가보면 다 살아 있고, 다 만날 수 있다고.

나는 묻는다.

언제로 그렇게 되돌아가보고 싶은데?

글쎄, 딱히 그런 때가 있는 것도 아니면서.

소진의 얼굴이 어두워진다.

어차피 다 거짓말이라는 걸 알고 있는데 뭐.

소진의 대답이 노래 가사의 일부 같다. 다 흩어져버린다는 걸. 남김없이 닳아지고 사라져버린다는 걸.

오래 아이들만 돌보면서 바깥바람을 못 쐬서, 우울해진 거 아니니?

……그런지도 몰라.

문득 소진이 눈가를 손으로 씻어 나는 놀란다.

소진은 이내 자리를 털고 일어나 바닥에 놓여 있던 철망집을 든다. 미니 사막을 느긋하게 기어다니던 도마뱀이 공간의 움직임에 민감하게 반응한다. 조그맣고 투명한 앞발을 창살에 바싹 붙이고 꼼짝하지 않는다.

그래서, 하고 나는 소진에게 묻는다.

진욱이가 이걸 영원이라고 불러?

소진의 얼굴이 애써 밝아진다.

응, 영원아, 영원아 그래. 영원아 밥 먹자. 영원아 잘 잤니? 앞발이 다시 돋아난 뒤론 더 좋아해.

방금 눈을 비벼 흰자위가 빨간 소진이 웃음을 지어 보인다. 도마뱀과 함께 진욱이의 방 쪽으로 사라진다.

25

소파 앞의 테이블 위로, 진욱이가 갖다놓고 나간 동물도감이 펼쳐져 있다. 색채가 화려하고 글씨가 크긴 하지만, 어린이를 위한 책치고는 제법 두툼하고 설명이 많은 책이다. 이거예요, 우리 도마뱀. 아이는 말했다. 소진은 나무라듯 참견했다. 네 도마뱀은 이거 아니야. 종도 다르고, 색깔도 다르고……. 이거 봐, 이건 독이 있다고 씌어 있잖아. 물리면 죽을 수도 있다잖니. 그래도 이거야, 하고 아이는 고집을 부렸었다.

노랑무늬영원
불도마뱀
Fire Salamander

나는 알 수 없는 힘에 이끌려, 그 동물의 사진에서 눈을 떼지 못한다. 만져보면 축축하고 차가울 듯한 피부. 끝부분이 갈라진, 허공으로 길게 내민 혀. 근육질의 긴 꼬리. 민첩해 보이는 네 개의 짧은 다리들.

녀석은 카메라를 똑바로 응시하고 있어, 금방이라도 동물도감의 코팅된 내지를 찢고 튀어나올 것 같다. 불도마뱀이라는 이름이 썩 어울린다. 저 혀에서 불길이 뿜어져나오는 건가. 아니면, 불과 같은 맹독이? 중동의 사막지방에서 서식하는 그 동물은, 불 속에서 사는 것으로 이집트인들에게 믿어졌었다고 거기 씌어 있다. 도마뱀의 재생력과 불의 정화력이 결합된 믿음일 것이다.

그 짐승의 징그러운 외양에 대조돼 더욱 돋보이는 무늬의 아름

다음을 나는 오랫동안 음미한다. 이글거리는 태양에 가까운 지역이 아니라면 결코 새겨질 수 없을 화려함이다. 밝은 레몬빛에 가까운 투명한 색채. 나비나 흰 새, 젊은 여자의 스카프에 어울릴 법한 강렬한 패턴.

노랑무늬영원, 하고 나는 입속으로 중얼거려본다. 영원이란 도롱뇽과에 딸린 속명일 뿐이라고 씌어 있지만, 그 동명이의어의 울림은 가냘프게 내 마음을 움직인다. 왜인지, 어떤 것인지를 설명하기 어려울 만큼 미미한 움직임이다.

26

그래, 네 말대로 우울해질 때도 있지만, 꼭 그렇기만 한 것도 아니야. 특히 둘째를 보면 순간순간 놀라. 배만 안 고프면 저애는 웃거든. 끊임없이 장난할 거리를 찾고, 행복하고, 활기에 넘쳐. 가장 자연스러운 상태일 때 인간은 그런 존재인가봐. 우리도 원래는 그랬지만, 그 뒤로 프로그래밍이 된 상태니까 원래의 상태를 잊고 사는 거 아닐까 하는 생각이 들어.

그런가…… 그런데 기억이 안 나니까.

뭐가?

나는 대답한다.

내가 저만했을 때, 어땠는지.

……기억할 수 없는 시절은 정말 무의식 속에 들어가 있는 걸까? 그렇다면 좋겠어. 그런 자연스러운 상태가 숨어 있다가, 가장 필요한 순간에 우릴 도와준다면.

중요한 숙제에 골몰해 있는 진지한 대학 1학년생처럼 소진은 대화를 이어간다. 내가 언제나 좋아했던, 어쩌면 나와 비슷한 그녀의 성격이다. 그러고 보면 그녀는 별로 변하지 않았는지도 모른다.

그림 다시 그리고 싶지 않아?

생각 없어. 안 그리니까 편해. 그냥 이렇게 사는 게 좋아.

그렇게 대답하는 그녀의 얼굴이 다시 어두워, 내 질문이 후회스러워진다. 나는 더듬더듬 가방을 열어 사진 봉투를 꺼낸다.

너, 결혼하기 전까지 이 동네 살았다고 했지.

소진이 고개를 끄덕인다.

혹시 이 사람 알겠니?

이게 누군데?

나는 사진관에 들러 이 사진들을 찾아낸 것, 10년 전의 짧은 만남에 대해 짧게 간추려 설명한다.

글쎄.

그녀는 고개를 갸웃거린다.

눈에 익은 것 같기도 하고, 아닌 것 같기도 하고, 참 평범한 얼굴이네. 어디서 본 사람 같다는 말 많이 듣는 타입이겠다.

……그렇지?

그런데 왜 사진을 맡겨놓고 안 찾아갔을까?

그녀와 나는 짧게 침묵한다.

이거, 놔두고 가볼래? 내일 친정에서 오빠 만날 건데 한번 물어볼게.

나는 그 남자, 최인성의 사진 한 장을 소진에게 건네준다. 소진이 조심스럽게 묻는다.

그런데 뭐 하려고. 이 사람, 만날 수 있으면 만나보기라도 하려고?

　나는 얼른 대답하지 못한다.

　어머, 큰일이네. 괜히 나 때문에 애매한 가정에 문제 생기는 거 아냐?

　그녀의 순수한 얼굴에 호기심과 기대, 염려가 함께 어려 있어, 나는 그만 웃어버리고 만다.

27

　소진이 정욱이에게 우유를 먹이는 동안, 나는 거실 바닥으로 내려와 소파 다리에 등을 기댄다. 눈을 감고 있다가, 나도 모르게 깜박 잠이 든다. 혼곤한 잠 속에서 방향을 잃는다. 여기가 어딘가, 저건 어떤 아이의 울음소린가. 언제인가. 나는 지금 언제에 와 있는 건가. 마치 물 위에 떠 있는 것 같다. 어지럽다. 가슴이 울렁거린다. 어쩌면 이렇게 환한가. 물이 번쩍이는 건지 공기가 번쩍이는 건지 알 수 없다. 다시 열세 살인가. 열세 살의 여름방학인가. 작은 아버지를 따라 처음 고깃배를 탔다. 흔들리는 배의 이물에 납작하게 몸을 낮춘 채 나는 겁먹고 있다. 바다 가운데로 나오자, 눈부신 잔멸치떼가 일제히 배 밑을 헤엄쳐간다. 빠른 빛이다. 셀 수 없는 빠른 빛이다. 배까지 쓸려 뒤집혀버릴 것 같다. 순식간에 모든 것이 지나가고 난 뒤, 물의 정적이 숨을 틀어막는다. 기포처럼 내 몸이 부서진다. 영원히, 시간이 정지한다. 나는 떤다. 두렵기 때문이다. 너무 아름다운 것도 고통이 된다는 것을 처음 알았기 때문이다. 그것이 못이나 씨앗처럼 몸 안에 박히기도 한다는 것을 알았기 때문이다. 그러나 그것이 평생토록, 끈덕지게 죽지 않고 살아 꿈틀거리리라는 것까지 열세 살의 나는 아직 모른다. 갈망과 절망, 풀리지 않는 긴장으로 내 몸이 들뜨고 지칠 것임을 모른다. 다만 두렵고 모호한 예감을 잠재우기 위해, 두 손을 빳빳이 펴 오목한 가슴을 누르고 있다. 강한 물빛 때문에 거의 눈을 감은 채, 토하지 않기 위해 계속해서 침을 삼키고 있다. 부신 눈을 가까스로 부릅뜨자, 입가에 온통 흰 우유를 묻힌 아이가 뒤뚱뒤뚱 나를 향해 다가오고 있다. 무방비 상태의 웃음을 물고 있다.

28

긴 여름해가 마지막 따가운 빛을 드리운 하오의 끝이다. 정욱이를 유모차에 싣고 소진이 아파트 정문까지 배웅 나온다. 놀이터에 있던 진욱이가 킥보드를 타고 미끄러져 온다.

아줌마, 저녁 먹고 가요.

소진이 진심 어린 목소리로 거든다.

애들 아빠도 오늘 늦게 올 텐데, 저녁 먹고 가라니까.

다음에. 나도 들어가봐야지.

아쉬운 얼굴로 소진이 내 팔을 끈다.

그럼 동네 한 바퀴 돌고 가라. 이 아파트가 작아도 뒤뜰은 괜찮아.

나는 당황한다. 사랑받는다는 것은 황홀하구나. 그들의 거짓 없는 환대가 서름서름하게 느껴진다.

뒤뜰로 나가자 울창한 나무들에게서 선선한 바람이 불어온다.

앞장서 미끄러져가는 진욱이의 뒷모습을 바라보며, 나는 소진과 어깨를 나란히 하고 걷는다. 정욱이는 알아들을 수 없는 말들을 종 알거리며 작은 발을 유모차 다리에 툭툭 쳐댄다. 우거진 나무를 올 려다보다가 나는 문득 놀란다. 역광을 받은 나뭇잎들의 형상이 낯 익게 느껴졌기 때문이다. 무수한, 어두운 초록빛 동그라미들 틈으 로 비쳐나오는 햇빛.

좀더 걸어가다가 나는 흠칫 깨닫는다.

Q가 그린 것, 저것이었나. 저 노랑이었나.

세 모자와 작별하고 마침내 집으로 돌아가는 버스에서 나는 계 속해서 가로수들을 올려다본다. 따가운 햇빛을 역광으로 받은, 반 짝이는 잎사귀, 잎사귀의 동그라미들.

29

언제나 그렇듯 남편은 연락 없이 돌아오지 않는다. 열린 베란다 로 경비실의 라디오에서 아홉시 뉴스의 시그널 음악이 들려올 때 까지, 나는 그 남자, 최인성이 찍었던 사진들을 본다. 나무와 하늘, 빛을 받은 잎사귀들. 내가 찍은 그의 프로필, 내 사진 석 장. 얼음 덮인 바위틈의 연둣빛 싹. 거기 겹쳐진다. 더운 김이 피어오르는 그의 목덜미, 흰 피부의 잔 솜털들. 거기 입술을 누르고 싶었던 순 간의 아득함.

그 모든 것들이 고요히, 그 사진관의 먼지 낀 상자 속에서 잠들 어 있었다. 내 시계처럼. 2년 동안 어둠 속에서 죽지 않고 고요히 돌아가고 있었던 초침처럼.

만나고 싶다고 나는 생각한다. 지금의 그가 아니라, 그때의 그를. 아니, 실은 그때의 나를. 그 여자를. 고집 세고, 무엇에도 물들지 않은, 그래서 성숙하지 않은 그 여자를. 그러다가, 뜻밖에도 불에 덴 듯 깨닫는다. 그때로 돌아가고 싶지는 않은 자신을. 그, 아무것도 모르던 때로 돌아갈 수는 없는 거라고 생각하는 자신을.

나는 시큰거리는 손가락들을 내 따뜻한 목덜미에 문지른다. 그때 안다. 만일 내가 이 세상에서, 사랑을 가진 인간으로서 다시 살아나가야 한다면, 내 안의 죽은 부분을 되살려서 그렇게 되는 것이 아니라는 것을. 그 부분은 영원히 죽었으므로.

그것을 송두리째 새로 태어나게 해야 하는 것이다. 처음부터 다시 배워야 하는 것이다.

그러자 형언할 수 없는 막막함으로, 지금의 그를 만나고 싶어진다. 아마 결혼을 했겠고 아이들이 있을, 삼십대 후반에 접어들었을, 10년의 시간 동안 풍화되고 얼마 간 일그러졌을 그 사람을.

나는 용기를 내어 전화기를 끌어당긴다. 사진 봉투에 적힌 전화번호를 누른다. 신호음이 울리는 동안 말을 준비한다. 혹시, 거기 최인성 씨 댁인가요. 혹시, 지금 계신 곳의 연락처를 알 수 있을까요. 만일 그가 받는다면 물을 수 있을까. 당신 안에 그날의 내가 남아 있는가. 아직 살아 있는가. 희미한 형체만이라도.

신호음이 얼마간 이어지다가, 틀린 국번이라는 메시지가 흘러나온다. 메시지가 영어로 반복될 때까지 나는 수화기를 들고 있다. 누군가 손을 흔드는 것 같아 흠칫 돌아보니, 4층 아파트 창밖의 캄캄한 어둠 속에서 한 나무의 끝, 검은 잎사귀 몇 점이 바람에 흔들리고 있다.

30

전자레인지용 핫팩을 데워 마른 수건으로 싼다. 오른손을 뒤집어가며 손가락들을 찜질한다. 한 시간쯤 지나 핫팩이 미지근해진다. 세면대에 뜨거운 물을 받아 오른손을 담근다.

아침에 나는 머리를 감을 수 없었다. 물론 밥도 하지 못했다.

오늘 손이 좋지 않아.

식탁으로 다가오려던, 잠 덜 깬 남편의 얼굴이 굳어졌다. 나를 보는 그의 눈에 책망과 미미한 경멸이 어렸다.

정말 못해? 그걸 정말 못하겠어?

예전에 그는 그렇게 물었다. 컵을 뒤집어주면서, 정말 이게 안 된단 말이야? 다그치며 믿기지 않아 했다. 그러나 이제는 그렇게 묻지 않는다. 차갑고 지친 얼굴로 쌀을 씻어 밥을 안쳐놓은 뒤, 자신은 한 술도 뜨지 않고 나갈 뿐이다.

빈집의 적막 속에, 세면대의 물에 손을 담근 채 나는 엉거주춤 서 있다. 정오가 가까워오며 무더위가 다시 기승을 부린다. 뜨거운 물 덕분에 온몸에 땀이 맺힌다. 이 뜨거움으로 혈액이 순환되기를 바라고 있다. 붉은 혈관을 눈앞에 그린다. 빛 속에 손을 담그고 있다고 상상한다. 불길 같은 빛이 콸콸 흘러들어와 혈관을 채우는 것을, 무수한 붉은 피톨들이 끓어오르는 것을, 그 힘으로 손의 손상된 관절들이 되살아나는 것을 그린다. 간절히 집중한다.

위장장애와 거부반응 때문에 양약을 먹는 것을 포기했었고, 한방치료를 받기 위해 여러 곳을 전전했었다. 그러나 어떤 유명한 의사도 내 손을 치료하지 못했다. 하루 동안 가방과 서랍을 뒤적인 것, 사진 상자를 뒤진 것만으로 망가지는 손으로 무엇을 할 수 있을까. 페이퍼를 써야 할 테니 공부를 계속할 수 없으며, 직장생활은 물론 작은 가게도 자력으로 꾸려낼 수 없다. 만일 노래를 잘할 수 있다면, 그것만은 손 없이 가능하겠다고 자조 어린 결론을 내린 적이 있다.

손이란 그런 것이다. 한 사람의 거의 전부다. 나는 언제나 독립적이고 강한 인간이기 위해 노력했지만, 손을 쓰지 못하는 나는 조금의 경제력도 가질 수 없는 인간이다. 죽는 순간까지 작업에 몰두하는 것이 나의 삶이 될 것임을 의심한 적 없었지만, 고작 서른세 살에 붓을 꺾은 사람이다. 누구에게도 폐가 되고 싶지 않았으나, 가장 가까운 사람에게 고통스러운 부담이 되고 있다. 단지 숨쉬며 존재한다는 것만으로.

이렇게 더 작아져간다. 더 지워지고 뭉개어진다. 다만 이상한 것은, 모든 것이 뭉개어지는 데 비례하여 오히려 감각들은 선명하게 살아난다는 것이다. 회칼처럼 예리해진, 예전에는 가져본 적 없었던 눈과 귀와 코와 피부와 혀의 감각들을 느낀다. 그리고 그보다 명징한, 이름붙일 수 없는 감각. 육체에서라고도, 영혼에서라고도 할 수 없는, 그것들이 분리될 수 없는 어떤 부분에서 뻗어나온, 무섭도록 절실한 촉수를 느낀다.

미지근해진 물을 세면대 아래로 흘려보낸 뒤 나는 안방으로 간다. 무더위를 견디며, 땀을 흘리며 잠을 청한다. 자는 것 외에 할 일이 없기 때문에 잔다. 저녁 무렵에 잠시 깨어, 조금 나았으려나, 오른손을 쥐어본다. 손가락 마디마디가 아리다. 다시 눈을 감는다. 오랫동안 깨어나고 싶지 않다고 느낀다.

그러나 영원히는 아니다. 아직은.

31

하얗게 다시 덮쳐온다. 이번에는 아주 가까이, 한 마리 한 마리의 물고기들이 시야 가득 확대돼 퍼덕거린다. 비늘들이 번쩍인다. 아가미들이 벌컥벌컥 벌어졌다가 다물어진다. 한 마리 한 마리의 투명한 물고기들이 물을 가르려 안간힘 쓴다. 나아가기 위해, 퍼렇게 멍든 몸들을 단단한 물살에 부딪친다. 몸부림친다.

32

전복된 차가 미끄러져 멈출 때까지 나는 의식을 잃지 않았다. 인적 없는 새벽길 가운데에서 20분 가까이 피를 흘리며, 온몸의 동통, 목과 허리의 통증, 그리고 그 모든 것보다 끔찍한 왼손의 고통 속에서, 끝이라고 나는 생각했다. 삶을 정리할 여지 따위도 없었다. 아팠을 뿐이다. 무서웠을 뿐이다. 죽고 싶지 않았을 뿐이다.

그곳을 지나던 개인택시가 나를 발견하지 않았다면, 나는 그렇게 죽었을 것이다. 어느 날 갑자기 주인에게 목숨을 잃는 가축처럼, 공포와 억울함 속에서. 나는 가끔 생각했다. 다시 그와 같은 순간이 닥친다면, 그게 언제든, 죽음의 얼굴을 마주본 그 자리에서 나는 좀더 꿋꿋할 수 있을까.

분명한 것은 이대로 그 순간을 맞을 수 없다는 것이다. 어떻게든 살아내지 않는다면, 진실을 살아보지 않는다면, 다시 그 순간이 닥칠 때 결단코 두려움과 후회 말고는 기대할 것이 없다.

그러나 그 진실이란 무엇인가. 모든 것이 환영과 잿더미가 되어버린 뒤, 내가 움켜쥘 수 있는 진실이 무엇인가.

그게 무엇인가.

열대야의 토막잠 사이로 그 새벽길의 기억이 되살아나며, 온몸의 세포들이 기억에 반응한다. 이제는 사라진 피멍들, 잠들어 있던 통각들이 깨어난다. 생시처럼. 결코 꿈이 아닌 것처럼.

33

무슨 일 있으면 전화해.

잘 다녀와.

오늘도 땀에 젖은 머리를 감지 못했다. 물론 밥도 하지 않았다. 남편의 무뚝뚝하고 까칠한 얼굴이 현관문 사이로 빠져나간다. 나는 뒷짐지고 있던 손을 풀고 베란다로 나간다. 팔월의 햇빛이지만 이른 아침이라 견딜 만하다. 반소매 와이셔츠 바람으로 차를 향해 걸어가는 남편의 구부정한 뒷모습을 나는 묵묵히 지켜본다. 아침부터 저렇게 지친 모습이면, 밤에는 얼마나 지쳐 있을까.

대학 시절, 반백의 은사는 어느 날 강의실에서 말했다. 어떤 인간이든, 자신이 사랑하는 것만을 소유할 수 있는 거지. 앞뒤의 맥락은 지워지고 그 말만 기억에 새겨져 있다. 나는 이제 그 말을 이해한다. 남편이 사랑스럽지 않아진 것이 아니라, 내 사랑이 메말랐다. 내 사랑이 마르자 삶이 사막이 되었다. 내 사랑이 말라서, 나는 가장 가난한 사람이 되었다. 흔히 들었던 성경 구절을 이제 이해한다. 내가 천사의 말을 할지라도 사랑이 없으면 소리나는 구리와 울리는 꽹과리가 되고…….

소진에게서 걸려온 전화를 받기까지 나는 책상에 놓인 손목시계를 응시하고 있다. 용케 버텨왔지만, 6년 동안 건전지를 갈아주지 않았으니 조만간에 초침이 멎을 것이다. 그것이 밝은 곳에서이기를, 되도록 내 따뜻한 손목 위에서이기를 나는 바란다.

오빠한테 물어봤어, 하고 소진은 용건부터 말한다.

사실은 왠지 얼굴이 눈에 익었거든. 오며가며 봤던 것 같더라구. 좁은 변두리 동네잖아. 오빠랑 중학교, 고등학교 동기동창이래. 아주 친했던 건 아니고.

……그래?

나는 어쩐지 막막한 두려움을 느낀다.

최인성이라고 이름 대니까 알고, 사진 보더니 확실하대. 한 반이었던 적도 있대. 고등학교 졸업할 때 그 식구들 다 미국으로 이민 가고, 그 오빠 혼자 남아서 대학 다녔대나봐.

……그랬구나.

공부를 꽤 잘해서, 무슨 과학연구원인가 그런 데 다녔대.

……그래.

직장이 암만 좋아도 혼자 지내기 외로웠던지 93년인가, 그러니까 너 만났던 때쯤 미국에서 직장 잡아 이민 가버렸대나봐.

수화기를 귀에 붙인 채 나는 거실 바닥에 웅크려 앉는다. 그랬구나. 오래 맞지 않았던 퍼즐의 조각이 맞추어진다. 그렇게 어긋난 거였구나.

그런데 좀 마음 아픈 얘기가 있어.

뭔데?

확실친 않은데, 오빠도 건너 건너 들은 얘기라는데…… 그 사람, 일요일에 부모님이 하는 가게를 지키다가 죽었대. 강도한테 총 맞아서. 벌써 2년도 더 됐다더라.

　소진의 옆에서 알아들을 수 없는 소리를 외치기 시작한 정욱이 때문에, 그녀의 뒷말은 알아듣기 쉽지 않다.

　현영아, 내 말은 들리니? 아휴, 얘 때문에 난 잘 안 들리네. 글쎄…… 모르던 사람이지만 그런 얘기 들으니까 마음이 좋지 않더라. 너도 그렇지?

　수화기를 내려놓은 뒤, 나는 우두커니 그 자리에 앉아 있다.

　2년 전이라고 했다—마음 한편에 미세한 파문이 일어났다가 차츰 잠잠해진다. 내가 몸을 일으키기 위해, 다시 혼자서 걷고 움직이기 위해 안간힘을 다 하던 바로 그 무렵 그는 죽었다.

　결국 나와 아무 관계없었던 사람이다. 영원히 비껴가고 말 운명이었던 사람이다. 그의 긴 잠 속에 내 기억도, 설령 형체뿐이었다 해도, 영원히 묻혀버렸다. 그의 목덜미도. 만져보지 못한 솜털과 따뜻한 살결도.

　이마에서부터 땀방울이 흘러 관자놀이를 타고 흘러내린다. 오래 잊고 있었던 연민이 조용히 내 몸 안으로 들어온다.

　어디서 들어오는 건가, 이 조용한 마음은.

　어디서 이 마음—살고 싶다는, 살아야겠다는 생각이 울려오는 건가.

34

　Q는 93세에 죽었다. 유작전 도록의 부록으로, 80세에 했던 인터뷰 기사가 실려 있다. 번역체의 질문은 대체로 길고 현학적인 데

비해 답은 상대를 불편하게 할 만큼 짧아, 그녀의 성격이 살갑거나 사교적이지 않았다는 것을 보여준다.

당신의 작업은 여러 단계를 거쳐 오늘에 이르렀습니다. 이 무수한 빛점들은 의심할 바 없이 아름답습니다만, 당신의 초기작이 보여줬던 분명하고 처절한 호소력을 잃었다는 평도 있습니다. 어떤 내적인 과정을 거쳐 이러한 형태로 옮겨온 것인지 말씀해주시죠.

아니오, 잃은 것은 없습니다. 여기 다 들어 있어요.

다 들어 있다는 것이 무엇을 의미하는지, 알 것 같기도 하군요. 어찌 됐든 지금의 작업이 당신을 더 만족시킨다는 말이겠죠.

아니오, 전혀. 물론, 예전에도 전혀 아니었습니다만.

그것 때문에 고통을 느낍니까.

물론. 그러나 시간이 해결해주겠지요. 나는 기대하고 있어요.

80세의 나이에 그녀가 품은 기대—더구나 시간에 대한 기대에 대해 나는 생각한다. 그녀가 유일하게 길게 대답한 질문은 색채들에 관한 것이다. 노랑에 대해 그녀는 말한다.

노랑은 태양입니다. 아침이나 어스름 저녁의 태양이 아니라, 대낮의 태양이에요. 신비도 그윽함도 벗어던져버린, 가장 생생한 빛의 입자들로 이뤄진, 가장 가벼운 덩어리입니다. 그것을 보려면 대낮 안에 있어야지요. 그것을 겪으려면. 그것을 견디려면. 그것으로 들어올려지려면…… 그것이, 되려면 말입니다.

작업대에 놓인 아크릴 물감의 튜브들을 하나씩 어루만지다가, 나는 팔레트와 물을 준비한다. 붓을 빨고, 먼지 낀 분채병의 뚜껑을 비틀어 연다. 마음에 드는 색깔이 나올 때까지 노랑 계열의 물감들을 여러 방법으로 배합한다.

마침내 원하는 색이 나온다. Q처럼 승화된 맑은 노랑은 아니다. 그보다 강한, 그러나 불순물 없는 노랑이다. 나는 두 손바닥을 물감에 적신다. 미리 펼쳐놓은 한지에 찍는다. 왼쪽이 이지러진, 비대칭의 손바닥 자국이 노랑빛으로 날인되어 올올이 종이의 결 속으로 스며든다. 같은 물감을 세필로 찍어 그 아래 연도와 날짜를 적는다. 무엇인가 더 적으려다가, 붓을 내려놓는다.

35

무의식중에 집인 줄 알았는데, 정신이 들고 보니 작업실이다. 작업대에 엎드려 눈을 붙인 것이다. 펼쳐서 세워놓은 Q의 도록에서 무수한 빛의 동그라미들이 나를 내려다보고 있다. 날이 저무는지, 서향의 창으로 비껴들어온 낮은 햇살이 흰 여백에 비쳐 있다. 도록을 덮자 뒷표지에 인쇄된 Q의 사진이 눈에 들어온다. 백발의 노파가 화폭을 마주하고 있다. 구부정한 허리, 이가 남지 않은 입, 깊은 주름과 잔주름이 빈 데 없이 빽빽한 옆얼굴이다.

나는 입술을 물고, 선잠에 새겨졌던 낯선 꿈을 되짚어본다. 내두 손목에서 돋아난 투명하고 작은 새 손, 열 개의 투명한 손가락들을 나는 똑똑히 보았다. 내 팔뚝에 새겨진 선명한 노랑무늬가 신비해 팔을 들어올렸다. 해를 등진 잎사귀들처럼, 내 팔뚝이 투명한 레몬빛이 되었다.

나는 몸을 일으킨다. 갑작스럽게 일어서는 바람에, 탁자에 놓여있던 수화기가 떨어진다. 바닥에 닿을 듯 말 듯 매달려 있는 그것을 버려둔 채 나는 저무는 창으로 다가가 선다.

어디까지 왔나, 하고 나는 소리내어 중얼거린다. 어디까지 더 나아갈 수 있을까. 나는 미간을 모은다. 물감이 빳빳하게 굳은 두 손을 들어올려 석양에 비추어본다. 뚜렷한 손가락뼈와 관절들 사이로, 늦은 여름의 플라타너스 잎들이 소리 없이 몸을 뒤집고 있다. 저것은 빛인가. 저것은 아름다움인가, 생명인가. 다만 그렇게 나는 서 있다. 말없이.

　왜 제목이 ‘노랑무늬영원’인가. 동물도감에 의하면 불도마뱀의 이름이 노랑무늬영원이다. 그런데 그것이 이처럼 도마뱀의 이름이라는 것, 그리고 ‘노랑무늬’와 ‘영원’의 합성어인 것이 중요하다. 이 소설이 주로 도마뱀, 노랑색, 영원 등과 연결된 이미지나 상징에 의해 전개되고 있기 때문이다. 한강의 소설이 대개 그렇듯이 극적인 사건보다 서정적인 아우라에 의해 이 소설의 주제는 더욱 강렬해진다.

　2년 전 갑자기 뛰어든 개 때문에 차 사고가 일어 난 후 왼손은 완전히 바스러지고 오른손은 거의 마비가 된 ‘나’에게 가장 고통스러운 것은 그림을 그릴 수 없게 되었다는 사실이다. 이 일로 인해 ‘나’도 변하고 ‘나’의 주변사람들도 변한다. 변했다기보다는 투명해졌다는 말이 더 어울릴 정도로 서로에 대한 위선이나 세상에 대한 적의를 감출 수 없게 된 것이다. 죽다 살아났지만, 그 후로 삶과 자신 사이가 더 가까워진 것이 아니라 더 거리가 생기는 아이러니가 발생했다.

이런 '나'에게 열세 살 때 작은 아버지의 배를 타고 나가서 보았던 잔멸치떼에 대한 인상이나 10여 년 전 단 하루 몇 시간 동안 만나 같이 북한산에 올랐던 남자, 사고가 나기 전에 본 재일교포 1세대 화가 Q의 유작전 그림 등이 침투하면서 현재의 '나'는 재구성된다. 그 모든 것들이 한순간의 빛처럼 사라진 헛것에 불과한 것 같지만 무의식 속에 있다가 '나'의 원망과 욕망에 의해 의식 밖으로 튀어나온다. 그것들은 영원히 사라졌던 것이 아니라 단지 '나'의 어딘가에 가라앉아 있었기 때문이다.

일본 한지에 수채화 물감으로 점을 찍어 그리는 Q의 그림에서 '나'는 '점'과 '노랑색'의 이미지를 직접 체험한다. Q의 그림을 이루는 점들은 '나'가 열세 살 때 본 잔멸치떼처럼, 그리고 잠깐 만나고 아쉽게 헤어졌던 북한산 남자처럼 '나'에게 다가온다. 또한 그림 속의 점들은 "물을 섞은 유채꽃 빛깔의 노랑"을 띠면서 '나'를 사로잡는다. 그 자체가 "구원의—떠오르는—잠잠한—승화된 눈물의 빛"이나 "생의, 우주의, 한없이 깊고 밝고 가벼운 빛"에 다름아니기 때문이다. 그리고 그런 노랑빛은 도마뱀 노랑무늬영원의 "밝은 레몬 빛"이나 북한산 남자가 사진에 담은 "무수한, 어두운 초록빛 동그라미들 틈으로 비쳐나오는 햇빛"과 겹쳐지면서 '생명'을 상징하게 된다. 때문에 영원이라는 "도롱뇽과에 달린 속명"은 그 자체가 아니라 '순간'의 반대말인 동음이의어로 간주된다.

더욱이 '나'의 친구 아들이 기르면서 노랑무늬영원이라는 이름으로 부르는 도마뱀의 잘려나간 앞발에서 새로운 앞발이 돋아난 것을 보고 '나'는 그 도마뱀의 재생력에 희망을 걸게 된다. 도마뱀의 앞발처럼 자신의 마비된 손도 다시 살아날 수 있기를 간절히 바라기 때문이다. 그리고 그런 손은 '재생'의 손이 아니라 '신생'의 손이어야 함을 비로소 깨닫게 된다. "그때 안다. 만일 내가 이 세상에서, 사랑을 가진 인간으로서 다시 살아나가야 한다면, 내 안의 죽은 부분을 되살려서 그렇게 되는 것이 아니라는 것을. 그 부분은 영원히 죽었으므로. 그것을 송두리째 새로 태어나게 해야 하는 것이다. 처음부터 다시 배워야 하는 것이다." 순간을 영원으로, 검정색을 노랑색으로, 죽음을 생명으로, 소멸을 생성으로 바꿔놓는 것이 모두 타인이 아닌 자기 자신으로부터 시작됨을 알려준다는 점에서 '나'의 손은 단순한 손이 아니다. 오히려 건강한 삶을 위한 화두(話頭)이자 절대로 포기할 수 없는 희망의 지문(指紋)이라고 할 수 있다. 그래서 한강의 손은 손톱처럼 매일 자라난다.

길

윤성희

1973년 경기도 수원에서 태어났고,
서울예대 문예창작과를 졸업하였다.
1999년 동아일보 신춘문예에
「레고로 만든 집」이 당선되어 등단했으며,
소설집 『레고로 만든 집』이 있다.

길

*

　나는 버스를 기다리고 있었다. 안개가 짙어, 멀리서 다가오는 차가 버스인지 승용차인지 쉽게 구별되지 않았다. 인부들이 삼십 미터쯤 떨어진 곳에 새로운 정류장을 짓고 있었는데, 버스들이 종종 착각을 하곤 공사중인 정류장 앞에 멈추었다. 운동복 차림의 여자가 내 옆에 서더니 낮은 휘파람을 불기 시작했다. 여자의 머리에는 노란색 핀이 꽂혀 있었다. 아니, 자세히 보니 그것은 핀이 아니라 마른 꽃잎이었다. 나도 모르게 여자의 머리 위로 손이 올라가려는 순간, 라이트를 환하게 비추면서 버스가 도착했다. 370번. 회사는 370번 버스의 차고지 바로 옆이었다. 출근할 때는 마음놓고 졸아도 되고, 퇴근할 때는 언제나 앉을 수 있어서 좋았다. 버스에 올라타기 전에 나는 뒤를 돌아보았다. 여자의 얼굴에 여러 겹의 그림자가 져보였는데, 그것 때문인지 순간 여자가 한 그루 나무 같다는 생각이 들었다. 친한 친구에게 작별인사를 하듯 나도 모르게 손을 흔들었다.

  붉은색 코트를 입은 아주머니가 내 옆에 앉으면서 말했다. 오늘, 일기예보에서 비가 온다고 했나요? 나는 들고 있던 우산을 가방에 넣으면서 대답했다. 아니요. 우산이 길어서 가방 지퍼가 끝까지 채워지질 않았다. 어머니는 아침에 일어나면 언제나 화투점을 쳤다. 일기예보 따위는 믿지 않았다. 당신의 화툿장과 저녁이면 퉁퉁 부어오르는 무릎이 더 정확하다는 거였다. 어머니의 화툿장은 오늘 내게 우산을 가방에 넣어야 한다고 말했다. 다행이었다. 우산으로 그쳐서. 가끔, 사고를 당해 목숨이 위태로울 것이라는 점괘가 나오곤 하는데 그럴 때면 회사를 결근해야 했다. 그런 날은 부엌에도 드나들 수 없었다. 목욕을 하다가 뜨거운 물에 가벼운 화상을 당한 후로는 세수 정도만 허용되었다. 회사 동료들이 답답하다는 듯 나를 볼 때마다 이렇게 말해주었다. 이해해요. 자식이 나 하나니. 이 세상에서 나를 예쁘다고 말해주는 사람은 어머니뿐이었다. 거울을 볼 때마다, 나는 그 말이 얼마나 하기 어려운 말인지를 깨닫는다. 그래서 고맙다는 말 대신, 이름에 ㅇ자가 들어간 사람을 조심하거나, 책상을 동쪽으로 향하게 하거나, 문에 들어설 때 왼발을 먼저 내미는 것이다.
  버스는 삼거리에서 좌회전을 했다. 우회전이 아니었던가? 창에 머리를 기대면서 나는 그런 생각을 했다. 버스에서 파마약 냄새가 났다. 안개에 가려져 있던 표지판이 서서히 글자를 드러내기 시작했다. 거기에는 처음 들어보는 지명들이 적혀 있었다. 그러고 보니, 늘

타던 버스와는 무엇인가가 달랐다. 좌석 뒤에 붙어 있는 광고도 달 랐고 버스 중간에 내리는 문이 없는 것도 달랐다. 나는 고개를 들어 앞 유리에 있는 번호판을 보았다. 730번. 버스는 730번이었다. 운전 을 하다보면 나도 모르게 노선과는 다른 길로 가고 싶어져. 내가 준 캔커피를 마시면서 K는 그렇게 말했었다. 일주일에 세 번씩, 나는 그가 운전하는 버스를 타고 퇴근을 했다. K는 나를 위해 미리 시동 을 걸어놓았다. 적당하게 훈훈한 공기가 감도는 버스에 앉아 나는 그가 동료기사들과 같이 고스톱을 치는 장면을 훔쳐보곤 했다. 너처 럼 못생긴 여자는 처음이다. K는 조금도 미안해하지 않는 목소리로 말했다. 그의 목소리가 손님이 없는 빈 버스에 울렸다. 너처럼 못생 긴 남자는 처음이다. 맨 뒷자리에 앉아 나도 똑같이 대꾸하곤 했다. 버스가 좌회전을 할 때마다, 낯선 풍경들이 약간씩 굴절되면서 나를 덮쳤다. 몸을 반쯤 일으키다 말고 나는 도로 자리에 앉았다. 출근을 하지 않는다고 걱정할 직원들은 없었다. 뭐, 어머니가 꿈이라도 뒤 숭숭한 걸 꾸었나보지. 아침 커피를 마시면서 직원들은 그렇게 빈정 댈 것이다.

그 신발, 내 거랑 똑같네요. 내 옆에 앉은 아주머니가 자기 옆에 서 있는 아주머니에게 말을 건넸다. 서 있던 아주머니가 얼굴을 찡 그리며 신발을 내려다보았다. 이마에 깊은 주름이 져 있었다. 말을 건넨 아주머니가 어깨를 움찔했다. 이마에 진 주름 사이에 몇십 년 의 세월이 숨어 있어서일까, 쉽게 뚫을 수 없는 단단한 벽이 서 있는 아주머니를 둘러싸고 있는 것이 느껴졌다. 저런. 누군가의 소리에 사람들이 고개를 돌려 오른쪽을 쳐다보았다. 감색 승용차 한 대가 신호등을 들이받았다. 신호등은 도로 쪽으로 비스듬히 기울어져 있 었다. 승용차들은 그 아래를 재빨리 지나갔지만, 버스는 쉽게 사고 현장을 빠져나가지 못했다. 많이 다쳤을까? 이마에 주름이 진 아주머니가 혼잣말처럼 중얼거렸다. 글쎄요. 차 안에서 사람이 움직이는 것도 같은데. 붉은색 코트를 입은 아주머니가 그 말에 대꾸를 했다. 혹시 그 신발, 새끼발가락이 아프지 않나요. 아니요. 전 괜찮은데. 그런데, 얼마 주고 샀어요? 잘 모르겠네요. 딸이 사준 거라서. 두 아주머니는 그런 말들을 나누었다. 웃을 때 이마의 주름이 살짝 펴지는 것을 나는 놓치지 않고 보았다.

이 도시에는 신호등이 너무 많았다. K가 나를 떠난 것은 그것 때문이었다. 그의 회사에서 우리 집 사이에는 신호등이 무려 36개 있었다. 브레이크를 밟을 때마다 그는 띄엄띄엄 세상을 의심하기 시작했을 것이다. 9시가 넘었지만 회사에서 전화는 오지 않았다. 오늘 저녁, 과장은 직원들을 집에 초대했다. 과장은 결혼한 지 14년 만에 34평형 아파트로 이사를 갔다. 어쩌면 과장은 내가 출근하지 않았다는 사실을 알고는 화장실에 가서 오줌을 누면서 5초 정도 웃었을 것이다. 나는 눈을 감았다. 꿈속에서 K는 마을버스 운전기사가 되어 있었다. 퇴근을 하면 마을버스에 나를 태워 낯선 거리를 하염없이 달렸다. 새벽이 될 때까지 그는 운전만 했다. 비포장도로가 너무 많았기에, 꿈속에서도 나는 피곤했다. 종점입니다. 운전기사가 나를 흔들었다. 운전기사의 손이 닿았던 어깨에 무엇인가 희끗한 것이 보였다. 만져보니 마른 꽃잎이었다. 언제 내게로 옮겨왔을까? 꽃잎을 손가락으로 비비면서 나는 버스에서 내렸다.

*

바람이 불었다. 잘게 부서진 마른 꽃잎이 바람을 타고 흩어졌다.

구불구불하게 난 골목길을 따라 사람들이 걸어가고 있었다. 차가 한 대 정도 지나갈 수 있을 만큼 좁은 골목길이었다. 길이 두 갈래로 갈라질 때마다 사람들은 바닥을 내려다보았다. 바닥에는 주황색으로 화살표가 그려져 있었다. 화살표와 함께 쇼핑몰 가는 길, 이라는 글귀도 적혀 있었다. 하지만 그 표시가 없더라도 길을 잃을 염려는 없었다. 바람이 불어오는 방향을 따라 걷기만 하면 되었다. 골목길 양쪽 벽에는 '철거 예정'이라는 문구가 적혀 있었다. 벽 너머에는 사람이 살지 않아 폐가가 된 집들이 언뜻 보였다. 아직 사람이 사는 집들도 있는지 마당에 빨래가 널려 있는 곳도 있었다. 골목길을 빠져나오자 끝이 보이지 않을 만큼 기다란 광장이 보였다. 광장을 사이에 두고 양쪽 옆으로 똑같은 회색 건물들이 죽 늘어서 있었는데, 건물 안에 진열되어 있는 색색의 물건들 때문에 그다지 차갑다는 느낌은 들지 않았다. 고개를 조금만 들어도 곧바로 하늘을 볼 수 있도록 건물들은 모두 단층으로 되어 있었다.

  그곳은 얼마 전에 개장한 대형 쇼핑몰이었다. 일 년 내내 행복한 쇼핑몰이 될 수 있도록 최대의 노력을 하겠다며 이름을 '365 쇼핑몰'로 지었다. 공사 도중, 포크레인 기사가 동료기사를 죽이는 사건이 일어나기도 했다. 경찰은 시체를 찾기 위해 골조공사를 마친 건물 한 동을 부수었다. 쇼핑몰에 입장하기 위해서는 회원카드를 만들어야 했다. 가입비는 만 원이지만 가입비 대신 설문지를 작성해도 된다고, 여직원은 흰 이를 드러내며 상냥하게 웃었다. 설문지에는 오십 개나 되는 문항들이 있었다. 당신은 일 년이면 몇 벌의 옷을 삽니까? 자신을 위해 한 달에 얼마 정도 투자를 하십니까? 따위의 질문들에는 거짓으로 답을 했다. 자 웃으세요. 사진을 찍어주면서도 여직원은 흰 이를 드러내며 웃는 것을 멈추지 않았다. 그 직원의 웃음을 흉내낸 내 얼굴이 회원카드에 찍혀나왔다. 만약 물건을 훔치다 발각되면 그 즉시 회원카드를 회수한다고 했다. 그러고 다시는 회원카드를 발급받을 수 없다고. 뿐만 아니라 전국에 다섯 개나 되는 체인점도 이용할 수 없다고, 카드를 건네주면서 직원은 단호하게 말했다. 광장 입구 바닥에는 '365 쇼핑몰'이라는 글씨가 멋을 들인 필기체로 새겨져 있었다. 그리고 쇼핑몰을 한눈에 볼 수 있도록 지도가 그려져 있기도 했다. 지도라고 해봤자 별다른 것은 없었다. 그저 가지런히 정리된 사각형들이 있을 뿐이었다. '365 쇼핑몰'에 입주된 상점들은 모두 365개였다. '하지만 이 많은 상점들 사이에서 길을 잃을 염려는 없습니다.' 광장 바닥에는 그 사실이 아주 자랑스럽게 적혀 있었다. 친구들과 서로 길이 어긋났을 경우에는 광장 한가운데 있는 시계탑에서 만나면 된다는 부연 설명까지 있었다. 지도를 보니 한가운데 작은 동그라미가 쳐 있었다.

오른쪽에는 모자를 파는 가게가 보였다. 야구모자만 전문적으로 파는 가게가 있고, 그 옆에 중절모만 진열된 가게가 있고, 그 옆에 털모자만 진열된 가게가 있었다. 나이키 모자만 파는 곳도 다섯 군데가 넘었다. 왼쪽에는 액세서리를 파는 가게들이 보였다. 진열된 물건들이 한눈에 보이도록 전면은 통유리로 되어 있었고, 원래 제 색깔이 무엇인지 짐작할 수 없을 정도로 강렬한 조명들이 물건들을 비추었다. '365 쇼핑몰'의 상점들은 한 가지씩만 팔았다. 심지어 단추가 있는 티셔츠와 단추가 없는 티셔츠도 구분해서 팔았다. 모자와 머리끈을 파는 상점가가 끝나자, 목걸이나 목도리를 파는 상점가가 나왔다. 상점들의 배열은 몸의 배열을 따랐다. 식당은 정확히 중간에 위치해 있었다. 개를 데리고 산책을 하는 사람도 있었고, 인라인 스케이트를 타는 아이들도 있었다. 하지만 하늘을 올려다보지 않는 한, 눈은 언제나 윈도에 진열되어 있는 화려한 물건들을 보아야만 했다.

시작을 알 수 없을 정도로 뒤엉킨 줄들이 보였다. 연인 한 쌍이 숨을 헐떡이며 뛰어오더니 그 줄 끝에 섰다. 뭐 하는 줄이에요? 내가 묻자, 막 숨을 고르고 있던 여자가 웃으면서 대답했다. 저도 몰라요. 여자의 대답에 같이 뛰어온 남자가 황당한 표정을 지었다. 이건 무슨 줄이에요. 남자는 그 앞에 서 있는 아주머니에게 물었다. 나도 몰라. 아무튼 좋은 일이 있겠지. 줄은 줄어들 생각은 않고 점점 길어지기만 했다. 경비원 복장을 입은 사내가 단상에 올라가 똑바로 줄을 서주세요, 라고 외쳐댔다. 사십 분 동안 줄을 서서 받은 것은 쇼핑몰의 로고가 새겨진 열쇠고리였다. 나는 열쇠고리를 가방 지퍼에 매달았다. 걸을 때마다, 열쇠고리에 장식된 인형의 눈이 사방을 두리번거리며 살펴보았다. 조금 가다 보니, 또 줄이 보였다. 조금 전에 내 앞에 섰던 연인들이 이번에는 내 뒤에 섰다. 나는 그들에게 자리를 맡아 달라 말하고는 화장실엘 갔다. 화장실 쓰레기통에는 버려진 옷들이 그득했다. 두 번째 줄에서는 화장품 샘플을 받았다. 연인들은 샘플을 받자마자 저 멀리 보이는 다음 줄을 향해 뛰었다. 그곳에서는 즉석복권을 나누어주었다. 나는 꽝이 된 복권을 바닥에 던졌다. 가방은 갖가지 샘플들로 가득 찼다.

고등학생쯤으로 보이는 여자아이들은 진열된 물건들을 손가락으로 가리키면서 말했다. 저거 예쁘다. 아이들은 이 말 이외에는 할 줄 모르는 사람들 같았다. 그 한마디가 여기저기에서 다양한 톤으로 들려왔다. 광장은 금방 소음으로 꽉 찼다. 직원들은 모두 똑같은 유니폼을 입고 똑같은 머리 모양을 했다. 이 쇼핑몰에서 가장 예쁜 것은 마네킹이 입고 있는 옷들이 아니라, 그걸 파는 직원들이었다. 365개의 상점에 두세 명씩 직원이 있다고 가정을 하면 거의 천 명이나 되는 사람들이 똑같이 웃고 있었다. 할 수만 있다면, 나는 이런 곳에서 일을 하고 싶었다. 천 명의 사람들과 똑같은 옷을 입고 일을 하다니 참 아름다운 일이야, 하고 나는 생각했다.

*

내겐 다섯 명의 이모가 있었다. 이모들은 하나같이 키가 크고 뚱뚱했다. 서로에게 미친년이라는 소리를 자주 했는데, 다행스럽게도 내게는 한 번도 미친년이라는 말을 한 적이 없었다. C시로 이사를 오기 전에 어머니는 Y시에서 만두장사를 했었다. 어머니의 만두가게는 동네에서 가장 지저분한 가게로 소문이 났다. 집에 아무도 드나들지 않으면서, 어머니의 손을 거친 것은 무엇이든지 빛을 잃기 시작했다. 어머니가 설거지를 한 그릇들은 기름때가 닦여지질 않았고, 빨래를 한 옷들은 얼룩이 그대로 남아 있었다. 혼자서 목욕을 할 수 있는 나이가 되면서부터 나는 언제나 내 옷은 내가 빨았고, 내 밥그릇은 내가 닦았다. 덕분에 나는 학교에서 '착한 어린이 상'을 받기도 했다.

첫째 이모를 만난 건, 장마의 끝 무렵이었다. 나는 가게에 하나뿐인 식탁에 앉아 밖을 내다보고 있었다. 식탁에는 밀가루가 잔뜩 묻어 있어서, 턱을 괴고 있던 내 팔뚝이 금방 하얗게 되어버렸다. 우산을 쓴 여자가 가게 안으로 들어왔다. 여자의 우산에는 나뭇잎들이 붙어 있었다. 김치만두 이 인분하고 고기만두 일 인분 주세요. 여자는 조금 전까지 내가 앉았던 의자에 앉아 만두를 먹었다. 따뜻한 만두를 먹으면 먹을수록, 여자의 얼굴은 더 추워 보였다. 형광등이 몇 번 깜짝거리다가 이내 꺼졌다. 키가 작은 어머니 대신, 만두를 먹었던 여자가 형광등을 갈아주었다. 여자는 어머니 가게에 유일한 단골손님이 되었다. 일주일이면 서너 번씩 찾아와서는 김치만두 이 인분과 고기만두 일 인분을 먹었다. 언제부턴가 어머니는 먹는 모습만 봐도 저절로 배가 부를 만큼 맛있게 만두를 먹는 단골손님 앞에 앉아 넋두리를 해댔다. 이모라고 불러라. 나는 어머니가 시키는 대로 그 여자를 이모라고 불렀다. 명절날이면, 우리 셋은 문 닫은 가게 안에서 화투를 쳤다.

초등학교 4학년 때, 어머니는 이모를 따라 C시로 이사를 왔다. 어쩌다 햇볕이 드는 날이면 온 동네 사람들이 이불을 말릴 정도로 늘 눅눅한 기운이 감돌던 동네였다. 가끔, 검은 승용차가 동네 입구에 와 멈춰 서고는 했다. 차가 올라가지 못하는 가파른 언덕길을 따라 그들은 한참을 걸었다. 거기에는 대문에 붉은 깃발이 달려 있는 집들이 죽 늘어서 있었다. 어머니와 이모도 그 점집들을 자주 들락거렸다. 점쟁이가 시킨 대로, 어머니는 남자 구두를 사서 현관에 놓았다. 그러면 떠났던 아버지가 다시 되돌아온다는 거였다. 어머니와 이모는 점집에서 새로운 친구들을 사귀었다. 여름이 되자, 네 명의 이모가 더 생겼다. 건빵을 좋아했던 두 번째 이모는 나를 볼 때마다 뒤통수를 때렸다. 뒤통수를 맞으면 맞을수록, 내 성적은 조금씩 떨어지기 시작했다. 세 번째 이모와 네 번째 이모는 쌍둥이였다. 쌍둥이였지만 둘은 달라도 너무 달랐다. 한 이모는 웃을 때 옆 사람의 등을 때리는 버릇이 있었고, 한 이모는 손바닥으로 입을 가리는 버릇이 있었다. 좋아하는 음식도 제각각이었고 즐겨 보는 텔레비전 프로그램도 달랐다. 내 기억에 의하면 쌍둥이 이모들은 언제나 싸웠다. 모든 게 달랐지만, 술버릇만은 똑같았다. 술에 취하면 둘은 서로를 부둥켜안고 지쳐 잠이 들 때까지 울었다. 다른 네 명의 이모들보다 달걀말이를 훨씬 잘했던 막내 이모는 말수가 적었다. 막내 이모는 이모들 중에서 가장 뚱뚱했는데, 먹는 양은 가장 적었다. 가장 적게 먹는다고 해도 언제나 다른 사람의 두 배는 넘었다. 이상한 것은, 다섯 이모들 모두 음식을 먹으면 먹을수록 허기진 표정을 했다. 따뜻한 만둣국을 먹을 때에도 늘 추워 보였다.

토요일이면 이모들은 우리 집 거실에 앉아 늦게까지 주말의 영화를 봤다. 어머니는 이모들을 위해 컬러텔레비전을 샀다. 쌍둥이 이모들이 싸우는 소리에 텔레비전 볼륨을 높여야 했다. 둘째 이모는 아무 곳에다 건빵을 흘렸고, 막내 이모는 오줌을 누고도 변기에 물을 내리지 않았다. 국을 먹다 보면 머리카락이 나왔다. 그러면 나는 그 머리카락을 돋보기로 살펴본 다음 누구의 머리카락인지 밝혀냈다. 머리카락 임자는 벌로 설거지를 했다. 머리카락 찾기 게임을 시작하면서 나는 설거지에서 해방될 수 있었다. 집은 점점 더러워지기 시작했다. 이모? 하고 부르면 거실에 앉아 있던 다섯 명의 이모들이 동시에 나를 쳐다보면서 대답했다. 왜? 어린 나는 이모들의 따뜻한 눈길을 받으며 이런 생각을 했다. 이런 게 바로 행복한 가정이야.

더 이상 나빠질 수 없을 만큼 성적은 떨어졌다. 그러자 첫째 이모는 손에 들고 있던 화툿장을 내던지고, 가파른 언덕길을 올라가 단골 점집으로 들어갔다. C시의 국회의원 부인도 가끔 찾아온다고 소문이 난 곳이었다. 점쟁이는 첫째 이모가 결혼하고 일 년도 채 지나지 않아서 과부가 된 사실을 맞췄고, 그 이후로 첫째 이모는 오로지 그 점집만을 드나들었다. 넌 육상선수가 된단다. 그래서 어머니는 내 손을 잡고 육상부를 찾아갔다. 선생님은 운동장 저편에 있는 축구 골대를 가리키면서 말했다. 저기까지 뛰어갔다 올래? 나는 운동장을 가로질러 뛰었다. 발바닥 전체로 내 몸의 무게가 느껴졌고 이내 숨이 찼다. 운동장 가장자리에 심어져 있는 플라타너스 나무들이 내가 발걸음을 한 걸음 한 걸음 내디딜 때마다 기운을 내라고 박수를 쳐주었다. 초시계를 들여다보던 선생님이 고개를 저었다. 어머니는 더도 말고 꼭 육 개월만 가르쳐 달라며 흰 봉투를 선생님의 바지 주머니에 슬쩍 찔러넣었다. 육 개월 동안 나는 하루에 네 시간 이상을 달려야 했다. 달리기 실력이 조금 늘기는 했다. 훗날, 문방구에서 물건을 훔치다 들켜 도망을 쳐야 했을 때, 나는 내게 달리기를 시켜야 한다고 말한 이모가 무척 고마웠다.

둘째 이모의 단골집은 언덕길에서 가장 첫 번째에 위치한 집이었다. 이모는 선을 보러 나갈 때면 점쟁이가 시킨 대로 팬티에 부적을 붙였다. 둘째 이모의 단골 점쟁이 말에 의하면 나는 음악가로 이름을 떨칠 운명을 타고났다고 했다. 그런 아이에게 운동이라니! 그 말을 들은 다른 이모들이 첫째 이모를 비난하기 시작했다. 누군가의 입에서 바이올린이라는 소리가 나왔다. 그건 가르치는 데 너무 돈이 많이 들지 않을까? 어머니가 조심스럽게 말했다. 둘째 이모가 내게 노래를 불러보라고 했다. 엄마야! 나는 왜 자꾸만 보고 싶지. 이모들은 내 눈치를 봐가며 웃음을 참았다. 괜찮아요. 웃어요. 내 말이 끝나자마자 쌍둥이 이모 중 한 이모가 내 등을 쳐가며 큰 소리로 웃었다. 나는 피아노 학원에 등록했다. 학원은 가정집을 개조한 곳이었는데, 마당에 커다란 사과나무가 있었다. 그 사과나무 아래에 앉아서 피아노 소리를 듣고 있으면, 누군가 어깨에 날개라도 달아준 것처럼 몸이 가벼워졌다. 한 달이 지나자 어머니는 학원비를 들고 원장을 만났다. 이 애처럼 소질이 없는 애는 처음이에요. 모든 게 왼손

때문이었다. 왼손으로 피아노 건반을 치는 일은 너무 어려웠다. 어머니는 들고 갔던 학원비를 도로 가방에 넣었다.

어디 보자. 사람들이 고개를 숙이네. 쌍둥이 이모들의 단골 점쟁이는 이렇게 말했다. 명료하게 이야기하지 않는 것이 그 점쟁이의 특징이었다. 쌍둥이 이모들은 그 점쟁이를 시인이라고 불렀다. 쌍둥이 이모들은 아이를 낳지 못한다는 이유로 이혼을 당했는데, 점괘에 의하면 당신들의 어머니 묘자리에 수맥이 흐르기 때문이라고 했다. 이모들은 또 한 번 술을 먹고 서로를 껴안으며 엉엉 울었다. 그 말은, 어렸을 적에 자신들을 버리고 야반도주를 한 어머니가 죽었다는 뜻이었으므로. 사람들이 고개를 숙인다, 는 말을 놓고 이모들의 해석은 다양했다. 어떤 이모는 선생님이 된다는 뜻이라고 했고, 어떤 이모는 법관이 된다는 뜻이라고 했다. 뭐가 되든지, 사람들이 고개를 숙일 정도가 되려면 공부를 잘해야 된다는 게 이모들의 생각이었다. 나는 일일 학습지를 시작했다. 모르는 문제가 나오면, 물어볼 사람이 없어서 그냥 답을 보고 외웠다. 막내 이모만이 이 모든 과정들을 덤덤하게 지켜보았다. 막내 이모의 단골 점쟁이는 말을 하기 전에 금을 씌운 어금니를 살짝 드러내며 웃었다. 마흔이 넘으면 손에 집는 모든 것들이 다 금으로 변할 테니 아무 걱정하지 말라 그래. 그 말을 전해들은 어머니는 내 얼굴을 쓰다듬으면서 중얼거렸다. 니가 마흔이 될 때까지 죽지 말아야겠다. 막내 이모는 일일 학습지를 풀고 있는 나를 뿌듯한 얼굴로 쳐다보고 있는 쌍둥이 이모들을 한심하다는 듯이 쳐다보았다. 점쟁이의 말처럼 이모는 정말 아무 걱정도 하지 않았다. 걱정은 내가 마흔이 된 다음에 해도 늦지 않는다는 거였다. 새학기가 시작되자, 담임선생님은 종이 한 장씩을 나누어주며 장래희망을 쓰라고 했다. 거기에 나는 이모들이 말한 직업들을 모두

다 적어넣었다.

　운동회였다. 이모들은 챙이 넓은 모자를 쓰고 왔다. 운동회를 하기엔 더할 나위 없이 좋은 날씨였다. 높은 하늘은 선생님의 호루라기 소리를 운동장 구석까지 전달해주었고, 파란 하늘은 운동장에 서 있는 아이들을 건강하게 만들어주었다. 이모들은 눈이 부신지 얼굴을 찡그린 채 나를 찾기 위해 두리번거렸다. 매스게임을 하다 말고 나는 이모들에게 손을 흔들었다. 이어달리기가 시작되었다. 마지막 주자는 종이에 적힌 지시사항을 따라야 했다. 한 아이가 이모들이 앉아 있는 쪽으로 달려가더니 막내 이모의 손을 잡아끌기 시작했다. 다른 이모들이 막내 이모의 엉덩이를 밀었다. 다른 아이들도 저마다 뚱뚱한 사람을 찾아왔지만 우승은 이모를 찾아낸 아이가 했다. 우와! 하마다. 내 뒤에서 누군가 소리를 질렀다. 나는 손가락으로 바닥에 이모, 라고 낙서를 했다. 둘째 이모와 나는 서로의 다리를 묶고 달리기를 했다. 내가 오른발을 내밀면 이모도 오른발을 내밀었다. 그래서 우리는 자꾸 어긋났다. 사람들이 우리를 추월하자, 이모는 나를 번쩍 들더니 옆구리에 끼고 달리기 시작했다.

　이모들이 모두 앉기 위해 어머니는 돗자리를 두 개나 준비했다. 어머니와 이모들은 집에서 학교까지 오는 길에 보이는 식당에는 다 들렀다고 했다. 통닭, 김밥, 순대, 떡볶이, 만두, 갖은 튀김… 우리들은 그 모든 것들을 하나도 남김없이 먹었다. 나는 이모들이 그랬던 것처럼 통닭을 만졌던 손을 체육복 바지에 닦았다. 옷에는 손가락 모양으로 기름때가 묻었다. 언니, 이거 먹어. 쌍둥이 이모 중 한 이모가 다른 이모에게 말했다. 아냐, 언니가 먹어. 쌍둥이 이모들은 서로를 언니라고 부르면서 상대방의 입에 만두를 넣어주었다. 쌍둥이 이모들은 늘 서로가 자신이 언니라며 싸웠다. 나는 쌍둥이 이모들이 서로를 언니라고 부른 것을 그날 처음 보았다. 쌍둥이 이모들은 누가 언니이고 누가 동생인지 몰랐다. 이모들을 받았던 산파는 먼저 나온 아이의 엉덩이에 커다란 점이 있다고 말했으나, 두 이모의 엉덩이에는 똑같이 점이 있었다. 어쩌면 쌍둥이 이모들은 태어나면서부터 서로 싸우도록 운명지워진 모양이었다. 각자 사이다를 한 병씩 먹은 다음 서로 몸을 포개가며 돗자리에 누웠다. 첫째 이모는 어머니의 배를 베고 누웠고, 쌍둥이 이모들은 첫째 이모의 다리에 자신들의 다리를 올려놓았고, 둘째 이모는 나와 막내 이모에게 팔베개를 해주었다. 투명한 가을 하늘은 이모들의 눈 밑에 난 기미들을 짙게 드러냈고, 너무 오래되어서 옷의 무늬처럼 되어버린 얼룩들을 더욱 선명하게 만들었다. 노래를 흥얼거리던 막내 이모가 눈물을 흘리기 시작했다. 미친년, 주책맞게. 다른 이모들이 소리를 질렀다. 바람에 이모들의 모자가 나폴나폴 흔들렸고, 순간 이모들이 아주 작게 느껴져 모자를 타고 하늘 높이 날아갈 수 있을 것만 같았다.

이모들은 차례로 동네를 떠났다. 둘째 이모는 애 딸린 남자와 결혼을 했다는 편지를 보내왔다. 점쟁이의 부적이 효과가 있었는지를 나는 묻지 못했다. 편지에 찍힌 소인은 P시였다. 쌍둥이 이모들은 동네 아주머니들의 곗돈을 들고 야반도주를 했다. 곗돈을 뜯긴 사람들은 어머니에게 화풀이를 해댔다. 막내 이모는 소리 소문도 없이 사라졌다. 단골 점집의 점쟁이와 눈이 맞았다는 소문이 돌기도 했다. 이모가 없어졌을 그 즈음, 금니를 드러내며 웃던 점쟁이도 사라졌던 것이다. 내가 마흔이 되면 막내 이모는 나를 찾아올 것이다. 어머니 곁에 가장 오래 남아 있었던 사람은 첫째 이모였다. 내가 고3이 되던 해, 첫째 이모는 비단 주머니에 담긴 부적을 보내주었다. 일

년 동안 이걸 지니고 있으면 대학에 붙는단다. 그 주머니를 삼 년 동안 지니고 있었더니 지방 전문대에 합격할 수 있었다.

어머니는 아침마다 화투로 하루 운수를 점치기 시작했고 나는 중학생이 되었다. 학교 앞 사거리에서는 차를 조심해야 한다고, 작년에도 계절마다 한 번씩 교통사고가 났다고 담임선생님은 말했다. 같은 반이었던 W가 봉고에 치인 순간, 나는 사거리에 있는 오락실에서 오락을 하고 있었다. 적의 폭탄에 내 비행기가 폭발했을 때 급브레이크를 밟는 소리가 들렸다. 밖으로 나가보니 바닥에 W가 누워 있었다. 늘 고개를 숙이고 다니는 아이였는데 무슨 이유에서인지 체육시간에는 교실을 지켰다. W가 신고 있는 나이키 운동화를 보자 당장이라도 벗겨서 내가 신었으면 좋겠다는 생각이 들었다. 누워 있던 W가 엉덩이를 툴툴 털고 일어나더니 내게 다가왔다. 너 내 이름이 뭔지 아니? W가 말했다. 나는 대답을 하지 못했다. W는 아무도 눈치채지 못하게 웃었다. 얼굴에도, 몸에도, 어디에도 그림자가 지지 않았다. 햇빛이 투명한 그 애의 몸을 통과했을 때 내 눈에선 눈물이 흘렀다. 그날 이후로, 깊은 잠을 자지 못하는 날이 많아졌다.

*

'혼자 쇼핑을 온 사람들을 위한 밥집'이라는 긴 이름의 식당에 들어갔다. 식당은 벽이 거울로 되어 있었고, 그 거울을 바라보고 식사를 하도록 식탁이 배열되어 있었다. 메뉴판에는 쇼핑한 시간에 따라 음식들이 추천되어 있었다. 나는 네 시간 이상을 쇼핑한 사람에게 권하는 음식인 설렁탕을 시켰다. 설렁탕을 먹으면서 거울에 비친 나를 바라보았다. 만사가 귀찮다는 표정으로 음식을 씹고 있었다. 이처럼 맛없게 밥을 먹는 나를 보면서 밥을 먹어야 했던 어머니를 생각하니 마음이 아려왔다. 내 옆에 앉은 여자는 거울에 비친 자신에게 밥을 먹이는 장난을 치고 있었다. 자 먹어봐, 생각보다 맛있다고. 여자가 입을 벌리자 거울 속의 입도 벌어졌다. 거울에 김치볶음밥이 묻었다. 김치볶음밥은 세 시간 이상을 쇼핑한 사람에게 권하는 음식이었다.

원피스 상점들을 지나고, 구두 상점들을 지나자, 커다란 노천극장이 나타났다. 노천극장에 앉아 있는 사람들은 초조하게 시계를 보고 있었다. 두 시가 되자 어디에선가 많이 본 듯한 얼굴의 남자가 마이크를 들고 무대에 섰다. 여러분들이 기다리시던 경매 시간이 찾아왔습니다. 사회자가 말하자 사람들이 와! 하고 박수를 쳤다. 첫 번째로 나온 물건은 DVD 플레이어였다. 경매는 천 원에서부터 시작되었다. 만 원, 오만 원, 칠만칠천 원. 십만 원. 여기저기에서 사람들이 손을 들었다 내렸다 했다. 더 이상 없습니까. 백화점에서 사면 오십만 원이 넘습니다. 사회자의 말에 사람들이 웅성거리기 시작했다. 결국 DVD 플레이어는 남매처럼 보이는 신혼부부에게 돌아갔다. 두 번째로 나온 물건은 러닝머신이었다. 삼십만 원. 삼십일만 원. 삼십이만 원. 삼십삼만 원. 두 여자가 러닝머신을 두고 신경전을 벌였다. 진주 귀걸이를 한 중년 아주머니와 선글라스를 쓴 여자는 기필코 물건을 사야겠다는 의지에 차 있었다. 진주 귀걸이를 한 아주머니가 사십오만 원을 부르자 선글라스를 쓴 여자가 주춤했다. 사십오만…… 백 원. 백 원, 이라는 말이 나오자 사람들이 웃음을 터트렸다. 나는 목소리가 난 쪽으로 돌아보았다. 식당에서 내 옆에 앉아 밥을 먹던 여자였다. 사십오만…… 이백 원. 나는 한참을 뜸을 들인 다음 이백 원을 말했다. 내 말이 끝나자마자, 여기저기에서 백 원씩

추가된 금액을 외쳐대기 시작했다.

경매 중간에 '행운의 이벤트'가 진행되었다. 1.5 l 콜라를 가장 빨리 마신 사람에게 전기다리미를 주었다. 다리미를 탄 아이는 1.5 l 콜라를 10초에 마셨다. 사회자가 소감을 말해주세요, 라며 마이크를 내밀자 말 대신 트림을 해서 관중들을 웃겼다. C시에서 가장 높은 산의 이름과 고도를 맞춘 학생은 전자수첩을 받았다. 자! 오늘의 마지막 이벤트입니다. '365 쇼핑몰'에 있는 모든 상점을 이용할 수 있는 상품권을 선물로 드립니다. 사회자는 동그라미 다섯 개가 인쇄된 상품권을 보여주었다. 김치볶음밥을 먹던 여자가 내 어깨를 툭 치더니 앞으로 걸어나갔다. 서로 반반씩 나눠가져도 오만 원은 버는 거였다. 나는 여자를 따라 무대 위로 올라갔다. 한 사람이 문제를 내고 한 사람이 답을 맞추는 게임이었다. 여자와 나는 일 분 동안 열다섯 개의 단어를 맞추었다.

광장은 맨발로 걸어다녀도 될 만큼 깨끗했다. 하지만 어디를 둘러봐도 청소부들이 청소하는 모습은 보이질 않았다. 여긴 너무 깨끗해. 맨발로 걷고 싶어. 나는 여자의 뒤통수에 대고 혼잣말처럼 중얼거렸다. 그럼 맨발로 걸어. 여자는 신발을 벗고 양말을 벗기 시작했다. 여자는 기이하다 할 정도로 목이 길었다. 고개를 조금만 기울여도 몸 전체가 휘청거리는 것 같았다. 나는 신발을 벗어 양손에 들고는 광장을 걸었다. 광장에 새겨진 그림들이 발바닥에 느껴졌다. 앞서 걸어가던 여자가 바닥에 새겨진 행복, 이라는 단어를 밟더니 그 자리에 서서 움직이질 않았다. 발바닥이 간지러워. 재채기가 날 것 같아. 말이 끝나자마자 여자는 재채기를 해댔다. 여자의 눈에 눈물이 조금 고였다.

여자와 나는 구두 가게에 들어갔다. 직원은 우리들의 발바닥을 물

티슈로 닦아주었다. 너무나 친절했기 때문에, 우리는 할 수 없이 구두를 사야 했다. 구두를 신고 거울을 보니 다리가 조금 길어 보였다. 우리는 경품으로 받은 상품권을 냈다. 다시 광장을 거닐다, 우리는 꽃무늬가 새겨진 원피스가 진열된 상점 앞에 멈추었다.

그런데, 이 구두에 맞는 옷이 없어.

나도.

원피스를 입으니 여자의 목이 더 길어 보였다. 여자는 약간 볼록하게 나온 아랫배를 두 손으로 가렸다. 나는 노란색 줄무늬가 들어간 원피스를 골랐다. 태어나서 처음으로 입어본 원피스였다. 생각보다, 잘 어울렸다. 적당히 나온 아랫배가 그다지 보기 흉하지 않았다. 여자가 카드를 긁었다. 원피스는 봄바람을 막아주지 못했다. 그래서 우리는 원피스에 어울리는 카디건을 한 벌씩 사서 입었다. 이번에는 내가 카드를 긁었다. 여자는 여행용 배낭을 갖고 싶다고 했다. 나는 여자에게 지퍼에 나침반이 달려 있는 여행용 배낭을 선물했다. 여자도 무언가를 선물하고 싶어했다. 나는 물고기 모양의 펜던트가 달려 있는 목걸이를 하는 게 소원이었다고 말했다. 쇼핑몰에 있는 목걸이 상점은 다 둘러보았지만 물고기 펜던트는 없었다. 대신 여자는 물음표 모양을 한 펜던트를 사주었다. 거꾸로 보면 낚시 바늘처럼 보이잖아. 이걸로 물고기를 낚으라고.

저건 어때?

응, 예뻐. 저건?

그래.

사고 싶은 것들은 너무 많았다. 그래서 여자와 나는 상점 안으로 들어갈 때마다 지갑을 꽉 움켜잡아야 했다. 나는 화장실에 가서 들고 있던 옷들을 버렸다. 쓰레기통에 버려진 옷은 내가 조금 전까지 입고 있었다는 걸 믿고 싶지 않을 정도로 초라해 보였다. 나는 헌 가방에 들어 있는 물건들을 새 가방으로 옮겼다. 새 가방에도 역시 우산은 들어가지 않았다.

저거 예쁘다. 나는 팔짱을 끼고 있는 연인들이 쓴 선글라스를 가리켰다. 우리는 연인들에게 다가가 말을 건넸다. 저기요. 이 선글라스 어디에서 사셨어요. 나는 수첩에 선글라스의 상표 이름을 적어두었다. 처음 들어보는 이름이었는데, 연인들은 굉장히 뿌듯한 목소리로 말했다. 광장에 서면 모든 것이 부풀려졌다. 작은 소리로 웃어도 그 소리는 몇 배로 커져 이내 광장을 가득 채웠다. 유모차를 끌고 다니는 어머니들은 모두 행복해 보였다. 아무도 몰래 이곳에서 살 수도 있을 것 같았다. 쇼핑몰 끝까지 걸어갔다가 그곳에서 낮잠을 자고, 다시 쇼핑몰 입구까지 걸어오면 한나절이 금방 지나갈 것이다.

빗방울이 떨어지기 시작했다. 사람들은 비를 피하기 위해 상점 안으로 들어갔다. 나는 여자에게 우산을 씌워주었다. 빗방울이 거칠어지더니 소나기로 변했다. 엄마 말이 맞았네. 여자는 내가 중얼거리는 소리를 듣지 못했다. 우산을 들고 광장에 서 있는 사람은 우리뿐이었다. 가로등이 일제히 켜졌다. 가로등이 상점들의 유리창에 여러 겹으로 반사되면서, 광장은 이제 막 출발을 기다리는 우주선 같은 느낌이 들었다. 우리는 그 우주선 한가운데 있었다. 너도 내 목을 쳐다보고 있으면, 목을 조이고 싶은 충동에 사로잡히니? 나는 한 손으로 여자의 목을 만져보았다. 정말로 두 손으로 여자의 목을 꽉 움켜잡고 싶은 충동이 생겼다. 이 우산을 들고 있지 않았다면 정말로 목을 조였을지도 모르지. 나는 우산을 흔들면서 말했다. 여자는 거울 속의 자신에게 밥을 먹였을 때처럼, 사십오만백 원을 외쳤을 때처럼, 장난꾸러기 같은 표정을 지었다. 그리고는 우산 밖으로 걸어나갔다. 빗방울이 여자의 몸을 지웠다. 나는 점점 투명해지는 여자를 보면서 생각했다. 이젠 집에 돌아가야지. 이곳까지 나를 태우고 온 버스가 몇 번인지 기억나지 않았다. 어디가 동쪽이고 어디가 서쪽인지 짐작할 수가 없었다. 하지만, 광장 바닥에 새겨진 문구처럼 이곳에서는 길을 잃을 염려가 없었다.

'길'이라는 제목이 붙은 이 단편은 어느 하루 동안의 이야기로 '안개가 짙은' 아침의 길 위에서 시작하여 '가로등이 일제히 켜지는' 저녁의 길 위에서 끝난다. 이쯤 되면 당연히 길은 삶의 공간의 은유요 하루는 끊임없이 반복되는 삶의 시간의 기본단위로 이해된다.

이제 아무도 새로운 길을 개척하지 않는다. 이제 아무도 미지의 길로 나서는 모험 따위는 하지 않는다. 그런 것이 가능할 것 같지도 않고 그럴 필요도 없다. 길은 이미 닦여져 있다. 그러므로 우리는 있는 길을 따라가기만 하면 된다. 아니, 길 위에서 기다리기만 하면 고유번호를 단 노선버스가 달려와서 우리를 실어간다.

그래서 이야기는 이렇게 시작된다. "나는 버스를 기다리고 있었다." 모든 평범한 사람들의 하루가 다 그렇듯이. 그 버스는 어디로 가는 것일까? 물론 '회사'로 간다. 모든 평범한 월급쟁이들의 하루가 다 그렇듯이. 더군다나 "회사는 370번 버스의 차고지 바로 옆이었다. 출근할 때는 마음놓고 졸아도 되고 퇴근할 때는 언제나 앉을 수 있어서 좋았다." 더욱 좋은 것은 "길을 잃을 염려가 없"다는 사실이다. 사실, 이 소설의 제목은 '길을 잃을 염려가 없다'로 바뀌어도 무방하다. 실제로 소설은 도처에서 반복되는 라이트모티브를 한 번 더 반복하면서 이렇게 끝나고 있다. "하지만, 광장 바닥에 새겨진 문구처럼 이곳에서는 길을 잃을 염려가 없었다."

길을 잃을 염려가 없는 것은 나 아닌 누군가가 항상 나를 대신하여 나를 인도하거나 가야 할 방향, 해야 할 일을 예측하고 결정해주기 때문이다. 이미 닦여 있는 길이나 버스를 운전하는 기사만이 아니다. 일기예보를 믿지 않는 어머니는 "화투점"에 따라 나에게 우산을 지참하라든가 회사를 결근하라고 가르쳐준다. 길이 두 갈래로 갈라질 때는 "쇼핑몰 가는 길"이라는 표시나 화살표를 따라가면 되고 표시가 없더라도 "바람이 불어오는 방향을 따라 걷기만 하면 되"고 사람들이 늘어선 줄 뒤에 가 서서 기다리기만 하면 된다.

어머니와 다섯 명의 이모는 하나같이 점집을 자주 드나들었다. 그들은 원래 점집을 출입하다가 서로 알게 된 사이다. 그들은 모두가 미래의 예측이나 행동요령을 점에 의존하고 그 점의 예측에 따라 '나'의 장래를 유도하려고 한다. 육상선수, 음악가, 사람들이 고개를 숙일 정도의 인물, 마이다스의 손 등 나의 모든 지향은 어머니, 이모, 다시 말해서 그들의 선택을 지배하는 점의 예측에 따른 것이다. 초등학교, 중학교, 고등학교, 전문학교 졸업까지 '나'의 성장은 이처럼 타인들의 예측과 권유에 따른 결과다.

그러나 이렇게 이미 닦여 있는 길이나 점쟁이의 예측을 따르기만

하면 순조롭게 목적지에 도달하게 되는 것은 아니다. 아니 타의에 의하여 따라가는 나의 길에는 어쩌면 처음부터 목적지가 따로 있었던 것이 아닐지도 모른다. '나'는 짙은 '안개' 때문에 370번이 아닌 730번 버스를 타고 엉뚱한 종점에 가 닿는다. 신호등이 무려 36개나 돼 '브레이크를 밟을 때마다 띄엄띄엄 세상을 의심하기 시작'한 K는 나를 떠났다. 다섯 명의 '이모'들은 차례로 동네를 떠났다. 그러나 크게 걱정할 일은 못된다. 이모들이 떠나도 어머니는 여전히 화투로 하루 운수를 점치며 나의 선택을 예측한다. 나를 떠난 K는 나의 꿈속에서 마을버스를 몰 것이다. 버스를 잘못 탄 나는 엉뚱한 종점에 이르고 회사에 가지 못했지만 과장은 "화장실에 가서 오줌을 누면서 5초 정도 웃었을 것"이고 나는 회사에 가는 대신 대형 쇼핑몰을 서성거리면 된다.

대형 쇼핑몰은 365개나 되는 상점들로 구성되어 있지만 걱정할 필요는 없다. 그 상점들은 "몸의 배열"에 따라 배치되어 우리의 사적인 삶의 시간과 공간 그 자체로 기능하며 그 시간 공간을 대신한다. 위장이 사람 몸의 '중간'에 자리잡고 있듯이 쇼핑몰에서도 식당은 그 '몸의 배열'의 '정확한 중간'에 위치한다. 쇼핑몰이 소설의 '정확한 중간'에 위치하듯이 '식당'과 깊숙이 관련되어 "하나같이 키가 크고 뚱뚱"한 이모들 이야기는 쇼핑몰 상체와 하체 공간의 '정확한 중간'에 위치한다. 이모들은 끊임없이 만두와 건빵과 달걀말이와 술을 먹는다. 대형 쇼핑몰은 끊임없이 줄을 선 사람들을 삼킨다. 만두와 건빵과 달걀말이와 술이 이모들의 뱃속에서 길을 잃을까봐 걱정할 필요가 없듯이 쇼핑몰에서 줄을 선 우리들도 길을 잃을까봐 걱정할 필요가 없다.

그러나 나는 행복한가? 우리는 행복한가? 아무리 해도 길을 잃을 염려가 없는 삶, "어디가 동쪽이고 어디가 서쪽인지 짐작할 수 없"는 삶도 때로는 탈주를 꿈꾼다. "나도 모르게 노선과는 다른 길로 가고 싶어"지는 K처럼, "이제 막 출발을 기다리는 우주선"처럼. 가끔 우리는 묻는다. "너도 내 목을 쳐다보고 있으면, 목을 조이고 싶은 충동에 사로잡히니?" 그러나 염려할 필요가 없다. 우리는 심지어 길을 잃을 능력마저 없는 것이다. 소설이 때로는 삶보다 더 암담하다.

명랑

천운영

1971년 서울에서 태어났고,
서울예대 문예창작과를 졸업하였다.
2000년 동아일보 신춘문예에 단편소설 「바늘」이 당선되어
등단했으며, 소설집 『바늘』이 있다.

명랑

문이 움직인다. 느리고 은밀하게, 딱 한 뼘만큼만 열린다. 벽과 똑같은 색의 미닫이문은 낯선 세계로 통하는 비밀통로 같다. 열린 문으로 어둠이 밀려나온다. 어둠 속에는 늙은이의 살 냄새에 곰팡이 핀 과일, 눅눅한 솜이불, 좀약 냄새가 뒤섞여 있다.

어둠을 헤치고 나오는 한 점, 희고 뾰족한 버선코다. 점이었던 것은 부드러운 선이 되었다가 단단한 볼이 된다. 살짝 치켜올라간 수눅선을 따라 뒤꿈치와 회목이 느릿느릿 문지방을 넘는다. 그 움직임이 너무 느려서 처음부터 내내 거기 있었던 것처럼 느껴진다. 이제 열린 문을 장악하고 있는 것은 희디흰 버선발뿐이다. 흰 버선발은 어둠과 냄새의 여운을 말끔하게 몰아낸다. 오히려 발등에 수놓아진 붉은 꽃송이에서 향긋한 꽃내음이라도 풍겨나오는 듯하다. 내 눈은 향기를 맡은 꿀벌처럼 버선발을 향해 부산한 날갯짓을 한다.

나는 여태 그녀의 발을 기다렸다. 담배와 음식 냄새에 누렇게 뜬

방에서 어머니가 이불을 밟으며 건너다니는데도 모른 척하고 누워 있었던 것은 그녀의 발이 나오기를 기다렸기 때문이다. 달팽이처럼 미끈하고 조그만 발이 그녀 몸의 다른 부분을 끌고 나오기를, 그리 하여 이 방을 온통 그녀의 냄새로 가득 채우기를 바라고 있었다.

식당에 딸린 한 칸의 방에서 그녀와 내가 속옷 바람인 채로 지낼 수 있는 시간은 지금뿐이다. 엄마는 그녀를 위해 곁방을 들였다. 하루 종일 볕 하나 들지 않는 곁방에서 그녀는 손님들이 돌아갈 때까지 두 개 채널밖에 나오지 않는 텔레비전을 보거나 굳은 떡을 먹으며 지낸다. 언제부턴가 그녀는 손님이 없어도 고치처럼 그 방에 틀어박히기 시작했다. 점심 준비가 끝나기 전, 볕바라기를 하기 위해 지팡이를 짚고 식당을 나서는 것이 그녀의 유일한 외출이다.

그녀의 발은 촉수를 세운 더듬이다. 공기의 미세한 움직임을 탐색하고 위험을 감지한다. 탐색은 집요하리만치 계속된다. 낡은 항라치마를 바스락거리며 다리가 나온 것은 두 발을 내밀고서도 한참이 지나서다. 이윽고 검버섯 핀 손이 문지방을 짚는다. 그녀의 손은 말라비틀어진 빵 같다. 뼈와 핏줄이 드러난 얇은 살갗 위에는 저승꽃이 곰팡이처럼 무리지어 피어 있다. 손가락을 움직일 때마다 검은 꽃잎이 벌어져 팔뚝으로 번진다. 저승꽃은 주글주글한 가슴패기와 늘어진 목덜미를 지나 광대뼈와 이마까지 줄기를 뻗어올린다. 숱 적은 머리 사이로 드러난 작고 동그란 머리통만 유난히 희고 매끄럽다. 나는 그녀의 쪽찐 머리를 기억한다. 뒷목 움푹 패인 부분에 은비녀로 꽂은 조그마한 머릿다발은 단아하고 정갈해 보였다. 김치에서 흰 머리카락만 발견되지 않았더라도 그녀는 아직 쪽찐 머리를 유지하고 있었을 것이다. 엄마가 그녀를 앞에 앉히고 잘라낸, 그녀가 평생 빗고 따고 틀어올린 머리카락은 한줌밖에 되지 않았다.

그녀는 속옷 위에 치마만 두른 차림으로 허공을 응시하고 있다. 그녀는 외출할 때를 제외하고는 저고리를 잘 입지 않는다. 저고리를 손에 뗄 때마다 가슴께가 아파온다고 고통을 호소하곤 한다. 우두커니 앉아 있던 그녀가 치마춤으로 손을 집어넣는다. 그녀의 손에 공단으로 만들어진 작은 주머니가 달려나온다. 그녀는 처진 눈꺼풀을 치켜올리며 조심스럽게 약봉지를 펼친다. 오각형으로 접힌 약종이를 한 겹 한 겹 펼칠 때마다 하얀 가루가 하늘하늘 피어오른다. 방 안에는 종이 바스락거리는 소리와 그녀의 가릉거리는 숨소리만 나직하다. 나는 움직이지 않고 그녀를 훔쳐본다. 그녀의 눈은 개구리나 고양이의 것처럼 움직임에 반응한다. 내가 움직이지 않는 한 그녀에게 나는 그저 풍경의 일부일 뿐이다. 그녀는 다 펼친 종이를 대각선으로 접어 가루를 한데 모아 입에 털어넣는다. 약종이를 손톱 끝으로 탁탁, 치는 소리를 들으면 내 눈은 저절로 찡그려지고 입 안에는 쓴 침이 고인다.

그녀가 먹은 가루는 명랑이다. 명랑은 진통제다. 명랑 백 포들이 상자 겉면에는 두통을 비롯한 관절통, 인후통 등 열여섯 가지 통증과 오한, 발열시 효능이 있다고 적혀 있다. 하루 2회, 복용간격은 여섯 시간 이상으로 한도를 두고 있지만 그녀는 명랑이 설탕가루라도 되는 것처럼 시도때도없이 털어넣는다. 그녀가 먹은 것은 약이 아니라 방부제인지도 모른다. 그녀 몸은 이미 부패가 시작되었고 부패의 냄새를 감추기 위해 끊임없이 방부제를 투여하고 있는 것은 아닐까. 그녀에게서 나는 늙은이 냄새 또한 죽음을 위장하는 방부제 냄새가 분명하다. 그녀 몸 구석구석에는 채 녹지 않은 명랑가루가 그대로 쌓여가고 있을 것이다. 그리하여 그녀는 죽어도 썩지 않으리라. 나무뿌리가 관뚜껑의 틈을 벌리고 그 틈새로 떨어진 흙이 그녀 몸을 덮치는 동안에도 그녀의 머리칼은 잔뿌리처럼 쑥쑥 자라날 것이다.

약에 취한 그녀가 벽에 기대앉는다. 바람벽에 난 창으로 들어온 볕이 그녀 몸에 닿아 있다. 빛의 무게에 시름거리는 것인지, 아니면 빈속에 들어간 가루약 때문인지, 그녀의 몸은 자꾸만 밑으로 처진다. 무릎을 그러안고 앉은 그녀의 모습은 꼭 양수 속에 웅크리고 있는 태아 같다. 그녀는 세월을 거스르고 싶은 것이다. 죽음을 맞으러 강물을 거스르는 연어처럼, 탄생 이전의 따뜻한 양수 속으로 돌아가고 있는지도 모른다.

그녀는 빈 약종이를 주머니에 넣고 담배를 꺼낸다. 유황 냄새가 나고 담배 냄새가 이어진다. 늙은 여자가 내뿜는 담배 냄새는 내가 뿜어내는 냄새보다 좀더 강하고 어둡다. 방치된 지하창고 같다. 거기서는 생기가 잊혀지고 죽은 쥐가 썩고 노래기가 모이고 먼지가 굳는다. 담배 한 개비를 다 피운 그녀의 숨소리는 아까보다 거칠어져 있다. 엄마가 있었더라면 곧바로 담배허리가 부러지고 담배를 둘러싼 승강이가 벌어졌을 것이다. 할머니는 자주 담배를 놓쳤고 방바닥에는 시커먼 담뱃불 자국을 남겼다. 언젠가 부주의하게 버린 꽁초로 화장실 쓰레기통을 홀랑 태운 후로 엄마는 할머니에게서 담배를 빼앗기 위해 혈안이 되어 있다.

나는 이불을 젖히고 일어나 앉는다. 그녀는 약이 든 주머니를 치마춤으로 황급히 집어넣는다.

"가슴이 아퍼 야. 송곳으로 콱콱, 쑤셔대는 것 같어. 아무래도 내가 폐암인갑서."

그녀는 변명이나 고자질을 하는 아이처럼 서둘러 말한다. 나는 짐짓 과장된 몸짓으로 이불을 개며 버럭 소리를 지른다.

"할머니가 의사야? 폐암 걱정되면 담배나 끊어. 가슴 아프다고 약을 달고 살면서. 그 약이 뭐 좋은 줄 알아? 그게 다 몸에 쌓인다구.
나중에 죽은 다음 썩지도 않으면 좋겠어? 죽어서 잘 썩는 것도 복이
라며!"

그녀는 입을 다문다. 젖은 눈도 함께 침묵한다. 그녀의 말없는 눈
동자에는 죽음을 향해 묵묵히 걸어가는 더딘 발걸음이 보인다. 과거
의 회한과 곧 닥쳐올 죽음에 대한 공포가 함께 침묵하고 있는 늙은
이의 눈동자. 나는 늙은이의 눈을 갖고 싶다. 바라보면서도 어딘가
다른 곳을 향해 있는, 마른 듯하면서도 젖어 있는, 간절하면서도 무
심한 늙은이의 눈동자. 무엇에도 잡히지 않는 시선의 자유로움이 노
인의 눈동자에는 들어 있다. 어쩌면 나는 늙은 여자가 되고 싶은지
도 모른다. 세월의 고난을 거치지 않고서 곧바로 늙은 여자가 되어
세상을 비껴보고 싶은 것이다.

그녀는 말없이 버선발만 바라보고 있다. 약이나 담배를 못하게 하
면 그녀는 단번에 입을 다문다. 나는 그녀의 침묵하는 눈동자를 보
기 위해 일부러 소리를 지르고 윽박지르게 된다. 가느다란 손가락으
로 버선 위 국화꽃을 만지작거리고 있는 그녀가 조금 안쓰럽게 느껴
진다.

"근데 명랑 먹으면 좀 낫긴 해?"

"명랑 먹으니 살 것 같다. 머리가 꼭 깨질 것 같더니."

"그게 뭐 만병통치약이라도 된대? 아까는 가슴이 아프다며. 또 어
디가 아픈데?"

"머리도 아프고, 가슴도 아프고, 무릎도 아프고……."

그녀는 아픈 곳을 말할 때마다 눈을 찡그리며 그 부위를 손으로
꾹꾹 누른다. 나는 무릎걸음으로 기어가 그녀의 발을 움켜쥔다. 버
선발이 한손에 안기듯 잡힌다.

그녀의 발은 전족(纏足)을 한 것처럼 작고 위태롭다. 14문 버선을 벗기면 아기처럼 보드랍고 작은 발이 숨겨져 있다. 굳은살 없는 뒤꿈치는 땅 한 번 디뎌보지 않은 살처럼 동그랗고 야들야들하다. 흰 버선조차 그녀의 발에 비하면 옥수수 껍질처럼 뻣뻣하고 거칠게 느껴진다. 곧고 가지런한 발가락 끝마다 살포시 앉은 발톱 하나하나는 채 여물지 않은 옥수수의 작은 알갱이 같다. 그녀가 버선을 벗고 발을 씻을 때면 그녀의 발에서는 달짝지근하면서도 비린 풋내가 풍기는 듯하다.

"발에는 사람 몸이 다 들어 있어. 내가 주물러줄 테니까, 봐. 여기가 머리야. 이렇게 누르면 약 안 먹고도 나아. 잘 기억해뒀다가 할머니가 틈틈이 눌러줘. 또 어디 가슴두 아프다구?"

엄지발가락을 손톱 끝으로 누르며 내가 말한다. 엄지발가락은 머리다. 가슴은 검지발가락에서 새끼발가락 밑 도톰한 부분을 눌러주면 된다. 내가 손가락에 힘을 줄 때마다 그녀는 엄지발가락을 비튼다. 그녀가 발가락을 꼼지락거릴 때마다 내 몸은 고운 옥수수털에 닿은 듯 근질거린다. 나는 발 중앙선을 따라 폐와 머리와 신장에 좋은 곳을 눌러준다. 손길이 닿는 곳마다 여린 살은 금세 발갛게 달아오른다.

"여기 한번 만져봐라. 뭐 혹 같은 게 잡히지 않애?"

그녀가 가슴을 매만지며 말한다. 아예 가슴을 죄고 있는 똑딱단추를 풀어 앞섶을 열어젖힌다. 단추가 풀리면서 주름으로 축 늘어진 가슴패기 아래 젖가슴이 출렁 벌어진다. 처지긴 했지만 그녀의 가슴은 몸에 비해 제법 크고 단단하다. 빈약하고 작았던 젖가슴이 이토록 부풀어오르기 시작한 것은 할아버지가 죽고 난 이후란다. 오히려 아버지가 젖먹이였을 때는 젖도 제대로 못 먹였다고 할머니는 아쉬운 듯 말하곤 했다. 단단한 젖가슴 위에 자그마하게 자리잡은 분홍빛 유두는 이제 막 젖멍울이 지기 시작한 소녀의 것과 비슷하다. 그녀의 가슴에는 진화와 소멸이 함께 살고 있다.

"아이, 다 쪼그라드는데 뭐 한다고 젖퉁이만 커지는가 모르겠다."

그녀가 가슴을 쓸어올리며 말한다. 그녀의 어조에는 부끄러움보다는 어딘지 자랑스러움이 배어 있다. 나는 그녀의 무릎에 얼굴을 대고 누워 가슴을 만진다. 저승도 세월도 침범하지 못하는 그녀의 가슴. 그녀에게서 여린 풀냄새가 나는 것 같다. 그녀가 손을 뻗어 내 머리를 쓰다듬어준다.

"머리를 이리 노랗게 물들이면 쓰냐? 양것들도 아닌데."

그녀는 머리카락을 귀 뒤로 넘겨주며 나지막이 말한다. 깃털처럼 가벼운 손길과, 야들야들한 젖가슴의 감촉은 자장가 같다. 이대로 그녀와 함께 잠이 들었으면 좋겠다.

제대로 삭았다. 이대로 한 이틀 말리면 되겠다. 벌써부터 지릿하고 알싸한 냄새가 목구멍에서 콧구멍까지 뚫고 나오는 것 같다. 노인네가 죽을 때가 되었는지, 느닷없이 삭힌 홍어찜이 먹고 싶단다. 게다가 꾸덕꾸덕 말려 손으로 짝짝 찢어 먹어야겠다는 것이다. 되는대로 노랑가오리를 사오기는 했지만, 이 여름에 쉬슬지 않고 제대로 말리기가 쉬울 것 같지는 않다. 마른행주로 가오리를 닦을 때부터 파리들이 몰려들더니 기어이 망바구니 틈새를 쑤시고 들어간다. 집 안은 온통 가오리 삭는 냄새다.

가오리가 삭으면서 나는 냄새는 어쩐지 노인네 방에서 풍기는 냄새와 닮아 있다. 그것은 상하거나 죽어가는 냄새와는 다르다. 죽었으나 썩지 않기 위해 제 몸을 삭히는 발효의 냄새. 내게서도 언젠가 저런 냄새가 나겠지. 늙고 외롭고 쓸쓸해서 고함치는 냄새. 나도 노인네로 늙어가겠지만 어머니처럼 곱게 늙지는 못할 것이다. 부기가 가시지 않는 얼굴과 상처투성이의 두툼한 손과 무좀에 너덜너덜해진 발바닥까지, 이미 나는 그녀보다 훨씬 늙어버렸다.

어제 그렇게 소리만 안 질렀어도 수산시장까지 가서 노랑가오리를 사오지는 않았을 텐데. 버러지들, 그렇게 외쳤던가. 더위 때문이었다. 아침볕인데도 정수리로 쏟아지는 햇살의 기세가 만만치 않았다. 송학여관 앞에서 집까지 삼백 미터가 넘는 길을 올라오는 동안, 앙가슴으로는 땀이 흘러내렸고 땀에 젖은 옷은 찐덕찐덕 온몸에 휘감겼다. 싸다고 욕심 부려 잔뜩 집어넣은 배추 봉지는 언제라도 터질 태세였다. 아침도 못 먹고 다녀온 길이라 하늘이 노래질 정도로 허기가 졌다. 밥이나 앉혀놨나 싶었는데 노인네와 계집애는 방바닥에 자빠져 뒹굴고 있었다. 계집애, 한 번이라도 내 부르튼 발을 주물러주기나 했던가. 문득 내 살을 파먹고 사는 버러지들 같다는 생각이 솟구쳐올랐다. 저런 무릎을 주무르고 앉았더니 노인네가 그놈의 명랑 한 봉지와 꼬깃꼬깃 접은 만 원짜리 지폐를 내밀었다. 그러고는 멍하니 나를 바라보았다.

노인네가 똑바로 쳐다보면 나는 거북해진다. 호소와 갈망과 애증으로 가득한 눈. 어딘지 원망하는 것 같은 눈동자 속에는 그녀와 내가 공유하는 과거가 들어 있다. 과거는 언제나 고통스럽고 원망스러운 것뿐이다. 나를 향한 비아냥거림이 담겨 있는 것도 같다. 나는 그녀의 젖은 눈동자에서 이내 고개를 돌려버리고 만다.

남편은 늘 그녀를 원망했다. 당신 떡 해먹고 치장할 돈은 있어도 자식들 교육시킬 돈은 없느냐고, 윗사람과 아버지한테 그만큼 사랑받았으면 내리사랑도 알아야 하는 거 아니냐고, 교육 한번 제대로 시켜줬으면 내가 미장이나 할 위인 같냐고, 술만 먹으면 노인네를 닦달했다. 나도 덩달아 그녀를 원망했다. 모두 노인네 탓 같았다. 미장일을 마치고 돌아오던 남편이 사고로 죽은 것도, 내가 촌구석에 앉아 식당이나 하고 있는 것도 모두 그녀 때문인 것 같았다. 언제부턴가 나는 그녀에게 쌈닭처럼 달려들거나 낯선 사람처럼 무심하게 대하기 시작했다. 그녀는 나의 냉대를 묵묵히 견뎌내고 있었다.

휴가철이 가까워지면서 식당도 붐비기 시작했다. 유원지를 따라 늘어선 민물매운탕집들 사이에서 백숙을 선택한 건 잘한 일이었다. 김치나 맛있게 담그면 그만이고 손 가는 일도 별로 없어서 혼자 너끈히 해낼 수 있었다. 계집애는 졸업하기 전까지만 해도 음식도 나르고 주방일도 거들더니만 지금은 아예 밤늦도록 집에 들어오지 않는다. 나중에 노인네처럼 원망 듣기 싫어 미용기술에 발관리사까지 저 하겠다는 건 다 들어줬는데, 아직까지 취직도 못하고 용돈까지 타 쓰고 있다. 오늘도 아침을 뜨는 둥 마는 둥 하고 나가더니 어디를 싸돌아다니는지 여태 소식이 없다.

이만 끝인가 싶었는데 느지막이 손님이 들었다. 바깥 식탁도 다 비었는데 굳이 방에서 먹겠다고 하는 걸 보니 화투손님이다. 요즘은 화투손님이 제법 든다. 선풍기를 틀어주고 야채 몇 가지를 상에 얹어주고 나왔다. 압력솥 방울 소리가 잦아드는 동안 방 안에선 환성을 지르고 야유를 퍼붓고 떠들썩한 소리가 끊이지 않는다. 그들은 유원지 입구 새로 짓는 건물의 인부들이다. 고린내 나는 양말을 벗고 셔츠단추까지 푼 상태로 화투에 열중하고 있다. 백숙쟁반을 갖고 들어가 가위질을 하는 동안에도 그들은 점수를 계산하고 돈을 주고받았다.

아홉 시가 넘었는데 사내들은 일어날 생각을 하지 않는다. 나는 방을 오가며 반 뼘쯤 열린 미닫이문을 살핀다. 어쩌다보니 노인네 저녁도 굶기게 되었다. 손님들 틈에서 제대로 눕지도 못하는 것 같아 곁방을 들였는데, 이렇게 늦어질 때는 외려 골방에 가둔 꼴이 되고 만다. 저고리를 잘 입지 않는 노인네가 커다란 젖퉁이를 내놓고 앉아 있는 것도 보기에 좋지 않아서였다. 노인네는 문을 조금 열어 밖을 살피며 참을성 있게 기다린다. 숨겨놓은 과자봉지가 있을 테니 대충 요기는 하겠지. 번거롭기는 하지만 굴비나 좀 쪄놓아야겠다. 노인네는 기름에 튀긴 생선보다 찐 생선을 더 좋아한다. 뒷방 노인네 주제에 입이 짧아 여간해서 맛나게 먹는 법도 없다. 찐 생선 위에는 꼭 실고추라도 뿌려야 되는 줄 안다. 전 하나를 부쳐도 꽃타령을 하는 노인네다. 찬장 구석에서 실고추를 찾아 얹고 깨도 넉넉히 뿌려놓는다.

사내들은 소주 네 병을 비우고서야 자리를 털고 일어났다. 손님상을 대충 내놓고 서둘러 밥상을 차린다. 내친김에 지난봄 고추장에 박아놓은 더덕도 꺼낸다. 곁방 문을 열자 노인네 냄새가 훅 끼쳐온다. 통풍도 환기도 잘 안되는 골방에서 노인네는 어린애처럼 몸을 동글게 말고 자고 있다. 치마 사이로 조그만 발이 보인다. 그녀는 양말을 신으면 온몸이 풀어지는 것 같다며 여태 버선을 벗지 못했다. 발이 너무 작아 그에 맞는 버선을 찾기도 쉽지 않았다. 시장 몇 군데를 돌아 겨우 구해주면서 어깃장을 놓기도 했지만, 버선에 단단히 싸매진 그녀의 발은 어딘가 보호본능을 자극하는 구석이 있다. 노인네는 평생 일이라는 걸 모르고 살았다. 시골에서 그 흔한 밭일조차 안 해보았단다. 타고난 사주나 관상처럼 발에도 족상이 있다면, 그녀의 보드라운 발에는 복록이 있어 평생 일을 모르고 살 상이 들어 있을 것이다. 나는 노인네 발을 쓰다듬다가 내 벗은 발을 보고 말았다. 짧고 뭉툭한 발가락과 갈라질 대로 갈라진 틈으로 때가 깊숙이 앉은 험악한 뒤꿈치. 발가락 사이사이에는 무좀과 습진으로 발갛게 생채기가 나 있다. 나는 노인네 발을 움켜쥐고 세차게 흔들어댄다.

노인네는 힘겹게 일어나 밥상 앞에 앉는다. 애써 굴비까지 쪄서 차렸는데 노인네는 밥상 앞에 앉아 깜빡깜빡 졸고 있다. 어쩌면 조는 게 아닌지도 모른다. 노인네는 눈이 처져 보이지 않는다며 쌍꺼풀 수술을 해야겠다고 했다. 노인네가 백내장 수술까지 하고도 병원에 못 가서 안달이라고 묵살해버리고 말았다. 좀 선선해지면 아무래도 수술을 해줘야지 싶다.

"인제 밥 먹어?"

계집애가 방에 들어오지도 않고 가방만 휙 던지며 볼멘소리를 한다. 노인네가 굴비에 손도 안 대고 밥을 물에 말아버리는 순간이었다.

"기집애가 뭐 한다고 이렇게 늦게까지 싸돌아다녀! 밤길도 무서운데. 일찍일찍 좀 다녀."

"일찍 들어오믄. 시커먼 사내들 고스톱 치는데 가서 거들라구? 아니면 할머니처럼 골방에 처박혀 있을까? 일찍 들어오고 싶어야 들어오지! 거봐, 노인네 여태 굶은 거 아냐. 손님들을 방으로 못 들어오게 하든가, 아님 방을 따로 하나 만들든가 하란 말야."

계집애는 작정한 듯 쏘아붙인다.

"내가 언제 할머니를 가둬, 가두긴. 노인네가 알아서 들어간 거지. 나는 밥 먹고 니 할머니만 굶겼냐? 하루 종일 일하면서 여태 밥 구경도 못 한 니 에미는 안 불쌍하냐? 그리고 너는 언제 취직할 거야? 발관리산가 뭔가 하면 돈 많이 번다더니. 언제 에미 발 한번 주물러줘봤어?"

딸애한테 이기면 뭐 한다고, 오기가 나 소리를 지르고야 말았다. 노인네는 좋다 싫다 말없이 오가는 말에 눈길을 돌리며 앉아 있다. 입을 씰룩거리던 계집애가 벽에 걸린 수건을 휙 잡아채고 나가버린다. 계집애는 요즈음 나만 보면 유난히 으르렁거린다. 부쩍 늦게 들어오는 날도 많아졌다. 그러고 보니 화장도 향수 냄새도 진해지고 있는 것 같다.

언제부턴가 계집애에게서 담배 냄새가 나기 시작했다. 제 할머니 담배를 슬쩍슬쩍 훔쳐 피울 때도 있다. 노인네, 그러게 어떻게 해서든 담배를 끊게 했어야 했다. 화장실에서 나오면 분명 냄새는 남아 있는데 계집애는 꼭 할머니가 다녀갔었다고 핑계를 댄다. 담배 냄새를 감추기 위해 향수를 들고 다니면서 뿌려대기도 한다. 계집애는 제가 가진 것을 모른다. 제가 지금 얼마나 젊고 싱싱한지, 젊다는 것만으로도 얼마나 달콤하고 경쾌하고 신선한 향기를 품는지 모른다. 그것이 어떤 고급 향수에 비할까.

"안 드실 거면 그만 치워요."

노인네는 젓가락을 내려놓고 뒤로 물러나 앉는다. 나는 그릇을 함부로 부딪치며 설거지를 한다. 사내들이 남기고 간 쟁반에는 살점이 누덕누덕 붙은 닭뼈와 담배꽁초가 뒤섞여 있다. 가릴 것도 없이 남은 음식과 쓰레기를 한군데 처박고 부엌바닥에 세제를 풀어 오래 청소를 한다.

방에는 차렵이불 위에 베개 세 개가 나란히 놓여 있다. 노인네는 미닫이문에 몸을 바싹 붙이고 잠이 들었다. 숨소리도 안 내고 죽은 듯이 잠들어 있는 노인네를 보면 불안해진다. 남편상을 치르긴 했지만 나는 아직 죽음과 마주할 준비가 되어 있지 않다. 남편의 주검은 시체보관실에 가 있었고, 나는 그저 울부짖기만 했을 뿐이다. 노인네 머리맡에 자리끼를 놓는다. 그리고 나는 그것이 정화수라도 되듯 빌어보는 것이다. 내가 준비될 때까지만 살아 달라고.

모기향을 피워 텔레비전 위에 올려놓는다. 나는 가늘게 피어오르는 연기 끝에 코를 들이댄다. 모기향은 중독성이 있다. 모기향에서는 사내 냄새가 난다. 그것은 일을 마치고 막 돌아온 남편의 냄새다. 매우면서도 비릿한, 시멘트 냄새와 땀 냄새가 적당히 섞인 남자의 냄새다. 나는 사내 품속을 파고들 듯 모기향을 들이마신다.

불을 끄고 텔레비전만 켜놓는다. 마감뉴스가 끝날 즈음 계집애가 들어와 옆에 눕는다.

"용돈은 있는 거야?"

계집애는 아무 대답 없이 등을 보이고 돌아눕는다. 계집애에게서 풍기는 비누 냄새가 싱그럽다. 계집애는 어느새 잠이 들어 어린애처럼 쌔근거린다. 나는 오늘 받은 식대를 계집애의 가방 속에 넣고 자리에 눕는다. 올 여름은 장마가 일찍 시작된다고, 강수량도 많고 긴 장마가 될 것이라는 기상캐스터의 말소리가 어렴풋이 들려온다.

누군가 위에서 빤히 내려다보고 있는 듯한 느낌. 축축하고 뜨듯한 물기가 몸에 휘감기는 기분이다. 축축한 물기와 함께 매큼한 냄새도 함께 풍겨온다. 소리 없이 새어나오는 연탄가스처럼 유독하고 치명적인 기미. 나는 눈을 뜬다. 새벽 어스름에 나를 내려다보고 있는 얼굴은 푸른 가면을 쓴 것처럼 무표정하고 엄숙하다. 푸른 가면 위 벌어진 가느다란 틈새로 눈빛만 허허롭게 빛난다.

"목욕하자."

축축한 목소리가 귓가에 머문다. 목소리가 너무나 고요해서 나는 미처 알아듣지 못한다.

"일어나서 나랑 목욕 좀 가자. 비가 오려나, 몸이 이렇게 욱신거린다."

"이 새벽에 무슨 목욕이야? 날도 안 밝았는데."

몸을 일으켜 세우며 짜증스럽게 대꾸한다. 아직 버스가 다닐 시간이 아니다. 근처 목욕탕은 내부수리를 한다고 지난주부터 문을 닫았다. 나는 눈을 비비며 옆에 누운 엄마를 훔쳐본다. 엄마는 두 팔을 위로 치켜든 채 푸푸 소리를 내며 깊이 잠들어 있다.

"목욕탕 아직 안 열었어."

내 말을 알아듣기는 한 건지, 그녀는 말없이 밖으로 나간다. 그녀의 등에서 단호한 결의가 느껴진다. 나는 그녀가 나가고도 한참을 그대로 앉아 있었다. 텔레비전 위에는 다 탄 모기향이 점선을 그리며 떨어져 있다. 방에서는 꿉꿉한 냄새가 난다. 볼을 손으로 비비며 잠기운을 몰아낸다.

들통으로 하나 가득 물을 끓이고 김장할 때 쓰는 커다란 고무대야를 씻어놓는다. 식당 부엌에서는 닭 비린내가 난다. 부엌은 금세 뿌연 김으로 가득 찬다. 대야에 뜨거운 물을 부어 수온을 맞추고 그녀에게 손짓을 한다. 그녀는 치마와 속옷을 차례차례 벗고 마지막으로 버선을 벗는다. 다 벗은 옷을 차분하게 개어 식탁 위에 올려놓고 부엌으로 들어온다. 나는 부엌 한가운데 우뚝 서서 그녀의 벗은 몸을 바라본다. 그녀의 몸은 너무 작고 왜소해 보인다. 흰 다리 사이에 수줍게 드러난 그곳은 아직 이차성징이 나타나지 않은 어린 여자아이처럼 민숭민숭하다. 나는 대야 안에 그녀를 앉힌 채 때수건으로 몸을 닦기 시작한다. 몸이 너무 작아 아이를 씻기고 있는 기분이다. 탄탄했던 생기는 모두 빠져나가고 껍질만 남은 살갗. 생기 없는 살이지만 긁힌 상처 하나 없이 깨끗하다. 그녀는 내가 시키는 대로 팔을 들고 고개를 젖히며 조용히 앉아 있다. 내 손이 닿는 곳마다 그녀의 살갗은 만족감으로 발그레해진다.

목욕을 마치고 옷을 입은 그녀는 몹시 지쳐 보인다. 그녀는 주머니에서 명랑 한 봉지를 꺼내 입에 털어넣고 의자에 앉아 숨을 고른다. 대충 부엌을 치우고 나오자 엄마가 부석부석한 머리를 매만지며 방을 나온다.

"내가 우리 손녀 덕에 호사를 누리는구나. 에미야, 은희 용돈 좀 줘라."

엄마는 들은 척도 안하고 부엌으로 들어가버린다. 부엌에서 그릇 부딪치는 소리가 나고 구수한 된장 냄새가 풍겨온다. 그녀는 주머니를 주섬주섬 뒤져 만 원짜리 한 장을 꺼내 손에 쥐여준다.

"됐어. 할머니가 무슨 돈 있다구."

"남자고 여자고 돈 없으면 기신이 안 나는 법이여."

나는 딱히 볼일도 없는데 외출복으로 갈아입는다. 식당 문을 나서는데 엄마가 부리나케 나와 우산을 건네준다.

"애먼 짓 하지 말고 일찍일찍 다녀!"

엄마의 목소리가 머리채를 잡아당긴다. 나는 뒤도 안 돌아보고 걷는다.

비 오는 날에는 세상의 모든 냄새가 지상에서 맴돈다. 거리는 온통 고기 굽는 냄새와 함부로 뱉은 침 냄새, 담뱃진내, 물비린내로 가득하다. 나는 떠돌이 개처럼 터미널 근처를 맴돌고 있다. 비디오방에서 인육을 먹는 박사가 나오는 영화를 보고, 커피숍에 앉아 담배를 반 갑이나 피우며 메스꺼운 속을 달래고 나온 참이다. 학원에서는 백 퍼센트 취업 보장을 했지만 아직까지 연락이 없다. 가방에는 낯선 돈이 들어 있었다. 천 원권과 만 원권이 뒤섞여 있는 걸 보면 엄마가 손님에게 받은 돈 그대로 넣어둔 듯싶다.

　얼마나 돌아다녔는지 샌들 앞으로 나온 발가락은 빗물에 퉁퉁 불어 있다. 나는 횟독으로 빵빵하게 부푼 아버지 발을 생각한다. 아버지의 발은 회를 뭉개놓은 듯 딱딱하고 울퉁불퉁했다. 저녁마다 찬물에 담그고 연고를 발랐지만 부기는 도통 빠지지 않았다. 밤새도록 허리를 구부리고 부푼 발을 긁어대는 소리에 식구들은 밤잠을 설치곤 했다. 나는 아버지 발을 만져본 적이 없다. 허옇게 독 오른 발에 손을 대면 내 손도 괴물처럼 흉악하게 변할 것 같았다. 나는 혹시라도 아버지의 발이 몸에 닿을까봐 잠결에도 이불 속으로 발을 집어넣는 데 신경을 곤두세우곤 했다.

　집으로 가는 버스를 세 대나 보내고 나서야 버스에 오른다. 버스는 도심을 벗어나 국도를 달리기 시작한다. 차창 밖으로 빗물에 일그러진 풍경이 지나간다. 차창에 비친 내 얼굴도 함께 일그러진다. 버스에서 내려 집까지 걸어올라가는 동안 식당 간판 하나하나에 눈길을 주며 느리게 걷는다. 아무리 느리게 걸어도 어둠은 오지 않았다. 위쪽으로 올라갈수록 기온이 확연히 떨어져 우산을 든 팔뚝으로 자잘한 소름이 돋았다. 온몸이 물에 흠뻑 젖은 듯 무거워진다. 빨리 집으로 들어가 눅눅한 몸을 닦아내고 싶다.

　나는 식당 문 앞에 서서 잠시 망설인다. 식당 안은 불만 훤히 켜 있다. 엄마는 부엌에 없다. 방문을 연다. 이제 막 오이를 베어문 엄마와 화투짝에 고개를 박고 있던 사내들의 눈이 한꺼번에 나를 향한다. 나는 반사적으로 미닫이문을 살펴본다. 미닫이문은 닫혀 있다. 생각할 겨를도 없이 소리나게 문을 닫아버린다. 나는 조금 더 느리게 걸었어야 했다. 아니면 조금 더 멀리 다녀왔어야 했다. 방문이 다시 열리고 엄마가 상체를 내민다.

"밥 줄까?"

"밥도 못 먹고 다닐까봐?"

나는 고개도 안 돌리고 불퉁거린다. 엄마가 신발을 꿰어신고 내 앞으로 다가온다. 엄마에게서는 누린내가 난다. 비에 젖은 개털 냄새, 찬바람에 노출된 가죽잠바 냄새. 엄마에게서 풍기는 냄새는 여자의 냄새가 아니다. 엄마의 목소리가 굵어지면서, 수염이라도 난 것처럼 코밑이 검어지면서부터 풍기기 시작한 그 냄새는, 사내들의 콧바람에서 묻어나오는 역겨운 냄새와 닮아 있다. 늙어가는 여자들에게서는 왜 남자 냄새가 나는 걸까.

"냄새 나, 저리 가."

나는 차갑게 쏘아붙이고 밖으로 나온다. 어느새 비는 그치고 어둠이 내려앉아 있다. 식당길이 끝나고 한가한 계곡길이 나온다. 별빛도 없는 계곡은 칠흑같이 어둡다. 불어난 물소리만 요란하다. 나는 너럭바위에 앉아 담배를 피운다. 필터까지 피운 담배를 던지고 새로 담뱃불을 붙인다. 손끝에 담뱃진 냄새가 난다. 손에 묻은 담배 냄새는 아버지의 냄새다. 나는 아버지의 발 냄새를 맡듯 코끝에 손가락을 대고 깊게 숨을 들이마신다.

숲에서는 짓이겨진 풀 냄새가 난다. 죽어가는 것들은 더욱 강한 향을 품는다. 베어진 풀, 썩어가는 과일, 짓이겨진 꽃잎. 나는 빈 담뱃갑을 구겨 던지고 일어난다. 시간이 얼마나 흘렀는지 모르겠다. 식당 앞에 멈추어선다. 문에 손을 댔다가 뜨거운 것에 댄 듯 황급히 도로 집어넣는다. 그대로 발걸음을 돌려 무작정 아래로 내려간다. 아직 시내로 가는 버스가 있을 것이다. 오는 길에 24시간 하는 찜질방을 보아두었다. 나는 머릿속으로 주머니에 든 돈을 헤아리며 버스에 오른다.

"다 큰 계집애를 밖으로 돌리면 안 되어."

"찜질방 갔다잖아요! 어머니는 주무시기나 하세요."

"어여 가봐라. 집이야 누가 떠메고 갈 것도 아니고."

마치 내가 계집애를 내쫓기라도 한 것처럼 책하는 목소리다. 노인네는 참견을 하고 싶어 안달이 난 눈빛으로 내 등을 떠민다. 차갑게 쏘아붙이던 계집애의 말끝에 묻어난 물기가 내내 마음에 걸렸다. 찜질방에서 자고 오겠다는 말은 핑계에 불과하다. 내 눈으로 확인을 해야만 마음이 놓일 것 같았다.

지갑만 챙겨 서둘러 집을 나선다. 하늘은 구멍이라도 뚫린 것처럼 비를 퍼부어대고 있다. 무슨 사단이 나도 나지. 묵직한 천둥소리가 들릴 때마다 등줄기에 소름이 돋는다. 비바람에 머리는 쑥대강이처럼 헝클어지고 젖은 옷이 몸에 휘감긴다. 쳐들어오는 비바람을 막아보려고 우산을 바싹 붙여보지만 살이 나간 우산은 제멋대로 뒤집어지기만 한다.

나는 밤도망을 치는 여편네처럼 버스정류장에 불안하게 서서 오지 않는 버스를 기다린다. 버스정류장 팻말이 바람에 요동친다. 트럭 한대가 물줄기를 가르며 도로에 바싹 붙어선 내게 물세례를 붓는다. 택시 한 대가 섰다가 흠뻑 젖은 내 몰골을 보고 내빼버린다. 노인네 때문이야. 노인네만 없었어도 계집애 방을 만들어줄 수도 있었어. 남편만 살아 있었어도, 계집애 방 하나는 문제도 없었겠지. 나는 바람에 자꾸 뒤집어지는 우산을 땅바닥에 내팽개쳐버린다. 우산은 바람에 멀리 날아가버린다. 쏟아지는 빗줄기 때문인지 몸에서 피어오르는 열기 때문인지 시야가 자꾸 흐려진다. 이가 딱딱 부딪치고 오한이 든다.

멀리 택시 불빛이 빗줄기를 가르며 다가오고 있다. 나는 도로 가운데로 뛰어나가 두 팔을 벌리고 선다. 택시가 멈춘다. 다시 내빼려는 택시 문을 두들겨 기어코 세우고야 만다. 택시 안은 담배 냄새와 LPG의 시큼한 냄새가 뒤섞여 있다. 와이퍼가 빠른 속도로 움직이고 있지만 들이붓듯 쏟아지는 빗줄기에 한 치 앞도 보기 힘들다. 택시 기사는 또다시 담뱃불을 붙이고는 들으라는 듯 욕을 해댄다. 나는 시트가 젖지 않도록 조수석 등받이에 손을 짚고 엉덩이 끝만 살짝 걸치고 앉는다. 비는 그칠 기미가 보이지 않는다.

찜질방에 들어서자 후끈한 열기가 온몸에 휘감긴다. 흰 운동복을 입고 무료하게 걸어다니는 사람들은 밖의 폭우와는 상관없이 한가로워 보인다. 털이 북실한 다리를 내놓고 누운 사내들과 젖꼭지가 비치는 얇은 셔츠만 입고 들락거리는 여자들 틈에서 계집애를 찾아낼 수 있을까. 꼭 이곳 어딘가에 솜털이 뽀얀 남자애와 손장난치며 누운 계집애를 마주할 것만 같다. 나는 흠뻑 젖은 채로 이곳저곳을 누비고 다닌다. 발을 딛는 곳마다 물이 뚝뚝 떨어지고 사람들은 얼굴을 찌푸리며 피해다닌다.

계집애를 발견한 곳은 식당이었다. 계집애는 구석에 혼자 앉아 미역국을 먹고 있다. 혼자 밥을 먹고 있는 계집애를 보자 여태 졸이던 마음이 울컥해진다.

"등도 밀게 같이 가자고 하지, 왜 혼자 와?"

계집애가 숟가락을 든 채로 나를 올려본다. 물기를 머금은 계집애의 눈이 한결 커다래진다.

"비 오는데 어떻게 여기까지 왔어?"

"어떻게 오긴 택시 타고 왔지."

엉덩이를 들어 자리를 내주는 품이 내가 온 것이 싫지는 않은 모양이다. 나는 숟가락을 꺼내 미역국을 거들며 말한다.

"에이구, 여긴 별세상이다. 밖은 난리가 났는데."

"비 많이 와? 얼른 옷 갈아입어. 사람들이 쳐다보잖아."

운동복으로 갈아입고 젖은 옷을 빨아 맥반석 사우나에 걸쳐둔다. 계집애가 냉커피통을 불쑥 내밀고 수건으로 내 머리를 싸매준다. 그러더니 턱짓으로 자수정 사우나 쪽을 가리키고는 먼저 휑하니 들어가버린다. 나는 차가운 커피를 쭉 들이켠 다음 계집애를 따라 동굴처럼 생긴 방으로 들어가 자리를 잡는다. 뜨끈한 공기가 오히려 아늑하게 느껴진다. 나는 목침을 베고 벌렁 누워버린다. 계집애가 갑자기 내 발을 끌어당겨 감싸쥔다.

"각질 제거 좀 해야겠어. 그러게 양말 좀 신고 다니라 그랬잖아."

"지저분한데 뭐 하러 만져."

계집애는 슬쩍 눈을 흘기고는 내 발을 바싹 끌어당긴다. 빗물에 젖은 발이 허옇게 불어 있다. 계집애는 능숙한 손놀림으로 발가락을 주무르고 뒤꿈치를 두들긴다. 계집애의 손이 닿는 곳마다 시원한 느낌이 전해져온다. 나는 발을 내맡긴 채로 천장을 쳐다본다. 천장 가득 반짝이는 자수정이 별빛처럼 부서진다.

날이 밝고 나서야 찜질방을 나온다. 밤새 바싹 마른 옷의 꺼끌한 감촉과 향긋한 샴푸 냄새에 기분이 좋아진다. 얼마나 밀어댔는지 가슴패기가 발갛다. 둘 다 발그레 달아오른 볼을 비비고 버스에 오른다. 버스는 물살을 가르며 도로를 질러간다. 밤새 비가 많이 온 모양이다. 여기저기 떠밀려온 쓰레기더미와 부러진 나뭇가지들로 길거리가 어수선하다. 어제 비를 맞고 서 있던 버스정류장에는 사람들이 모여 있다. 소방차와 구급차가 마을 입구에 서 있고 부산하게 나다니는 모습이 무슨 일이라도 난 것 같다. 위쪽에서 내려오는 물이 발

목까지 차오른다. 나는 계집애의 손을 꼭 부여잡는다.

계집애와 찜질방에 있는 동안 불어난 계곡물이 돌들을 굴렸다. 순식간에 일어난 일이었다. 아무도 막을 수는 없었다. 한 시간에 100mm가 넘는 비가 내렸다. 계곡의 물줄기가 바뀌고 나무들이 뽑혀나갔다. 축대 위 가건물로 만든 가게마다 물의 압력을 견디지 못하고 무너져내렸다. 비는 길과 계곡과 집의 경계를 지웠다. 사람들은 몸이라도 빠져나온 것이 다행이라고 했다.

계집애의 손을 잡고 흙구덩이에 푹푹 빠지며 집으로 올라간다. 위로 올라갈수록 길은 더 험악해진다. 굴러온 돌덩이들과 나무들이 마구 널려 있어 걷기조차 힘들다. 유원지를 따라 늘어선 식당들은 대부분이 폭우에 휩쓸리고 뭉개져 있다. 길을 가늠하기조차 어렵다. 계집애와 나는 누가 먼저랄 것도 없이 손을 놓고 뛰기 시작한다. 저만치 우리 집이 보여야 하는데. 보이는 것은 온통 벌건 흙과 바위들뿐이다. 계집애는 계곡으로 변한 집 마당을 향해 달려간다. 집은 처참하게 뭉개져 있다. 다리에 힘이 빠진다. 나는 그대로 주저앉고 만다. 사람들이 모여든다. 계집애는 흙덩이가 되어버린 집에 엎드려 흙을 파헤치기 시작한다. 나는 계집애의 울부짖는 소리를 들으며 꼼짝도 못하고 앉아 있다.

여자의 새끼발가락에는 은발찌가 끼어져 있다. 여자는 지압봉이 지나갈 때마다 옅은 신음소리를 낸다. 지압봉이 발바닥 가운데를 누를 때에는 결국 손을 들어 무릎을 꼭 쥐고 만다. 뒤꿈치 지압을 마치면 이제 발끝부터 종아리까지의 경락에 들어가게 된다. 손이 저릿해온다. 나는 지압봉을 고쳐쥐고 발뒤꿈치를 누르기 시작한다.

발관리실에 나오기 시작한 지 한 달이 되어가지만 나는 아직까지 그녀의 발처럼 작고 아름다운 발을 본 적이 없다. 눈을 감아도 검은 망막 위에 곧바로 새겨지는 버선발. 나는 사람들이 양말을 벗고 맨발을 보일 때마다 그녀의 버선발을 생각한다.

무너진 집에서 발견된 할머니는 맨발이었다. 그녀가 벗은 것인지 아니면 발굴작업을 하는 인부들의 거친 손에 끌려나오면서 벗겨진 것인지, 할머니는 맨발인 채로 들것 위에 누워 있었다. 나는 차마 그녀의 얼굴을 볼 수 없었다. 진흙으로 더럽혀진 그녀의 맨발만 바라보았다. 할머니의 발은 꼭 횟독 오른 아버지의 발 같았다.

할머니를 땅에 묻을 수는 없었다. 그녀 몸을 짓눌렀을 흙더미와 돌멩이로도 충분했다. 엄마는 인부에게 웃돈을 얹어주며 곱게 빨아달라고 부탁했다. 할머니의 유골상자를 받아든 엄마는 폭우처럼 눈물을 쏟아냈다. 곱게 빨아진 그녀의 뼈는 꼭 흰 명랑가루 같았다. 납골당에 넣기 전, 나는 그녀의 뼛가루를 조금 덜어내 작은 상자 안에 담아두었다. 그리고 그녀의 발이 생각날 때마다 손가락에 침을 묻혀 그녀의 뼛가루를 찍어 혓바닥으로 조금씩 맛보곤 했다.

내 내부에는 언제나 나를 바라보며 침묵하는 그녀가 있다. 그녀는 내 속에서 숨쉬고 내 속에서 잠을 잔다. 그녀는 가끔 내 속에서 버선발을 내밀기도 한다. 나는 그녀를 위해 명랑을 먹는다. 설탕처럼 하얗고 반짝이는 명랑가루에서는 그녀 냄새가 난다.

이 작품에 대해 세 가지 특징이 지적될 수 있다. 현재형 묘사에 주로 의존하기가 그 하나. 다른 하나는 여인 삼대만이 등장한다는 것. 셋째, '~이다'라는 단정적 판단. 이 중에서도 세 번째 항목이 중요한데 이로써 작품 전체의 속도감이 좌우되고 있기 때문이다."

(A) "어둠을 헤치고 나오는 한 점, 희고 뾰족한 버선코다."

(B) "그녀의 발은 촉수를 세운 더듬이다."

(C) "그녀가 먹는 가루는 명랑이다."

(D) "명랑은 진통제다."

(E) "그녀의 발은 전족(纏足)을 한 것처럼 작고 위태롭다."

위의 문장들은 주관적 판단인 '~것이다'와 구별되는 이른바 단정적 판단에 해당된다. 초보적 형식논리학에서나 나옴직한 이런 단정적 판단이 오히려 소설적 활력을 가져오고 있어 인상적이다. 분별

심이랄까 이분법 사고야말로 날조된 것이며 근대라는 악몽의 근거도 이에서 말미암는다는 후기구조주의자들의 허풍에 너나 없이 주눅이 들어 이도저도 아닌 애매모호한 표현에 몰두해오다 독자를 송두리째 잃어버리고 미궁을 헤매는 것처럼 보이는 작금의 소설계를 염두에 둔다면 이런 단정적 판단을 오히려 신선하게 느낄 독자도 많지 않을까.

작품이 지닌 메시지는 여러 가지이겠으나 뚜렷한 것은 (A)~(E) 속에 들어 있다. 작가는 이 모두를 '이다' '아니다'로 일도양단해놓았으니까. 뭐가 그렇게 분명한가. '미(美)'가 그 정답이다. 미이되 여인의 미가 그것이다. 여인의 몸 중 제일 아름다운 부분이 발이라 단정한 근거란(『채털리 부인의 사랑』의 작가는 엉덩이라 했거니와) 아무래도 상관없다. 그야 어느 부분이든, 중요한 것은 그 미가 진통제다, 라고 단정함에 있다. 정상적, 일상적 건강체에서는 미란 존재하지 않는다는 것. 미란 왕자(王者)적 자리에 놓인다는 것(『헤겔 미학』). 요컨대 진통제로서 가까스로 존재하는 것이 미이다. 그렇다면 이는 정상적 삶의 질서와 어울릴 수 없다. 작가 천운영 씨의 어법으로 하면 홍수가 치면 송두리째 떠내려가는 그런 것이 아닐까.

이 작품에는 "나는 여태 그녀의 발을 기다렸다"라든가 "그녀의 냄새를 가득 채우기를 바라고 있었다" 등 과거형의 사용 부분도 몇 군데 있다. 묘사에 지장을 주고 있어 보이는 이런 문장이란 무엇인가. 혹시 현재형을 돋보이게 하기 위함이었을까.

선글라스를 벗으세요

김연정

1950년 충북 옥천에서 태어났고,
서경대학교 국문과를 졸업하였다.
2002년 〈문학사상〉 신인상에 「개구리밥」이 당선되어 등단하였다.

선글라스를 벗으세요

왜, 그 시간에 싱크대 위의 수납장을 정리하고 싶었을까요. 아무리 생각해도 뜬금없는 일입니다. 자정이 훨씬 지났는데 상가(喪家)에 간 남편이 돌아오지 않았고, 큰애마저 귀가하지 않아 무료했던 걸까요. 눈 따로 마음 따로 읽던 신문을 펼쳐놓은 채로 불현듯 의자 위에 올랐습니다. 이 집에 온 지 이 년이 넘도록 지금껏 손대지 못한 데가 몇 군데 있습니다. 무심한 거야, 게으른 거야. 남편은 수시로 들이대지만 그런 이유 때문이 아니라는 걸 당신은 짐작하겠지요. 싱크대 위 수납장의 오른쪽 칸은 정리하지 못한 곳 중의 하나입니다. 디너세트 때문이지요. 당신이 애면글면 장만했다는 진줏빛 디너세트 말예요. 사놓고 한 번도 써보지 못했다는 얘기를 남편에게 들어서일까요. 섣불리 만져지지 않더군요. 맨 위칸에는 크고 작은 접시들이 차곡차곡 쌓여 있습니다. 나는 접시 하나를 집어들었지요. 가느다란 은빛 선 하나가 테두리 안쪽에 둘러져 있고 선이 살짝 어긋나게 만나는 곳에서 은빛 아이리스 한 송이가 섬려하게 피어난 접시입니다. 얼마나 오래 그렇게 있었는지, 가장 자리에 엄지손가락 자국이 선명하게 찍히더군요. 그것은 그릇이라 기보다 대를 물려야 할 만큼 값비싼 장식품이라고 할까요. 그것에 어울릴 만한 음식을 담을 일이 있을까, 잠시 생각하다가 슬그머니 제자리에 올려놓았습니다. 수납장 문을 막 닫으려 할 때였어요. 무 언가 다급히 내 눈길을 잡아채는 느낌이 오더군요. 다시 문을 열었 지요. 포개어 놓인 큰 접시들 뒤쪽으로 헝겊자락 같은 게 보였습니 다. 남보랏빛 공단에 노랑과 초록, 자줏빛의 패랭이꽃들이 새틴 스 티치로 수놓인 좁고 길쭉한 주머니였어요. 리본으로 꼭 여며진 주 머니를 조심스럽게 열었습니다. 속을 들여다보던 나는 주머니를 거꾸로 떨어뜨리며 소리를 질렀어요. 내 입보다 먼저 몸속 어디에 서 비명이 터졌는지도 모르겠습니다. 그 고운 비단주머니 속에서 나온 것은 저승꽃 같은 얼룩을 손잡이 끝까지 덮어쓴 은수저였습 니다. 형광등 불빛 아래 누운 그것은 곱디고운 꽃상여 속의 시신 같았다고 할까요. 거뭇거뭇한 시반을 뒤집어쓴 시신 말입니다. 당 신의 수저라는 걸 금방 알겠더군요. 내가 이 집에 처음 와서 보았 던, 남편과 아이들의 것과 똑같은 것이었으니까요. 손잡이 끝부분 에 여러 개의 칠보가 막대 모양으로 박힌 수저지요. 냄비에 쿠킹호 일을 깔고 당신의 수저를 담갔습니다. 수저를 덮은 물이 팔팔 끓을 때 소다를 뿌렸어요. 이상하게도 당신의 수저는 조금도 달라지지 않았습니다. 그렇게 하면 시꺼먼 놋쇠조각처럼 변한 은수저도 새 하얘지던데. 나는 비단주머니에 수저를 집어넣었습니다. 그걸 쓰 레기봉투에 던지지 못하고 왜 도로 주머니에 넣었는지 모르겠어요. 내 맘대로 할 수 없는 어떤 힘을, 검게 녹슨 수저와 그것을 보관한 사람에게서 느꼈던 걸까요. 나는 이 년 전에 닦아서 싸놓은 남편과 아이들의 은수저를 싱크대 서랍에서 꺼내보았습니다. 반짝반짝 광이 나더군요. 당신의 은수저는 그 주인이 죽었다는 것을 알았을까요. 산 사람 것과 엄연히 구별해야 한다는 것도 알았을까요. 내 등뒤에 붙어 갖은 행세를 다하는 당신의 정체가 한갓 시커멓게 녹슨 쇠붙이에 불과하다는 것을 확인한 것이, 연민과 경악 속에서도 나를 통쾌하게 했다면 당신은 서운하다 하겠지요.

지금쯤 남편과 큰애 환이가 당신에게 도착했겠네요. 함께 갈 거지? 아침에 남편이 물었을 때 이번에는 큰애와 둘이서 다녀오라고 했더니 남편도 더 이상 가자는 말을 하지 않더군요. 큰애가 제대후 처음 가는 성묘이기도 하니까요. 자정 넘어 보았던 당신의 수저가 아직도 머릿 속에 가로놓여 있습니다. 그 수저는 작은애 방에 걸려 있는 당신의 초상화보다도 더 진하게, 당신이 이 세상에 살았던 인물이라는 것을 느끼게 합니다.

당신은 오늘 누구보다도 작은애 웅이를 기다렸지요? 지난해 늦가을, 입대하기 전에 보고 못 보았을 테니까요. 추위 속에서도 신병훈련을 잘 마쳤다니 더 강건한 남자가 될 테지요. 지난주에는 웅이가 제 수첩을 보내달라고 하더군요. 웅이의 책꽂이에서 찾아낸 수첩에는 주소와 전화번호, 핸드폰 번호, 계좌번호, 컴퓨터 게임 설명들이 여기저기 어지러이 적혀 있었습니다. 무심코 뒤적이던 나는 한 페이지에서 멈췄습니다. 당신이 세상 떠나기 전에 웅이가 쓴 글인 듯했습니다. 놈은 기어이 엄마를 데려갈 모양이다. 엄마는 그놈 앞에 이미 모든 걸 내놓은 것 같다. 내일 엄마 생신인데, 선물로 산 모자를 드릴 수 있을까. 이제는 쓸 일이 없어진 모자를⋯⋯.

바로 그 모자였습니다. 웅이의 옷장 속에 놓인 빨간 앙고라 모자. 만지면 사르르 녹아버릴 듯한, 차양 없는 동그란 모자지요. 여태껏 나는 듬성듬성진 머리카락을 감추기 위해서 당신이 쓰던 모자인 줄만 알고 있었습니다. 나는 그 모자를 만져보지 못했습니다. 만져보다니요. 바라보는 것만으로도 머리카락이 서고 구운 오징어처럼 온몸이 말려드는 느낌에 진저리가 쳐지는데요. 왜 그런지는 모르겠습니다. 당신의 물건에 그렇게 소스라친다는 것이 당신에게는 물론 아이들에게 미안하지만, 이성보다 몸이 먼저 반응하니 어쩔 수 없습니다. 나는 당신이 쓰던 냉장고니 세탁기, 텔레비전 같은 것들을 그냥 사용하고 있잖아요. 어떻게 그걸 쓰느냐고 친구들이 놀라지만, 다른 여자의 체취로 오염된 집도, 이십 년 이상 다른 여자와 삶의 더께를 쌓은 헌 남자도 고스란히 받아들였는데 그까짓 헌 물건이 무슨 문제랴 싶었지요. 실제로 그런 것들에 마음을 상한 적은 없었습니다. 그런데 당신이 소지했던 물건에 대해서는 왜 그런 반응이 솟구치는 걸까요.

웅이 방에는 모자 외에도 당신의 소지품이 여러 가지 있습니다. 그애의 책상서랍에는 당신의 진주 귀걸이와 목걸이, 손목시계, 가죽 벨트, 선글라스 두 개, 당신과 웅이가 함께 찍은 사진들이 들어 있습니다. 사진 속 당신은 하나같이 짙은 선글라스를 쓰고 있지요. 당신의 물건들은 웅이의 통장이나 도장, 핸드폰 충전기, 이어폰 같은 것들과 뒤죽박죽으로 섞여 있습니다. 충전기 줄이 당신의 시계 줄과 갈색 테의 선글라스 다리 한쪽을 얽동이고 있고요. 언제부터 그러고 있었는지 알 수 없습니다. 지금도 그 서랍을 열 때마다 정수리로 뜨거운 기운이 치밀곤 합니다. 당신의 귀걸이가 내 귓불에 파고들고, 시계가 내 손목을 친친 동여감고, 선글라스가 내 눈앞을 가린 듯, 나는 와들거리는 손으로 황급히 귀를 털고 손목을 털고 눈을 털어냅니다.

이 아침, 나는 당신과 함께 있고, 남편과 환이는 당신에게 가 있습니다. 모처럼 오붓하게 만난 당신들은 무얼 하세요. 환이가 요즘 넋을 뺏긴 여자에 대해서 당신에게 털어놓고 있나요. 그애에게서 언뜻언뜻 묻어나는 낯선 향기에 움찔할 뿐, 나는 아무것도 물을 수 없거든요. 당신 묘소의 잡풀을 뽑으며 남편이 하는 혼잣말도 오늘은 무척 길겠군요. 새로운 관계에서 상처받는 것이 어찌 나쁜이겠어요.

그런데 때로는 고백성사를 들어주는 신부가 되기도 하고, 때로는 경악하게도 만드는 당신은 누구세요?

남자가 사진 한 장을 들고 내게로 왔습니다. 이른 봄이었지요. 카키색 사파리를 입은 그에게서는 중년의 느끼함이나 추레함 대신 청년의 담백함이 보였습니다. 적당히 마른 체구 때문이었을까요. 오전에 찬비가 내린 쌀쌀한 날이었어요. 화실에 아무도 없는 오후였습니다. 남자는 구김살 하나 없는 사파리의 안주머니에서 사진 한 장을 꺼내어 마주앉은 내게 건넸습니다. 이십대 후반으로 보이는 여자의 흑백사진이었습니다. 여자는 어깨에 멘 큰 가방의 끈을 한 손으로 잡고 고개를 왼쪽으로 약간 기울인 채 활짝 웃고 있었습니다. 어디 먼곳으로 떠나면서 남은 사람들에게 한껏 지어준 듯한 웃음이었습니다. 앞가르마를 한 생머리를 어깨 밑으로 늘어뜨리고, 깃을 세운 하얀 셔츠에 물방울 무늬의 긴 스카프를 느슨하게 묶은 차림이 깔끔하면서도 자유로워 보였습니다. 여자는 두꺼운 테의 선글라스로 눈을 가리고 있었습니다. 반들거리는 한쪽 렌즈의 검은 표면에, 나무 한 그루가 하얗게 반영되어 있더군요. 여자의 눈 대신 내가 본 것은 굴절된 나무였지요. 남자가 말하더군요. 제 아냅니다. 그의 목소리는 명개처럼 가라앉아 있었어요. 그런데 이상한 일이었습니다. 제 아냅니다, 라는 그의 말이 내 귓바퀴에 닿은 순간, 명치끝에 야릇한 통증이 왔습니다. 아무런 준비없이 쿡 찌른 침을 맞은 듯 무참한 통증이었다고 할까요. 참 느닷없는 아픔이었습니다. 내 손에 쥐어지는 대부분의 사진들이 죽은 사람의 것이기 때문이었을까요. 아니, 그 이유만은 아니었던 것 같습니다. 어쩌면 스톱 모션으로 끝난 영화의 마지막 장면 같은 그 흑백사진에서 이미 나는 여자가 이 세상 사람이 아님을 짐작했으니까요. 모든 사진이 순간의 멈춤 상태를 담지만, 이상하게도 흑백사진의 정지 상태는 그 시원을 알 수 없을 만큼 아득하게 느껴지잖아요. 그렇다면 사진 속 여자가 너무 젊어서였을까요. 그것도 아닌 것 같았습니다. 스물두 살에 죽은 청년의 얼굴도 그린 적이 있었으니까요. 낙숫물이 파놓은 듯 얽둑얽둑한 자국이 빼곡한 얼굴이었지요. 그 아버지의 요구대로 그늘진 낙숫물 자국을 하나하나 메우느라 밤새 워 세필을 문지른 적이 있었습니다. 나는 미간을 찡그리며 가운데 손가락 끝으로 명치를 꾹 눌렀습니다. 어디 불편하세요. 남자가 묻더군요. 나는 숙인 고개를 흔들었습니다. 통증은 곧 사라졌습니다. 나는 다시 사진을 내려다보았습니다. 내 앞의 남자는 쉰 살은 되어 보였고 사진 속 여자는 너무 젊었습니다. 저세상 사람 된 지 이 년 됐습니다. 마흔일곱에 죽었지요. 고개를 들어 나는 남자를 바라보았습니다. 아, 그건 집사람이 서른 살 때 찍은 겁니다. 굳이 그걸 영정사진으로 쓰라고 하더군요. 죽기 전에…… 여자의 얼굴을 보고자 다시 사진에 눈길을 꽂았습니다. 선글라스에 두 눈이 가려졌을 뿐이건만, 얼굴 전부가 가려진 듯 여자의 얼굴은 오리무중이었습니다. 사진에서 눈길을 떼면 여자의 얼굴은 그 순간에 기억속에서 사라졌습니다. 포즈만 선명히 떠올랐지요. 사진을 쥐고 그렇게 막막해보기는 처음이었어요. 물에 불어 얼굴의 반쪽이 지워진 증명사진을 들고도 그렇게 암담하지는 않았습니다. 사람 얼굴의 왼쪽과 오른쪽이 대칭은 아니지만 그 경우에는 확실하게 대칭으로 그리기만 하면 되니까요. 여자의 사진 앞에서 내가 그렇게 난감했던 건 그녀의 눈을 알 수 없어서였던 것 같습니다. 누군가의 얼굴을 알고 기억한다는 것은 그의 눈을 안다는 것인가 봅니다. 옛 사랑을 잊었다는 것은 그의 눈빛을 잊었다는 것이겠지요. 나는 그저 사진만 만지작거리고 있었습니다. 그런 내가 답답했던지 남자가 묻더군요. 사진이 안 좋은가요? 그런 건 아니고……. 나는 얼버무렸습니다. 이 사진을 확대해서 장례 때 썼는데 색이 변했어요. 초상화를 그리면 괜찮다던데, 정말 괜찮을까요? 멋진 작품으로 그려보고 싶은 사진이었지만, 정작 얼굴을 그릴 자신이 없으니 나는 선뜻 대답할 수 없었습니다. 선글라스를 벗기고 그려 달라는 주문을 하리라고 지레짐작했던가 봅니다. 6호 크기로 그려 달라, 흑백 그림이 좋겠다, 그림에 낙관을 찍어 달라. 남자는 그렇게 주문했습니다. 낙관을 찍어 달라는 요구는 뜻밖이었습니다. 낙관을요? 내 말에 남자는 코를 찡긋거리며 장난스레 웃었습니다. 그래야 선생님의 진품을 가졌다는 생각이 들 것 같은데요? 화실을 운영한 지 십년이 지났지만, 주문 그림에 낙관을 찍어본 적은 없었습니다. 전시용으로 그리는 케네디나 마릴린 먼로, 슈바이처 같은 유명인사들의 초상화에만 낙관을 했을 뿐입니다. 실크 캔버스에는 사인보다 낙관이 어울렸지요. 남자가 낙관을 원한 속뜻이야 진하게 찍힌 도장이 무색하지 않게 잘 그려 달라는 압력이었겠지만, 나는 모처럼 화가 대접을 받은 것 같아 행복하기까지 하더군요. 낙관 찍힌 내 그림이 처음으로 남의 집에 걸리게 되는 것이니까요.

화실을 열고 몇 년 동안은 그 일대에 내가 그린 초상화를 걸어놓는 집이 늘어난다는 것에 약간의 자부심이 있었습니다. 생일선물로 유화 초상화를 그려 가는 사람이 더러 있긴 했지만, 대부분의 주문 그림은 흑백 초상화였습니다. 제사용이었지요. 주민등록증 사진밖에 남겨놓지 않은, 남의 집 조상들 얼굴을 용도에 맞게 그려 준다는 것은 보람 있는 일이기도 했습니다. 처음에는 수강생도 꽤 많았어요. 당시만 해도 사진술로 불가능한 일이 많았고, 그 일을 초상화가 해냈으니까요. 어느 집 조상의 민머리에 검은 머리털을 풍성하게 심어주기도 했습니다. 사기 그림도 그렸어요. 초등학교 졸업한 딸을 중학교 졸업이라 속이고 결혼시키게 된 어머니의 부탁이 너무 간절하여 거절할 수 없었습니다. 하긴 없는 터럭을 만들어준 것도 진실을 왜곡시킨 것이지만요. 스물세 살 처녀의 얼굴에다 갈래머리를 땋고 하얀 교복을 입혔지요. 그 그림으로 하여 뒷날 그들에게 어떤 일이 벌어졌는지는 모르겠습니다. 참, 누드를 그린 적도 있어요. 갓 스물을 넘겼을까 말까 한 처녀가 자신의 누드 사진을 가져왔더군요. 다리를 십오 도 정도 벌리고 바닥과 직각이 되도록 무릎을 세워서 꿇은 자세였어요. 몸은 정면을 향하고 얼굴은 측면을 향해 있었지요. 유방은 껍질이 살살 벗겨질 백도 같았는데 배꼽 아래 둔덕이 어린애처럼 민둥산이었습니다. 아가씨가 말하더군요. 여기를 이 여자처럼 그려주세요. 그녀가 아랫도리를 짚으며 내민 또 하나의 사진에는 알몸의 외국 여자가 서 있었습니다. 다리 사이의 검은 숲이 특별하더군요. 가창오리떼가 줄지어 날아가는 모양이라 해야 할까요, 가을날 풀잎들이 바람에 누운 모양이라 해야 할까요. V자 모양을 이루며 거의 배꼽 아래까지 올라온 긴 털들이 인상적이었습니다. 얼굴이나 몸보다, 가느다란 풀잎 같은 음모를 하나하나 세며 그리느라 애를 먹었지요. 처녀는 그 그림을 어디에 썼을까요. 사진술이 날로 발달하자 주문이 뜸해지더군요. 수강생도 줄었습니다. 차츰 임대료도 밀리게 되었어요. 지금은 컴퓨터로 가능하지 않은 일이 거의 없을 지경이지요. 얼굴 가득한 저승꽃도 컴퓨터가 말끔히 없애주잖아요. 친정 어머니는 틈만 나면 거울 앞에 앉아, 눈두덩에 생긴 커다란 저승꽃을 잡아뜯으며 말하곤 했습니다. 이것만 없앨 수 있다면 전재산이라도 내놓겠네⋯⋯. 자식들은 팔순 어머니의 진정을 알지 못했습니다. 어머니의 얼굴은 순식간에 올망졸망한 저승꽃밭이 되어버렸지요. 지난해, 어머니의 영정에 핀 저승꽃을 없애느라 오빠는 컴퓨터 그래픽으로 몇 번이나 수정작업을 했습니다. 어머니는 저승 가서야 비로소 저승꽃을 밀어냈습니다.

　머리숱이 많은 아저씨와 허벅지 사이에 무성하게 수풀이 우거진 아가씨가 나를 찾아왔습니다. 남자가 선글라스 낀 여자의 사진을 들고 내게로 오기 이태 전이었을 겁니다. 아저씨는 가지런히 심어진 머리털을 모자처럼 훌렁 벗어들고 흔들며 어금니 사이에 끼인 웃음을 질겅질겅 씹었습니다. 모멸감에 지질리게 하는 웃음이었지요. 소리를 지를 겨를도 없이, 곧이어 아가씨가 내 눈을 빤히 쳐다보면서 다리 사이의 검은 풀숲에 느릿느릿 성냥불을 갖다대더군요. 순식간에 차돌같이 뽀얀 불두덩이 드러났습니다. 깍깍깍깍⋯⋯. 그녀가 쏟아낸 객혈 같은 웃음이 고스란히 내 손등에 와서 얹혔습니다. 손에서 붓이 떨어지더군요. 새벽꿈이었습니다. 한

번은 내가 그려 내보낸 그림 속 얼굴들이 모두 돌아와 화실 유리문에 따개비처럼 달라붙어 우줄거리더군요. 몸통 없는 그들의 얼굴은 종이연 같았지요. 금속틀 속에 갇혀 있기보다 빨리 하늘을 날고 싶은……. 화실에서 잠시 눈을 붙인 낮꿈이었습니다. 유리문에는 고운 먼지뿐이었어요. 거울 속에는 시래기 같은 내가 들어앉아 있었고요. 그 파릇하던 무청은 어디로 갔을까요. 그럴 듯한 햇볕 한 번 쬔 적이 없는데. 가족들은 다른 일을 해보라고 권했지만, 나이 사십에 남의 얼굴 그리는 것밖에 모르는 여자가 무얼 할 수 있었겠습니까.

남자가 돌아간 뒤 나는 한참 동안 여자의 사진을 바라보았습니다. 그림을 그리기 전, 사진 속 얼굴이 마음에 각인될 때까지 사진을 들여다보는 것이 습관이었습니다. 루페를 대고 여자의 눈을 들여다보기도 했지요. 선글라스의 검은빛이 굵은 입자로 흩어져 보일 뿐, 그 속에서 눈동자를 가늠할 수는 없었습니다. 나름대로 여자의 눈빛을 해석한 뒤, 나는 어느 때보다 정성스레 캔버스를 만들기 시작했습니다. 호수에 맞게 자른 하얀 실크를 사각 나무틀의 가장자리에 풀로 붙인 다음, 끓인 아교를 솜에 묻혀 천에다 고루 발랐습니다. 구석에 세워두었더니 서서히 마르면서 천이 팽팽해졌습니다. 손가락으로 퉁기니 터어엉……, 하고 북소리가 났습니다. 그 소리에 내 몸도 팽팽해지더군요. 나는 오직 사진 한 장에 의지하여 초상화를 그리는데, 주문한 가족은 그의 대표적인 얼굴을 원합니다. 게다가 그림에서 성품까지 찾으려 하지요. 그 한계 때문에 캔버스 앞에 앉을 때마다 나는 외로웠습니다.

여자의 얼굴을 그리는 동안 나는 외로움보다도 간헐적으로 찾아오는 통증에 시달렸습니다. 명치끝에 깊숙이 바늘을 찔러넣어 마구 돌리는 듯한, 원인을 알 수 없는 아픔이었습니다. 색안경 뒤에 숨은 여자의 눈을 세필로 어루더듬으며, 뾰족하게 깎은 지우개로 햇빛에 반짝이는 앞니를 표현하며, 또는 굵은 유화 붓에 기름을 듬뿍 묻혀 여자의 머리카락에 윤기를 내며, 나는 찌릿하게 통증이 깊어지는 가슴을 끌어안아야 했지요. 내가 여자의 초상화에 유난히 정성을 쏟았던지, 수강생마다 누구냐고 한마디씩 묻더군요. 그 즈음 수강생들에게는 연필 초상화를 주로 가르쳤습니다. 실크 초상화에 비해서 사진과 덜 닮는 점은 있어도, 빨리 완성되며 터치가 거칠고 시원하여 나름대로 맛이 있지요. 나는 여자의 얼굴을 연필 초상화 기법으로 그렸습니다. 다른 주문 그림과는 좀 달리 그리고 싶더군요. 왜 그랬는지는 모르겠지만 말예요. 사진 느낌보다 그림 맛이 넉넉히 풍기도록 그렸지요.

초상화를 찾으러 온 남자는 매우 흡족해 했습니다. 어쩌면 이렇게 사진과 똑같지요? 그림을 받아들고 그는 말했습니다. 낙관 때문에 더 좋아 보이나? 그림을 멀찍이 놓고 바라보던 그가 중얼거리더군요.

여자의 초상화를 들고 간 지 며칠 지나, 남자가 다시 화실에 들렀습니다. 뭐가 잘못 되었나요. 나는 물었습니다. 남자가 뭐라고 입술을 떼는 바로 그때 그의 등뒤로 자목련 한 송이가 툭, 무겁게 떨어졌습니다. 화실 앞에 가로수로 심어진 나무였지요. 아! 나도 모르게 신음 같은 한숨을 내쉬었던 듯합니다. 또 아프세요? 우뚝 선 채로 있던 남자가 물었습니다. 아니, 저 자목련 꽃잎이……. 자목련이요? 그가 뒤돌아 창밖을 바라보았습니다. 봉오리로 있을 때와 만개했을 때의 느낌이 그렇게 다른 꽃이 또 있을까요. 동그랗게 말아놓은 순백의 손수건 같던 백목련 봉오리가 속을 내보이고 꽃잎을 활짝 열면 한순간에 오래 쓴 행주처럼 되어버리잖아요. 자목련도 봉오리와 만개했을 때의 느낌이 다르기는 마찬가지지요. 새끼 새의 턱밑 털처럼 연약하고 비밀스러운 자줏빛 봉오리는 아직 머리를 올리지 않은 동기의 모습인데, 꽃잎을 뒤집으며 만개하면 창졸간에 속곳을 드러낸 퇴기가 되어버립니다. 기생으로서의 절정기 없이 그냥 퇴기가 되어버리는 것입니다. 그리고는 죽음이지요. 나는 꽃이 만개할까봐 자목련이 봉오리를 맺는 날부터 창가를 서성댑니다. 때묻은 치마를 훌렁 뒤집어쓰고 보도블록 위에 널브러진 자목련을 내다보던 남자가 물었습니다. 근데, 목련하고 뭐 됩니까? 나는 얼결에 대답했습니다. 사촌이에요. 그가 더 큰 소리로 웃더군요. 그림이 한 장 더 필요해요. 자리에 앉으며 남자가 말했습니다. 두 아이에게 하나씩 주려고요. 애들이 너무 좋아해서…….

그렇게 당신은 내게 왔습니다. 모든 일에는 운명적 동기가 있는 걸까요. 다른 여자애들이 인형 그리기에 열심이던 초등학교 저학년 때에도 나는 사람의 얼굴 그리기에만 열중했습니다. 부모님, 급우들, 선생님, 그리고 내 얼굴. 그것은 모두 살아 있는 사람들의 얼굴이었지요. 왜 그렇게 얼굴 그리는 일에 집착했을까요. 영혼까지 표현할 수 없는 것에 애달아, 끝까지 해보고 싶었던 걸까요. 돌이켜 보면, 오직 당신을 만나기 위한 준비가 아니었나 싶지만요. 전문대학 원예과 졸업 후, 일 년쯤 분재 농원에 다녔습니다. 작은 화분 속에다 소사나무나 느릅나무를 앉은뱅이로 주저앉히고, 주인 마음에 드는 수형을 만들기 위해 나뭇가지를 철사로 감아 이리저리 틀어야 하는 일은 못할 짓이었습니다. 바닷가 제방에서 해풍에 멋대로 휘어져 커나갈 해송이 축소 복사한 것 같은 모습으로 화분 속에 갇히는 것을 더 이상 볼 수 없었습니다. 본격적으로 초상화지도를 받기 시작했지요. 눈동자의 홍채까지도 정밀하게 그려야 하는 극사실 기법의 실크 초상화에 나는 매혹되었습니다. 세필을 쥐고 얼굴의 모공까지 그리노라면, 내 앞에 흐르는 급류 같은 시간에 대하여 초연해지더군요. 내가 매료된 것은 바로 그 점이었는지도 모르겠습니다. 너무나 공소한 느낌에 내 마음까지도 텅 비게 하는, 죽은 이의 눈동자 하나를 완성하기 위하여 한나절을 보내기도 했습니다. 망자들과의 시간이 시작된 것입니다. 오 년을 그렇게 보내고 내 이름의 화실을 가지게 되었지요. 이규희 초상화연구실. 그 간판이 당신과 남편, 그리고 아이들을 달고 올 줄은 몰랐습니다.

두 번이나 그렸지만 당신의 얼굴을 아직도 잘 모릅니다. 뒷날 보게 된 사진 속에서도 당신의 얼굴은 선글라스에 반쯤 가려져 있었으니까요. 집에서 매일 보고 있는 지금도 안개 속처럼 우련할 뿐, 당신의 얼굴에 대해 딱히 떠오르는 것이 없습니다. 오랫동안 죽음을 예비했다는 당신은 서서히 세상으로부터 자기를 숨기는 작업을 해왔던가요. 뒷날 당신 자리에 올 사람을 위해서 선글라스가 필요하다는 것을 미리 알았던가요.

남자가 저녁 식사에 나를 초대했습니다. 두 번째 그림을 찾아가고 며칠이 지나서였을 겁니다. 집사람을 되살려줘서 고맙습니다. 그가 말했습니다. 낙관 찍힌 내 그림이 그 댁에 걸리게 되어 영광인 걸요. 내가 답했지요. 남자와 함께 있는 동안 어디에선가 끊임없이 삽상한 바람이 불어왔습니다. 바람은 커다란 손이 되어 시래기가 된 나를 어루만져주었고, 나는 가벼운 졸음을 느꼈습니다. 통유리창의 레스토랑은 참 훈훈했습니다. 남자는 나보다 열 살이 많았지요. 그럼에도 나는 그에게서 나이를 느끼지 못했습니다. 절제된 태도 때문이었을까요.

가끔 영화관이나 산에 가자고 남자가 나를 불렀습니다. 그런 만남이 여섯 달쯤 되었을 때입니다. 광릉수목원 근처에서 남자와 내가 점심을 먹게 되었지요. 노릇하게 잘 구워진 굴비 한 마리가 상에 올랐습니다. 남자는 생선을 먹지 않는 나를 새삼 나무라며 투정처럼 덧붙였습니다. 어떡하지? 우리 애들, 생선을 무척 좋아하는데……. 그 말에 얼굴보다도 목이 뜨겁게 달아오르며 아프더군요. 그 아픔은 떨림이었습니다. 그의 타박이 어떤 청혼의 말보다도 내 마음을 흔들었습니다. 그때까지 한 번도 재혼할 뜻을 비친 적이 없던 그였기에 더욱 그랬을까요. 그동안 남자를 향한 내 마음이 어땠는지는 설명할 수가 없습니다. 가끔 남자를 생각했어요. 하지만 내가 떠올린 것이 남자인지 그의 아내인지 모르겠습니다. 언제나 남자의 얼굴과 그 아내의 선글라스가 동시에 떠올랐으니까요. 그가 재혼을 염두에 두고 나를 만난다고는 생각지 않았습니다. 그는 내게 왜 독신인가도 묻지 않았습니다. 물었다 해도 할말이 없었겠지만 말입니다. 기막힌 표정의 인물사진 한 장을 발견했을 때보다 더한 떨림을 준 사람이 없어서였다고 말할 수는 없었을 테니까요. 전율과 흥분 속에 밤을 새워서 그린 초상화가 몇 장 있거든요. 그날, 남자와 나는 광릉에서 돌아오지 않았습니다. 명 짧은 여자는 싫어. 농담인 듯 말하며 그가 나를 안았지요. 크낙새의 참나무 쪼는 소리가 늙은 처녀의 한 시대 마감을 밤새 함께해주었습니다.
　며칠 뒤, 처음으로 남자의 집을 방문했습니다. 당신이 살던 바로 그 집 말입니다. 죽기 전에 당신은 옷가지며 침대, 장롱, 남편과 찍은 사진까지 모두 정리했다지요. 그러나 안주인을 느끼게 하는 물건들이 집 안 여기저기에 많이도 놓여 있더군요. 가전제품이나 식탁, 소파 외에도 당신이 수집했음 직한 도자기나 그림, 동남아 어느 나라의 토산품과 관엽 식물 같은 것들이지요. 이 년 넘게 안주인이 없던 집이라고 여겨지지 않았습니다. 파출부의 손길이 아닌, 정성스런 주부의 숨결이 집 안 전체에 배어 있었습니다. 그건 참 맥빠지는 일이었습니다. 나를 필요로 하는 어수선하고 썰렁한 집을 상상했으니까요. 어디에 안주인을 숨겨둔 게 아닌가, 집 안을 휘휘 둘러보았지요. 남자가 아이들 방을 구경하라고, 외출중인 웅이의 방문을 열었습니다. 멈칫거리며 고개를 들이밀던 나는 아, 뭐라고 해야 할까요. 숨이 턱 멎었다고 할까요. 방 안 가득 들이비치는 가을 햇살에 눈이 부신 듯 커다란 선글라스를 끼고 함빡 웃는 여자가 빈 침대 머리맡을 지키고 있었습니다. 안주인은 거기, 웅이 방에 있었습니다. 그림의 왼쪽 하단, 흰 셔츠자락에 나의 낙관이 선명한 당신의 초상화였지요. 대체 나는 무슨 짓을 한 걸까요. 이 집에 함께 살아도 좋다고 도장까지 꽝 찍어 당신을 승인해준 것일까요. 남자는 무슨 생각을 하며 웅이 방의 문을 열어주었을까요. 설마, 남의 집 벽에 걸려 있는 내 그림을 보고 환호할 나를 상상했을까요. 그날, 내 낙관에 잡힌 발목으로 하여, 남자의 집에서 나오는 걸음이 얼마나 허영거렸던지요. 당신의 초상화를 그리며 시달리던 통증이 또 내 명치끝을 치받더군요.

남편과 내가 결혼 여행에서 돌아오니, 당신은 태연히 웅이 방에서 나를 맞았습니다. 난을 분갈이할 때도 화분 속 잡균으로 오염된 헌 돌을 쓰지 않고 새 돌을 쓰는 법인데, 나는 헌 돌로 채워진 헌 화분에 이식된 것이지요. 밖에는 겨울비가 소소하게 내리고 있었습니다. 비오는 날의 선글라스는 햇빛 쨍한 날의 그것보다 훨씬 더 불쾌감을 주었습니다. 의뭉스러워 보였다고 할까요, 야비해 보였다고 할까요. 빗속에서마저 당신은 무얼 그리 가리고 싶었던가요.

당신의 초상화를 그리면서 느꼈던 맑은 웃음의 한자락도 잡을 수 없었습니다. 나는 남편이나 웅이가 알아서 그림을 처치해주기 바랐습니다. 하지만 그들은 초상화를 다만 나의 낙관이 찍힌 작품으로만 여기는지, 그것을 걸어놓는 걸 나에 대한 예우라고 생각하는지, 이제나저제나 기다려도 벽에서 떼어내지 않더군요. 색안경 너머에서 나의 일거 일동을 웃음으로 응시하는 당신을 견디는 것은 힘든 노릇이었습니다. 아무리 생각해도 그건 불공정한 게임이었습니다. 남편과 심하게 다툰 어느 날이었을 겁니다. 나는 당신에게 달려들었지요. 안경을 벗으란 말야! 눈을 보고 말하자구! 액자를 방바닥에 패대기쳤습니다. 유리 조각이 렌즈에 몇 개 박혔을 뿐, 검은 안경은 당신처럼 질기더군요.

당신은 얌전히 웅이 방에만 있는 것이 아니었습니다. 아니, 웅이 방에 있는 당신은 허울에 불과했어요. 실체는 언제나 내 등뒤에 붙어 있었으니까요. 당신의 그늘로 내 몸에는 늘 선뜩하게 한기가 들었습니다. 당신은 식사 때도 어김없이 식탁에 와 앉았지요. 매끼 메뉴에, 음식의 간에, 요리의 재료와 방법에 당신은 나를 조종했습니다. 나는 당신이 시키는 대로 할 수밖에 없었습니다. 당신의 입맛이 곧 남편과 애들의 입맛이었으니까요. 남편은 말하곤 했지요. 우리 어머니는 된장찌개에 참기름과 설탕을 약간 넣으셨어. 된장찌개를 일품으로 끓이는 어머니의 비법이었지. 멸치 넣고 푹 끓인 김치찌개 해봐, 돼지고기 쓰지 말고. 그게 우리 어머니 장기였어. 김치 담글 때 어머니는 무를 채 썰지 않고 갈아서 넣으시대. 그래서 김치가 깔끔했어. 치약으로 은수저를 닦는 내게, 어머니는 소다로 삶던데. 하기도 했습니다. 거실에 걸린 산수화를 떼어내고 비구상의 서양화를 걸려는 내게 남편이 질색하더군요. 그 그림은 그 차리에 그냥 둬. 어머니가 좋아하시던 거야. 남편은 '죽은 아내' 라는 말이 들어갈 자리에 번번이 '어머니' 라는 단어를 넣었습니다. 지금도 그러합니다. 남편이 설마, 내가 그 말을 믿으리라고 생각하지는 않겠지요. 그나마도 큰 배려라는 생각에 어느 때는 남편이 고맙기도 합니다. 자식 낳고 살며 온갖 신산한 세월을 함께했을 사람과의 옛일을 터놓고 말할 수 없는 남편의 삶에 연민이 일기도 하고요. 하지만 천연덕스러운 남편이 가증스러워 그의 입술을 쥐어뜯고 싶을 때가 더 많습니다. 시집갔으면 어차피 시댁 풍습 따라야 하잖니. 이상한 거 하라고 안 시키면 그냥 따라줘라. 대놓고 애들 엄마하던 대로 하라고 하면 얼마나 막막하겠니? 친정 언니는 그렇게 위로해 주었습니다. 어쩌면 아이들을 낯선 분위기, 낯선 음식으로부터 보호하려는 남편의 자구책인지도 모를 일이지요. 나는 헌 남자를 남편으로 맞았다고 생각했는데, 그게 아니었나 봅니다. 헌 남자라니요. 그건 머릿 속에서나 가능한 일이었습니다. 이혼 자리보다상처한 자리가 더 힘들다는데, 하며 걱정하는 가족들에게 나는 대답했었지요. 죽은 사람하고 뭘 어쩌겠어요. 하루아침에 내 삶이 되어버린, 세 남자 걱정에 죽은 사람은 염두에 없었습니다. 두려운 것은 어떤 여자와 이십 년 이상 살았던 기억의 주름을 가진 세 남자와의 생활이었습니다.

혼령들로부터 도망친다는 것은 쉬운 일이 아닌가 봅니다. 그들에게서 헤어나고 싶어 늦은 결혼을 작정했지 싶은데, 가장 강력한 혼령 하나가 나를 따라와버렸습니다. 그것은 집요합니다. 잠자리에서마저 비켜나지 않습니다. 왜 이렇게 차가워. 남편은 그젯밤에도 나를 밀쳤습니다. 내 몸이 닿자, 남편은 몸서리를 치대요. 밀쳐내는 남편의 손끝을 따라갔지요. 거기에 당신이 있었습니다. 남편과 당신은 여느 날처럼 나를 사이에 두고 살을 맞대기 위해 버둥거리더군요. 내 팔은 당신과 남편의 얼크러진 팔을 뜯어내기 위해 필사적으로 허공을 휘저었지요. 밤새 맷돌질이라도 한 듯 어깨와 팔이 묵직하게 아팠습니다. 남편의 등에는 피딱지가 앉아 있고요. 어이없다는 듯 남편이 묻더군요. 그렇게 좋았어? 아이가 생기면 하나 낳자고 남편은 말하지만 애가 들어설 리가 있나요. 내 몸이 냉기를 품고 있는 데다, 남편과 진정한 관계를 가져본 적이 한 번도 없다고 느껴지니 말예요.

산 사람들과의 생활은 오히려 순탄하게 시작되었습니다. 지금도 그렇습니다. 서로에게 바람이 없어서 잠잠한 것을 순탄하다고 말할 수 있다면요. 남편은 깔끔하지만 단순하고 둔감한 편입니다. 나의 일상이, 아니 내 결혼 생활이 당신 때문에 피해를 입는다고는 생각하지 못하는 것 같습니다. 당신이란, 남편과 애들의 마음속에나 있는 존재지, 아침부터 밤까지 나를 조종하는 존재라고는 짐작조차 못하는 듯합니다. 그는 죽은 전처의 초상화를 걸어놓고 사는 속 편한 남자지요. 환이와 웅이는 법률적인 관계에 충실하려고 노력합니다. 애들은 거죽만 슬쩍 내게 걸치고 있습니다. 아이들과의 한집살이는 호텔 객실 생활 같다고 할까요. 언제나 반듯한 정장을 차려입고 예의를 지켜야 하며 조용조용 말하고 룸서비스를 받아 정중히 스테이크를 자르고 향기 높은 차를 마시는 생활 말입니다. 일에 찌들 일 없고, 악다구니 쓸 일 없는 그 생활은 우아하고 안락합니다. 하지만 체크아웃하고 나면 그뿐, 호텔의 고급 음식이나 가구, 훌륭한 인테리어는 저만큼에 가 있겠지요. 그곳에서 내다보는 숲이며 노을지는 강변의 풍경이 아무리 수려해도, 그것은 그저 바라보기만 해야 할 것들이겠지요. 두어 번이지만, 그 탄탄한 호텔

창으로도 북풍이 들이친 적이 있었습니다. 그런 밤에는 영영 살지 못할 곳이라면 빨리 가방을 싸고 싶은 생각이 들기도 했습니다. 아랫목에 메주를 띄우고 악식이 차려진 두레상이 있고 새끼줄을 쳐놓은 작은 꽃밭이 있는 집을 찾아 나서고 싶었지요. 잘 씻지 않는 아이의 등판을 때리며 악을 쓸 수 있는 집이라면 더욱 좋겠다고 생각하면서요.

내가 당신에게 손을 내민 것은 이 집에 온 지 일 년이 훨씬 지나서였을 것입니다. 누군가가 옮겨주지 않는다면 언제까지라도 그 자리에 붙박여 있을, 냇가의 돌멩이 같은 나를 옮겨준 사람이 당신입니다. 고인 늪 속의 나를 격랑의 바닷속으로 당긴 것이지요. 혼자로는 도저히 도달할 수 없는 세계로 나를 인도해준 사람입니다, 당신은. 출렁인다는 것은 살아 있다는 것이잖아요. 그 사실을 인정하고 나니 당신에게 한 손 정도는 내밀 수 있는 우정이 생기더군요. 작년에 친정 어머니가 세상을 떠난 뒤에야 비로소 알았습니다. 웅이가 당신의 초상화를 걸어놓는 것이, 내가 어머니의 사진을 화장대 위에 세워놓는 것과 조금도 다르지 않다는 것을. 그 절실한 그리움에는 다른 사람을 배려할 틈이 없다는 것을 말예요. 당신 초상화에 찍힌 내 낙관을 들여다보다가 불현듯 생각이 들었지요. 남편과 자식을 공동 소유하는 관계……. 눈앞이 희끔하게 걷히고 몸이 부르르 떨려오더군요.

당신은 알까요. 당신과 나를 그런 엄청난 관계로 얽어준 일등공신이 선글라스라는 걸 말입니다. 그렇게 당신의 눈을 보고 싶어 안달했지만 정작 당신의 또렷한 눈빛과 마주쳤다면, 당신의 얼굴을 선명히 알아버렸다면, 내가 이 집에서 살 수 있었을까요. 앙고라 모자나 초상화나 녹슨 은수저에도 불구하고, 마음 한구석 당신을 한갓 가상의 인물로 여길 수 있도록 도와준 것이 당신의 선글라스입니다. 끝내 선글라스를 고수한 당신은 얼마나 현명한지요. 요즘은 색안경 뒤에 숨은 당신에게 모든 걸 얘기하고 싶습니다. 당신 소지품들을 웅이 서랍 속에 방치해두는 남편을 이해할 수 없다고 투덜거리고, 여자에게 빠진 큰애가 혼은 어디다 두고 껍데기만 꺼덕꺼덕 집에 들어올 때마다 밉고 서운하다는 얘기도 하고, 어머니 비법대로 끓인 된장찌개가 내 입맛에는 통 안 맞는다는 고백도 합니다.

당신이 무척 궁금합니다.

훗날 당신과 내가 같은 세상에서 만난다면, 그때 우리 서로 알아볼 수 있을까요?

「선그라스를 벗으세요」는 아직 낯선 신인의 작품이지만, 작품 속에는 묘하게 작가가 지닌 세상살이의 어떤 연륜을 느끼게 하는 구석이 있다. 작품은 망자(亡者)에게 말을 거는 여성화자의 차분하게 절제된 독백으로 이어진다. 그녀가 말을 걸고 있는 대상은 그녀의 남편이 몇년 전에 사별했던 전부인이다. 남편과, 그 남편의 아이들이 귀가하지 않은 텅 빈 집 안에서 여전히 집 안 곳곳에 자신의 흔적을 남겨놓은 채, 그녀의 등뒤에 끈질기게 따라붙는 듯한 망자를 향해 그녀가 늘어놓는 기나긴 독백은 망자를 극복하려는 몸짓 같기도 하고, 망자에게 가까이 다가가려는 몸짓 같기도 하다. 작품의 화자는 망자에 대해 원망(怨望)도 아니고 원망(願望)도 아닌 그만큼의 거리를 유지하면서, 죽음의 이름으로 자신의 삶 속에 들어앉는 망자의 자리, 그 살아 있는 죽음의 흔적과 대면한다. 아니, 사실은 그녀가 결혼하기 이전에 가졌던 직업 또한 죽은 자들의 초상화를 그리는 일이었고, 남편과의 첫 만남 또한 죽은 아내의 초상화를 그려 달라는 남편의 주문이 그 계기가 되었었다.

이렇게 죽음은 그녀의 삶 속 깊숙이 들어와 있는, 그녀가 견디어 내야 할 불가피한 현실로 그려진다. "누군가가 옮겨주지 않는다면 언제까지라도 그 자리에 붙박여 있을" "고인 늪 속의" 그녀를 둘러싸고 있는 것은 살아 있는 자의 기억을 지배하는 죽은 자들의 초상화이며 죽은 자의 흔적이다. 그녀에게는 결혼생활 또한 죽은 자와 같은 공간에서 거주하는 삶의 방식에 지나지 않았던 것이다. 그러나 그녀는 남편의 전부인을 향해, 그녀를 "혼자로는 도저히 도달할 수 없는 세계", 그 출렁이는 "격랑의 바다"로 이끌어준 것은 바로 당신이었다고 말한다. 그리고 "출렁인다는 것은 살아 있다는 것"이라는 인식을 통해 "당신에게 한 손 정도는 내밀 수 있는 우정이 생"겼음을 고백한다. 그녀는 죽은 자에 대한 의식을 지워나가는 지점이 아니라, 죽은 자에 대한 의식이 더욱 생생해지는 지점, 자신의 삶 속에 끈질기게 달라붙는 죽은 자에 대한 의식으로 끊임없이 마음이 출렁이는 상태 자체가 바로 자신의 살아 있음을 의미하는 것이라는 인식으로 망자와의 화해를 시도하는 것이다. 죽음과 대립하는 방식이 아니라 죽음과 화해하는 방식으로 죽음을 극복하는 것. 이런 의미에서 남편의 전 부인을 향한 그녀의 기나긴 독백은, 그녀의 삶을 사로잡고 있는 그 낯설고도 친숙한 죽음의 실체와 교감하려는 그녀 나름대로의 처연한 의식(儀式)이었는지도 모른다.

그렇다면 전 부인의 초상화 위에 낯선 이물질처럼 씌워져 있는 선글라스는 무엇을 의미하는 것일까? 그것은 어쩌면 산 자와 죽은 자 사이를 가르는 어떤 경계 같은 것이 아닐까? 작중화자는 "그렇게 당신의 눈을 보고 싶어 안달했지만 정작 당신의 또렷한 눈빛과 마주쳤다면, 당신의 얼굴을 선명히 알아버렸다면, 내가 이 집에서 살 수 있었을까요"라는, 혹은 "마음 한구석 당신을 한갓 가상의 인물로 여길 수 있도록 도와준 것이 당신의 선글라스입니다"라는 구절들을 통해, 그녀가 도달한 망자와의 화해가 기실은 그 선글라스 때문에 가능한 화해였다고 말한다. 아마도 이러한 구절들 속에는 죽음의 실체는 죽은 자의 몫이지만, 죽음에 대한 의식은 살아 있는 자의 몫이라는 것, 그리고 죽음에 대한 의식은 어떤 의미에서 죽음의 실체를 가상의 영역으로 밀어냄으로써 살아 있는 자가 죽음과 더불어 살아가는 방식이라는 의미가 깃들어 있는 듯하다. 그렇다면 이 작품은 결국 죽은 자의 얼굴 위에 씌워져 있는 선글라스라는 특이한 설정을 통해, 작중화자가 삶과 죽음 사이에 놓인 경계를 확인하는 방식으로 자신의 삶 안에 자리잡은 죽음을 극복하는 이야기를 들려주고 있는 것은 아닐까?

트렁크

정이현

1972년 서울에서 태어났고,
성신여자대학교 정치외교학과 및 동대학원을 졸업하였다.
2002년 〈문학과 사회〉 신인문학상에
「낭만적 사랑과 사회」가 당선되어 등단하였다.

트렁크

토요일 오후 네 시

그녀는 모든 것이 꿈이라고 확신했다.

아침부터 흩날리던 가느다란 눈발이 어느 순간 함박눈이 되어 쏟아지고 있었다. 와이퍼가 고장인지 빠르게 움직일 때마다 앞 유리창은 점점 더 뿌옇게 얼룩져 갔다. 트렁크 어디쯤 면걸레가 있을 터였다. 그녀는 비상등을 켜고 갓길에 차를 세웠다. 운전석 도어 밑의 레버를 당기면서 문득 이 차의 트렁크를 아직 한 번도 열어본 적 없다는 사실을 깨달았다. 하긴 그녀는 트렁크 가득 여행가방을 싣고 놀러다닐 만큼 한가한 사람은 못 되었다. 종이박스째 청과물을 사들이는 경우도, 대형 화환을 운반하는 일도 없었다. 대부분의 운전자들처럼 거기, 트렁크가 따라오고 있다는 것도 의식하지 못한 채 앞만 보고 달려왔다. 목덜미에 눈송이의 선뜩한 감촉이 느껴졌다. 그녀는 트렁크 덮개를 힘껏 들어올렸다.

그 안에 무언가가 있었다.

소녀는 동그랗게 몸을 만 채 옆으로 누워 있었다. 툭 어깨를 치면 금새라도 일어나 차장님! 하고 그녀를 부를 것만 같았다. 그녀는 멍하니 트렁크 안을 들여다보았다. 정수리 위에, 캐시미어코트 위에, 가죽부츠의 날렵한 코 위에 후득후득 눈발이 떨어졌다. 일기예보에도 없는 폭설이었다. 전조등을 밝힌 차들이 먹장구름 사이를 헤치고 휙휙 달렸다.

그녀는 가만히 트렁크를 닫았다. 운전석에 앉자 비로소 턱이 덜덜 떨려왔다.

한 달 전

이 나라에서 생산되는 2000cc급 자동차는 네댓 종류뿐이었다. 그녀는 각 자동차 회사의 대리점에 전화를 걸어 카탈로그와 제원표를 보내 달라고 요청했다. 그녀가 차를 바꿀 계획이라는 소문은 지사(支社) 안에 쫙 퍼졌다. 원래 그런 곳이었다. 목례만 하고 지내던 물류팀 직원이 찾아와 카딜러인 매제를 소개해주겠다고 말했다. 그녀가 잠시 침묵하는 사이 그가 얼른 덧붙였다. 유능한 사람이에요. 지난 분기의 판매왕이었으니. 고마워요. 그러나 오래전부터 약속한 데가 있어서요. 그녀는 눈꼬리를 내려뜨리며 진심으로 아쉽다는 표정을 지었다. 이 녀석은 새 임자를 찾으셨나? 건물의 늙은 주차관리원은 그녀가 사 년여째 타온 군청색 아반떼에 노골적으로 눈독을 들였다. 친구가 가져가겠다는데 걱정이에요. 겉보기만 멀쩡하지 잔고장이 많거든요. 천연한 말투에 중늙은이는 쯥, 입맛을 다셨다.

주간스케줄은 촘촘히 조직되어 있었다. 그녀는 외근 핑계를 대고 개인적인 쇼핑을 하거나 심지어 아이 유치원의 재롱잔치에 참석하기까지 하는 여직원들을 경멸했다. 일요일, 장로교회의 오전 예배를 마치고 손톱 손질을 받으러 가는 길에 자동차 영업소를 방문했다. 영업사원은 아주 친절했다. 4단 자동변속기와 우드그레인, 크림색 가죽 시트가 포함된 옵션을 권유하면서 할부기간에 따른 판매조건을 조목조목 설명해주었다. 계약은 순조롭게 이루어졌다. 아반떼는 오백만 원 상당의 가치로 상환되었고, 나머지 금액은 십이분의 일로 나뉘어 은행계좌로부터 매달 자동이체될 것이다. 새 차는 일주일 뒤에 도착했다. 옛 차에서 꺼낸 짐은 CD 몇 장과 볼펜, 휴대용 물티슈가 전부였다. 그녀는 대시보드 위에 알락달락한 십자수 쿠션이나 만화 캐릭터 모양의 플라스틱 방향제를 올려놓고 다니며 우스꽝스런 취향을 과시하는 사람들을 이해하지 못했다. 군더더기 없이 심플하게, 지금까지 그래왔던 것처럼 그녀는 새 차의 내부에 아무런 장식도 하지 않을 것이었다.

　　탁송인이 아반떼를 몰고 떠나자 그녀는 새 차와 단둘이 남겨졌다. 주거용 오피스텔의 지하 주차장은 대낮에도 어둑했다. 무선 도어락의 버튼을 누르는 순간 탈칵, 소리와 함께 헤드라이트에 주황색 불빛이 명멸했다. 공업용 비닐로 덮인 실내에서는 차가운 금속과 덜 마른 페인트의 냄새가 났다. 조심스레 시동을 걸어보았다. 엔진 소리는 놀랄 만큼 부드러웠다. 대한민국에서 배기량 2000cc급 자동차의 오너가 되는 것은 결코 만만한 일이 아니었다. 2002년형 진주색 EF 소나타 골드. 그녀는 자신의 새 차가 마음에 들었다.

금요일 오전 여섯 시

여느 때처럼 그녀는 여섯 시에 눈을 떴다. 지난 밤 자정뉴스에서 서울의 아침 기온 영하 삼 도. 대륙성 고기압의 영향으로 흐리고 구름 많은 전형적인 겨울날씨가 될 것이라고 알려주었다. 미리 세운 플랜에 따라 목까지 단추를 채우는 화이트 셔츠와 감색 수트를 입고 막스마라의 연회색 캐시미어코트를 걸쳤다. 반듯한 커리어 우먼으로 보이는 데에는 큼지막한 에르메스 가죽백도 중요한 역할을 했다. 지난 봄 석 달 동안 대기자 명단에 이름을 올린 끝에 구입한, 가장 아끼는 가방이었다. 겨울 외투나 핸드백, 브로치와 같은 액세서리는 조금 무리를 하더라도 가능한 고급품으로 구입하는 것이 그녀의 원칙이었다. 분당 집에서 대치동 회사까지는 도시고속화도로로 연결돼 있었다. 차에는 아무런 문제도 없어 보였다. 평균 시속 80km/h로 달려 오전 일곱 시 오 분경 강남에 진입했다. 회사 옆 휘트니스센터에서 웨이트트레이닝과 간단한 샤워를 마친 시간은 여덟 시 이십오 분. 언제나처럼 그녀는 여덟 시 삼십 분경에 사무실에 들어섰다. 잔심부름을 하는 아르바이트생을 제외하고는 사무실 전체에서 제일 이른 출근이었다.

일찍 일어나는 새가 벌레를 잡는다는 고전적인 경구의 신봉자는 아니었으나 규정시간보다 빠른 출근은 첫 직장에서부터 이어져오는 습관이었다. 조금만 서두르면 하루를 훨씬 여유 있게 시작하게 될 뿐더러 예기치 않은 것들까지 덤으로 알 수 있게 된다. 교육 담당 대리 최는 매장판매원 출신답게 세속적 출세에 대한 강박이 있었는데 안타깝게도 주의력이 부족했다. 「초 간단 비즈니스 영어회화」나 「성공을 부르는 이미지 마케팅」 따위의, 제목도 간지러운 실용서들을 책상서랍 속에 넣어놓고는 열쇠도 채우지 않고 다녔다.

여자대학을 갓 졸업한 홍보팀 막내 윤과 마케팅팀 실무책임자 김 과장 사이의 비밀스런 연애는 꾸준히 지속되고 있었다. 김 과장 자리의 전화기에서 리다이얼 버튼을 누르면 액정화면에는 십중팔구 윤의 휴대폰 번호가 떴다. 여덟 시 사십오 분이 되자 N 화장품 한국지사의 로컬직원들이 하나 둘 출근하기 시작했다. 그녀는 데스크 탑 모니터에 눈을 박고 경제신문의 오늘자 뉴스레터를 찬찬히 읽어나갔다. 평화로운 아침이었다.

열 시에는 지사장 주재의 간부회의가 있었다. 과장급 이상 각 팀의 책임자와 이사들을 포함하여 일고여덟을 넘지 않는 인원이 원탁에 둘러앉았다. 아르바이트생 소녀가 쟁반 가득 머그컵을 날라왔다. 그녀는 얼른 의자에서 일어나 습습한 놀림으로 좌중에 컵을 돌렸다. 커피 심부름 때문에 회사생활이 힘들다고 징징대는 여자들은 신물나게 많았다. 그러나 조직생활의 마인드가 그토록 부족하다면 일찌감치 결혼정보회사에 가입하여 집에 들어앉는 편이 유익하다는 것이 그녀의 견해였다. 먼저 백화점별 어제의 매출액이 보고되었고, 곧 이어 그녀가 신제품 론칭행사의 진행상황을 중간 브리핑했다. 이번 봄 시즌에 출시되는 새로운 고농축 에센스는 극동지역을 겨냥한 N사의 야심작이었다. 브랜든의 입장에서는 처음으로 맞는 능력 검증무대가 될 것이다. 그녀 역시 브랜든이 부임한 한 달 전부터 이번 프로젝트에 집중하는 중이었다. 문제는 다시 피부 탄력이다, 로 시작되는 보도자료도 직접 썼고 진행자의 섭외와 디엠 발송, 행사장의 구체적인 인테리어까지, 그녀가 일일이 챙겨야 할 일은 무척 많았다. 젊은 CEO답게 브랜든은 그녀의 보고 중간중간 고개를 끄덕여 호응했으며 멋진 파티를 기대하겠다는 말로 코멘트를 대신했다. 브랜든 옆자리의 권은 회의가 끝날 때까지 단한 차례도 입을 열지 않았다. 얼굴의 왼쪽 근육을 찌푸린 그의 표정이 고장난 트랜지스터 라디오처럼 완강해 보여서 그녀는 권태롭게 고개를 돌렸다.

금요일 오후 여섯 시

패션지의 뷰티에디터와 막 통화를 끝냈을 때 윤이 그녀 곁으로 다가왔다. 차장님, 별 일 없으면 저 먼저 들어가볼게요. 윤은 벌써 어깨에 목도리를 두른 채 손에는 코트와 가방을 들고 있었다. 여섯 시가 좀 넘었을 뿐인데도 창밖엔 검푸른 어둠이 짙게 깔려 있었다. 직장생활 구 년 차, 그녀는 까탈스런 상사는 아니었다. 먼저 갑니다. 김이었다. 윤이 나간 후 오 분도 지나지 않았다. 그녀는 짧게 올려깎은 김의 뒤통수를 바라보면서 진지하게 한번 조언해주어야 하지 않을까 생각하다 곧 그만두었다. 당사자만 모르는 공공연한 비밀은 어느 조직에나 존재하기 마련이었다. 약속시간까지는 여유가 있었다. 그녀는 화장품 파우치를 들고 사무실을 나왔다. 여자화장실에는 아무도 없었다. 두루마리휴지를 양변기 주위에 돌려 깐 후 걸터앉아 화장을 고쳤다. 기름종이로 콧등과 이마를 꾹꾹 누르고 압축 파우더를 정성껏 두드려 발랐다. 쌍꺼풀 위에는 사파이어 색 아이섀도를, 입술에는 자줏빛 립스틱을 덧칠했다. 타사키 지니아의 진주 목걸이와 귀걸이 세트는 차 안에서 착용할 것이었다. 금요일 밤이었고 새로 생긴 차이니즈 레스토랑을 방문할 예정이었으니, 그 정도의 치장은 당연했다.

화장실 앞에서 권과 마주쳤다. 우뚝 선 그를 비껴 지나려는 찰나 권이 그녀의 팔꿈치를 세게 붙잡았다. 핸드폰을 왜 꺼두었지? 요즘 그는 지나치게 예민했다. 그녀는 나직하게 대꾸했다. 배터리 충전을 잊었어. 웃기지 마. 네가 그런 실수를 할 사람이야? 권은 늙은 호랑이처럼 그르렁거리고 있었다. 기다릴게. 빨리 나와. 그녀는 뒤를 돌아보지 않고 총총 자리로 돌아갔다. 컴퓨터 네트워크를 종료하고 책상서랍을 열쇠로 잠근 다음 천천히 코트를 입었다. 쓸데없이 상황이 복잡해지는 것은 딱 질색이었다. 넓은 사무실 안에는 남아 있는 사람이 많지 않았다. 그녀는 출입문 입구에 앉은 아르바이트생 소녀에게 다가갔다. 여자아이는 책상에 엎드리다시피 고개를 수그린 채 무언가에 열중하고 있었다. 선미 씨, 바쁜가봐? 소녀가 의자에서 발딱 일어났다. 책상 위에는 양 손바닥만 한 다이어리가 펼쳐져 있었다. 하트나 나비 모양의 스티커를 다닥다닥 오려붙이고 맨 앞장엔 동글납작한 글씨로 연탄재 함부로 차지 마라, 같은 시구를 적어놓았을 것이다. 그녀는 다정한 큰언니처럼 소녀의 어깨를 짚었다. 우리 같이 나가요. 추운데 전철역까지 태워다줄게. 권의 볼보는 옥외주차장 입구에 세워져 있었다. 선미는 자꾸 몇 발짝 뒤에서 따라왔다. 그녀는 걸음을 멈추고 소녀를 기다렸다. 권의 자동차 바로 앞에서 자연스레 선미의 팔짱을 끼었다.

금요일 퇴근시간답게 차가 많이 막혔다. 권이 따라 오지 않는다는 것은 룸미러로 확인했다. 복잡한 주차장 같은 도로에서 무작정 쫓아오기란 쉽지 않을 것이다. 더구나 그는 남의 이목을 충분히 두려워할 줄 아는 사람이었다. 차장님, 차 진짜 좋아요. 소녀의 목소리가 너무 진지해서 조금 웃음이 났다. 그러고 보니 새 차를 뽑은 지 한 달이 되도록 이토록 직접적인 칭찬을 들은 건 처음이었다. 음, 이 차, 괜찮아요? 작년에 제일 많이 팔렸다 그러더라구. 동료들은 대부분 객관적 데이터 뒤에 숨어 말하곤 했다. 그녀는 대답 대신 핸들 중간의 오디오 파워버튼을 눌렀다. 안드레아 보첼리의 콘 테 파르티로(Con te Partiro)가 흘러나왔다. 차장님은 좋으시겠어요. 소녀의 한숨소리는 음악에 묻혀 잘 들리지 않았다. 늘 이렇게 혼자 다닐 수 있어서. 그녀는 타인에게 항상 겸손한 편이었다. 좋긴 뭐가 좋아, 이렇게 차가 막히는데? 소녀가 헤헤 웃었다. 칼라 프린터나 복사기처럼 조용히 시키는 일만 하는 아이인 줄 알았는데 밖에서 보니 아직 어린 태가 많이 났다. 저 나이 때 자신은 어떤 웃음소리를 갖고 있었던가. 잘 기억나지 않았다.

첫 직장은 성형외과 병원이었다. 대학 취업보도실에 붙은 공문은 대개 군필을 명기하고 있었고 그 외에는 중학생 보습학원의 시간강사 자리가 다였다. 병원 면접을 보던 날 압구정동에 처음 가보았다. 당락을 결정하는 사람은 원장 사모였다. 자연산인데 라인이 참 깔끔하게 떨어졌네. 토익이나 워드자격증이 아니라 쌍꺼풀 때문에 직장을 얻게 되리라고는 짐작도 못했었지만 어쨌든 당시엔 일자리를 구했다는 사실 자체에 안도했다. 그곳에서 그녀는 연분홍색 가운에 코디네이터라고 새긴 앙증맞은 명찰을 달고서, 고객들이 원하는 부위의 시술금액과 할인혜택을 알려주는 일로 팔 개월을 보냈다. 그 뒤에 썼던 어떤 이력서에도 그 시절의 경력을 굳이 밝히지는 않았다. 조수석을 돌아보았다. 무턱대고 길게 길러 포니테일로 묶은 머리, 군데군데 보푸라기가 일어난 더플코트와 가짜 프라다 백팩. 다시 그 나이로 돌아가라면 그녀는 단호히 고개를 저을 것이다.

벌써 몇 분째 차는 꿈쩍도 하지 않고 있었다. 자기는 꿈이 뭐야? 제 입에서 느닷없이 왜 그런 소리가 나왔는지 그녀도 알 수 없었다. 꿈 없어? 사람은 희망을 가져야 돼. 지금이 얼마나 좋은 나인데. 뭐든지 할 수 있는 있잖아. 하긴 그 나이엔 그걸 알 턱이 없지.

그때 앞 차가 갑자기 움직이기 시작했다. 감사합니다, 차장님. 공손히 인사를 하고 소녀가 지하철역 계단 아래로 사라졌다. 그녀는 교통방송으로 채널을 바꿨다. 이쪽 길로 들어서지 않았다면 퇴근 길 정체를 피할 수 있었을지도 몰랐다. 남부순환로 양재에서 예술의 전당 방면 가다 서다 반복하고 있고 반대편 양재 쪽으로도 지체 계속되고 있습니다. 자, 다음은 고속도로 정보 알려주세요. 약속시간까지는 이십 분도 채 남아 있지 않았다. 브랜든은 저녁 데이트에 지각하는 여자를 귀여워할 타입은 아니었다. 그녀는 서둘러 액셀러레이터를 밟았다.

브랜든은 음식에 만족해했다. 오품 냉채와 샥스핀 수프, 간장소스의 은대구 튀김과 안심 구이가 들어있는 코스였다. 소호에 자주 가던 차이니스바가 있어요. 옆 테이블에 마크 제이콥스가 앉아 있어도 아무도 쳐다보지 않죠, 나중에 같이 가봐요. 그녀는 제 몫의 음식접시를 깨끗이 비웠다. 처음에 서울에 온다고 생각했을 때는, 음, 솔직히 걱정했어요. 하지만 지금은 여기에 오길 아주 잘했다고 생각해요, 아주. 브랜든은 한국어의 부사(副詞)를 다양하게 구사하지 못한다. 아주, 라는 말을 반복하는 것으로 보아 그것은 그의 진심임에 틀림없었다. 그렇다면 정말 다행이네요. 지사장님이 오신 다음부터 확실히 분위기가 달라졌어요. 뭐랄까, 훨씬 활기 있어졌죠. 브랜든이 서클렌즈를 낀 그녀의 눈동자를 똑바로 응시했다.

브랜든이 계산을 하는 동안 그녀는 화장실로 가 방금 먹은 음식을 모두 토했다. 십오 년째 웨이스트 사이즈 26을 유지한다는 건 보기보다 어려운 일이었다. 공들여 양치를 하고 립스틱을 다시 바른 다음 휴대전화의 음성메시지를 확인했다. 세 개 모두 권의 목소리였다. 그 새끼랑 있는 건 아니지? ……내가 안 된다고 분명히 말했을 텐데. 올 때까지 기다릴게. 요사이 권은 예민한데다 극도로 유치해져가기까지 하고 있었다. 권의 내심을 모르는 건 아니었다. 그는 자신의 서포트가 없었다면 그녀가 지금의 직함을 갖는 데 훨씬 더 많은 시간이 소요되었으리라고 믿고 있었다. 어쨌든 지난 오년 동안 사적으로나 공적으로나 그들이 좋은 파트너십을 유지해왔다는 사실만은 분명했다. 권은 공석이 된 지 오래인 N화장품 한국 지사장 자리를 노리고 있었다. 누구나 예측 가능한 인사(人事)였다. 그러나 한 달 전 뉴욕 본사는 와튼 MBA 출신의 코리안 아메리칸 브랜든을 한국에 파견했다. 권은 지나치게 분개했지만 그녀는 본사의 결정을 진심으로 이해했다. 레스토랑 앞에는 브랜든의 은색 렉서스와 그녀의 소나타가 나란히 대기하고 있었다. 브랜든이 갑자기 제 차의 트렁크 쪽으로 다가갔다. 그가 꺼낸 것은 장미였다. 아이보리빛 공단 리본으로 밑단을 묶은 붉은 장미가 한껏 만개해 있었다. 로맨틱한 밤이었다. 그 밤의 주연 여배우답게 그녀는 고른 치열을 자랑하며 활짝 웃었다.

토요일 오후 다섯 시

유리창 너머 흰 눈이 펑펑 무력하게 퍼붓고 있었다. 권은 전화를 받지 않았다. 자꾸 미끄러지는 손가락으로 권의 휴대폰 번호를 몇 번이나 누른 뒤에야 그녀는 오늘이 토요일임을 깨달았다. 주말이나 휴일에 개인번호로 연락하지 않는 것은 첫 번째 철칙이었다. 재작년 어느 공휴일에 있었던 아버지의 부음조차 권에게 바로 알리지 않았었다. 좀 섭섭하더라. 직원들과 함께 뒤늦게 문상을 다녀간 권이 나중에 한마디 했지만 그녀는 짐짓 못 들은 척했다. 이럴 때

떠오르는 사람이 권뿐이라니. 그녀는 황황히 수화기를 내려놓았다. 그 아이가 왜, 어떻게, 그곳에 들어 있는 것일까. 뒤엉킨 실타래를 어디서부터 풀어야 할지 막막하기만 했다. 그녀는 엄지손톱을 잘근잘근 씹으면서 온 집 안을 서성였다. 누군가 소녀를 납치했다. 그리고 그녀의 차 트렁크에 유기했다. 그것 말고 다른 가설은 떠오르지 않는다. 불현듯 현기증이 인다. 소녀는 오늘, 회사에 출근하지 않았다. A₄ 용지가 똑 떨어졌잖아. 선미 안 나왔어? 암 말 없이 빠지는 거봐. 요즘 애들은 아무튼 ……이번 기회에 여상 나온 애로 아예 정직원을 하나 뽑았음 좋겠어요. 총무팀에서 들으라는 듯 윤이 큰 소리로 말했을 때조차 그녀는 어제저녁 자신이 선미를 지하철역까지 태워다주었다는 사실을 까맣게 잊고 있었다. 지하로 연결된 계단을 탁탁 뛰어내려가던 소녀의 뒷모습. 그 조붓한 어깨와 합성섬유로 만든 코트, 검고 긴 머리 타래. 무릎에 스르르 힘이 빠졌다. N화장품 한국 지사의 직원 서른다섯 명 가운데 선미를 맨 마지막으로 본 사람은 바로 그녀였다. 그녀는 그 자리에 주저앉았다. 크리스털 화병 속의 핏빛 장미송이들이 그녀의 얼굴을 가만히 바라보았다.

그녀는 상당히 현실적인 사람이었다. 자유자재로 숟가락을 구부리며 초능력을 과시하는 마술사, 서울 하늘에 출몰한 유에프오의 사진 같은 것들은 믿어본 적이 없었다. 공권력이 증인의 사생활을 철저히 보호하는 장면은 할리우드 영화에나 나온다는 것도 잘 알고 있었다. 트렁크를 열었더니, 그 애가 들어 있었어요. 그 말을 입밖에 내는 순간 자신에게 어떤 일이 벌어지리라는 것쯤은 충분히 예상할 수 있었다. 어젯밤 브랜든과 헤어진 뒤 권에게 들렀던 건 일종의 관성이었다. 권은 예상보다 더 많이 취해 있었고 막무가내로 그녀를 껴안으려 했다. 불가리 옴므향과 구리텁텁한 입내가 뒤섞여 풍겨왔다. 모텔에 세 시간쯤 머물렀을까. 자정께 권은 카운터에 전화를 걸어 대리운전기사를 불러 달라고 부탁했다. 권은 웬만해선 외박은 하지 않았고, 다음날 아침에 둘 다 같은 옷을 입고 출근할 수는 없는 일이었다.

그녀는 밤 운전에 능숙했다. 분당까지는 이십 분이 좀 넘게 걸렸다. 지하주차장에 파킹을 하고 올라오면서 일층의 24시간 편의점에 들러 내일 신을 판탈롱 스타킹을 한 켤레 샀다. 낯익은 점원이 눈인사를 했다. 그러므로 그녀는 어젯밤, 세상을 납득시킬 만한 알리바이를 가지고 있지 않았다. 사흘 후면 신제품 발표 파티였다. 월요일 점심엔 인천공항으로 본사 수석 부사장을 마중 나가야 했다. 본사 최고위급 임원을 사박오일 동안 밀착 수행할 기회란 흔히 오는 것이 아니었다. 그녀는 최선을 다해 커리어를 쌓아왔다. 갈 길이 아직 멀었다. 판단은 순식간에 이루어졌다. 옷장에 걸린 겨울 옷들은 대개 순모 백 퍼센트의 핸드메이드 코트였다. 허리에서 끈을 묶거나 엉덩이를 살짝 가리거나 복사뼈까지 치렁치렁 늘어지는 색색의 코트들을 헤치고 모자 달린 솜 파카를 겨우 찾아냈다. 잠시 후, 이마 깊숙이 모자를 뒤집어쓰고 친친 목도리를 감은 여자가 엘리베이터 CCTV 속에 또렷이 비쳤다. 흑백 모니터 속에서 그녀는 마치 검은 눈사람처럼 보였다.

토요일 오후 여덟 시 반

이민가방은 이태원에서 샀다. 상점 주인은 접이식 가방을 삼 단까지 펼치면 일 미터가 훌쩍 넘는 높이가 된다고 말했다. 중국산은 약해서 못 써요. 이 놈은 얼마나 튼튼한지 어딜 들고 가도 끄떡없다니까. 무엇보다 어디서나 흔하게 볼 수 있는 디자인이 그녀를 안심시켰다. 함박눈은 서서히 잦아들고 새의 깃털 같은 눈발이 가붓가붓 흩날렸다. 도시는 어둠으로 뒤덮여 있었다. 자동차들은 기다시피 움직이는 중이었다. 도로변에 쌓인 눈의 양이 만만치 않았다. 잠수교를 건너 강남에 들어오면서부터 타이어가 여러 번 미끄러졌다. 그녀는 양손으로 핸들을 꼭 쥐고 정면만을 뚫어져라 응시했다. 앞차 머플러에서 드라이 아이스 같은 허연 김이 무럭무럭 뿜어져 나왔다.

권이 사는 아파트 단지는 서초동 대법원 앞에 있었다. 공중전화 부스 앞에 차를 댔다. 전화를 받은 건 변성기를 막 지낸 남자아이였다. 새 봄에 고등학생이 된다는 큰아들일 것이다. 그녀는 권의 가족사진을 본 적도, 보고 싶어한 적도 없었다. 여기는 회사입니다. 권 이사님 계신가요? 그녀는 빠르게 사무적으로 말하려고 애썼다. 아빠, 전화! 누구래? 몰라, 회사래. 수화기 너머의 대화가 꿈결처럼 들려왔다. 여보세요. 권의 저음이 가까이 들리자 이상스레 마음이 가라앉았다. 권은 십 분도 지나지 않아 허둥지둥 달려나왔다. 꽤 놀란 눈치였다. 뒷자리에 실린 커다란 가방을 보자 그의 눈썹이 일그러졌다. 뭐야, 어디 가? 적절한 답이 생각나지 않아서 그녀는 조용히 차를 출발시켰다. 타이어가 휘릭 헛바퀴를 돌았다.

짐작대로 권은 그녀의 얘기를 단숨에 알아듣지 못했다. 그녀는 다시 한번 또박또박 설명했다. 이 차 트렁크에 사람이 들어 있어. 나도 좀 전에 알았어. 선미 알지? 회사의 아르바이트생, 바로 개야. 권은 굉장히 얼떨떨한 표정을 지었다. 심지어 말을 더듬거리기까지 했다. 사, 사람이 들어 있다고? 지금 여기? 뒤, 뒤 트렁크 안에? 그래, 트렁크 안에. 권은 두툼한 손바닥으로 제 얼굴을 연신

문질러댔다. 그는 그녀의 예상보다 더 많이 당황하고 있는 듯했다. 입술을 달싹거리더니 겨우 한마디 했다. 주, 죽었어? 그녀는 솔직하게 대답했다. 모르겠어. 무서워서 그냥 뚜껑을 닫아버렸어. 자기가 좀 확인해줘. 순간 권의 낯빛이 변했다. 내, 내가? 그녀는 의미심장하게 고개를 끄덕였다. 응, 자기는 남자잖아. 분당까지 가는 동안 권은 손바닥으로 계속해서 얼굴을 비벼댔다. 이따금 한숨을 내쉬기도 했다. 눈은 그쳤지만 그녀는 조심스레 차를 몰았다. 분당으로 이어진 도시고속화도로에는 차량 통행이 거의 없었다. 몇 시간 지나 새벽이 되면 길은 끔찍한 빙판으로 변할 것이다.

　율동공원 주차장은 평소에도 밤이면 인적이 드문 곳이었다. 신도시의 건전한 시민들은 나이키 트레이닝복 차림으로 아침조깅을 하거나, 어린아이를 뒤에 태운 채 자전거를 타거나, 부근 음식점에서 점심을 먹고 식후산책을 하는 용도로 근린공원을 이용했다. 차에서 내리기 전에 그녀는 권의 손에 라이터를 쥐어주었다. 주차장은 넓은 눈밭이었다. 권은 자동차 뒤로 미적미적 걸어갔다. 그의 운동화 발자국이 흰 눈 위에 선명히 찍혔다. 그가 트렁크 덮개를 여는 동안 그녀는 거무죽죽한 하늘을 올려다보았다. 세상에, 온몸이 뻣뻣해. 권은 몇 차례나 깊은 탄식을 뱉어냈다. 트렁크를 거세게 닫자마자 권은 왝왝 구역질을 했다. 바람이 찼다. 추위 때문인지 구토 때문인지 낯이 새파랗게 질려 있었다.

　차 안은 훈훈했다. 권은 그녀가 건넨 휴지로 충혈된 눈자위와 입매를 꾹꾹 눌러 닦았다. 그가 안정을 되찾을 때까지 그녀는 잠자코 기다렸다. 그 정도의 인내심은 발휘할 수 있었다. 이윽고 그가 유리조각을 삼킨 듯 갈라지는 음성으로 입을 열었다. 어쩌다 그랬어? 그녀는 제 귀를 의심했다. 무슨 소리야? 내가 그런 게 아니라니까.

권이 그녀의 가는 손목을 꽉 움켜잡았다. 제발, 솔직하게 말해. 나한테는 그래도 되잖아. 가까이 들이댄 그의 입술에서 시척지근한 냄새가 진동했다. 그녀는 홱 손목을 뿌리쳤다. 도저히 이해가 안 돼, 도저히. 권이 제 머리통을 감싸안고 중얼대는 모습을 보자 그를 부른 것에 대해 조금씩 후회가 일기 시작했다. 그러나 어쩔 도리가 없었다. 하다 못해 이민용 가방에 시체를 옮기거나, 땅을 파고 구덩이를 만드는 데도 남자의 힘이 필요했다. 그녀는 권의 어깨를 끌어안고 가만가만 다독였다. 괜찮아. 다 잘될 거야. 날 믿어.

일요일 오전 두 시

스무 살짜리 여자애의 실종은 지방신문 단신 기사감도 못 되었다. 야트막한 야산은 어디에나 있었다. 사체를 야산에 암매장하는 것은 범죄 재연 방송에도 심심찮게 등장하는 보편적인 방법이었다. 먼저 이민용 가방에 소녀를 넣고 밤을 틈타 산에 오른다. 땅을 판 다음 가방에서 소녀를 꺼내 묻는다. 멀리 시 외곽으로, 강원도나 충청도까지 갈 수도 있었다. 실행에 옮길 만한 다른 방법들도 있었다. 팔당대교에서 46번 도로를 타고 조금만 달리면 남한강과 북한강이 합쳐지는 양수리가 나온다. 충주호나 청평호 같은 곳도 상관없을 것이다. 발목에 돌덩이를 묶거나 가방에 자갈을 넣어 가라앉히면 물체는 수면 위로 떠오르지 못한다. 최소한의 뒤탈도 남기고 싶지 않다면 불을 이용할 수도 있다. 열 손가락의 지문이나 아랫배의 맹장수술자국, 선미가 선미임을 증거하는 그 어떤 흔적도 남지 않을 것이다. 노력한다면 방법은 얼마든지 있을 터였다.

그러나 권은 그녀의 계획을 제대로 들으려 하지 않았다. 술 없어? 그는 오피스텔에 들어오자마자 독주를 찾았다. 그녀는 규칙적

인 생활인이었다. 찬장에 위스키를 감춰두고 홀짝이는 불면의 밤
과는 거리가 멀었다. 권이 술을 사러 편의점에 내려간 동안 그녀는
전기포트에 생수를 끓였다. 커피 생각이 간절했다. 새벽 두 시에
당도 높은 설탕이 뒤범벅된 일회용 커피믹스를 타 마시다니, 스멀
스멀 죄책감이 엄습했지만 하는 수 없었다. 살다보면 어쩔 도리 없
는 일이 생기고야 마는 것이다. 뜨겁고 들척지근한 액체가 목울대
를 타고 깊숙이 흘러 들어가자 거짓말처럼 잠깐 행복해졌다.

원룸으로 이루어진 오피스텔은 실평수만 스무 평에 가까웠다.
월넛 자재의 원목으로 마감된 실내에는 가스레인지와 소형 냉장
고, 원통형 세탁기 등의 기본 가전제품이 붙박이 되어 있었다. 재
작년 이곳으로 이사올 때 꼭 필요한 종류로만 가구를 새로 마련했
다. 이태리제 싱글침대는 헤드가 창가를 향하도록 배치해두었다.
맑은 날 잠자리에 들면 벌어진 커튼 틈으로 노르스름한 별이 올려
다 보였다. 카드 할부는 아직 좀 남아 있었지만 42인치 디지털 텔
레비전과 DVD 플레이어 구입은 잘한 선택이었다. 섹스 앤 더 시티
나 앨리 맥빌 같은 시트콤 시리즈를 빌려다보고 천연 아로마향 젤
로 샤워를 하면 휴일저녁이 금방 지나고, 다시 한 주가 시작되곤
했다. 자신의 일상이 충분히 만족스러웠다는 걸 그녀는 새삼 깨닫
고 있었다. 월요일 출근까지 서른 시간 남짓 남아 있었다. 그녀는
창밖의 암흑을 노려보았다.

권은 십 분도 안 되는 사이에 소주 한 병을 남김없이 비웠다. 알
코올은 긴장을 이완시킬뿐더러 현실을 잊게 만든다. 그는 제법 비
장했다. 여기는 법치국가야. 네 말이 정말로, 정말로 진실이라면
켕길 이유가 없어. 그녀는 코웃음이 나오는 대로 내버려두었다. 아
랑곳없이 그는 두 번째 소주병을 땄다. 친구 매형이 서울지검 부장

검사야. 대학 후배 한 놈은 청와대에 있고. 네가 받을 데미지가 최소한이 되도록, 그 정도는 할 수 있어. 아무래도 그는 중요한 사실을 망각하고 있는 듯했다. 그녀는 그것을 상기시켜주었다. 이게 나 혼자만의 문제인줄 알아? 그날 밤 내가 어디 있었는지 경찰이 그냥 넘어갈까? 주변을 샅샅이 뒤질걸. 회사 상사와 모텔에 투숙했었다고 고백하지 않는 한, 내 행적은 증명될 길이 없어.

권이 식탁 위에 유리잔을 탁 내려놓았다. 너 지금, 날 끌고 들어가겠다는 거야? 그녀는 싸늘한 시선으로 맞받아쳤다. 혐의를 벗는다 해도 소문이 퍼질 거야. 사람들이 얼마나 남 얘기를 좋아하는지, 이 바닥이 얼마나 좁은지, 몰라서 그래? 처음부터 휘말려선 안 돼. 절대로! 권이 절레절레 고개를 흔들었다. 너 정말 무섭다, 하, 정말 무서워. 그는 반쯤 혀가 풀려있었다. 그래서 요는, 지금 나한테 그걸 갖다 묻으라는 거 아냐, 미친놈처럼 언 땅에 삽질하라고? 그는 별안간 의자에서 벌떡 일어났다. 에이 쌍, 네가 저질러놓고 왜 나보고 뒤처리를 하라는 거야, 도대체 왜! 주거용 오피스텔은 벽이 얇았다. 그녀는 허겁지겁 권의 입을 막았다. 권이 우악스런 손아귀 힘으로 그녀의 손바닥을 떨쳐냈다. 나쁜 년, 처음부터 네가 죽인 거지? 그걸 모를 줄 알았어? 잔머리 좀 작작 굴려. 갈보 같은 년, 그동안 내 등골 파먹은 것도 모자라서 이젠 이런 식으로 이용을 해? 권의 눈동자가 희번덕댔다.

그녀는 저항했지만 속옷은 곧 벗겨졌다. 권은 양손으로 그녀의 어깨를 난폭하게 내리누르고 성기를 강제로 밀어넣으려고 했다. 교접은 잘 되지 않았다. 그녀는 작은 소리도 내지 않고 모욕을 견뎠다. 그녀의 몸 위에서 몇 번인가 버둥대던 권은 기어이 질 안에 사정했다. 그녀 인생 최초의 강간이었다.

그녀는 마룻바닥에 고요히 누워 있었다. 권은 평상심을 회복한 듯했다. 주섬주섬 바지를 찾아 입고 혁대 버클을 채우는 권의 뒷모양을 그녀는 물끄러미 쳐다보았다. 권은 등을 보이며 냉장고 문 앞에 서 있었다. 그리고 담담하게 말했다. 이제, 경찰서에 가자. 그게 순서야. 그는 생수를 플라스틱 병째로 입술에 갖다댔다. 그녀는 콧날을 찌푸렸다. 지난 오 년 동안 그런 지저분한 버릇을 눈치채지 못했다니 당혹스러웠다. 그녀는 천천히 권의 뒤로 다가갔다. 찬물을 벌컥벌컥 들이키고 나서 권은 낮게 트림을 했다. 마지막 순간까지 그는 제 등뒤로 다가선 그녀의 기척을 알아채지 못했다.

크리스털 꽃병은 여자 혼자 힘으로 들기에 꽤나 묵직했다. 그녀는 그의 뒤통수를 있는 힘껏 후려쳤다. 남자는 이상하리만치 무기력하게 쓰러졌다.

바닥은 물과 피로 흥건했다. 산산조각난 유리 파편들과, 꽃잎이 망가진 장미송이들이 여기저기 흩뿌려져 있었다. 금요일 밤, 브랜든이 선물한 장미였다. 그동안 아주 긴 세월이 흐른 것 같기도 하고 눈 한 번 깜박인 것 같기도 했다. 허리를 구부리고 꽃 한 송이를 집어드는 순간 물레바늘처럼 날카로운 장미가시가 검지 끝을 콕 찔렀다. 송골송골 핏방울 맺힌 손가락을 보자 오싹 소름이 끼쳤다. 그제서야 모든 상황이 똑똑히 실감났다. 차에서 이민용 가방을 가져와 삼 단으로 펼치고 축 늘어진 권의 시체를 질질 끌어다 담는 데까지 불과 삼십 분도 안 걸렸다. 그가 체구가 크지 않은 남자인 게 다행이었다. 스스로의 손으로 하지 못할 일이란 세상에 아무것도 없었다. 가방의 지퍼를 잠그고 나서 그녀는 그것을 깨우쳤다.

청소를 마치자 급작스런 졸음이 밀려들었다. 그러나 메이크업을 지우지 않고 잠드는 건 피부 탄력에 치명타였다. 그녀는 늘 하던 대로 좌변기에 앉아 화장을 지웠다. 다이어트를 하는 여자들에게 만성변비는 굉장히 흔했다. 그녀는 손바닥에 골프공 크기만큼 클린싱 크림을 덜어 이마와 눈두덩, 뺨과 입술까지 가볍게 마사지한 뒤 화장솜으로 차근차근 닦아냈다. 환약 모양의 새까만 것들이 변기물통 속으로 점점이 떨어졌다.

일요일 오전 열한 시 반

신도시 대형교회의 주일 3부 예배는 가족 단위 신자들로 발 디딜 틈 없었다. 나 형제를 늘 위해 진실하고 날 보는 자 늘 위해 정결코 담대하여 이 세상 환난 중에 나 용감히 늘 승리하리라, 나 용감히 늘 승리하리라. 그녀는 제 두 손을 꼭 맞잡고 예절 바르게 찬송을 따라 불렀다.

월요일 오전 여섯 시

여느 때처럼 그녀는 여섯 시에 눈을 떴다. 지난 밤 자정뉴스에서 오늘 오후 서울 경기 지역의 강수확률이 70%라고 알려주었지만 우산을 준비하지는 않았다. 일기예보가 반드시 적중하는 것은 아니었기 때문이다. 출근길, 이웃들과 우연히 마주쳤다면 다들 그녀가 멀고 긴 여행을 떠난다고 추측했을 테지만 엘리베이터에서 내려 지하주차장을 떠날 때까지 아무와도 부닥치지 않았다. 가방이 엄청나게 무거웠지만 타인의 도움은 기대하지 않았다. 이면도로는 눈이 녹아 질척하고 지저분했다. 평소보다 약간 늦은 출발이었다. 트렁크는 다만 고요했다. 도시고속화도로는 뻥 뚫려 있었다. 겨울 해가 운전석 위로 비스듬히 쏟아지자 갑자기 좀 외롭다는 생각이 들었다. 어딘가, 빛이 들어오지 않는 작고 캄캄한 공간에서 사지를 웅크리고 잠들고 싶었다. 아기집 같은 동굴 속! 비로소 그녀는 모든 비밀을 이해할 것도 같았다. 그날, 어쩌면 선미도 그녀와 같은 기분이었을 것이다. 안온하고 조용한 곳을 찾다가 제 손으로 트렁크 덮개를 열고 들어가, 그 안에서 곤한 잠을 청했을 것이다. 그렇게 생각하자 왠지 마음이 푸근해졌다.

열 시에는 론칭행사 실무자들끼리의 미팅을 주재했다. 파티 참석을 약속한 연예인들 숫자가 꽤 많다고 했다. 굿뉴스였다. 회의를 마치고 자리에 돌아오는데 최 대리가 그녀의 옷소매를 잡아끌며 속살거렸다. 차장님, 이거 비밀인데요. 권 이사랑 선미, 글쎄 그 둘 사이에 뭔가가 있대요. 참 나, 회사 땡땡이 치고 지금도 같이 있는 거 아닌지 몰라. 그녀는 흥미롭게 눈망울을 반짝였으나 시간관계상 더 심도 깊은 대화를 나누지는 못했다. 브랜든이 기다리고 있었다. 이제부터 그녀와 브랜든은 본사의 수석 부사장을 공항으로 영접 나가야 했다. 매끈한 서류가방을 들고 사무실을 나서는 그녀의 뒷모습은 우아하고 완벽했다.

은색 렉서스의 옆자리에 올라타면서 그녀는 저 멀리 세워진 자신의 자동차에 흘낏 시선을 주었다. 차에는 아무런 문제도 없어 보였다. 2002년형 EF 소나타. 사 년 연속 부동의 베스트셀러 일 위. 대한민국 도로 어디에서나 흔히 볼 수 있는 모델이었다. 이제 겨우 천 킬로미터를 주행했을 뿐이다. 아직 갈 길이 멀었다. 그녀는 자신의 새 차가 아주 마음에 들었다.

「트렁크」는 도시적인 삶의 생리를 관찰자적인 냉정함으로 날카롭게 파고드는 정이현 소설의 장기가 아주 잘 드러나 있는 작품이다. 정이현의 소설들이 보여주는 세계를 우리는 도시적 삶의 생태학이라는 이름으로 명명할 수도 있을 것이다. 작품은 이제 막 중형의 고급승용차를 새로 장만한, 그리고 그 차의 소유가 말해주듯, 성공을 향해 질주하는 잘나가는 커리어우먼인 한 여자가 어느 겨울 눈 내리는 저녁에 자신의 트렁크에서 같은 회사에 근무하는 아르바이트생 소녀의 시체를 발견한다는, 다소 황당한 설정으로 시작한다. 이후 소설은 한 달 전의 시점으로 거슬러올라가 그러한 사태가 발생하기까지의 상황을, 마치 사건에 대한 경과보고서를 작성하듯 시간대별로 나누어서 서술해나간다.

경과보고서라고 했지만, 그러나 물론 이 작품이 들려주는 것은 소녀가 살해당하기까지의 과정이나 소녀를 살해한 범인을 추적하는 살인사건에 관한 얘기가 아니다. 작품이 들려주는 것은 이제 막 새 차를 소유함으로써 본격적인 성공가도에 진입한 여자의 이야기이며, 그녀가 자신의 삶에 느닷없이 끼어든 소녀의 시체라는 액운(그 액운은 하필이면 그녀에게 성공한 미래에 대한 예감을 안겨준 새 차의 트렁크에서 발견된다)을 어떻게 처리해나가는가에 관한 이야기이다. 말할 것도 없이 그녀는 소녀의 죽음보다 소녀의 죽음으로 인해 그녀에게 다가올 사태 때문에 극도의 긴장상태에 빠진다. 자신의 성공가도에 나타난 예기치 않은 장애물을 은폐하고 제거하기 위해 급기야는 또다른 살인까지 마다하지 않는 그녀의 모습은 꽤나 충격적이다. 살인사건의 용의자로 지목될지도 모른다는 두려움이 또다른 살인사건을 불러오는 일련의 과정 속에서 우리는 그녀가 추구하는 성공의 음습한 이면과 날카롭게 마주서게 된다. 말 그대로 이 작품이 들려주는 것은 화려한 성공의 이미지로 치장된 고급승용차의 뒤편에 자리잡은 컴컴한 트렁크 안에서 벌어지는 이야기인 것이다.

그러나 오로지 성공한 삶에 대한 맹목적인 욕망으로 무장한 커리어우먼의 이야기는 그리 새로운 소재라고 할 수 없다. 「트렁크」의 여주인공이 자신의 성공을 위해 동원하는 각종 수단들, 이를테면 자신의 이미지를 돋보이게 할 고급 브랜드의 상품들을 적절히 활용한다거나, 성공의 발판을 마련하기 위해 자신의 상사와 은밀한 성관계를 가진다거나 하는 이야기는 자본주의 사회가 조장하는 성공신화의 낯익은 이면이라고 할 수 있을 것이다. 그러나 「트렁크」는 그러한 낯익은 소재를 트렁크에서 발견된 소녀의 시체라는 낯선 상황과 맞부딪히게 함으로써 자칫 진부해질 수도 있는 소재를 충격하는 강한 전류를 불어놓고 있다. 더군다나 정이현은 이 작품에서도 사건의 진행과정에 대해 어떠한 도덕적 판단도 시도하지 않은 채, 작품 속의 여주인공이 추구하는 욕망의 내부를 세련되고도 치밀한 해부학적 시선으로 낱낱이 까발려 보여줄 뿐인 그녀 특유의 영악한 서술전략을 유감없이 발휘하고 있다. 정이현이 보여주는 그 영악한 해부학적인 시선 아래에서 욕망이 지닌 파괴적인 맹목성은 새삼 섬뜩하고 생생한 질감으로 육박해온다. 작품을 다 읽고 나니 그 음험한 입을 한껏 벌리고 있는 자동차 트렁크 안에 한참 동안 얼굴을 박고 있다가 일어난 듯한 얼얼함이 전해져온다.

아홉 마리 갈겨니

염향

1964년 전남 보성에서 태어났고,
서울대학교 윤리교육과를 졸업하였다.
2003년 세계일보 신춘문예에 「숨은 띠」가 당선되어 등단하였다.

아홉 마리 갈겨니

  작업대에 바싹 다가선 여자는 제도용 칼을 집어든다. '초'. 'ㅊ'
의 머릿점을 칼로 살짝 긋는다. 글자가 새겨진 검정 시트지가 벌어
진다. 틈 사이로 빨강색이 설핏 비친다. 파닥이는 물고기 아가미를
자를 때 새나오는 선홍빛 핏물 같다. '밥'. 두 개의 'ㅂ'은 조금 까
다로운 편이다. 이런. 받침이 통째 뜯겨나온다. 작업대 바닥에 칼
날 끝을 힘주어 누른다. 부러진 조각이 허공으로 튀어오른다. 살
속 깊숙이 박힐 듯 예리해진 칼끝은 이제 막 돋아난 새순 같다. 떨
어져나온 'ㅂ'자 안의 네모를 칼로 도려낸다. 따끔한 느낌이 검지
를 스친다. 스며나온 피 한 방울이 손가락 끝에 맺혀 있다. 낡은
청바지에 왼손을 쓱 닦은 여자는 다시 허리를 구부린다. '나라'.
'ㄹ'은 고르게 힘을 주어 잡아당겨야 한다. 날렵하게 'ㅏ'자를 뜯
어낸 뒤 완성된 글자의 모서리들을 고무 주걱으로 꾹꾹 누른다.

'초밥나라'. 시트에 뿌렸던 묽은 세제가 글씨 위로 뽀글뽀글 밀려 나온다. 검정에 비쳐진 7011번 빨강은 선연하게 붉다. 제 모습을 갖춘 글씨들 위로 흐릿한 얼굴 하나가 어른거린다. 문득문득 떠오르다 사라지는 낯선 얼굴. 모니터 앞으로 다가간 여자는 빠른 손놀림으로 햇무리와 영문자의 회색을 따로 편집한다. 지름 일 미터 오십 센티미터인 반원형 돌출 간판은 이미 트럭에 실어놓은 사각 간판에 비해 손이 많이 간다. 자리에서 일어나 회색 시트지를 커팅기에 걸고 단추를 누른다. 끼릭끼리릭. 은백색 커팅기 속의 칼날 움직이는 소리가 좁은 가게 안을 울린다. 담배를 물고 작업대에 기대선 여자는 휘장처럼 밀려나오는 회색 시트지를 쳐다본다. 오늘 오후 석촌호수 뒷골목엔 새로운 간판 하나가 올려지게 될 것이다.

집게손가락에 일회용 반창고를 붙이려다 말고 여자는 벽시계를 올려다본다. 열 시를 넘어선 시계바늘은 먹이를 받아먹으려는 새끼새의 주둥이처럼 벌어져 있다. 툭툭 움직이는 붉은 초침을 보며 여자는 천천히 타들어가는 화약심지를 떠올린다. 타타탁. 사방으로 튀는 파란 불꽃들. 아침부터 허둥거리고 있다. 어제저녁 동창모임에 나간 남편은 아직 소식이 없다. 어딘가에 처박혀 코를 골고 있을 것이다. 휴대폰도 어젯밤부터 줄곧 꺼져 있다. 두 시까지 초밥나라로 가야 한다. 점심때까진 돌아올까. 혼자서 간판을 달러 가는 일은 여태 없었다. 고소공포증이 있다. 갑자기 등이 가려워진다. 왼팔을 뒤로 넘겨 등을 긁적인다. 걷잡을 수 없이 번지는 가려움증에 신경이 곤두선다. 여자는 구석에 세워진 가느다란 파이프를 들어 목깃 속으로 밀어넣는다. 이층 정도야 괜찮겠지. 중얼거려보지만 가려움증은 쉽게 가시지 않는다. 쇠막대 끝에 힘을 실어 벅벅 긁어댄다. 온몸으로 퍼져가는 가려움증이 날카로운 통증으로 바뀌는 순간 여자는 파이프를 바닥에 팽개친다. 허둥거리며 방으로 들어가 거울 앞에 선다. 청바지의 어깨끈을 내리고 웃옷을 들추고는 등을 돌린다. 거뭇거뭇 패인 오래된 흉터 위로 굵은 빗금 같은 핏줄기들이 도드라져 있다.

어서 오세요. 출입문의 전자 음성에 여자는 고개를 치켜든다. 서둘러 옷을 내리고 청바지 끈을 걸친다. 방문을 열며 바깥을 내다본다. 옆 가게의 박이 작업대에 놓인 간판을 들여다보고 있다. 카오디오를 취급하는 박은 하루에도 몇 번씩 가게를 들락거린다. 파마를 한 듯 길게 내려뜨린 곱슬머리와 깎지 않고 내버려둔 턱수염 때문에 박은 광고포스터에서 이제 막 빠져나온 사람처럼 보인다. 안 돌아왔어요? 주춤거리며 박이 묻는다. 여자는 말없이 고개를 끄덕인다. 어디선가 텅, 소리가 들려온다. 바람이 사나워지고 있다. 지난주에도 안 들어온 적 있죠? 추궁하듯 박이 묻는다. 여자와 박의 시선이 허공에서 부딪친다. 안경알 너머로 천천히 움직이는 검고 커다란 눈을 쳐다보며 여자는 며칠 전 박의 가게에서 죽어나간 물고기들을 떠올린다. 가게 구석의 어항에서 헤엄치던 갈겨니 아홉 마리는 박의 아내가 집을 나간 뒤 모두 죽었다. 푸르스름한 갈색 등을 가진 흔한 민물고기였다. 아무 일도 없었다고, 환장하겠다고 박은 말했다. 여자가 알기에도 별일은 없었다. 지극히 단조로운 날들이 오래된 영화처럼 지나가고 있었다.

쓸어버릴 것처럼 부는군. 바깥에 눈길을 던지던 박이 성큼 다가선다. 그날, 우리가 속초에 놀러갔던 날 말예요. 박은 초조한 눈빛으로 여자를 바라본다. 내가 취해 잠들고 나서 무슨 일이 있었는지 말해봐요. 여자는 지난여름 속초 아래 항구에서 보았던 밤바다를 떠올린다. 삼십 분쯤 후에 헤어졌고 곧 잠들었어요. 여자는 또박또박 힘주어 말한다. 순영 씨가 잠든 후에 말이죠. 무슨 일인가 벌어졌을 수도 있잖아요? 미간을 찌푸리며 박이 묻는다. 남편과 박의 아내. 여자는 말없이 박의 얼굴을 쏘아본다. 유리문이 덜컹거린다. 여자의 눈길을 피해 박이 옆으로 돌아선다. 수북이 쌓인 시트지 조각들을 한쪽으로 모으며 콧노래를 흥얼거리기 시작한다. 슬슬 화가 치민다. 긁힌 상처가 꿈틀거리며 살아나는 듯하다. 여자는 바닥에 팽개쳐진 파이프를 쳐다본다. 박의 노랫소리가 어느 순간 뚝 잘린다. 날 선 불안이 여자에게 밀려든다. 제도용 칼로 작업대를 긁고 있던 박이 말없이 문을 열고 나선다.

박은 점점 이상해지고 있다. 박의 아내가 어디로 갔는지 여자는 알지 못한다. 하루살이나 파리를 잡아 어항 속 갈겨니들에게 먹이던 그녀가 왜 갑자기 사라졌는지 궁금하기는 여자도 마찬가지다. 허연 배를 드러낸 물고기들은 하루가 지나도록 흐린 물 위에 그대로 떠 있었다. 여자는 한 마리씩 건져내 검은 비닐봉지에 담았다. 변기나 음식물 쓰레기통에 버리면 된다고 등 뒤에서 남편이 말했다. 집 근처 공원으로 나간 여자는 느티나무 아래 갈겨니들을 묻었다. 갸름한 몸통을 덮고 있던 자잘한 비늘들은 군데군데 떨어져나갔고 날렵하게 물을 가르던 꼬리지느러미도 축 늘어져 있었다. 흙을 덮으려다 말고 여자는 땅속을 가만히 들여다보았다. 이놈들은 죽은 뒤에도 눈을 뜨고 있어야 돼. 눈꺼풀이 없거든. 어항 속을 들여다보며 중얼거리던 그녀의 목소리가 어디선가 들려오는 듯했다. 그리고 그날 밤부터 남편의 귀가가 늦어지기 시작했다.

언제부턴가 남편이 조금씩 달라지고 있는 건 사실이다. 아침에 일어나자마자 펼쳐보던 신문도 그대로 접혀 있었고 헬스클럽에 다니느라 일 나갈 시간을 어기기 일쑤였다. 작업대에 널린 시트지들 때문에 여자에게 잔소리를 늘어놓는 일도 더 이상 없었다. 그럴 수 있는 일이었다. 결혼한 지 오 년이 넘도록 아이는 태어나지 않았고 망치와 드릴을 들고 좁은 사다리를 오르내리는 일들만 되풀이되고 있었다. 견고한 사각형 간판틀 속 같은 삶. 그래서 남편은 무엇이든 바꾸고 싶었던 걸까. 디스 담뱃갑을 마일드세븐으로, 가게 앞에 서 있는 자판기 커피 대신 스타벅스의 블루마운틴으로. 그런 사소한 것들로는 만족할 수 없어 혹 남편은 아내마저 바꾸고 싶었던 건 아닐까. 결혼하기 전 여자가 다섯 장의 주민등록증을 지갑 속에 지니고 다녔듯이.

남철수. 생소한 이름을 몇 번이나 되뇌어본다. 김민준이 아니었다. 남철수. 여자는 전화기 옆에 놓인 명함을 집어든다. 초밥나라 디자인 시안을 들고 온 청년이 내민 명함에 박혀 있던 이름. 여자가 뽑은 견적서를 들여다보던 청년은 휴대폰으로 사장과 통화를 했다. 드문드문 들려오는 희미한 목소리에 귀기울이며 여자는 남철수 혹은 김민준의 얼굴을 떠올리려 애썼다. 기억은 모아지지 않았다. 아무렴, 칠 년이 흐른 일이었다. 그즈음 여자 또한 두 개의 다른 이름을 가지고 있었다. 안영희와 이미애. 안영희는 테헤란로의 사무실에 근무하는 웹 디자이너였고 이미애는 자그마하고 통통한 몸집의 여대생이었다. 물론 여자의 본명은 이순영이었다. 이름이라도 바꾸면 무언가 달라질 거라고 믿고 있을 무렵이었다. 그때 남철수라는 남자를 만났다. 뒷걸음질치다 돌아선 곳이 하필 막다른 골목이었다. 한데, 그는 여자를 무어라 불렀을까. 영희 아니면 미애?

여자는 가게 안을 서성거리기 시작한다. 그날 일은 머릿속에서 깨끗이 지워졌다고 생각했다. 남철수와 다시 맞닥뜨릴 일이 일어나리라고는 한 번도 상상해보지 않았다. 기억 속에 또렷이 살아난 이름 때문일까. 사흘 동안 여자는 달라져 있었다. 밥을 먹거나 일을 하다가도 멍하니 앉아 있었고 밤이면 깊이 잠들지 못했다. 같은 이름일 수 있다는 걸 알면서도 깨나자마자 까마득히 잊혀지는 어지러운 꿈에 시달리기도 했다. 횟집을 하고 싶어. 연못이 있는 횟집 말야. 생선살을 우물거리며 김민준이 내뱉던 말들이 불쑥불쑥 떠올랐다. 닛뽄도 놈들은 살아숨쉬는 생선을 살짝 저며내 다시 연못에 풀어놓고 먹는다지?

"젠장. 남철수를 만날지도 모르겠군."

운동화 코로 바닥을 툭 차면서 여자는 돌아선다. 작업대에 놓인 반달 모양 간판을 들어올려 트럭에 싣는다. 십이 미터와 십오 미터 사다리 두 개, 오 미터의 거대한 사각 간판이 지붕처럼 지지대에 걸쳐져 있다. 사각 간판에 둘러진 밧줄을 잡아당겨 단단하게 조인 뒤 세 개의 공구통 안을 살핀다. 전기 드릴, 망치, 볼트, 너트, 납 조각, 플라이어, 니퍼…… 남편의 휴대폰은 여전히 불통이다. 간판을 달 때 사다리를 오르는 일은 주로 남편이 한다. 여자는 여태 이층 높이의 사다리를 밟아본 적이 없다.

전화벨이 울린다. 카페 '헤라'의 김 사장이다. 모니터 앞에 앉으며 여자는 수화기를 바꿔든다. 쿵쿵 숨을 내뱉은 김 사장은 도로 쪽으로 큰 간판을 하나 더 달아야겠다고 말한다. 골목 안으로 대여섯 걸음 들어가야 나타나는 카페 입구를 떠올리며 여자는 컴퓨터에 저장된 'HERA' 파일을 불러온다. 고인돌체(體)인 가게 이름과 왼쪽에 그려진 노랑머리 여자의 얼굴이 화면 가득 펼쳐진다. 디자인은 같게 할 거죠? 유리알 같은 김 사장의 눈을 떠올리며 여자는 냉랭하게 묻는다. 잠깐 들를 시간은 충분하다. 길가에 세워둘 점심

메뉴판도 필요한데, 눈에 확 들어오는 걸루. 김 사장의 목소리엔 억누르고 있는 불만이 묻어 있는 것 같다. 어렵지 않은 일이다. 노랑 바탕에 검정 글씨를 새기면 된다. 차들이 뒤엉킨 도로 가운데 그어진 오만한 실선처럼, 쳐다보지 않고는 배길 수 없는 명도 대비의 간결함. 줄자와 노트북을 챙긴 여자는 서둘러 가게를 나선다.

바람이 거리를 휩쓸고 있다. 앞서가는 청년의 베이지색 외투자락이 허공으로 날린다. 자신의 가게에서 만들어 단 간판들을 힐끔거리며 여자는 사거리 쪽으로 걸어간다. 길 건너 맥줏집은 셔터가 굳게 내려져 있다. 부스스한 얼굴의 마담은 오후 세 시가 넘어서야 나타난다. 유리문에 붙은 야자수 네온이 켜질 무렵 마담의 얼굴은 해사하게 바뀐다. '꽃'. 분홍빛 네온이 켜진 화원 유리 안에서 주인 여자가 바깥을 내다보고 있다. 가볍게 고개를 까닥이며 여자는 빠르게 지나친다. 모퉁이에 있는 횟집은 늘 조용하다. 무엇을 해도 되지 않는 가게 터가 있다는 말이 맞는 모양이다. 전에는 양품점과 신발 가게였다. 사 미터 길이의 지주 간판까지 내달았지만 흐릿한 수족관 앞에는 동네 조무래기들이 달라붙어 횟감들을 구경할 뿐이다. 겨울이 지나면 새로운 간판을 달아야 할지도 모른다고 여자는 생각한다. '헤라' 의 김 사장 또한 여러 개의 명함을 가지고 있을 것이다. 가게 이름이 달라질 때마다 명함을 바꿔야 했을 테니까. 'themselves' '겨울 안개' '암스테르담'. 일 년 반 동안 여자는 카페의 간판을 네 번 만들었다. 간판 틀을 그대로 사용했기 때문에 돈은 몇 푼 들어오지 않았다. 카페의 이름이 바뀌어도 실내장식은 그대로였다. 점집 여자를 만난다는 소문대로 그의 카페에는 시커멓게 마스카라를 칠한 여자 도사가 자주 드나들었다. 그가 예전에 가지고 있던 명함들을 그대로 두고 있을지는 알 수 없는 일이다.

구석에 앉은 김 사장이 오른손을 치켜든다. 테이블에 앉자마자 여자는 노트북을 열어 새로운 간판 시안들을 보여준다. 크기는 가로 사 미터 이십 센티미터로 정해진다. 지주를 세운다면 주변에 다닥다닥 붙은 간판들의 틈을 비집고 들어설 수 있을 것이다. 지하 카페의 눅눅한 공기 속으로 오래된 노래가 흐르고 있다. 김 사장의 세모꼴 눈을 힐끔거리며 여자는 원형의 돌출 간판을 그려 보인다. 단가가 좀 높지만요. 멀리서 걸어오는 사람들의 시선을 붙들기 위해선 화려한 네온 간판이 효과적이다. 만오천 볼트의 전류가 흐르는 네온으로 노란 머리칼을 부풀린 여신의 실루엣은 지나는 사람들에게 말을 건넬 것이다. 안녕하세요. '헤라'로 들어오세요. 대꾸도 없이 김 사장은 컵에 따라놓은 물만 벌컥벌컥 들이킨다. 눈알이 빠르게 움직인다. 머릿속에서 퉁겨지는 숫자들이 쉽게 정리되지 않는 모양이다. 여자 도사가 곁을 떠난 걸까. 지주 간판과 돌출 간판까지 내달면 당분간 연락하진 않겠지. 전화벨 소리에 자리에서 일어선 김 사장은 내일 한 번 더 들르라고 말한다. 비용을 깎으려는 속셈이 빤하다. 부풀어오른 등의 상처가 갑자기 쓰라리다. 카운터로 걸어가는 김 사장의 뒤통수를 쳐다보며 여자는 신호처럼 번져오는 등의 통증에 정신을 집중한다.

돌아오는 길에 골목 안 해장국집에 들러 콩나물국밥을 배달시킨다. 일흔이 넘은 할머니의 가게에는 간판이 없다. 유리문에 해장국, 콩나물국밥 따위의 메뉴가 쓰여져 있을 뿐이다. 하지만 가게를 찾는 발길들은 끊이지 않는다. 돼지뼈를 고아 만든 국물에 그녀만의 비방(秘方)이라도 녹아 있는 걸까. 그래도 가끔 여자는 그녀에게 간판을 달라고 말하곤 한다.

"이름이 있어야 해요. 세상에 있는 것들은 모두 이름이 있잖아요."

흰머리를 쪽찐 할머니의 얼굴에 겨울 오후의 햇살 같은 미소가 지나갔던 것도 같다. 모퉁이를 돌다 말고 여자는 고개를 돌린다. '윤옥례 할머니 해장국'. 하얀 플렉스 천에 기울어진 나비체로 글씨를 새기는 게 좋겠지. 하지만 할머니는 끝내 간판을 달지 않을지도 모른다. 그리고 이름이 더 이상 중요하지 않다는 건 여자도 잘 알고 있다. 골목으로 휘몰아치는 세찬 바람이 여자의 얼굴에 부딪쳐온다. 결혼하기 전 여자가 가장 오랫동안 사용했던 이름은 노미선이었다. 좀 덜렁대는 성격일 게 분명한 노미선은 영어회화학원을 다니고 있었고 수영 강습을 받고 있었다. 파리에도 다녀왔다. 백화점 화장실에서 주운 지갑 안쪽에는 에펠탑 앞에서 웃고 있는 사진이 끼워져 있었다. 하지만 노미선의 삶이 쉽사리 찾아오지는 않았다. 오 년 전 결혼을 하면서 여자는 노미선을 버렸다. 안영희와 이미애를 그렇게 버렸듯이.

정 기사가 도착한다. 반쯤 남은 국밥을 신문지로 덮어 문 바깥으로 내놓는다. 억지로 밀어넣은 밥알이 위장 속에서 곤두서는 듯한 느낌이다. 남편의 고향 후배인 정은 을지로에서 간판일을 배우고 있다. 아침에 서둘러 사무실로 전화했지만 두 시부터 작업할 수 있는 기사는 없다고 했다. 별수 없이 정에게 부탁할 수밖에 없었다. 시간을 내보겠다던 정은 두 시 반까지는 성내동으로 가야 한다고 했다. 거리가 가까워 서두르면 가능한 시간이었다. 정에게 잠시 기다리라고 말하고 여자는 급히 방으로 들어간다. 벽에 걸어둔 쑥색 모자를 깊숙이 눌러쓴다. 거울 앞에 서서 이리저리 몸을 돌려본다. 이 정도면 알아보지 못할까. 하긴, 여자는 이제 몸피가 가녀리지도 어깨를 덮을 만큼 머리가 길지도 않다. 오랫동안 거울 앞에 앉아 눈썹 꼬리를 밀거나 이마의 잔털을 뽑아내지도 않는다. 사랑은 아무나 하나, 사랑은 아무나 하나. 열린 문틈으로 요란한 음악 소리가 밀려든다. 새 오디오를 달고 난 뒤에 박은 꼭 저 노래를 튼다. 커졌다가 작아지기를 반복하는 노랫소리에 여자는 방문을 걸어잠근다. 화장대 서랍에서 선글라스를 꺼내 쓰고 거울 앞에 얼굴을 들이민다. 방 안이 어둡다. 사위가 캄캄하던 그날 밤처럼.

사차선 도로를 짙은 안개가 휩싸고 있었다. 줄줄이 늘어선 차들은 꼼짝도 하지 않았다. 김민준의 이마는 솟아난 땀으로 번질거렸다. 법명을 묻는데 알게 뭐야. 그는 누군가를 찾으러 절에 다녀오는 길이라고 했다. 차는 좀처럼 앞으로 나아가지 못했다. 눈살을 찌푸리던 그는 갑자기 비상등을 켜더니 반대편 차선으로 차를 돌렸다. 높게 이어지는 경적 사이로 호루라기 소리가 날아들었다. 경찰 두 명이 위아래로 손을 흔들며 도로로 걸어나왔다. 제기랄. 김민준은 빠른 속도로 차를 몰기 시작했다. 사이렌을 울리며 경찰차가 뒤따라왔다. 차는 서너 블록을 달렸을 뿐 더 이상 가진 못했다. 신호가 바뀌는 사거리에서 앞차가 멈춰버렸다. 끼이익, 축축한 공기를 가르는 마찰음이 멀리까지 퍼져나갔다. 길가로 차를 대라는 소리가 마이크를 통해 들려왔다. 그는 말없이 차를 세우고 운전면허증을 꺼냈다.

"남철수 씨. 회전 위반, 지시 위반입니다."

범칙금통지서를 건네면서 경찰이 말했다. 여자는 김민준의 얼굴을 쳐다보았다. 그는 입을 굳게 다물고 앞만 노려보고 있었다. 정중하게 경례를 붙이고 경찰은 차로 돌아갔다.

"남철수가 누구죠?"

보드에 놓인 담뱃갑을 집어들며 여자가 물었다. 다시 차가 달리기 시작했고 그는 여전히 말이 없었다. 개자식들. 한참 뒤 온몸의 핏줄을 돋우는 듯한 목소리로 그가 내뱉었다. 차창을 내리자 매운 바람이 들이쳤다. 불길한 의혹을 부추기는 속삭임처럼 축축한 공기가 빠르게 새어들었다.

"난 김민준이기도 하고 남철수이기도 해."

차의 속력을 높이며 그는 말을 이었다.

"그리고 말야. 김민준이 아닌 것처럼 남철수가 아니기도 하다구."

수수께끼 같은 그의 말을 머릿속에 굴리며 여자는 두 개비째 담배를 피워물었다. 차창 밖으로 어두운 강줄기가 보이기 시작했다. 안개는 더욱 짙어지고 있었다.

으스스한데요. 탄천을 지날 무렵 졸린 목소리로 정이 내뱉는다. 바람이 거세어지고 있다. 구름이 잔뜩 낀 하늘은 점점 시커멓게 변해간다. 다리 난간에 매달린 현수막이 떨어져나갈 듯 팽팽하게 부풀어오른다. 콧등으로 흘러내리는 선글라스를 여자는 벌써 몇 번째 밀어올리고 있다. 돌개바람에 비닐과 과자봉지들이 날아오른다. 차를 후려치는 듯한 바람 소리가 웅웅거리며 매섭게 귓속을 파고든다. 잠을 설친 듯 눈을 비벼대던 정은 금세 고개를 떨구며 꾸벅꾸벅 졸기 시작한다. 공중에서 너울거리던 검은 비닐이 차창을 휙 스쳐간다. 등줄기로 식은땀이 솟는다. 운전대를 잡은 손이 미끈거린다. 신호를 받아 설 때마다 여자는 바지에 손을 닦는다.

오층 건물 앞에 차를 세운다. 트럭에서 사다리를 내린 정 기사가 건물을 올려다본다. 이층에 초밥나라가 있다. 여자는 간판이 매달리지 않은 허연 벽을 바라본다. 일층 갈비집에서 카디건을 입은 중년 사내가 문을 열고 나온다. 벽에 걸쳐진 사다리를 보며 무슨 일이냐고 묻는다. 여자는 손을 들어 이층을 가리킨다. 창가에서 누군가 아래를 내려다보고 있다. 간판이 붙을 자리를 눈으로 어림하며 여자는 발걸음을 쉽게 떼지 못한다. 가슴이 두근거리고 머릿속이 하얗게 비워지는 것 같다. 뭔가 다른 일들을 생각해보면 나아질까. 이층의 그림자는 여전히 창가에 붙어 있다. 터져나오는 비명 같은 소리를 내며 바람이 건물을 휩쓸고 지나간다. 안영희, 이미애, 노미선…… 정 기사를 따라 계단을 오르며 여자는 희미해진 흔적 같은 이름들을 떠올려본다.

"얼마 동안 네 방에 들어가 지내도 될까?"

퀴퀴한 냄새가 배어 있는 방으로 들어섰을 때 김민준은 그렇게 내뱉었다. 어둠 속에서 빛을 뿌리던 여관은 낡고 허름했다. 아무런 대꾸 없이 침대에 걸터앉았다. 여자의 표정을 살피던 김민준은 천천히 옷을 벗고 욕실로 들어갔다. 꾸룩꾸르륵. 어디선가 산비둘기의 울음소리가 들려왔다. 밤색 의자에 아무렇게나 걸쳐진 옷들을 쳐다보며 여자는 담배를 피워물었다. 손바닥만 한 자신의 방이 떠올랐다. 삼 년 만에 마련한 반지하방이었다. 하지만 김민준이 알고 있는 이름의 여자는 작은 아파트에 살고 있었고 사고로 죽은 부모의 유산을 조금 가지고 있었다. 얼마든지 그를 도울 수 있는 여자였다. 꾸룩꾸꾸르르. 무릎을 세워 끌어안은 채 여자는 멀리서 들려오는 새 울음소리에 귀기울이고 있었다.

시너 냄새가 짙게 풍기는 실내는 말끔히 정돈되어 있다. 종업원으로 보이는 서너 명이 실내를 바삐 돌아다닌다. 창가로 걸어가는 여자의 눈에 주방에 드리워진 짤막한 커튼이 들어온다. 힘차게 물위로 뛰어오르는 물고기 그림이 검정 바탕에 그려져 있다. 오디오박의 허청거리는 뒷모습이 언뜻 스쳐간다. 그의 아내는 갈겨니들을 두고 어디로 사라져버린 걸까. 속초 아래 작은 항구에서 대체 무슨 일이 벌어졌다는 걸까. 여자는 바지주머니에서 휴대폰을 꺼내 통화 버튼을 누른다. 액정 화면에 남편의 전화번호가 떠오른다. 여전히 불통이다. 감색 점퍼를 입은 남자가 창가에서 돌아선다. 디자인 시안을 들고 왔던 청년이다. 사장이 잠시 나갔다며 청년은 조금만 기다리자고 말한다. 남철수. 여자의 몸이 나무처럼 굳어진다. 비가 올 모양이라고 누군가 소리친다. 실내에 있던 사람들 모두 창 밖으로 시선을 던진다. 앞 건물 벽에 매달린 현수막에 바람이 몰아친다. 금방이라도 줄이 풀려 날아갈 것 같다. 정의 휴대폰이 울린다. 다급한 표정이다. 통화를 끝낸 정은 급히 가야겠다고 말한다. 부피가 큰 사각 간판만 달고 나면 반달 모양의 돌출 간판은 여자 혼자서도 달 수 있을 것이다. 어쩌면 남철수와 부딪치지 않고도 일을 끝낼 수 있을 것이다. 시작해야겠어요. 청년을 돌아보며 여자는 단호하게 말한다.

시멘트를 파고드는 요란한 드릴 소리가 귀청을 때린다. 옥상 난간으로 다가선 여자는 밧줄을 내려놓고 아래를 내려다본다. 삼층 당구장에서 몇 명이 고개를 내밀고 있다. 정 기사가 볼트를 박기 시작한다. 지나가던 사람들이 멈춰 서서 사다리에 버티고 선 정을 올려다본다. 쿵쿵쿵, 벽을 뚫고 들어가는 쇳소리가 울릴 때마다 건물 전체가 흔들리는 것 같다. 가슴 높이까지 올라온 난간에 몸을 기대고 여자는 멀리 눈길을 던진다. 건물들 너머로 아스라이 호수가 펼쳐져 있다. 버티고 선 다리가 맥없이 후들거린다.

"내려요."

밧줄로 간판을 두른 정이 여자에게 소리친다. 팔짱을 끼고 있던 감색 점퍼가 옥상을 올려다본다. 여자는 아래로 밧줄을 내려보낸다. 손을 뻗어올린 정이 밧줄을 잡아챈다. 거대한 초밥나라 간판이 허공으로 올라오기 시작한다. 고개를 내밀어 여자는 이층 유리창 위까지 올려진 간판의 위치를 눈으로 더듬는다. 사다리에 오른 정이 다시 손을 들어올린다. 여자는 밧줄을 꺾어 모서리에 걸친다. 정은 간판을 볼트에 걸어 고정시킨다. 밧줄을 잡고 있던 손의 힘을 푼다. 전선을 잇느라 니퍼를 꺼내드는 정을 쳐다보던 여자는 천천히 계단을 내려간다. 이거 시간 때문에……, 혼자 할 수 있겠죠? 사다리에서 내려온 정이 말한다. 청년이 여자를 힐끔거린다. 이제 여자가 오를 차례다. 이층까지 올라간 갈비집 돌출 간판을 올려다본다. 초밥나라 반원형 간판이 붙을 자리는 삼층이다. 서둘러 골목을 빠져나가는 정을 쳐다보며 여자는 왼손을 뒤로 돌린다. 긴장할 때마다 등을 긁어대는 버릇이 언제부터 생겼는지 기억나지 않는다. 청년이 주머니에서 휴대폰을 꺼내든다. 사장과 통화를 하는 모양이다. 어깨끈을 조여맨 여자는 공구통을 집어든다. 사다리를 오르는 순간 여자는 자신의 등에 처음으로 와 닿던 두툼한 손길을 기억해낸다.

　"물고기떼 같군."

　알몸으로 돌아누운 여자의 등을 쓰다듬으며 남철수는 그렇게 내뱉었다. 시간이 지나면 흉터도 변하는 걸까. 그 전까지 여자는 자신의 등이 달 같다고 생각했었다. 울퉁불퉁한 분화구들이 박힌 달. 이순영이란 이름과 함께 패여 있던 거뭇거뭇한 구멍들……. 억센 두 팔이 듬쑥 여자의 등을 끌어안았다. 물고기떼 같다던 그의 말 때문이었을까. 뜨거운 손이 닿을 때마다 여자의 몸은 움츠러들고 있었다. 그물을 빠져나가려는 물고기의 날쌘 몸놀림이 떠올랐다. 물보라를 일으키며 뛰어오르는 은빛 몸뚱이가 머리를 뚫고 솟구쳤다. 몸 속 깊숙이 스며드는 더운 입김을 피해 여자는 달아나고 있었다. 뜨겁게 내리쬐던 오래전의 햇빛 속으로.

나무에 걸린 아기. 누렇게 바랜 신문 조각은 여자의 사진과 함께 두툼한 서류철 속에 끼워져 있었다.

그날 보육원은 텅 비어 있었다. 잠들어 있던 여자의 눈꺼풀 위로 비늘 같은 햇살이 쏟아져내렸다. 자리에서 일어난 여자는 사방을 두리번거렸다. 아무도 없는 보육원은 달처럼 적막했다. 배의 통증은 씻은 듯 사라지고 없었다. 벽에 붙어 있는 그림 앞에 선 여자는 까치발을 하고 손을 뻗어 바다들을 짚어나갔다. 고요, 비, 폭풍, 감로주, 맑음, 추위…… 자신의 등에 달이 있다고 믿었던 여자는 바다 이름들을 줄줄이 외우고 다녔다. 여러 개의 바다가 실제로는 어둡고 낮은 분지일 뿐이라는 걸 알고 있었지만. 여자는 살금살금 원장실로 들어갔다. 아무 번호나 눌러 전화를 했다. 수화기를 귀에 대고 흘러나오는 낯선 목소리를 들었다. 그러다 말을 걸기도 했다. 엄마? 지금 어딨어? 여자는 얼굴을 알 수 없는 엄마를 찾고 있었다. 대담해진 여자는 책상 서랍들을 뒤지기 시작했다. 사진이나 서류 따위를 정리해놓은 파일들을 하나씩 넘겼다. '나무에 걸린 아기'. 더듬더듬 소리내어 여자는 기사를 읽었다. 누전으로 추정되는 화재가 발생했고 불길을 피하려던 삼십대 여자가 아기를 안고 삼층에서 뛰어내렸다. 여자는 현장에서 숨이 끊어졌고 나무에 걸린 아기는 기적처럼 살아났다. 가벼운 화상을 입고 입원중인 여아(女兒)는…… 1970년에 일어난 일이었다. 달에 우주선이 내린 이듬해였고 여자가 태어난 해였다.

'너는 그대로 오랫동안 헤매게 될 거야.'

희붐한 빛이 여자의 등을 두드리며 말하는 듯했다. 빠른 속도로 곤두박질치는 그림자의 환영이 눈앞을 스쳐갔다. 도로에 올라선 여자는 뒤돌아보았다. 멀리 여관의 푸른 간판이 불을 밝히고 있었다. 황금장. 깊이 잠들어 있을 김민준의 얼굴이 불빛 위로 빠르게 흔들리고 있었다.

'다른 이름을 가질 거야.'

사차선 도로를 성큼성큼 가로지르며 여자는 속으로 외쳤다. 다음날 여자는 다니던 사무실에 전화를 걸어 그만두겠다고 말했다. 얼마 뒤 여자는 노미선라는 이름으로 디자인 학원에 등록했고 간판일을 한다는 남자를 그곳에서 만났다.

팔 미터의 허공이다. 건물 모퉁이로 옮겨진 사다리가 바람에 흔들리고 있다. 발이 딛고 있는 건 지름 삼 센티미터의 알루미늄 막대기다. 발바닥으로 전해지는 희미한 떨림이 온몸으로 퍼진다. 잔뜩 힘이 들어간 어깨가 뻑뻑하게 느껴진다. 모자를 옆으로 젖힌 여자는 드릴로 벽을 뚫기 시작한다. 시멘트를 파고드는 소리가 장막처럼 덮여 있던 불안을 쓸어간다. 부옇게 날리는 가루에 눈을 슴벅이며 드릴을 밀어넣는다. 순간 세차게 부는 바람에 모자가 날아간다. 여자는 길바닥을 내려다본다. 회색 셔츠를 입은 사내가 허리를 구부려 모자를 주워든다. 여자 쪽을 한번 쳐다본 사내는 사다리를 붙들고 있는 청년과 말을 주고받는다. 여자는 드릴을 사다리에 걸쳐두고 돌돌 말린 납조각을 꺼낸다. 볼트 홈에 밀어넣고 망치로 힘껏 때린다. 기억을 찍어누르는 듯한 쇠뭉치 소리가 텅텅 울려퍼진다. 등줄기로 식은땀이 흘러내린다. 두 개의 볼트를 박고 나서 여자는 사다리를 내려온다. 괜찮겠어요? 회색 셔츠를 입은 사내가 모자를 건넨다. 고개를 끄덕이며 여자는 트럭에 놓인 반달 모양 간판을 집어든다. 부피만 클 뿐 그다지 무겁진 않다. 겨드랑이에 간판

귀퉁이를 끼운 채 여자는 다시 사다리를 오르기 시작한다.

"크레인이나 밧줄을 타면 세상이 아주 재밌게 보여요."

디자인 학원을 다닌 지 한 달쯤 되던 날, 간판일을 배운다는 남자가 말을 걸어왔다. 여자는 남자가 가리키는 곳을 올려다보았다. 높게 걸린 빌딩의 간판들이 아득하게 보였다. 여자는 크레인 위에 올라서는 자신의 모습을 상상했다. 등골이 오싹해졌다. 남자는 밝고 쾌활한 성격이었다. 일하는 가게에도 놀러갔다. 가물거리며 멀어지던 황금장 간판이 불쑥 눈앞에 떠올랐다. 남자는 자신이 디자인한 간판들을 하나씩 보여주었다. 매끈하게 도안된 글자들이 여자의 마음을 끌었다. 허기진 희망 같은 글자들. 나이가 들어가고 있었다. 새로운 날들에 대한 기대는 사라지고 있었다.

"걱정 말아요. 올라가는 건 내가 할 테니."

근처의 맥주집에서 남자가 웃으면서 말했다. 몇 달 뒤엔 자신의 가게를 낼 거라며 소리를 높였다. 왼손으로 턱을 괸 여자는 남자의 얼굴을 가만히 쳐다보았다. 술기운으로 온몸이 나른해졌다. 앞에 앉은 남자의 얼굴이 흐릿하게 뭉개지고 있었다. 그는 김민준인 것도 같았고 남철수인 것도 같았고 이름을 잊어버린 다른 남자들인 것 같기도 했다. 지끈거리는 관자놀이를 지그시 누르며 여자는 중얼거렸다. 내 이름은 이순영이에요. 노미선이 아니라 이순영. 근데……, 꼭 이순영이라고 할 수도 없어요. 비어 있는 컵에 맥주를 따르며 남자는 재밌다는 듯 쿡쿡 웃었다.

거인의 혓바닥 같은 간판이 벽 귀퉁이에 자리를 잡는다. 전선을 휘감고 몰아치는 바람 소리가 마치 수많은 사람들이 한꺼번에 불어대는 휘파람 소리 같다. 여자는 사다리에 걸쳐놓은 공구통을 더듬어 십사 밀리미터 스패너를 집어든다. 왼손으로 벽을 짚고 허리를 굽힌다. 벽과 간판 사이 작은 틈새로 호수를 끼고 있는 놀이공원이 보인다. 문어발 같은 기구가 하늘을 빙빙 돈다. 장난감처럼 생긴 모노레일 기차가 호수 위를 달린다. 뭉클뭉클 솟아난 기억들이 자맥질하듯 떠올랐다 사라진다. 불길을 피해 떨어지던 삼십대 여자. 아스팔트에 여자의 머리가 부딪쳤고 아기는 나뭇가지에 걸려 살아났다. 이순영이라는 이름과 함께 머릿속을 헤집어온 낯선 기억. 겨드랑이가 끈끈해진다. 가슴과 등으로 식은땀이 흘러내린다. 스패너를 들어 아래쪽 너트를 힘껏 조인다. 드릴과 망치 소리가 사라진 골목은 일상적인 소음으로 다시 벅적거린다. 휘우듬히 몸을 젖혀 이음새를 살피던 여자의 머릿속으로 문득 남철수를 만나보고 싶었던 건지도 모른다는 생각이 스친다. 처음 본 사람들처럼 우연히, 아주 우연히 지나치듯이.

"사장님."

이층 창문에서 청년이 고개를 내밀어 수화기 드는 시늉을 한다. 여자는 자신도 모르게 아래를 내려다본다. 회색 셔츠의 사내가 서둘러 입구로 뛰어들어간다.

"네, 남철숩니다."

가게 안에서 커다란 목소리가 들려온다. 땀으로 뒤범벅된 등이 참을 수 없이 가렵다. 들고 있던 스패너를 목깃 속으로 집어넣는 순간 오른발이 한없이 가벼워진다.

특이체질인가. 굵은 남자의 목소리가 귓속으로 파고든다. 응급실이란 걸 직감하면서도 여자는 선뜻 눈을 뜨지 못한다. 남자의 손이 여자의 소매를 걷어올린다. 화상의 흔적은 오른팔에도 남아 있다. 등으로 뻗어오던 두툼한 손길이 떠오른다. 도드라진 상처의 흔적을 만져나가던 손가락의 떨림. 두런거리는 사람들의 말소리가 낮게 이어진다. 남철수 씨. 튀어오르는 목소리에 여자는 눈을 뜬다. 하얀 붕대가 왼팔을 친친 감고 있다. 의사와 얘기를 나누던 남자가 고개를 돌려 여자를 바라본다. 가까이 다가오는 낯선 얼굴을 여자는 멍하니 쳐다본다. 회색 셔츠를 입은 남철수가 발치에 멈춰 선다. 찢어진 이마가 갑자기 쓰리다. 의사가 옆으로 다가온다. 이순영. 여자는 천천히 자신의 이름을 말한다. 이것저것 의사가 질문을 던진다. 대답하는 동안 여자는 손가락과 발가락을 꼼지락거린다. 슬몃 눈을 감는 순간 또 다른 목소리가 들려온다. 물고기떼 같군. 김민준이기도 하고 남철수이기도 하다는 남자. 비로소 여자는 그의 목소리를 또렷하게 기억해낸다. 하지만 얼굴은 쉽사리 그려지지 않는다. 검고 커다란 눈들만 휘휙 스쳐간다. 한 마리, 두 마리, 세 마리…… 공원의 느티나무 아래 천천히 썩어가고 있을 아홉 마리의 갈겨니들을 여자는 애써 그려본다.

운전대를 쥔 남철수가 라디오 채널을 이리저리 돌린다. 이제 비는 그친 모양이죠? 모레까지는 오락가락한다는데요. 봄비, 좋잖아요? 진행자들의 말을 건성으로 들으면서 여자는 의자 깊숙이 등을 파묻는다. 왼쪽 어깨가 찌르르하다. 괜찮아요? 남철수 사장이 여자를 쳐다본다. 네. 여자는 석고 붕대가 둘러진 왼팔을 가슴 앞으로 끌어당긴다. 사거리에 차가 멈춘다. 멀리 보이는 여자의 가게는 불이 꺼져 있다. 카오디오의 초록 간판만 환하게 밝다. 오디오 가게의 문이 열리고 종이상자를 든 박이 걸어나온다. 차에 상자를 실은 박이 여자의 가게를 기웃거린다. 어두운 가게가 꼭 갈겨니들이 빠져나간 어항 같다. 여자는 눈을 들어 가게 위에 붙은 간판을 쳐다본다. 달처럼 노란 바탕에 떠 있는 붉은 고딕 두 글자. 간판. 개업하던 날 싱글벙글하며 가게 앞을 왔다 갔다 하던 남편의 얼굴이 유리문 위에 문득 떠오르다 사라진다. 한번 놀러오세요. 라디오 볼륨을 낮추며 남철수가 말한다. 여기서 내려주세요. 남철수 사장의 얼굴을 돌아본 여자는 보드 위에 놓인 모자를 집어든다. 빠르게 멀어지는 흰색 승용차가 눈앞에서 사라질 때까지 여자는 횡단보도 앞을 서성거린다. 비가 지나간 거리에 간판들이 부신 빛을 뿌리고 있다.

모니터 앞에 앉은 여자는 마우스를 천천히 움직인다. 몸통이 날렵한 작은 물고기들이 달 위에서 헤엄치고 있다. 아홉 마리의 갈겨니들은 아직 눈이 없다. 담배를 비벼 끈 뒤 검고 커다란 눈들을 그려넣는다. 쓰다 남은 파란색 시트지를 커팅기에 걸고 마우스를 누른다. 끼릭끼리릭. 보이지 않는 칼날이 움직이기 시작한다. 갸름한 아랫배가 커팅기 밖으로 밀려나온다. 작업대에 기대선 여자는 감겨져 있던 기억처럼 펼쳐지는 파란색 시트지를 물끄러미 바라본다. 네 마리, 다섯 마리, 여섯 마리…… 칠 년이 지난 지금에도 그는 김민준으로 살고 있을까. 아니면 또 다른 이름으로 사람들 앞에 나서고 있는 걸까. 몸을 돌린 여자는 바닥에 팽개쳐진 쇠막대를 들어 목깃 안으로 밀어넣는다. 차가운 쇠끝에 닿은 등이 화끈거린다. 돋아나는 지느러미들을 찾기라도 하려는 듯 여자는 함부로 등을 쑤셔대기 시작한다.

　한 여자가 있다. 그녀는 자기가 누구인지 잘 모른다. 고아원에서
자랐기 때문에 출생과 부모에 대해서도 모른다. 그리고 이순영이란
본명이 있지만, 스스로 안영희가 되기도 하고 이미애가 되기도 하고
또 노미선이 되기도 했다. 자기가 누구인지 잘 모르면 어떻게 살아
야 하는지도 잘 모르게 된다. 정체성의 혼란은 곧 삶 자체의 혼돈이
다. 이 소설은 정체성의 혼란을 겪는 한 여자의 아픈 삶에 대한 이야
기이다.

　그녀가 정체성의 혼란을 겪을 수밖에 없는 것은 세상 탓이다. 세
상의 모든 것들은 정체성을 감추고 또 속인다. 고아원은 그녀에게
그녀의 출생과 상처에 대한 이야기를 숨겼다. 그녀가 사랑했던 남자
는 두 개의 이름을 갖고 있었다. 그리고 그녀의 남편 또한 옆집 여자
와 바람이 났다. 김 사장이 운영하는 카페는, 실내는 그대로 두고 상

호와 간판만 일 년 반 동안 네 번을 바꾸었다. 그녀는 간판가게를 하지만, 간판과 이름이란 언제나 변하는 것이고 또 가짜다. 세상의 모든 사람들은 어쩌면 간판을 달러 다니는 간판장사인지 모른다. 그래서 그녀는 간판장사가 되었고, 또 여러 개의 이름을 갖게 되었다. 세상이 자신을 속일 때마다 그녀 자신도 새로 간판을 내달아야만 했던 것이다.

갈겨니라는 물고기는 그녀의 몸에 새겨진 상처의 비유이기도 하지만 또 그녀의 정체성에 대한 비유이기도 하다. 갈겨니는 곧 그녀 자신이라고 할 수 있다. 남편이 바람을 피우자, 그녀가 키우던 어항 속의 아홉 마리 갈겨니가 모두 죽었다. 갈겨니는 피라미와 거의 비슷하게 생긴 민물고기이다. 잡어로 취급받아 별로 대접받지 못하는 어종이지만 최근에는 관상어로 꽤 인기가 있다고 한다. 이제 갈겨니는 강이나 호수에 사는 시시한 물고기이기도 하지만, 또 한편으로는 어항 속에서 사람들의 사랑을 받으며 사는 물고기이기도 하다. 갈겨니가 모두 죽었다는 것은 그녀에게 또 한 번의 삶이 끝났음을 뜻한다. 아마도 그녀는 다른 이름으로 다른 삶을 찾아 헤매게 될 것이다.

간판을 마음대로 바꾸듯이 자신의 이름도 함부로 바꾸어 마침내는 진실이 무엇인지 알 수 없게 되어가는 세상에서 이순영이라는 여인도, 갈겨니도 모두 제 모습을 찾지 못한 채 죽어갈 수밖에 없을지 모른다. 그런데, 왜 하필이면 갈겨니가 아홉 마리일까? 아홉 개의 꼬리를 감춘 여우가 있듯이, 그녀의 등에도 갈겨니를 닮은 상처가 아홉 개 숨겨져 있는 것일까?

2003 현장비평가가 뽑은 올해의 좋은 소설

지은이	최일남 외
펴낸이	양숙진

초판 1쇄 펴낸날	2003년 6월 30일

펴낸곳	㈜현대문학
등록번호	제1-452호
주소	130-905 서울시 서초구 잠원동 41-10
전화	516-3770
팩스	516-5433
E-Mail	webmaster@hdmh.co.kr
홈페이지	www.hdmh.co.kr

찍은곳	대한교과서주식회사

ⓒ 현대문학 2003

값 9,500원

ISBN 89-7275-261-4 03810